Un amant pour Noël

*

Au jeu de la volupté

*

Dans le secret des nuits

KATE HOFFMANN

Un amant pour Noël

Traduction française de
AURE BOUCHARD

Sexy

HARLEQUIN

Collection : SEXY

Titre original :
WHEN SHE WAS NAUGHTY…

Ce roman a déjà été publié en 2011

HARPERCOLLINS FRANCE
83-85, boulevard Vincent-Auriol, 75646 PARIS CEDEX 13
Service Lectrices — Tél. : 01 45 82 47 47 - www.harlequin.fr
ISBN 978-2-2804-9813-5

Composé et édité par HarperCollins France.
Imprimé en novembre 2023 par CPI Black Print (Barcelone)
en utilisant 100% d'électricité renouvelable.
Dépôt légal : décembre 2023.

FSC www.fsc.org MIXTE Papier issu de sources responsables FSC® C159065

Pour limiter l'empreinte environnementale de ses livres, HarperCollins France s'engage à n'utiliser que du papier fabriqué à partir de bois provenant de forêts gérées durablement et de manière responsable.

Prologue

Une épaisse couche de givre recouvrait les vitres du car de ramassage scolaire réaménagé en habitation. Les yeux plissés, Alison Cole distinguait à peine les lampadaires du parking mal éclairé. Elle avait beau adorer l'hiver, elle rêvait depuis toujours de passer la saison froide dans une vraie maison, au coin du feu, avec un sapin illuminé de guirlandes... Plutôt que dans un vieux bus sillonnant les autoroutes d'Etats et de comtés dont elle ne cherchait même plus à retenir le nom, puisque, de toute façon, elle et sa famille ne s'y arrêtaient que le temps d'un spectacle.

Ce jour-là, la famille faisait escale dans le Dakota du Sud (ou du Nord, allez savoir), à l'occasion d'une grande foire artisanale. Ses musiciens de parents étaient en train de se produire sur scène, divertissant les foules comme ils savaient si bien le faire, tandis que leurs trois filles étaient censées réviser le devoir de mathématiques que leur mère leur avait donné le matin même.

Si ses parents s'épanouissaient pleinement dans ce mode de vie bohème, Alison, du haut de ses treize ans, nourrissait d'autres aspirations : shopping entre amies, séances de cinéma, bal de promo et, bien sûr, les garçons... Or, en dehors de ses petites sœurs, Layla, onze ans, et Rita, neuf ans, elle n'avait aucune amie.

— Nan, c'est le mien, il est à moi ! hurla soudain Rita.

Alison s'éloigna de la vitre pour découvrir ses sœurs en train de se disputer un magazine de mode. Elle se précipita pour les séparer, avant de leur arracher des mains l'objet de la querelle.

— Où avez-vous eu ça ? demanda-t-elle en brandissant la revue sous le nez de ses sœurs.

L'air renfrogné, Rita la scruta et croisa les bras, s'enfermant dans un mutisme obstiné.

— Rita l'a volé, avoua Layla. Elle l'a trouvé au comptoir de la cafétéria où on a dîné hier, et elle l'a caché dans son sac à dos au moment de partir.

— Il n'était à personne ! s'écria Rita. De toute façon, ils allaient le jeter à la poubelle.

— En quoi ça peut t'intéresser ? s'étonna Alison en feuilletant les pages de *Vogue*. C'est un magazine pour adultes, ce n'est pas pour les petites filles.

— Je ne suis pas petite ! protesta Rita en lui reprenant la revue. En plus, j'adore les photos. Les mannequins sont très beaux, et les vêtements originaux. Je suis en train de faire ma liste pour Noël. Regarde, je voudrais ces chaussures.

— On ferait mieux de répéter, dit Alison avec autorité. Il y a une nouvelle chanson que j'aimerais travailler.

— On est censées faire nos maths, rappela Layla.

Afin d'éviter que ses filles ne soient complètement déscolarisées du fait de cette vie de tournées incessante, Amanda Cole leur faisait elle-même la classe sur une petite table à l'avant du bus. En plus des matières principales tels les maths et l'histoire, Alison et ses sœurs bénéficiaient d'un cours exhaustif sur la musique traditionnelle américaine — folk, country et bluegrass — et de quelques notions en rock et en pop'music, le tout dispensé par leur père. Evidemment, elles avaient libre accès à la collection d'instruments de leurs parents : guitare, violon, mandoline, tympanon.

Ainsi, quand elles ne jouaient pas elles-mêmes, elles écoutaient toutes sortes de disques, de Robert Johnson à Bill Monroe, en passant par les obscurs artistes que leur père avait le don de dégoter dans les bacs des disquaires. Quelques années plus tôt, Alison avait économisé de longs mois d'argent de poche avant de s'offrir son premier album : une cassette de Jean Ritchie dénichée dans un marché aux puces où ses parents se produisaient. Dès l'instant où elle avait glissé la cassette dans le magnétophone, elle était tombée sous le charme de ces chants dépouillés qui dépeignaient la vie dans les montagnes, entre nostalgie et désespoir. Depuis lors, Alison tentait d'imiter la sonorité si particulière de la voix angélique de la chanteuse, et s'inspirait d'elle pour chanter.

— Sors ta mandoline, Layla. On fera nos maths plus tard.

Sa sœur escalada avec entrain une pile de linge que leur mère leur avait demandé de plier, puis s'empara de la valise cabossée qu'elle avait reçue pour le précédent Noël. Layla se tourna vers Rita, qui était à présent absorbée par la lecture de son magazine.

La benjamine n'avait jamais montré le moindre intérêt pour la musique. A seulement neuf ans, elle se faisait un devoir de détester tout ce qu'Alison et Layla appréciaient. Elle refusait en quelque sorte de se conformer à ce que les gens attendaient d'elle. Obstinée, rebelle, Rita se révélait être une véritable casse-pieds. Malgré tout, Alison n'avait pas encore renoncé à l'initier aux plaisirs de la musique. Si Rita avait elle aussi hérité d'un talent musical, il suffirait d'un déclic pour lui enseigner les bases en quelques semaines.

— Skeeter, tu vas chanter avec nous, déclara Alison en appelant Rita par son surnom pour tenter de la convaincre. Il me faut absolument une seconde voix pour les chœurs.

Rita leva les yeux au ciel et poussa un soupir exagéré.

— Désolée. Je suis en train de lire. Demande à Layla.

— Tu ne fais que regarder les images, objecta Layla. Et je ne peux à la fois jouer et chanter.

— Allons, Rita, essaie donc juste une fois, insista Alison. Je t'achèterai une nouvelle revue de mode la prochaine fois que nous irons en ville.

— Comment tu comptes t'y prendre ? demanda Rita. Tu n'as pas d'argent.

Alison ignorait bien par quel moyen elle pourrait tenir sa promesse, mais, pour l'heure, cela importait peu. Elle avait entendu une chanson intéressante sur une cassette de son père, et mourait d'envie de l'interpréter avec son trio préféré : The Cole Sisters. C'est ainsi qu'elle et ses sœurs se surnommaient. Qui sait, peut-être se produiraient-elles un jour en avant-première du spectacle de leurs parents ?

— Je voudrais commencer par *Barbara Allen*, expliqua Alison. Ensuite, on enchaînerait sur *The Cherry Tree*, et *Gypsy Laddie*. La nouvelle chanson s'appelle *Molly Ban*. Elle est très triste et mélodieuse.

C'est l'histoire d'un garçon qui tue sa petite amie en croyant avoir tiré sur un cygne.

— Bon sang, grommela Rita. Tu n'es tout de même pas en train de monter un spectacle ?

— Où est le problème ? répondit Alison tout en interrogeant Layla du regard. C'est quelque chose d'assez courant, les spectacles d'enfants connaissent un vif succès, et de nombreuses familles chantent ensemble.

— Mouais, j'ai déjà vu ça à la télé, marmonna Rita sans lever le nez de son magazine.

— Comment ? s'exclamèrent Alison et Laya à l'unisson.

De nouveau, Rita leva les yeux au plafond et soupira d'un air excessif avant de préciser :

— Oui, c'était un vieux groupe des années soixante-dix.

— Mais maman nous interdit de regarder la télé. Quand as-tu vu cette émission ?

— Tu te souviens des copains que je m'étais faits au festival de folk music, l'automne dernier ? Ils avaient une télé dans leur bus de tournée, avec plein de vidéos, raconta Layla en posant enfin sa revue. Le spectacle montrait une famille voyageant dans un bus tout en jouant de la musique. Mais ils faisaient du rock. Et ils habitaient dans une vraie maison, eux. Ils n'avaient pas de papa, et puis ils étaient cinq, alors que nous ne sommes que trois. Enfin deux, puisqu'il vaut mieux que vous vous passiez de moi.

— La prochaine fois que tu croises quelqu'un qui a la télé, invite-moi ! reprit Layla. Quand je serai grande, je mettrai un poste dans chaque pièce de ma maison ! Et je mangerai des bonbons toute la journée... Et du pain normal, plutôt que ces miches au blé complet que maman nous sert tous les jours.

— Alors, qu'est-ce que tu en dis ? demanda Alison.

— De quoi veux-tu parler ? dit Layla, un peu confuse.

— De cette idée de groupe. Nous trois, ensemble, sur scène ! Ce serait super... Bien sûr, il faudra travailler nos harmonies, et Rita devra apprendre à jouer d'un instrument. Mais, au moins, on pourrait gagner un peu d'argent.

— Tu oublies que je ne sais ni chanter, ni jouer, ni faire quoi que ce soit que des gens seraient prêts à payer pour voir, fit remarquer Rita en fronçant les sourcils. Et puis Layla dira non.

— Pourquoi cela ? demanda Alison en se tournant vers sa cadette. De nous trois, tu es la meilleure musicienne.

— Elle a la trouille, affirma Rita.

— Ce n'est pas vrai ! protesta Layla.

— Bien sûr que si ! La fois où papa et maman nous ont fait monter sur scène, pour le spectacle de Noël, tu t'es pratiquement fait dans la culotte tellement tu avais le trac ! Et nous n'avions qu'à faire les chœurs de *Douce nuit*. Tu as oublié les paroles, tu es devenue toute rouge et tu as eu mal au ventre pendant deux jours après cela...

Alison regarda Layla se décomposer.

— Bah, ce n'est pas grave, assura-t-elle en voyant son rêve s'évanouir. Le trac s'apprivoise, tu sais ? Plus tu te produiras, et moins tu auras le trac.

Mais Layla secouait vigoureusement la tête.

— Je ne pourrai pas, dit-elle en prenant sa mandoline, qu'elle emporta à l'arrière du bus.

Puis elle se laissa tomber sur la banquette qui lui servait de lit. De son côté, Rita haussa les épaules et retourna à sa revue.

— Tu peux toujours te produire en solo, fit-elle remarquer avec un sourire en coin.

Alison passa à côté de sa sœur et saisit son tympanon.

— Eh bien, joyeux noël à vous aussi ! dit-elle en s'affalant sur le siège du conducteur. Pff, je déteste ce car ! Je désespère d'avoir une chambre rien qu'à moi, loin de vous...

Un jour, elle finirait bien par réaliser ses rêves : elle posséderait sa propre maison, et personne ne déciderait à sa place. Et quand elle jouerait de la musique, les gens l'applaudiraient pendant des heures, le sourire aux lèvres. Et si elle devait voyager, elle dormirait dans un véritable hôtel, avec un lit et une salle de bains digne de ce nom.

Enfin, pour Noël, elle décorerait un authentique sapin. Et non cet ersatz de plastique que ses parents avaient acheté lors d'un vide-grenier.

— Un jour viendra..., murmura-t-elle. Un jour, je choisirai moi-même ma propre vie.

1

C'est à peine si Alison pouvait distinguer l'embranchement de la route à travers les vitres ruisselantes de pluie de son break Subaru. Un rapide coup d'œil sur son GPS ne lui fut d'aucune aide. Voilà une quinzaine de minutes qu'elle roulait en dehors de toute carte répertoriée.

En désespoir de cause, elle songea à téléphoner à Stephen, son assistant à la fac, qui avait élaboré son itinéraire. Elle s'empara du mobile posé sur le siège passager sans trop se faire d'illusion : le signal devait être faible, voire inexistant, dans une zone montagneuse aussi reculée. Elle tenta le tout pour le tout et pianota sur le clavier, espérant que son intuition se révélerait fausse. Malheureusement, elle avait vu juste et l'attente fut inutile.

Reposant le combiné sur le siège à côté d'elle, elle en arriva à la conclusion qu'il ne lui restait plus que deux options. Sauf si elle envisageait sérieusement de faire demi-tour pour rejoindre la civilisation.

— C'est soit à droite, soit à gauche, marmonna-t-elle.

Autrement dit, elle avait cinquante pour cent de chances de trouver le chalet d'Ettie Lee Harper. Et cinquante pour cent de chances de s'enliser dans un chemin boueux sans possibilité de trouver le moindre secours.

Voilà quatre mois qu'Alison était sur les traces de l'insaisissable Ettie Lee Harper, et le temps commençait à jouer contre elle. Ses investigations avaient débuté l'été précédent, le jour où elle avait déniché dans les archives de l'université un vieil enregistrement sur bobine. Une étiquette jaunie indiquait qu'il datait de 1939, mais un ami ingénieur du son lui avait suggéré que cette cassette était sans doute la copie d'un disque plus ancien, lu sur phonographe. La jeune Ettie Lee Harper y interprétait de sa voix cristalline des chants de Noël des Appalaches, accompagnée d'un seul tympanon.

Pour une musicologue comme Alison, ce genre de trouvaille équivalait à un véritable trésor. Ces chants traditionnels étaient des petits bijoux transmis de génération en génération dans les familles de montagnards, et qui subissaient, au fil du temps, quelques adaptations selon les époques. Alison avait identifié sur la cassette la plupart des chants traditionnels, mais il en restait trois qui ne lui évoquaient rien de connu : trois petits trésors perdus qui ne demandaient qu'à être redécouverts.

Elle avait fait des chants de Noël son sujet de thèse de doctorat à l'université de l'East Tennessee. Elle étudiait les origines des chants des Appalaches, héritage des immigrants écossais et irlandais venus faire leur vie dans les Blue Ridge Mountains. Or, la découverte de ces trois chants inédits était susceptible de lui ouvrir de nombreuses portes. Elle pourrait les faire figurer sur un album, ou en publier les paroles. Et, pourquoi pas, les interpréter lors de son récital de Noël prévu dans deux semaines.

Sa découverte lui assurait presque de décrocher l'emploi dont elle rêvait : la direction d'un nouveau département à l'université du Nord-Texas, l'une des plus réputées en matière de musicologie. Le comité de sélection devait assister à son récital de Noël à la faculté, après quoi elle passerait une série d'entretiens à Denton.

Avec ces enregistrements, ses recruteurs mesureraient combien son recrutement serait précieux pour leur université. Sinon, elle pouvait toujours compter sur sa titularisation à East Tennessee. On l'appellerait désormais *professeur* Alison Cole. Ses parents, fins musiciens, pourraient alors s'enorgueillir d'avoir une fille docteur en musicologie.

— Bon sang, ça suffit, grommela-t-elle entre ses dents. J'appelle le gouverneur. Je suis toujours dans le Tennessee : l'Etat est censé garantir une signalisation routière appropriée !

Depuis un an, elle s'était aventurée un certain nombre de fois dans les montagnes à la recherche de chanteurs et de chants méconnus. Elle en avait tiré une conclusion évidente : les habitants des montagnes étaient méfiants envers les étrangers qui se hasardaient sur leurs terres.

Assez méfiants pour enlever les panneaux de signalisation ? Perplexe, elle se pencha au-dessus du volant et plissa les yeux devant la lumière grise de l'après-midi.

Là, sur le côté... Elle distingua une modeste planche de bois clouée à un piquet. Rien à voir avec la signalisation officielle. Alison se précipita hors de sa voiture pour tenter de déchiffrer les lettres gravées sur le rondin.

— Harper, prononça-t-elle avec un sourire.

Le côté gauche de la planche avait été taillé en flèche, indiquant un chemin boueux qu'elle scruta avec appréhension. Il s'agissait d'une mince trouée à peine carrossable qui serpentait à travers la forêt, mais au moins elle savait qu'elle pourrait trouver de l'aide au bout du chemin si jamais elle s'embourbait.

Elle regagna la voiture au pas de course, puis redémarra en donnant un vif coup de volant à gauche. Elle remarqua les empreintes apparemment récentes d'un autre véhicule, ce qui lui redonna un peu de courage. Au bout de deux minutes de conduite sur l'allée sinueuse, l'épaisse forêt s'ouvrit sur une petite clairière. Un pick-up stationnait sur le côté de l'allée, et elle se gara juste derrière.

Un large porche s'étendait sur la façade du chalet en rondins, et des volutes de fumée s'échappaient de la cheminée en pierre. La flamme d'une petite lampe à huile vacillait derrière la fenêtre, entre deux rideaux de dentelle. Alison n'avait pas vu le moindre poteau électrique le long de l'allée. Même si la plupart des chalets de montagne qu'elle avait l'habitude de visiter ne possédaient pas l'eau courante, ils disposaient presque tous de l'électricité et du téléphone.

Elle klaxonna pour signaler sa présence, et attendit que les chiens de garde — inévitables en ces régions reculées — se manifestent. Ne voyant rien venir, elle descendit de voiture et se dirigea vers l'escalier du porche. Elle n'avait fait que quelques pas sur l'allée boueuse, lorsque la porte d'entrée s'ouvrit avec fracas, laissant apparaître deux chiens très excités. Elle se retourna vers sa Subaru, en se demandant si elle aurait le temps de battre en retraite au cas où ils l'attaqueraient. Mais cette milliseconde d'hésitation fut de trop : les molosses se ruèrent sur elle en aboyant et, heureusement, se contentèrent de lui renifler les pieds.

Comme si cela ne suffisait pas à l'effrayer, une vieille dame sortit sur le porche armée d'un fusil qu'elle pointa vers elle.

— Pas un geste ! cria-t-elle en maintenant l'arme droit sur elle. Ceci est une propriété privée, vous avez commis une effraction.

— Euh, ce n'était pas indiqué, répondit Alison d'une voix haut perchée en se protégeant les yeux de la pluie qui tombait à présent à verse. Je vous prie de m'excuser, mais je cherche Ettie Lee Harper. Habite-t-elle ici ?

— Vous n'avez rien à faire ici, je n'ai aucune antiquité à vendre, je ne prévois pas de souscrire à une assurance vie, et je ne compte léguer mes économies à quelque association caritative que ce soit…

Un homme apparut alors à ses côtés, et reprit doucement le fusil des mains de la veille dame. Ils échangèrent quelques mots à voix basse, et la propriétaire des lieux hocha la tête avant de retourner à l'intérieur.

— Reprenez votre voiture et partez avant qu'Ettie Lee ne vous tire dessus ! cria l'homme.

— Il s'agit donc bien d'Ettie Lee, dit Alison en avançant d'un pas, avant de se souvenir que l'homme tenait toujours l'arme pointée vers elle. Ecoutez, je suis venue pour sa musique. Je m'appelle Alison Cole et je viens de l'université d'East Tennessee. J'ai entendu Ettie Lee chanter dans un vieil enregistrement et je voulais lui parler de ses chansons.

Elle s'épongea le visage et s'efforça d'afficher un sourire amical, tandis que l'homme se retournait vers Ettie pour lui expliquer la situation. Si elle avait l'habitude de rencontrer une certaine réticence quand elle se présentait aux habitants des montagnes, Alison ne s'était jusqu'à aujourd'hui jamais retrouvée menacée par une arme.

Après quelques instants, la vieille dame réapparut à la porte et lui fit signe d'approcher.

— Entrez donc, je ne laisserais même pas mes chiens sous une pluie pareille, déclara-t-elle d'une voix chevrotante avant de se tourner vers l'homme. Dis-moi, Drew, est-ce qu'elle est jolie, au moins ?

— Difficile à dire, Ettie… Pour l'instant, elle ressemble surtout à un rat noyé.

Alison monta sous le porche. Vexée, elle dégagea de son front ses mèches de cheveux trempées, et lança un regard glacial au dénommé Drew. Mais, à l'instant où leurs regards se croisèrent, elle s'aperçut qu'elle ne l'avait pas bien vu derrière le canon du fusil. Il était d'une beauté à couper le souffle. Elle prit alors quelques secondes pour détailler les traits de son visage. Ses yeux d'un bleu pénétrant éclairaient son visage aux lèvres parfaitement dessinées. Une barbe naissante assombrissait ses joues et sa mâchoire. Ses mèches brunes et épaisses frôlaient le col de sa chemise en chambray. Et lorsqu'il lui sourit, elle sentit un frisson la parcourir.

Voilà une éternité qu'un homme ne lui avait pas fait un tel effet. Pas plus tard que la semaine dernière, elle se plaignait encore auprès de sa meilleure amie, Tess Robertson, de traverser un véritable désert sentimental. Tess lui avait d'ailleurs assuré que l'homme de sa vie risquait sans doute de surgir au moment où elle s'y attendait le moins.

Elle avait même offert à Alison un cadeau joliment emballé pour Noël : une boîte de préservatifs. Tess avait suggéré qu'elles prennent toutes les deux des résolutions pour la nouvelle année : balayer leurs habitudes de gentilles filles sages, pour libérer enfin les tigresses qui sommeillaient en elles.

A ce souvenir, et alors qu'elle ne pouvait se détacher du regard de Drew, elle se sentit submergée par une onde de chaleur. En même temps, une foule de pensées libertines lui assaillirent l'esprit. Et si Tess avait eu raison ?

« Au moment et à l'endroit les plus inattendus... », avait-elle dit.

Elle releva le menton et lui décocha un sourire de défi.

— Vous savez ce que l'on dit à propos des hommes qui dégainent leur gros calibre ? grommela-t-elle d'un air entendu.

— Venez vous réchauffer devant la cheminée, répondit-il en haussant un sourcil intrigué. Venez vous mettre au sec.

Drew Philips referma la porte du chalet sur la visiteuse d'Ettie Lee, et avisa les traces d'eau qu'elle laissait sur son passage. A vrai dire, elle avait beau être trempée, cette femme n'avait rien du rongeur répugnant qu'il avait décrit à Ettie Lee. Alison Cole était même la plus jolie femme qu'il avait eu l'occasion de croiser depuis... toujours.

En fait, dès son arrivée, il avait fui son regard. Il émanait d'elle quelque chose d'indéfinissable et de terriblement attirant, et qui avait eu pour conséquence de le troubler au plus profond de lui-même. Oh ! sa beauté n'avait rien d'hollywoodien ; il s'agissait plutôt d'une harmonie simple, naturelle, que même ses cheveux dégoulinants et son absence de maquillage ne pouvaient altérer.

Il réprima péniblement une brusque montée d'adrénaline. Depuis qu'il avait ouvert son cabinet, un an plus tôt, sa vie sexuelle était en berne. Sa décision de quitter l'hôpital en ville où il travaillait pour revenir vivre à la montagne lui était venue naturellement, même s'il n'avait pas envisagé que cette région isolée compte si peu de femmes disponibles pour répondre à ses besoins naturels...

Et puis il avait toujours des urgences, les visites à domicile, des malades dont il fallait prendre des nouvelles... Les week-ends passaient ainsi sans qu'il n'ait le temps d'observer la moindre pause. A force de travail et de manque de loisirs, il avait accumulé une certaine frustration sexuelle. Et à présent qu'une belle femme était apparue dans son champ de vision, ses pensées s'orientaient logiquement dans une seule et même direction : le sexe.

— Otez donc cette veste détrempée, suggéra-t-il en posant les mains sur ses épaules.

D'un geste lent, il la débarrassa de son vêtement et son parfum délicat vint aussitôt lui chatouiller les narines.

— Je... j'ai un peu froid, murmura-t-elle en frissonnant.

A ces mots, il attrapa un châle en cachemire posé sur le dossier du canapé, et l'enveloppa autour de ses épaules, avant de lui frictionner les bras pour la réchauffer. Puis il remonta doucement ses paumes le long de son dos pour continuer à la masser.

— Voilà, est-ce que ça va mieux ?

Elle leva les yeux vers lui, et il soutint longuement son regard. Il était tellement habitué à veiller au bien-être de ses patients qu'il lui semblait tout naturel de s'assurer du confort de cette femme égarée sous une pluie battante. Mais, quand il s'aperçut qu'il la serrait presque dans ses bras, il recula brusquement d'un pas.

— Une hypothermie peut très rapidement se déclarer, vous savez ? bredouilla-t-il.

Il était évident qu'elle avait, elle aussi, été troublée par ce contact physique.

— Miss Harper, déclara-t-elle d'une voix tremblante en se tournant vers sa vieille patiente, je m'appelle Alison Cole. Cela fait longtemps que je vous cherche, vous savez ?

Comme Ettie Lee ne réagissait pas, il vit que la jeune femme se figeait.

Il se rapprocha alors d'Ettie et la prit par l'épaule pour l'entraîner vers Alison.

— Elle souhaite te serrer la main, Ettie, dit-il en souriant à Alison. Miss Ettie est aveugle.

— Ne dis pas cela, protesta Ettie d'une voix rauque. Disons plutôt que je ne vois pas les mêmes choses que tout le monde, expliqua la vieille dame en serrant la main d'Alison. Vous avez donc entendu mon album ? Un homme est venu me voir l'été dernier, à ce sujet. Il voulait en faire un nouveau disque.

— Quelqu'un d'autre a eu connaissance de cet enregistrement ? demanda Alison, dont l'expression s'était décomposée.

Il se demanda pourquoi ces chansons semblaient aussi importantes pour elle.

— Je l'ai renvoyé, poursuivit Ettie. Le timbre de sa voix ne me plaisait pas. Il est venu deux fois, et a cherché à me faire signer des papiers. Mais il ne m'inspirait pas confiance.

— Quand avez-vous enregistré ces chants ? dit Alison.

Un large sourire éclaira alors le visage d'Ettie.

— Doux Jésus, je me souviens de cette journée comme si c'était hier ! C'était en 1939. Le jour de mes quatorze ans. Papa avait emprunté le fourgon d'un ami et nous avait conduites, maman et moi, à Knoxville. C'était la première fois que je quittais mes montagnes, et j'étais surexcitée.

— Votre voix était magnifique, dit Alison.

— Elle l'est toujours, intervint-il.

Alison se tourna vers lui, et il retint son souffle. Depuis combien de temps la contemplait-il ainsi ? En fait, elle était encore plus belle qu'il ne l'avait d'abord remarqué. Et il se surprit à imaginer qu'il lui ôtait ses habits détrempés, découvrant le corps élancé qu'il devinait en dessous.

— Je suis Drew Philips, déclara-t-il en lui tendant la main. Je suis le médecin de campagne, et je m'occupe de miss Ettie.

Alison ne semblait pas insensible à sa personne. Il en était certain. Et à l'instant où elle lui serra la main, il sentit son trouble s'accentuer. Voilà bien longtemps qu'il n'avait plus regardé une femme avec les yeux du désir. Même s'il savait qu'un certain nombre de ses patientes en pinçaient pour lui, il obéissait à une ligne de conduite stricte qui consistait à ne pas mélanger vie professionnelle et vie privée. Or, Alison avait dû tomber du ciel pour une raison précise ; et pas seulement pour interroger Ettie au sujet de sa musique.

— Mais vous, j'aime votre voix, reprit Ettie en se dirigeant vers la cuisinière. Venez donc vous asseoir devant la cheminée, tous les deux, je vais nous préparer une infusion de camomille. Je l'ai cueillie moi-même.

— Laisse-moi la préparer, dit-il en la rejoignant.

— Pas question, murmura Ettie en lui donnant une tape affectueuse sur l'épaule. Contente-toi de rajouter une bûche dans le feu et de faire la conversation à notre visiteuse. Elle me paraît charmante. Et tu ne rencontres pas si souvent de jeunes femmes charmantes...

Embarrassé, il se retourna alors vers Alison, certain qu'elle avait tout entendu.

— Asseyez-vous donc, suggéra-t-il en désignant un fauteuil devant l'âtre. Et ne faites pas attention à Ettie. Elle se plaît à jouer les entremetteuses dès qu'elle en a l'occasion.

— J'imagine que vous avez toutes les peines du monde à vous trouver en bonne compagnie ici, s'amusa Alison.

— Je consacre le peu de temps libre dont je dispose à une dame de quatre-vingt-cinq ans, dit-il avec un sourire. Cela doit suffire à vous faire une idée de ma trépidante vie sentimentale...

— Oh ! Mais je ne vous demandais rien, assura Alison en relevant le menton. Je suis venue car je m'intéressais à Ettie.

— Vous ne pouvez pas la dissocier de moi. Je veille sur elle. Et si vous lui faites le moindre mal, vous aurez affaire à moi.

Ils se défièrent du regard et, cette fois-ci, il dut se retenir pour ne pas se pencher vers elle et l'embrasser. Or, Alison le scrutait d'un air méfiant, et il faisait bien de garder ses distances. Pour l'instant.

— Je... je dois aller chercher mon enregistreur dans la voiture, bredouilla-t-elle alors. Je dois absolument consigner chaque parole qu'Ettie Lee voudra bien prononcer.

— Je peux aller vous le chercher, proposa-t-il.

Après tout, elle était venue ici pour interviewer Ettie. Et non pour être l'objet de ses fantasmes à lui.

— Vous trouverez une petite besace sur le siège avant, répondit-elle en évitant son regard.

Il saisit sa veste posée sur la chaise près de la porte et se tourna une dernière fois vers elle avant de sortir. Il surprit alors son regard posé sur ses fesses. Prise sur le fait, elle cligna les yeux et rougit. Manifestement, il n'était pas le seul à fantasmer, ici...

Lorsqu'il revint avec ses affaires, Alison se leva de son fauteuil et vint à sa rencontre. Il lui tendit sa besace et leurs mains se frôlèrent.

— Merci, murmura-t-elle.

— Avec plaisir.

Ils restèrent ainsi, face à face, tout vibrants de cet infime contact. Il pouvait sentir la chaleur douce et irrésistiblement attirante qu'elle dégageait. Oh ! Comme il avait envie de l'enlacer et de se fondre en elle...

Mais elle retourna se rasseoir près du feu, et entreprit de fouiller dans son petit sac.

— Avez-vous déjà écouté l'album de miss Ettie ? Je l'ai sur mon iPod, expliqua-t-elle en saisissant son baladeur MP3.

Elle fit dérouler le menu sur son écran, puis lui tendit l'appareil. Il saisit un écouteur et ajusta le volume.

Il se mit à sourire, alors qu'Ettie revenait vers eux.

— Miss Ettie, tu avais une véritable voix d'ange ! s'exclama-t-il, admiratif. Tu avais l'air si jeune !

— Je l'étais, dit-elle en approchant de l'âtre un plateau en main. Et les gens se battaient pour m'entendre chanter.

Alison se leva et la libéra doucement du plateau.

— Vous me permettez de faire le service ? demanda-t-elle.

Ettie prit place sur son rocking-chair, face à eux, et acquiesça d'un signe de tête.

— Je vous en prie.

— Tiens, miss Ettie, dit-il en lui tendant les écouteurs. Ecoute donc : cette voix te rappellera des souvenirs...

Alison regarda Drew s'agenouiller auprès d'Ettie. Il se montrait si doux et prévenant avec la vieille dame… Et, pourtant, elle pressentait que derrière cette façade calme se cachait un homme fougueux, qui savait exactement comment satisfaire les désirs d'une femme. Elle le devinait à sa façon particulière de se mouvoir et, surtout, de la regarder.

Elle se remémora le flot de sensations brutes et sauvages qu'elle avait ressenties quand leurs mains s'étaient frôlées. Mais, enfin, qu'est-ce qui lui prenait ! Elle était tellement absorbée par Drew qu'elle était incapable de prêter attention à ce qu'Ettie disait alors qu'elle avait fait toute cette route pour la retrouver. Heureusement qu'elle avait enclenché son enregistreur qui captait toutes les paroles d'Ettie !

En tout état de cause, il était l'un des hommes les plus attirants qu'elle avait jamais rencontrés. Et le fait de l'avoir trouvé ici, au fin fond du Tennessee, ne faisait que rajouter à l'effet de surprise.

Cela dit, elle n'avait guère eu le temps de songer aux hommes ces derniers temps. Son dernier petit ami l'avait quittée six mois plus tôt, lassé par son emploi du temps surchargé et une vie sexuelle sans grand intérêt. En tout cas, elle n'éprouvait aucun empressement à le remplacer. Johny était un garçon fauché et autoritaire, et qui n'hésitait pas à se faire entretenir pendant qu'il se consacrait à ses recherches académiques.

Ce qui ne signifiait pas pour autant qu'elle avait renoncé à ses désirs de femme. Notamment en cet instant, où des images de Drew plus ou moins dénudé défilaient en continu dans son esprit.

Tout en sirotant son infusion, miss Ettie commentait les chansons qu'elle écoutait. Parfois, quelques larmes perlaient au coin de ses yeux, vite chassées par un éclat de rire. Les yeux rivés sur son enregistreur, Alison lui posait au fur et à mesure toutes les questions qui lui tenaient à cœur.

Chaque parole d'Ettie constituait un véritable trésor pour elle, un point de vue enrichissant sur le genre de musique qu'elle aimait depuis toujours. Mais, alors que l'après-midi touchait à sa fin, elle sentit qu'Ettie se fatiguait. Et même si elle aurait pu rester encore des heures entières à l'écouter parler, elle ne voulait pas abuser de son hospitalité.

— Je crois que j'en ai assez appris pour aujourd'hui, dit-elle quand Ettie lui proposa de préparer une troisième théière.

— Allons, ne soyez pas idiote, protesta Ettie.

— Alison a raison, déclara Drew. Tu as besoin de repos. Tu n'es pas tout à fait remise de ta grippe du mois dernier.

— Oh ! je suis navrée, bafouilla Alison. J'ignorais que vous étiez en convalescence…

— Je vais bien, assura Ettie d'un revers de main. Et j'ai tant de choses à vous raconter… Revenez donc demain !

Alison vit que Drew lui adressait un regard consentant, et elle hocha la tête avec enthousiasme.

— D'accord, je crois que c'est mieux, dit-elle en s'agenouillant devant le fauteuil d'Ettie afin de lui prendre la main. Je reviendrai. Avec mon tympanon… Qui sait, nous aurons peut-être envie de chanter ensemble ?

Ettie sourit et acquiesça d'un signe de tête.

— Ce sera avec plaisir, ma chère. A demain, donc. Drew, tu reviendras aussi. Il m'est très agréable de vous avoir tous les deux avec moi.

— A demain ! conclut Alison en se relevant.

Elle rangea ses affaires dans sa besace. Drew attrapa sa veste et l'aida à l'enfiler. Il en profita pour poser longuement ses mains sur ses épaules. Alison ferma les yeux et se laissa doucement aller contre lui, avant de se ressaisir.

— Merci, murmura-t-elle avec un sourire hésitant.

— Tout le plaisir est pour moi, rétorqua-t-il avant de saluer Ettie et d'ouvrir la porte à Alison.

Il lui emboîta alors le pas sous le porche. Dehors, il tombait des trombes d'eau. Curieusement, alors que Noël approchait, il avait encore très peu neigé.

Ils restèrent sous le porche, côte à côte, à scruter le ciel.

— Dans quelle direction repartez-vous ? demanda Drew.

— Je vais à Jonhson City.

— Cette pluie est dangereuse. La route qui descend au village doit être inondée. Si vous le voulez, je peux passer devant vous jusqu'à la route principale. Histoire de m'assurer que vous avez retrouvé votre chemin sans encombre.

— D'accord, répondit-elle en regrettant qu'il ne l'ait pas plutôt invitée à rentrer se mettre à l'abri en attendant la fin du déluge. Mais que ferons-nous si la route est inondée ?

— Vous attendrez un peu avant de retourner en ville, déclara-t-il en l'entraînant par le coude vers les véhicules. Allons-y vite avant que cela n'empire.

Elle inspira un bon coup et regagna sa voiture au pas de course. Malheureusement, elle glissa sur une bande de boue, et perdit l'équilibre. Elle se retrouva assise sur le sol, avec de l'eau boueuse qui s'infiltrait à travers son jean, et une douleur vive qui irradiait dans toute sa jambe.

— Aïe ! s'écria-t-elle en étirant sa jambe tout en serrant sa besace contre sa poitrine.

En un éclair, il se trouva à ses côtés.

— Est-ce que ça va ?

— Je... je crois que je me suis foulé la cheville, murmura-t-elle en s'accrochant à son bras pour se relever. Aidez-moi, je pense que je peux tenir debout.

Mais ses mains couvertes de boue glissèrent.

— Pas question, dit-il en la prenant dans ses bras en dépit de ses vêtements boueux. Allons nous mettre à l'intérieur.

— Inutile ! s'écria-t-elle. Je vais bien, croyez-moi. Je ne voudrais pas imposer ma présence à Ettie, surtout avec toute cette boue... Je... je peux marcher, je vous assure.

Mais il ne faisait pas mine de vouloir la relâcher. A présent, leurs bouches étaient si proches que la buée qui s'en échappait se mêlait à l'air glacial et humide qui les entourait.

— Je suis médecin, rappela-t-il en un souffle sans la quitter du regard. Je sais deviner quand les gens mentent.

— Je peux marcher jusqu'à ma voiture, insista-t-elle en se dégageant doucement de son étreinte.

Faisant la grimace, elle posa le pied à terre mais serra les dents sous l'effet de la douleur. Il la soutint par le bras tandis qu'ils avançaient vers la Subaru. Mais la douleur de sa cheville était trop forte, et elle se sentit rougir d'humiliation.

Ce fut alors qu'il lui prit les mains avec une infinie douceur, et l'attira vers lui. L'instant d'après, ses lèvres se posèrent sur les siennes, tièdes et entreprenantes. Au début, elle demeura figée de surprise. Mais, très vite, elle s'abandonna à ce délicieux baiser, passa ses bras autour de lui et plaqua son corps contre le sien.

Lorsque leurs lèvres se séparèrent, il baissa les yeux vers elle avec un sourire ébahi.

— Suis-moi, murmura-t-il en lui ouvrant la portière.

Tel un automate, elle s'installa dans sa voiture. De ses mains toujours couvertes de boue, elle dégagea ses cheveux de devant ses yeux. Son cœur tambourinait contre sa poitrine, et elle avait l'impression de manquer d'air. Avait-elle rêvé, ou bien Drew venait-il de lui voler un savoureux baiser ?

Quelques minutes plus tôt, elle s'apprêtait à dire au revoir à cet homme ; or, voici qu'elle se sentait prête à braver cette pluie diluvienne juste pour revivre le frisson d'un second baiser... Elle sentait encore la chaleur de ses lèvres sur les siennes alors qu'il démarrait son 4x4 pour lui ouvrir la route. Il la klaxonna et attendit qu'elle le suive.

— Calme-toi, ma belle, grommela-t-elle entre ses dents.

Après tout, ce baiser s'était produit à l'issue d'un après-midi passé à échanger des regards et des paroles équivoques. Pourtant, ce baiser n'avait rien d'un baiser ordinaire. A l'instant où elle avait senti les lèvres de Drew s'emparer des siennes, un désir irrépressible s'était répandu à travers tout son corps. Un désir si vif, si douloureux, qu'un simple baiser n'avait pas suffi à l'assouvir...

Elle conduisait très lentement mais à un moment la voiture dérapa et la tira brusquement de sa rêverie. Il pleuvait si fort qu'elle distinguait à peine les feux arrière de Drew. Penchée vers l'avant, elle effaça d'un revers de manche la buée qui envahissait son pare-brise, mais laissa une traînée de boue. Elle poussa un juron, et entreprit d'ôter sa veste souillée, mais, devant elle, Drew freina brutalement.

Elle pila à son tour, et sa voiture s'arrêta à quelques centimètres à peine du 4x4.

Aussitôt après, elle le vit sortir de son véhicule et se précipiter en courant vers la Subaru. Il s'engouffra sur le siège passager, puis abaissa sa capuche avant de se tourner vers elle, des gouttelettes ruisselant entre ses cils bruns.

— La route est inondée à cent mètres d'ici. Votre voiture ne passera pas.

— Mais c'est une quatre roues motrices.

— Peu importe : vous risquez d'abîmer votre train avant. On peut toujours essayer avec mon 4x4, qui est plus haut, mais je ne suis même pas sûr que l'on passerait.

— Quel autre choix avons-nous ?

— On peut se rabattre chez moi en attendant que la pluie cesse. Ensuite je préviendrai la municipalité pour que la route soit rapidement remblayée.

— Chez vous ? Vous habitez près d'ici ?

Il hocha la tête.

— On vient de passer mon chemin d'accès il y a moins de deux cents mètres.

Elle réfléchit un instant aux options qui s'offraient à elle. Soit elle s'entêtait à descendre dans la vallée au risque de passer les prochaines heures à braver une tempête au volant de sa voiture, avec des vêtements déjà humides et boueux. Soit elle passait la soirée avec un médecin des plus sexy, en tête à tête, dans son chalet de montagne.

Y avait-il seulement matière à réfléchir ?

Ne lui suffisait-il pas d'accepter ce qui ressemblait à la proposition la plus excitante qu'elle ait jamais reçue ?

— Si vous estimez que c'est plus sûr, alors, je pense que nous pourrions attendre la fin de la tempête chez vous...

— Prenez vos affaires. Il vaut mieux laisser votre voiture ici et continuer avec la mienne.

— Mais... quelqu'un pourrait rentrer dedans...

— Cette route ne dessert que mon chalet et celui d'Ettie, expliqua-t-il. Ettie ne conduit pas, donc il n'y a aucun risque.

Curieusement, elle n'était pas certaine que rester auprès de cet homme ne comporte aucun *risque*. A ses côtés, elle n'était plus vraiment elle-même. Et puis il y avait ce baiser brûlant qu'ils avaient échangé...

Peut-être allaient-ils de nouveau s'embrasser. Franchement, qui croyait-elle leurrer ? Evidemment qu'ils allaient de nouveau s'embrasser ! A vrai dire, ils allaient même certainement faire beaucoup plus que s'embrasser...

La bouche sèche, elle rassembla ses affaires abandonnées sur la banquette arrière.

— Si vous le dites... je veux bien vous suivre.

2

Le chalet était plongé dans le froid et l'obscurité lorsque Drew ouvrit la porte à Alison. Il passa devant elle pour allumer une lampe à huile qui éclaira son intérieur spartiate.

— Voilà près de deux semaines que je n'ai pas dormi ici, expliqua-t-il en allumant une deuxième lampe. En général, je loge au-dessus de la clinique. C'est un peu rustique, mais confortable.

Il observa attentivement la réaction d'Alison, saisi d'un bref sentiment de culpabilité. Certes il avait bien vu un début d'affaissement de la route, mais Alison aurait peut-être pu passer l'obstacle en roulant prudemment. Ne lui avait-il pas proposé ce repli à son chalet seulement parce qu'il avait envie de passer la soirée avec elle ?

Elle soupira bruyamment et un nuage de buée se forma devant ses lèvres.

— Il fait froid...

— Je vais allumer un feu dans la cheminée, déclara-t-il en ôtant son manteau détrempé. Enlevez donc votre pardessus, vous allez attraper une pneumonie !

Lorsqu'elle s'exécuta, il lança un coup d'œil admiratif à sa silhouette longiligne. Elle se déplaçait avec une telle grâce qu'il ne put s'empêcher d'imaginer le corps ferme et vibrant qui se dissimulait sous ses habits informes.

Elle fit le tour de la pièce avant de saisir une photo de sa famille.

— Est-ce toi, là ?

Il hocha la tête.

— Je suis l'aîné de quatre enfants. J'ai grandi ici jusqu'à l'âge de huit ans. Et puis mes parents ont décidé que nous devions déménager : nous sommes allés vivre en ville.

— En ville ?

— Knoxville. Mon père y a été embauché dans une usine de gants, et ma mère était femme de chambre dans un hôtel.

— Et tu es devenu médecin ? C'est remarquable.

Il se pencha pour assembler des bûches dans l'âtre.

— Je ne sais pas. Cela aurait sans doute été plus difficile encore si j'étais resté dans le système scolaire ici. En ville, j'ai eu la chance de suivre des cours de soutien en sciences, et cela m'a permis d'obtenir une bourse.

— Vous habitiez ce chalet quand tu étais enfant ?

Il fit craquer une allumette et la dirigea vers le papier calé sous les bûches. Le feu prit très vite et il se redressa.

— Mon père a passé son enfance dans ces montagnes. Cette propriété appartient à notre famille depuis plusieurs générations. Mon arrière-arrière-grand-père a construit ce chalet de ses propres mains. Mais, hormis miss Ettie et moi, plus personne ne vit dans le coin à présent.

— Tu as un lien de parenté avec miss Ettie ?

Elle était la personne la plus curieuse qu'il ait jamais rencontrée et il appréciait sa façon abrupte de l'interroger. Lui-même avait envie de lui poser un certain nombre de questions. Avait-elle un homme dans sa vie ? Ses lèvres étaient-elles vraiment aussi exquises qu'il l'avait cru, ou bien avait-il seulement rêvé ce baiser divin qu'ils avaient échangé tout à l'heure ?

Il s'éclaircit la voix, s'efforçant de garder son esprit centré sur la conversation, et non sur la courbe de ses lèvres ou sur l'arrondi de sa nuque...

— Ettie est la petite sœur de mon arrière-grand-mère, c'est donc mon arrière-grand-tante. Mes arrière-grands-parents l'ont recueillie ici après la mort de ses parents.

Il lui fit signe d'approcher, et elle vint le rejoindre près du feu. Elle tendit ses paumes couvertes de boue séchée vers les flammes et s'agenouilla sur le parquet.

— Ma parole, murmura-t-elle, je suis toute crottée...

— Je vais faire chauffer de l'eau dans une bassine afin que tu puisses te nettoyer.

— J'aurais besoin d'une bonne douche, répondit-elle en baissant les yeux vers son jean maculé de boue. Et d'une machine à laver…

— Je n'ai malheureusement ni l'une ni l'autre, déclara-t-il en l'imaginant nue et ruisselante d'eau. Quand j'ai racheté ce chalet à mes parents, je l'ai restauré pour le rendre à son état d'origine : j'ai fait couper l'électricité et banni tout équipement moderne. Nous n'avons jamais eu l'eau courante ici, mais je dispose tout de même d'une baignoire.

Comment aurait-il pu deviner qu'il accueillerait un jour une femme diablement sexy et couverte de boue ?

— Tu n'as pas l'air habituée à vivre ainsi à la dure, ajouta-t-il en l'imaginant à présent nue dans un bain vaporeux.

— Tu sais, j'ai grandi dans un car de ramassage scolaire aménagé en habitation. Nous n'avions le droit d'utiliser les toilettes portables qu'en cas d'urgence absolue. Et pour les douches, nous utilisions celles des auberges de jeunesse ou des gymnases des villes où nous faisions étape.

— Un car de ramassage scolaire ?

— Mes parents étaient des musiciens itinérants : ils se produisaient dans tous les salons et les foires du pays. J'ai attendu l'âge de dix-sept ans avant d'habiter dans une vraie maison, quand nous nous sommes installés à Nashville. Avant cela, c'est maman qui nous faisait l'école à la maison. Nous avons eu une éducation très originale.

— Intéressant, murmura-t-il en croisant son regard.

Il voulut ajouter quelque chose, mais se ravisa, un sourire coquin aux lèvres.

— Qu'y a-t-il ? demanda Alison.

— Rien…

— Tu étais sur le point de dire quelque chose.

— J'allais m'excuser de t'avoir embrassée tout à l'heure, avoua-t-il en un soupir. J'ignore ce qui m'a pris et…

— Ce n'est pas grave, l'interrompit-elle en lorgnant ouvertement ses lèvres. C'était plutôt agréable, à vrai dire… très agréable même. D'ailleurs, s'il te prenait l'envie de recommencer, je pense que…

Il ne la laissa pas terminer sa phrase. Il glissa plutôt son bras autour de sa taille et l'enlaça. Elle posa une main hésitante sur son visage… Sans doute craignait-elle de le salir de boue… Or, il n'avait que faire d'être propre ou sale en cet instant.

Ils se laissèrent tomber à terre, leurs lèvres se cherchant fébrilement. Il la sentit glisser ses paumes derrière sa nuque, provoquant un désir brutal et contradictoire. Qu'était-il exactement en train de se passer ? Il était en train d'embrasser une parfaite inconnue, et pourtant tout lui semblait incroyablement naturel et spontané.

— Si tu n'as pas envie de continuer, dis-le-moi, susurra-t-il en déviant ses lèvres au creux de son cou.

— Non, pas du tout, répliqua-t-elle à bout de souffle.

— Non ?

— Euh, si… Enfin, au contraire… C'est parfait…

Il glissa alors ses mains sous son gilet, remonta de son ventre vers ses hanches, s'émerveillant au passage de la douceur brûlante de sa peau. Il s'attendait à ce qu'elle l'arrête, mais, au lieu de cela, elle se cambra et étouffa un petit cri comme pour lui demander de continuer.

Lentement, il se dégagea et chercha son regard. Les choses allaient trop vite et il ne voulait rien précipiter.

— Je… je ne peux m'empêcher de te toucher.

— Je sais ce que tu ressens, assura-t-elle en écarquillant les yeux. Quelle étrange sensation, hein ?

Secouant la tête, il se rassit et croisa les jambes devant lui.

— Je ferais mieux d'aller réchauffer l'eau pour ta toilette. Ensuite, je nous préparerai un repas, déclara-t-il en se levant. Tu trouveras un jogging et des chaussettes propres dans la panière, là-bas.

Il se releva en titubant puis s'éloigna d'elle, lorgnant l'érection qui enflait le creux de son pantalon. Tout cela était insensé ! Il venait à peine de rencontrer cette femme ! Et pourtant l'attirance qu'il éprouvait pour elle était saisissante. Sans doute cela faisait trop longtemps qu'il n'avait pas mis une femme dans son lit… Ce ne devait être qu'un réflexe physiologique. Une réaction à toute sa frustration accumulée.

Cela dit, il ressentait plus qu'une simple alchimie physique avec elle. Cette femme l'intriguait : elle était intelligente, obstinée et belle. Il savait déjà tout cela d'elle, alors qu'elle ne lui avait dit que son nom et son métier. Musicologue. En quoi cela consistait-il au juste ? Cela ressemblait plus à un terme médical qu'à une spécialité universitaire...

Il avait tant de questions à lui poser... Sauf que dès qu'il s'approchait d'elle, il n'éprouvait plus la moindre envie de parler. Ils disposaient d'une soirée entière, en tête à tête. Une nuit pour explorer cette troublante attirance. Une nuit qu'il comptait bien rendre mémorable.

Tandis que Drew allumait un deuxième feu dans le poêle à bois de l'autre côté de la pièce, Alison ôta sa veste détrempée. Son cœur battait encore la chamade après le baiser qu'ils venaient d'échanger, et elle avait toutes les peines du monde à retrouver son souffle.

Dès l'instant où il l'avait embrassée sous la pluie, elle n'avait eu qu'une idée en tête : qu'il recommence ! Et à présent qu'il lui avait volé un nouveau baiser, elle se surprenait à rêver à un troisième... Seigneur, mais que lui arrivait-il donc ? D'habitude, elle avait pourtant la tête sur les épaules. Or, quelque chose de dangereux, d'irrésistible émanait de cet homme.

Elle repensa alors à sa petite conversation avec Tess, et au cadeau de Noël que lui avait offert son amie. Peut-être était-il temps pour elle de laisser s'exprimer la tigresse qui sommeillait en elle. Lorsqu'elle était plus jeune, elle avait été d'un tempérament plus impulsif, beaucoup moins inhibée devant ses fantasmes. A force de maturité, sa vie sexuelle n'était-elle pas devenue un peu trop sage, convenue ?

Pourtant, elle rejetait toutes formes de convenances. Elle tenait à rester libre d'apprécier pleinement tous les plaisirs que le corps d'un homme pouvait lui procurer. Elle voulait laisser libre cours à ses désirs les plus fous, quitte à en perdre la tête, quitte à ne plus être maîtresse d'elle-même.

Respirant de plus en plus difficilement, elle se débarrassa de ses chaussures et chaussettes boueuses avant de rejoindre Drew près de l'évier. Elle se rinça les mains sous l'eau glaciale qu'il avait rapportée du puits. Puis il lui tendit en silence une serviette de toilette, avec laquelle elle sécha ses mains, puis ses cheveux.

— Je vais te laisser un peu d'intimité, déclara-t-il en portant une énorme marmite vers la porte extérieure. Ainsi, tu pourras te changer.

La porte se referma derrière lui, et elle la fixa un instant du regard. Comment se faisait-il qu'elle n'éprouvait pas la moindre réserve à passer la soirée dans le chalet de cet homme ? Elle savait parfaitement comment tout cela risquait de se terminer, mais elle n'en avait que faire. Une force mystérieuse la poussait vers cet homme aux deux visages : à la fois ange et démon...

D'un côté, il était doux et attentionné, veillant sur Ettie, chauffant de l'eau pour elle-même, l'aidant à circuler sur une route de montagne dangereuse. De l'autre, il y avait cet homme qui affolait le rythme de son cœur et la faisait trembler de désir. Un homme capable de lui couper le souffle en une seule caresse.

Elle trouva des vêtements propres dans la panière, puis alla se déshabiller devant la cheminée. Frigorifiée, elle tourna le dos au feu et ferma les yeux, se délectant de la sensation de chaleur qui irradiait peu à peu sa peau.

Même ses sous-vêtements étaient trempés, et elle finit par les enlever aussi. Elle se tourna de nouveau devant les flammes, et se sentit brusquement accablée de fatigue. Les yeux rivés sur les flammes qui dansaient devant elle, elle se perdit dans ses pensées. Elle venait de passer la plus étrange journée de toute sa vie et, pourtant, elle n'avait pas envie que celle-ci se termine. Un mélange d'appréhension, de désir et d'impatience commençait à lui tourner la tête... et à lui procurer un sentiment paradoxal de... libération ?

Elle n'était pas sûre de ce qui allait suivre, mais si cela comprenait des baisers et des caresses avec Drew Philips, alors elle était partante ! Des hommes comme lui se présentaient rarement dans une vie, *a fortiori* dans sa vie à elle. Et elle comptait profiter pleinement d'une telle aubaine.

Elle passa une main dans ses cheveux en regrettant de ne pas disposer d'une brosse. Et repensa à cet homme qui l'avait sauvée d'une inondation dangereuse. Il était tellement... sexy ! Il avait ce regard pénétrant, ce sourire provocant et cette façon incroyable de la caresser... comme s'il devinait à l'avance ce qui la ferait frémir de plaisir.

Si elle ne s'était jamais considérée comme une bombe sexuelle,

elle n'en accordait pas moins de l'importance à l'étrange alchimie charnelle qui pouvait se produire entre un homme et une femme. Cela dit, même si par le passé elle n'avait jamais entretenu que des relations sérieuses avec les hommes, la perspective de passer une folle nuit sans lendemain entre les bras de Drew lui apparaissait comme une excellente idée.

Elle entendit soudain la porte grincer derrière elle, et se redressa lentement, sa main toujours coincée dans ses cheveux humides et emmêlés. Elle jeta un œil par-dessus son épaule et surprit Drew en train de la dévorer du regard, de la tête aux pieds. Elle se retint cependant de se couvrir, curieuse de le mettre à l'épreuve.

— Je... Excuse-moi, bredouilla-t-il en se tournant brusquement, éclaboussant au passage ses bottes avec l'eau de la marmite.

D'un geste vif, elle enfila le sweat-shirt et le pantalon de jogging, satisfaite de son petit effet. Cette fois, le gentil garçon avait pris le dessus. Mais que serait-il advenu si l'homme ténébreux s'était jeté sur elle pour la séduire ?

— Il n'y a pas de mal, répondit-elle à voix basse.

Il se tourna de nouveau vers elle, un sourire contrit aux lèvres.

— Tu... tu as un corps très harmonieux, murmura-t-il en toussotant. Je parle là en tant qu'anatomiste...

— Je m'en remets à ta sagesse de médecin, rétorqua-t-elle avec un petit rire anxieux.

Il traversa la pièce pour la rejoindre.

— Tu n'as rien à craindre affirma-t-il. Il ne se passera rien ici qui irait à l'encontre de tes désirs.

Elle hocha lentement la tête.

— Je sais... Je me sens... en sécurité. Et nettement moins frigorifiée. En tout cas, si quelque chose doit advenir entre nous, je n'y verrai pas d'objection.

A ces mots, il la prit dans ses bras et promena ses mains le long de son dos. Son geste était très naturel, et déjà elle éprouvait cette sensation familière de désir. Leurs corps semblaient être faits pour se compléter, et elle n'avait aucune envie de lâcher Drew.

— Tout cela est dingue, déclara-t-il en lui relevant le menton du bout de son index.

— Je sais...

— Que peut-on y faire ?

— Accepter ce qui est en train d'arriver, et voir où cela nous mènera, déclara-t-elle en poussant un long soupir.

— C'est une réaction strictement physiologique, tu sais ? Une part relève de l'instinct, l'autre est comportementale. Quelques étincelles se produisent dans notre cerveau, et on se sent soudain tellement bien qu'on ne veut plus rien arrêter...

— Je suis ravie d'apprendre qu'il existe une explication scientifique à cela.

— Tu as décelé en moi les critères que tu privilégies chez un mâle. Peut-être est-ce mon intelligence, mes attributs physiques, ou le simple fait que je sois capable d'allumer un feu. Tout cela est inconscient, bien sûr. Mais, inconsciemment, tu sais que si nous formons un couple, je suis apte à te protéger.

— Et toi, que décèles-tu en moi ?

Il sourit.

— Je décèle une grande beauté, qui me donne envie de me délecter des plaisirs que ton corps a à m'offrir. C'est à peu près tout ce que je peux dire de l'équation côté mâle.

— Les choses ne peuvent se résumer à cela, objecta-t-elle.

— Bien sûr, en arrière-plan, c'est la pérennité de l'espèce qui est en jeu. Mais, pour l'heure, ce n'est pas ce que j'ai en tête.

— Et qu'as-tu donc en tête dans ce cas ?

— Je te revois devant ce feu de cheminée, entièrement nue avec tes cheveux en désordre, et tes courbes parfaites. Je me dis que j'aimerais t'arracher tes vêtements pour pouvoir te contempler une nouvelle fois.

Il se pencha pour l'embrasser, retraçant du bout de sa langue la courbe de ses lèvres, avant de plonger sans retenue au creux de sa bouche. Ce baiser fut plus fougueux, plus enivrant que les précédents, et lorsqu'il se dégagea doucement, elle sentit ses jambes se dérober sous elle.

— Mon cœur bat à tout rompre, avoua-t-elle. Et j'ai les jambes en coton.

— Tu anticipes les plaisirs que l'on peut s'offrir, l'un l'autre, et cela augmente le plaisir que tu éprouves.

Elle lui prit la main et la posa contre son cœur.

— Et que se passera-t-il si tu me caresses ?

— Tu fermeras les yeux pour te concentrer sur toutes les sensations qui envahissent ton corps, chuchota-t-il sans la quitter du regard.

Elle ferma les yeux et sourit alors qu'il agaçait la pointe de son sein à travers le tissu de son sweat-shirt. Il avait beau parler de sexe comme d'une expérience strictement scientifique, elle n'était pas dupe. Ce qui se passait entre eux n'avait rien de scientifique. La séduction était un art à part entière, et il se révélait être un artiste accompli.

Drew palpa la chair sensible d'Alison à travers le tissu de son sweat-shirt, et frémit de désir. Cette fois, ils ne parlaient plus d'un désir théorique, mais bien d'une expérience réelle, et intense.

Il pinça doucement son téton, et elle rejeta brusquement la tête en arrière. Les yeux mi-clos, elle laissa échapper un soupir lascif.

— On dirait que ton corps réagit bien, susurra-t-il en l'enlaçant avant d'engouffrer ses mains sous le sweat-shirt.

Refermant ses doigts autour de son sein, il lui vola un nouveau baiser, beaucoup plus entreprenant que les précédents. Il savait à présent ce qu'elle attendait de lui, et était parfaitement disposé à le lui offrir. Glissant son autre main autour de sa taille, il l'entraîna vers le canapé en cuir, sur lequel ils se laissèrent tomber.

— Qu'adviendrait-il si nous ôtions nos habits ? demanda-t-elle en jouant avec les boutons de la chemise de Drew.

Il s'arrêta un instant, ébahi de la vitesse à laquelle les choses se précipitaient. N'avaient-ils pas toute la nuit devant eux ?

— Attendons peut-être avant de nous mettre à nu... Et si nous prenions le temps de faire un peu mieux connaissance ?

— Quel meilleur moyen de se connaître que de justement se mettre à nu ? suggéra-t-elle avec un sourire provocant.

Il émit un petit grognement. Elle avait décidé de ne pas lui simplifier la tâche. Il lui prit la main, et s'allongea au-dessus d'elle, la plaquant sans ménagement sur le canapé.

— J'aimerais que tu répondes à une question, murmura-t-il en effleurant ses lèvres. Juste une.

— Je t'écoute...

Il la regarda dans le blanc des yeux. Si elle mentait, alors il saurait le déceler tout de suite. Il connaissait les moindres signes physiologiques trahissant un mensonge.

— Y a-t-il un homme qui t'attend chez toi ?

Elle haussa un sourcil intrigué.

— C'est tout ? C'est tout ce que tu veux savoir de moi ?

— Si toi et moi devons aller jusqu'au bout, j'ai besoin d'être sûr qu'aucun obstacle ne se dresse entre nous. Que nous serons tous les deux entièrement libres de nous laisser aller.

— Il n'y a personne, affirma-t-elle sans ciller. Depuis un certain temps déjà. D'où mon... *enthousiasme.*

Il pouffa de rire devant son expression cocasse.

— Je suis moi aussi célibataire depuis trop longtemps, avoua-t-il. Mais je me disais que plutôt que se jeter l'un sur l'autre comme des bêtes, on pourrait peut-être prendre notre temps.

Elle fronça les sourcils.

— Comme des bêtes ? répéta-t-elle avec un soupir. Bon, c'est vrai que tout est allé très vite jusqu'à présent. Mais puisque toi et moi semblons décidés... pourquoi remettre à plus tard ce que nous pourrions faire dès maintenant ?

— C'est-à-dire que... Il y a comme un léger problème.

— Un problème ? dit-elle en se renfrognant. Quel genre ?

— Je n'ai pas de préservatifs, confessa-t-il à voix basse.

— Comment ? Tu es médecin et tu n'as même pas de préservatifs sur toi ? Comment est-ce possible ?

— Je n'avais pas prévu ce qui nous arrive, expliqua-t-il. Et puis je n'ai jamais emmené une femme ici. A vrai dire, j'en ai un dans mon portefeuille, mais il est probablement périmé : en tant que médecin, je déconseillerais à quiconque de s'en servir, surtout que...

— J'en ai une boîte entière dans mon sac, l'interrompit-elle.

— Tu... tu voyages avec une boîte de préservatifs ?

Elle acquiesça d'un signe de tête.

— On me l'a offerte récemment, dit-elle avec un sourire mutin. On peut dire que c'était un cadeau de circonstance.

— Dans ce cas, ce n'est plus un problème... Nous allons dîner, peut-être déguster quelques verres de vin... Ensuite tu pourras faire ta toilette, et nous... poursuivrons.

— On est obligés de respecter chaque étape ? Après tout, tu m'as déjà vue toute nue ; je m'estime lésée pour l'instant.

— Tu veux me voir tout nu ? Là, maintenant ?

Elle se dégagea de son étreinte et s'extirpa du canapé.

— En effet. Sinon ce ne serait pas juste. Et puis cela satisferait ma curiosité. Au moins jusqu'au dîner.

Elle parlait d'un air très sérieux, et il éclata de rire.

— Tu veux vraiment que je me déshabille, tout de suite ?

— Tes vêtements sont trempés et couverts de boue. Mais, surtout, je meurs d'envie de voir ce que tu caches en dessous, insista-t-elle avec une petite note de défi dans la voix.

Cette conversation avait pour effet de l'exciter au plus haut point. Et dès l'instant où il ôterait son pantalon, il ne pourrait dissimuler l'ampleur de son désir pour Alison. Mais avait-il vraiment envie que celle-ci découvre tout le pouvoir de séduction qu'elle exerçait sur lui ?

— Eh bien, comme tu voudras, dit-il. Après tout, je ne suis pas prude, et l'anatomie humaine n'a aucun secret pour moi. Mais je dois te prévenir au sujet de mon troisième téton. C'est en général un...

— Pardon ? l'interrompit-elle d'une voix haut perchée.

— Je plaisante ! fit-il en levant les mains en signe de reddition. Cela dit, ce genre de particularité anatomique est assez fréquente. Une personne sur vingt en est atteinte, mais la plupart du temps ce « téton surnuméraire » ressemble à une simple tache de naissance.

— Déshabille-toi, ordonna-t-elle, imperturbable.

Lentement il se dirigea vers la cheminée en déboutonnant sa chemise. Tout en la laissant tomber à terre, il sentait le regard d'Alison posé sur lui. Elle respirait de façon saccadée, et il fut grisé de l'effet qu'il semblait avoir sur elle.

— J'ai l'impression d'être un strip-teaseur, dit-il.

Après avoir enlevé son T-shirt humide, il le lança en direction d'Alison, qui le rattrapa à la volée en poussant un petit cri de surprise. Lentement, il s'attaqua ensuite à sa braguette, faisant durer le plus possible le plaisir, espérant que son érection finirait par décroître.

Mais, une fois la braguette défaite, il n'eut d'autre choix que de faire descendre son pantalon sur ses hanches, puis ses jambes. Quand il fut en boxer, il la défia du regard.

— Alors ? Des commentaires ?

Elle garda les yeux rivés au tissu bosselé de son boxer.

— Aucun. Tu peux continuer, murmura-t-elle.

— Tu en es sûre ?

Elle acquiesça d'un lent hochement de tête.

— Certaine.

Il faufila alors ses doigts sous l'ourlet de son sous-vêtement et attendit un instant, persuadé qu'elle lui demanderait de s'arrêter. Or, elle ne broncha pas. Alors il se mit entièrement à nu.

Elle le scruta des pieds à la tête, avant de pousser un long soupir.

— Merci, dit-elle en hochant la tête d'un air satisfait. Tu peux te rhabiller à présent.

— C'est tout ? Ni remerciements ni commentaires ?

Elle lui tourna le dos et se dirigea vers la cuisine.

— C'est inutile. J'ai obtenu ce que je voulais. Que mangeons-nous pour le dîner ?

Il ne put réprimer un juron. Aurait-elle été déçue par son apparence physique ?

— De la soupe, maugréa-t-il. Une soupe de lentilles.

3

Cela n'avait rien d'un repas gastronomique, mais cette soupe roborative s'avéra exactement ce dont Alison avait besoin pour reprendre quelques forces et se changer les idées. Car elle n'avait pas prévu que le petit strip-tease de Drew la troublerait à ce point.

Au début, elle lui avait lancé ce défi par simple provocation, mais le fait d'avoir découvert son corps d'athlète aux muscles tendus de désir l'avait profondément émoustillée. Allait-elle réellement passer la nuit avec cet homme qui, elle n'en doutait pas un instant, ne manquerait pas de la faire crier de plaisir ? Tout en Drew Philips respirait la perfection. Or, précisément, ne courait-elle pas au-devant d'une lourde déception ?

Car, jusqu'à ce jour, aucune de ses expériences sexuelles ne l'avait véritablement satisfaite. Si elle avait toujours rêvé d'une aventure qui transcenderait la simple mécanique des corps entre un homme et une femme, elle ne l'avait malheureusement jamais expérimenté. *Jamais.* Peut-être avait-elle d'ailleurs conçu trop d'exigences à ce sujet. Peut-être lui suffirait-il de ne penser qu'à la nuit qui s'annonçait, et à rien d'autre, pour se détendre et profiter pleinement de l'aubaine qui s'offrait à elle.

— En quoi consiste exactement le métier de musicologue ? demanda Drew en tournant sa cuillère dans ce qui devait être son troisième bol de soupe.

— Il s'agit de l'étude historique et scientifique de la musique. Je me suis spécialisée dans l'étude des chants populaires des Appalaches, que l'on appelle communément « musique traditionnelle américaine ».

— Et en quoi consiste l'étude de ces chants ?

— Je rédige une présentation sur le sujet ; parfois je les publie. Et je les interprète lors de récitals ou de concerts.

— Tu comptes chanter les chansons d'Ettie ?

Elle hocha la tête.

— Je suis candidate à un poste à l'université du Texas. C'est une opportunité très rare, et les recruteurs cherchent un postulant qui apporterait une certaine publicité à leur programme. Car il ne suffit plus de publier des articles érudits de nos jours. Un musicologue doit enregistrer des albums, publier des recueils de musique, et se produire à travers le pays. Or, il se trouve que l'un de mes concurrents pour ce poste possède déjà toutes ces compétences...

— Je comprends mieux pourquoi les chansons d'Ettie t'intéressent autant, murmura-t-il. Elles sont susceptibles de te permettre d'obtenir le job de tes rêves.

— Pas seulement.

— Personne ne vient se perdre sur cette montagne paumée sans avoir une idée en tête, ajouta-t-il en se rembrunissant.

— Tu n'y es pas du tout, assura-t-elle en agitant ses mains devant elle. Si je n'enregistre pas ni ne publie les mélodies de ces chants, ils seront perdus à jamais ! Est-ce cela que tu veux ? Alors que, dans cent ans, des gens pourraient continuer à fredonner ces airs en citant le nom d'Ettie...

— Et si Ettie n'avait justement pas envie de les partager ?

— Ce choix lui appartient, en effet.

— L'eau doit être chaude à présent, reprit-il de but en blanc.

Elle se renfrogna. Peut-être avait-elle paru s'intéresser à Ettie de façon mercantile, mais ses chansons possédaient un potentiel énorme. Elle avait beau comprendre que Drew veille aux intérêts d'Ettie, il ne s'agissait pas là de simples bijoux de famille, mais d'un véritable patrimoine culturel.

Elle se leva et déballa son tympanon, qu'elle ouvrit sur la table devant elle. Puis elle accorda l'instrument en vue de jouer une des chansons d'Ettie. Lorsqu'elle releva les yeux, Drew était en train de l'observer.

— Chante-moi quelque chose, murmura-t-il simplement.

— Je vais te chanter *Down In Yon Forest*. Il s'agit d'un chant datant de la Renaissance, et qui s'est transmis de génération en génération par le biais des colons anglais venus s'installer sur cette montagne. Tes ancêtres le chantaient peut-être ici même, dit-elle en jouant les premières notes sur le tympanon

Elle interpréta alors le chant intégralement. Elle y mit tout son cœur, puis, à la dernière note, haussa les épaules.

— Si quelqu'un avait décidé de garder ce chant pour lui tout seul, je n'aurais jamais pu te l'interpréter aujourd'hui. A quoi sert la musique, si ce n'est à être partagée ?

Il esquissa un sourire circonspect.

— C'était très beau. Tu as une voix incroyable.

— Pourtant je ne m'étais même pas échauffée. Et j'ai un peu bafouillé sur le troisième vers, grommela-t-elle en caressant les cordes de son instrument du bout des doigts. Avant, je rêvais de monter un groupe avec mes sœurs. Layla est très douée à la mandoline, mais elle a une phobie de la scène. Et Rita déteste tout ce qui a trait à la musique...

— Pourquoi ne pas te produire en solo ? Tu as assez de talent pour cela.

— Je devrais m'y mettre si je décroche ce poste au Texas.

— Tes parents ne sont-ils pas eux aussi musiciens ?

— Oui, mais ils ne se produisent plus en public. Mon père est prof de musique dans une école publique de Ponder Hill, et maman donne des cours particuliers de piano et de chant. Ils se sont enfin posés quelque part, et je pense qu'ils n'ont plus du tout envie de reprendre la route.

Il se leva et vint effleurer ses lèvres.

— Chante-moi une autre chanson pensant que je finis de préparer ton bain.

Elle choisit d'interpréter un autre classique, *The Holy Well*, ainsi que deux autres chants traditionnels pendant qu'il versait deux immenses marmites d'eau chaude dans la baignoire en cuivre, et les mélangeait avec l'eau de pluie recueillie dans la citerne au-dehors.

— La météo ne fait qu'empirer, déclara-t-il. La pluie s'est transformée en verglas...

Curieusement, elle n'était plus du tout inquiète à cause des intempéries. Pour l'heure, elle se trouvait au chaud, au sec, et s'apprêtait à passer la nuit auprès de l'homme le plus sexy qu'elle ait jamais rencontré.

— Ton bain est prêt, annonça-t-il en se penchant au-dessus de la baignoire pour remuer l'eau du bout des doigts. Dépêche-toi avant qu'il ne refroidisse.

Elle le rejoignit, plongea une main hésitante dans l'eau tiède, puis se redressa. Il se figea devant elle, et elle lui tendit les bras ; invitation silencieuse à ce qu'il la déshabille.

D'un geste délicat, il l'aida à passer son sweat-shirt au-dessus de sa tête. Son regard se posa presque tranquillement sur la pointe de ses seins, qu'il ne tarda pas à saisir entre ses mains légères.

Elle retint son souffle alors que, déjà, les paumes de Drew se tendaient vers la ceinture de son pantalon de jogging. Lentement, il le fit glisser le long de ses hanches, de ses cuisses, jusqu'à le lui ôter totalement.

Sans un mot, il l'aida à entrer dans la baignoire.

L'eau lui arrivait seulement à mi-mollets, mais elle s'assit tant bien que mal avant de s'asperger longuement le corps. Dans le décor très spartiate du chalet, ce bain semblait un véritable luxe. De la neige fondue s'accrochait aux vitres tandis que le vent sifflait dans les arbres. Malgré tout, elle se sentait bien au chaud, en sécurité.

— Comment suis-je censée me laver les cheveux ?

— Je peux te prêter un flacon de shampoing. Je vais chercher quelques pichets d'eau pour que tu puisses te rincer.

Elle plongea alors sa tête sous l'eau, puis frotta activement son cuir chevelu avec le shampoing, qui ne tarda pas à lui picoter les yeux.

— Vite, il faut que je me rince ! s'écria-t-elle.

L'instant d'après, il était de retour derrière elle. Elle s'agrippa au rebord de la baignoire et pencha la tête en arrière.

— Penche-toi un peu plus, murmura-t-il.

Un long jet d'eau chaude coula sur sa tête, dévalant le long de son dos. Elle sourit en le sentant enfouir ses mains dans ses mèches dégoulinantes. Lorsqu'elle rouvrit les yeux, il avait disparu, mais ne tarda pas à réapparaître avec un autre pichet qu'il déposa à terre.

— Tu pourras t'en servir pour finir de te rincer, déclara-t-il avant de poser une serviette de toilette sur le rebord de la baignoire. Appelle-moi si tu as besoin que je te frotte le dos.

— Je peux te demander quelque chose ? murmura-t-elle.

— Bien sûr.

— Tout à l'heure, quand tu t'es déshabillé devant moi, j'ai remarqué que tu étais... excité. Etait-ce à cause de moi ? Ou au simple fait que je suis une femme, et toi un homme ?

— Je suis médecin, tu sais ? J'ai l'habitude d'observer le corps humain, et je sais me maîtriser en général, répondit-il avec une voix étrangement rauque. Mais, auprès de toi, impossible de faire comme si de rien n'était. Et ce n'est pas juste parce que ton corps est nu devant moi. Je me sens très attiré par toi, et pas seulement par ton corps...

A ces mots, elle se leva doucement et lui fit face.

— Rince-moi, ordonna-t-elle à voix basse.

Il saisit le pichet et, avec une infinie précaution, lui arrosa le corps, suivant de ses mains l'eau qui ruisselait lentement sur sa peau. Cela faisait si longtemps qu'elle n'avait pas à ce point désiré sentir les mains d'un homme sur elle...

Ils avaient toute la nuit devant eux. Une seule et unique nuit pour assouvir leurs désirs. L'eau était à la température idéale et elle ferma les yeux alors qu'elle sentait ses mains descendre plus bas vers le creux de ses reins. Poussant un soupir aussi fébrile qu'alangui, elle imagina avec délectation ce qui allait suivre.

Lorsqu'il lui prit la main pour l'aider à sortir de la baignoire, il ne lui offrit pas la serviette de bain. Au lieu de cela, il l'attira contre lui et l'embrassa.

Le corps d'Alison était exactement comme Drew l'avait imaginé : lisse, soyeux et tout en courbes délicates et généreuses. Quant à ses mains, elles semblaient avoir deviné chaque point sensible sur son corps à lui...

Ils titubèrent l'un contre l'autre jusque dans la cuisine, et il la souleva pour l'asseoir sur le rebord de la table, avant de se déshabiller à la hâte. Sous la lueur tamisée des lampes à huile, il promena ses paumes avides sur le corps lascif et offert d'Alison.

— Où sont ces fameux préservatifs dont nous parlions ?

— Au fond de mon sac, répondit-elle en déposant un baiser sur son torse. Tu ferais bien de les trouver… Et vite !

Il traversa la pièce et fourragea d'une main fébrile à l'intérieur de la besace. Bredouille, il revint vers elle et le lui tendit. Elle s'empressa d'en vider le contenu sur la table.

— Waouh ! s'exclama-t-il. C'est une vraie quincaillerie !

Elle brandit enfin une petite boîte devant lui.

— Il y en a douze. J'espère que ça suffira…

— Ça devrait aller, dit-il en riant.

Il posa la boîte sur la table, avant d'attirer Alison par la taille. Elle enroula alors ses cuisses autour de ses hanches.

— Est-ce vraiment en train d'arriver ? demanda-t-il en tripotant les mèches humides qui retombaient sur son épaule.

— On dirait bien, susurra-t-elle en faisant glisser sa main le long de son torse.

Il retint son souffle lorsqu'elle atteignit son bas-ventre, glissant inexorablement vers son entrejambe. Et lorsqu'elle referma ses doigts autour de son sexe dur comme le roc, il étouffa un gémissement de plaisir, et comprit qu'il ne pourrait plus faire marche arrière. Ce soir, il appartenait à cette femme, corps et âme. Mais, surtout, il allait devoir la persuader qu'une seule nuit ne suffirait pas. Il devrait y avoir de nombreuses autres nuits comme celle-ci à l'avenir.

— Doucement, hoqueta-t-il. Nous avons tout notre temps.

Elle eut un soupir saccadé, mais remonta peu à peu ses paumes le long de son torse. D'un geste lent mais décidé, il la repoussa vers l'arrière pour l'allonger sur la table. Impudique, elle s'offrit alors à son regard. Tout en laissant courir ses doigts le long de sa peau, il respira à pleins poumons son odeur, mélange suave de savon et de shampoing. Il déposa une pluie de baisers à l'intérieur de sa cuisse, avant de remonter vers le centre de son désir.

Le souffle court, il insinua ses doigts entre ses replis brûlants, et entreprit de la caresser langoureusement, lui arrachant un petit gémissement. Il ne put réprimer un sourire.

L'anatomie féminine avait beau n'avoir aucun secret pour lui, il éprouvait un sentiment d'émerveillement à découvrir Alison. Elle était si belle, et répondait de façon si active à ses caresses… qu'il se sentait sur le point de toucher à la perfection à chaque baiser, à chaque caresse.

Ses lèvres et sa langue remplacèrent bientôt ses mains et, lentement, il sentait monter en elle le plaisir ultime. Elle agrippa ses mains à la table... Dès qu'il la sentait sur le point de capituler, il suspendait ses caresses, la laissant pantelante, frustrée. Puis recommençait, encore et encore.

Il savait exactement ce qui se passait dans le corps d'Alison ; il connaissait chacune des réactions physiologiques qu'elle éprouvait en ce moment. Et pourtant, ce qui l'intéressait, c'était de savoir ce qui se passait vraiment dans son esprit, dans son cœur. Le désirait-elle aussi ardemment que lui la désirait ? S'agissait-il d'un pur désir animal, ou bien un lien plus profond qui serait en train de se tisser entre eux ?

Elle enfouit soudain ses mains dans ses cheveux et se redressa, les yeux embués de désir.

— Ça suffit, dit-elle en cherchant à tâtons la boîte de préservatifs sur la table.

Elle s'empressa alors de l'ouvrir et d'en extirper un sachet qu'elle déchira en un éclair. L'instant d'après, elle l'enfilait autour de son sexe dur comme un roc.

Manifestement, elle ne pouvait plus attendre. Elle était ruisselante de désir, et il savait parfaitement ce qu'elle endurait. Il entoura ses jambes autour de lui et l'attira plus près de lui, sur le rebord de la table.

Il observa ses lèvres enflées et ses joues rosies. Ses cheveux retombaient en désordre sur son visage et elle affichait un sourire aguichant. Il l'étreignit encore et la pénétra enfin. Lentement, très lentement, il s'insinua en elle. Elle se cambra pour l'accueillir, tout en soutenant son regard. Puis elle passa doucement ses mains autour de son cou et l'embrassa goulument.

Il se mit à aller et venir en elle, et il sentit alors une onde de plaisir parcourir chacune des cellules de son corps. La chaleur douce et vibrante d'Alison l'enveloppait tout entier. Au cours de sa vie, il n'avait jamais connu d'expérience sexuelle aussi exaltante. Avec elle, il était en permanence au bord de l'orgasme. A peine arrivait-il à se contenir.

Elle enfouit son visage dans le creux de son cou, gratifiant chacun de ses coups de reins d'un petit gémissement de plaisir. Ivre de désir, il glissa de nouveau sa main sur son entrejambe et trouva son clitoris.

— Oh, oui ! dit-elle, pantelante. Oh ! Drew, c'est bon...

Elle rejeta la tête en arrière, repoussant une nouvelle fois ses mains derrière sa tête, les yeux fermés, le visage crispé. C'est alors que sa respiration parut se bloquer, et il comprit qu'elle était sur le point de jouir...

Il ressentit intimement le violent spasme qui lui traversait le corps. Tandis qu'il la regardait s'abandonner, il se sentit lui-même prêt à la rejoindre aux portes de l'extase. S'agrippant à ses hanches, il l'étreignit encore et se perdit une dernière fois en elle avant d'abandonner tout contrôle, avant de s'abandonner lui-même. Un orgasme époustouflant le submergea, faisant trembler chaque fibre de son être, rendant ses jambes cotonneuses. Et lorsque les derniers soubresauts s'espacèrent, il s'affala sur elle, pressant ses lèvres entre ses deux seins.

Il sentit son cœur battre la chamade, alors qu'ils cherchaient tous deux à recouvrer leur respiration.

— Désolé, susurra-t-il. Je ne pensais pas que nous ferions cela sur la table de la cuisine.

Elle eut un rire lumineux.

— Je risque une sciatique, dit-elle sur un ton badin.

Il regarda autour d'eux l'air amusé.

— Y aurait-il un médecin dans cette maison ?

Il l'aida alors à se redresser et, sans se séparer d'elle, enroula une nouvelle fois ses jambes autour de sa taille, avant de la porter jusqu'au lit. Ils se laissèrent tomber sur le drap délavé et il l'embrassa de nouveau avec passion.

— Tu as besoin d'une consultation ? demanda-t-il.

— Non, assura-t-elle. Pour l'heure, j'aimerais que tu ne bouges plus d'un iota. Reste exactement là où tu es.

Un craquement soudain réveilla Drew en sursaut. Il se redressa dans le lit en se frottant les yeux, et il lui fallut un certain temps pour reconnaître les lieux. Alison remua à côté de lui, et il frissonna à la sensation de son corps fluide et chaud contre le sien. Il régnait un froid glacial dans le chalet. Le feu de la cheminée s'était éteint depuis longtemps.

Avec précaution, il ôta le bras d'Alison qui lui enlaçait la taille, puis se leva pour rejoindre le foyer. Il ajouta quelques bûches dans l'âtre, puis regarda les braises s'embraser en venant lécher le bois.

Ses pensées étaient elle-même consumées par la femme qui était assoupie dans son lit. Ils avaient fait l'amour une seconde fois, de façon plus langoureuse et préméditée, avant de s'endormir d'épuisement. Certes, il avait eu un certain nombre de maîtresses par le passé, mais aucune ne l'avait comblé comme elle avait su le faire.

Il frissonna à cette idée. A une époque, il avait eu beaucoup à offrir à une femme : une vie confortable, une jolie maison dans un quartier résidentiel, et tout le luxe que permettaient ses revenus de médecin. Mais ici, dans ces montagnes, il vivait de petits riens, travaillant sept jours sur sept dans un village qui n'était autre qu'un point sur une carte, à la croisée de deux grands axes routiers. Tout ce qu'il avait à offrir, c'était une aventure charnelle.

De toute façon, elle n'attendait rien de plus de lui. Un peu de bon temps. Et l'accès aux chants d'Ettie. Qui lui garantirait le job de ses rêves au Texas. Il n'y avait rien d'étonnant à cela. Lui-même avait longtemps mené sa carrière au détriment de tout le reste. Et lorsqu'il avait fait le choix de revenir vivre dans les montagnes, il avait laissé derrière lui une ou deux petites amies déçues. Tout comme lui, Alison était prête à sacrifier beaucoup de choses à sa carrière.

Cela dit, il avait du mal à cerner l'intérêt réel qu'elle portait à Ettie Lee. Avait-elle couché avec lui par désir pour lui, ou bien simplement pour s'assurer de son soutien dans sa tentative d'amadouer Ettie ? Il traversa la pièce et rejoignit le lit, pour mieux la contempler. Peut-être avait-elle raison. Les chansons d'Ettie méritaient sans doute d'être conservées. Mais une telle décision revenait à sa tante elle-même.

Un nouveau craquement le tira de sa rêverie et, attrapant une lampe torche sur le manteau de la cheminée, il marcha jusqu'à la porte qu'il ouvrit en grand. Une rafale de vent glacé s'engouffra aussitôt à l'intérieur, et il ne put réprimer un frisson. Il brandit alors la lampe devant lui, et le faisceau se refléta aussitôt dans les branches des arbres nus, comme des milliers de petits lampions.

— Brouillard givrant, murmura-t-il.

Les craquements qui l'avaient réveillé provenaient de branches d'arbres cédant sous le poids de la glace. Les marches du perron étaient gelées, ainsi que la balustrade sous le porche. Si le froid perdurait, alors le givre s'installerait.

Il referma la porte du chalet, puis s'adossa contre elle. Et si Alison et lui disposaient d'un peu plus d'une nuit devant eux ? Il était tout simplement impensable de reprendre le volant tant que la glace n'aurait pas fondu. Sans parler des branches et arbres cassés qui ne manqueraient pas de bloquer la route. Il envisagea pour la première fois qu'elle serait peut-être contrainte de rester tant que les conditions ne s'amélioreraient pas.

Il retourna s'asseoir en douceur sur le lit. Il posa délicatement une main sur elle, mais la retira aussitôt. Retenant son souffle, il la regarda remuer puis ouvrir les yeux. Elle sembla l'interroger du regard et il ne sut que dire.

— Tu es réveillée ?

— J'ai entendu un bruit. Et puis je t'ai entendu faire le tour du chalet. Tu es sûr que ça va ?

— Ça va...

Elle s'assit en remontant les draps sur sa poitrine et repoussa les cheveux qui tombaient sur les yeux. Puis il la rejoignit sous les draps et s'allongea contre son corps tiède et accueillant. A la lueur du feu, il distinguait clairement son visage.

Il lui sourit et le visage d'Alison s'éclaira encore.

— La pluie a verglacé. Je crains que tu ne puisses reprendre la route avant que tout cela n'ait fondu. Je pense que tu devras rester une nuit de plus...

— Mais c'est impossible ! gémit-elle. Je dois rentrer aussitôt après avoir interviewé Ettie. Si elle m'y autorise, je vais devoir répéter ses chansons pour le récital avec mes musiciens. Je dois aussi travailler mon programme et l'annoter. Je ne peux vraiment pas rester une nuit de plus. Nous sommes dimanche et j'ai des cours à donner demain.

— Tu risques de ne pas avoir le choix, ajouta-t-il. Même si j'ai un aveu à te faire.

— Je t'écoute, dit-elle en ramassant une nouvelle mèche de cheveux qui barrait son visage.

— Tu te souviens quand je t'ai annoncé que la route était inondée ?

Et que tu ne pourrais pas passer avec ta voiture ? Eh bien... il se peut que j'aie exagéré. A vrai dire, j'avais aperçu un point, en amont, où la route était dégagée, mais...

— Mais tu voulais passer la nuit avec moi ?

Il hocha la tête.

— Et voici que tu risques à présent d'être bloquée ici un jour de plus...

— De toute façon, il m'aurait fallu revenir ici pour interroger Ettie, répondit-elle en soupirant de façon un brin mélodramatique. Et puis c'est une telle torture de dormir dans ton lit... Je me demande comment je vais survivre une nuit supplémentaire.

— Et moi donc ! dit-il en roulant au-dessus d'elle.

Le seul contact de ses hanches contre les siennes suffit à faire naître en lui un douloureux désir. Cette femme lui avait jeté un sort amoureux qui l'avait rendu insatiable.

— Quand tu m'as dit en avoir une boîte de douze, je n'imaginais pas que nous les utiliserions tous. Mais, à présent, je pense que nous allons devoir les rationner !

— Sans doute, dit-elle en s'installant à cheval sur lui avant de promener ses lèvres au creux de son cou, puis de son torse, puis de son ventre, et son bas-ventre...

Il se tortilla sous ses caresses, conscient de ce qu'elle s'apprêtait à faire. Mais il avait beau s'y être préparé, au moment où elle referma ses lèvres autour de lui, il crut défaillir. Serrant les dents, il retint son souffle et s'efforça de se contrôler.

Il tenta de se dégager de son emprise, mais elle refusa d'obtempérer. Sa seule concession fut de ralentir le tempo. Elle semblait deviner exactement à quel moment il allait craquer. Ainsi, lorsqu'elle le décida, elle enfila un préservatif le long de son sexe dur comme un roc. Et, avec une exquise détermination, elle s'empala à lui. Il ferma les yeux.

Voilà. Voilà ce qu'il attendait depuis toujours : la communion parfaite de deux corps, de deux âmes.

Et à présent qu'il l'avait enfin trouvée, comment arriverait-il à laisser Alison repartir ?

4

Un soleil matinal faisait étinceler le givre sur les branches des arbres, donnant aux bois qui entouraient le chalet des airs de conte de fées. Alison marchait au côté de Drew sur le bas-côté de la route, et leurs bottes faisaient crisser le sol gelé alors qu'ils montaient en direction du chalet d'Ettie. Autour d'eux, des branchages cassés obstruaient la voie et entravaient la circulation. Heureusement, Ettie logeait tout près du chalet de Drew, et Alison était ravie de pouvoir prendre l'air et s'éclaircir les idées.

Ce matin, elle s'était réveillée blottie contre son corps nu et sculptural. Lui-même avait son visage enfoui au creux de son cou. Tout cela était nouveau pour elle : elle n'avait jamais eu d'aventure d'un soir auparavant, et le réveil n'avait finalement pas été aussi embarrassant que redouté.

Après qu'ils avaient fait une nouvelle fois l'amour passionnément, il s'était levé et avait préparé un petit déjeuner à base de muesli, de café et de fruits au sirop. Elle ne put s'empêcher de sourire au souvenir de tous les moments qu'ils avaient partagés en si peu de temps. Elle était venue dans ces montagnes en quête de musiques anciennes, et elle y avait trouvé quelque chose — enfin quelqu'un — de tout à fait inattendu.

Il lui plaisait vraiment beaucoup. Et, une fois qu'elle en aurait fini avec l'interview d'Ettie, peut-être reviendrait-elle lui rendre visite. Après tout, la situation n'était-elle pas idéale ? Drew et elle étaient tous deux accaparés par leurs carrières respectives. Un week-end de débauche ne leur ferait-il pas le plus grand bien, de façon occasionnelle ?

Elle se tourna vers lui et sourit. Cette situation était pour le moins surprenante, et tellement inopinée…

— Dans combien de temps penses-tu que la route sera praticable ? demanda-t-elle d'une voix légère.

— Si la température se réchauffe, la glace aura fondu dans une petite heure. Mais j'ignore si le froid va céder du terrain.

— Que comptes-tu faire pour ton cabinet ?

— J'y descendrai à pied tout à l'heure pour m'assurer que mes patients vont bien. S'ils n'arrivent pas à me joindre, ils basculeront sur le cabinet médical de Barnwell. Je ne suis de garde ni aujourd'hui ni demain. Je peux utiliser le téléphone satellitaire d'Ettie pour prévenir des dégâts sur la route.

— Pour ma part, je dois être repartie demain matin au plus tard, fit-elle savoir. Au pire, j'annulerai quelques cours : de toute façon, je suis ici dans le cadre de mon travail.

— Nous allons trouver un moyen de te faire quitter cette montagne pour que tu sois à l'heure à tes cours demain.

« Demain ». Elle était loin d'être aussi inquiète qu'elle le laissait croire… Et dire qu'elle allait passer une nouvelle nuit ici… Une nouvelle nuit au cours de laquelle ils allaient pouvoir aller jusqu'au bout de leurs fantasmes. Elle frissonna d'anticipation alors qu'elle se remémorait le corps nu et alangui de Drew.

— Que fais-tu habituellement de tes week-ends ?

— J'effectue quelques consultations à domicile et je trie mes paperasses. Je viens couper du bois au chalet. Et je fais quelques courses au village pour me ravitailler.

— Tu n'as donc aucune vie sociale ?

Il secoua la tête.

— Ce n'est pas évident. Mes patients me prennent beaucoup de temps. Parfois je vais jusqu'à Knoxville en voiture pour voir quelques amis, ou m'offrir une soirée au cinéma, mais je ne suis pas un adepte des mondanités.

— Pourquoi as-tu choisi de venir exercer ici ? On dirait qu'il n'y a pas grand-chose à faire en dehors de ton travail.

— Avant cela, je travaillais aux urgences de l'hôpital de Nashville. J'ai vu défiler des milliers de patients sans jamais avoir le temps de m'occuper vraiment d'eux. Je les soignais, à la chaîne, et puis je les renvoyais. Ici, j'ai pu établir une véritable relation avec mes patients. C'est ce qui me plaît.

Ces mots lui rappelèrent un souvenir fugace.

— Pour quel hôpital travaillais-tu à Nashville ? demanda-t-elle.

— Le Mémorial.

— Et combien de temps y as-tu exercé ?

— Deux ans. J'ai démissionné depuis un an.

— J'ai été admise aux urgences pour Noël l'année dernière. Je suis tombée lors de la reconstitution annuelle de la Nativité chez mes parents.

— Tu veux dire que c'est moi qui t'ai soigné ?

— Non, je suis sûre que je me serais souvenue de toi… Et dire que l'on aurait pu se croiser à ce moment-là. On est peut-être passé à côté l'un de l'autre, sans se douter…

— Se douter de quoi ?

— Que les choses entre nous puissent être aussi *explosives* ! Tu ne te demandes jamais combien de gens tu croises sans te douter que tu t'entendrais à merveille avec eux ? Parfois, il faut d'étonnants concours de circonstances pour rencontrer une personne. Certains ne trouvent jamais l'âme sœur.

— On dirait que ce week-end, les astres s'étaient parfaitement alignés pour nous…

Les paroles de Drew flottèrent un instant dans l'air glacial, et elle ne put s'empêcher de leur trouver une résonnance toute particulière. N'était-il pas en train de parler de leur rencontre comme d'un miracle qu'il aurait attendu toute sa vie ? Et si quelque chose l'avait réellement prédestinée à croiser Drew, là, sur cette montagne ?

Or, ce qui se passait entre eux ne pouvait être qu'une aventure sans lendemain. D'ici à l'été prochain, elle serait installée au Texas pour son nouveau poste, loin, très loin, de ce chalet sans électricité perché en haut de cette montagne.

Quand ils arrivèrent chez Ettie, les chiens se ruèrent sur eux pour les saluer et les escorter en jappant jusqu'au porche.

— Ecoute, murmura-t-il soudain. Je voudrais te dire quelque chose avant que nous n'entrions.

— Bien sûr, je t'écoute…

— Si Ettie te refuse l'autorisation d'exploiter ses chansons, j'aimerais que tu n'insistes pas.

Elle s'apprêtait à rétorquer qu'elle n'avait aucune intention de harceler la vieille dame, quand la porte du chalet s'ouvrit. Ettie les invita chaleureusement à entrer. Depuis hier, elle avait décoré son intérieur en vue de Noël. Alison se dirigea vers la cheminée et observa la crèche fabriquée à la main posée sur le manteau.

— Oh ! c'est magnifique ! s'exclama-t-elle.

— Je me suis un peu laissée aller, avoua Ettie. En général, je ne décore la maison que si j'attends des invités. J'ai pensé que vous apprécierez ces pièces que je collectionne depuis de nombreuses années.

— Tout est fabriqué à la main ! s'extasia Alison.

— En effet. Certaines pièces sont très anciennes. Mon grand-père m'avait sculpté cette crèche quand j'ai commencé à perdre la vue. Petite, j'adorais caresser les santons et les assembler autour des animaux de l'étable.

Ce genre de pièces, rares, ne se trouvait plus que chez des antiquaires spécialisés. Leur valeur était inestimable. Mais ces trésors devaient absolument rester dans la famille d'Ettie, et ne pas finir vendues au plus offrant.

Alison se tourna vers Drew. Il l'observait avec insistance, comme pour tenter de déchiffrer ce qu'elle avait en tête.

— J'ai parlé de vos chansons avec Drew, annonça-t-elle d'une voix dégagée, et je comprendrais tout à fait que vous ne me permettiez pas de les publier. Cela dit, je pense que ces chansons peuvent intéresser beaucoup de monde, Ettie.

— Vous croyez vraiment ? demanda la vieille dame.

— J'en suis certaine. Aussi, j'aimerais beaucoup les interpréter moi-même.

— Asseyez-vous donc, déclara Ettie. Nous avons tout le temps pour en discuter. Réchauffez-vous un peu. Je ne pensais pas que vous reviendriez avec tout ce givre. Je n'imaginais pas que vous puissiez remonter en voiture.

— Alison est restée chez moi la nuit dernière, intervint Drew. La route était inondée juste en contrebas de chez moi.

Ettie eut d'abord l'air étonné, puis sourit l'air entendu.

— J'espère que tu t'es conduit en gentleman, Andrew…

— Absolument, assura aussitôt Alison. Il a été… *parfait*. Un parfait gentleman.

Drew lui décocha un sourire complice. Elle eut d'ailleurs le curieux sentiment que la vieille dame *voyait* tout ce qui se passait devant elle.

— J'ai toujours dit que si une chose *doit* se produire, elle finit toujours par arriver, déclara Ettie sur un ton suspicieux en secouant la tête. Il est inutile de lutter face au destin ni de chercher à en modifier le cours. C'est un peu comme le soleil qui se lève chaque matin. C'est ainsi, et on n'y peut rien.

Même si les paroles d'Ettie semblaient quelque peu énigmatiques, elles illustraient crûment la vérité : Alison avait rencontré Drew voilà vingt-quatre heures. Ils se connaissaient à peine. Et pourtant, dès qu'il posait les mains sur elle, dès qu'il l'embrassait, dès qu'il lui faisait l'amour, elle avait l'impression que quelque chose d'essentiel lui avait jusqu'alors manqué dans sa vie…

— Ça ne t'inquiète jamais de savoir qu'Ettie vit seule, là-haut, dans son chalet ?

Drew remua les pâtes dans la casserole qui bouillait sur la chaudière à bois, puis regarda Alison par-dessus son épaule. Elle avait étalé ses feuilles de brouillon sur la table et fredonnait tout en transcrivant une chanson qu'elle avait enregistrée chez Ettie.

— Elle vit sa vie comme elle l'entend. Je n'ai aucun droit de regard à ce sujet.

— Mais si jamais elle se blessait ?

— Elle a son téléphone satellitaire. Je le fais recharger régulièrement à mon bureau. Elle connaît les numéros d'urgence, même si en cas de besoin elle reste d'une nature très indépendante.

— Elle me fait de la peine, tu sais ?

— Elle détesterait entendre cela.

— Oh ! je n'éprouve pas de la pitié pour elle, mais elle me semble très seule. Elle n'a personne avec qui partager sa vie, bavarder le soir, lui prendre la main quand elle a le cafard… Je n'aimerais pas vieillir seule, pour ma part.

— Tu es seule pour l'instant, dit-il. Tout comme moi.

— Certes, mais je suppose que nous aurons trouvé l'âme sœur avant d'arriver à l'âge d'Ettie...

— Ettie a beaucoup d'amis. Et puis elle a bien été amoureuse, autrefois. Mais son fiancé est mort à la guerre, sur les plages de Normandie. Elle ne l'a jamais oublié.

— Quelle triste histoire, soupira-t-elle en levant les yeux vers lui. Tu imagines la force de ses sentiments, s'ils restent intacts pendant soixante-dix ans ?

— En effet, murmura-t-il. Tout le monde rêve de trouver sa moitié, la personne idéale pour vieillir à ses côtés.

— C'est vrai. Mais combien de personnes la trouvent ?

— Peu, admit-il. Ce qui ne nous empêche pas de chercher.

Elle se remit au travail, et continua à transcrire les notes des chansons d'Ettie. Depuis qu'il vivait à la montagne, il avait été saisi de quelques accès de solitude. Mais que cherchait-il au juste ? Une maîtresse, une épouse ?

En tout cas, elle semblait ravie d'être bloquée ici avec lui. Peut-être ne pouvait-il pas attendre plus d'elle... Elle vivait à Johnson City, soit à presque deux heures de voiture de son cabinet. Ce n'était pas si loin. Ils pourraient se voir le week-end, de temps en temps. D'ailleurs, même si elle obtenait ce poste au Texas, ils pourraient encore...

Non. Ce genre de relation à distance ne menait en général à rien. Surtout si cette relation était basée sur une promesse de liberté mutuelle, sans attache. Cette aventure avec Alison ne pouvait se prolonger au-delà de ce week-end.

Il égoutta les pâtes dans l'évier et les versa dans un grand plat en céramique. Il ouvrit un bocal de sauce et l'agrémenta de champignons en conserve, d'olives noires et d'une touche de fromage. Il posa le plat sur la table, puis saisit une bouteille de vin sur le rayon derrière le comptoir.

— A table ! claironna-t-il.

— Mmm, ça sent rudement bon ! dit-elle. Je m'aperçois que je meurs de faim. Ce doit être l'air des montagnes.

— Tu as pu avancer dans ton travail ? demanda-t-il en versant le vin dans une carafe.

— Oui. J'ai fini de transcrire mes deux chants préférés. Je voudrais les chanter lors de mon récital. Ils sont vraiment très beaux et, pour l'instant, inconnus, expliqua-t-elle en goûtant une première gorgée de vin. Tu te rends compte que si je n'étais pas tombée sur cet enregistrement, les chansons d'Ettie auraient pu se perdre pour toujours ? Je suis vraiment heureuse qu'elle m'ait autorisée à les faire connaître.

— Sans cet enregistrement, tu ne serais jamais venue jusqu'ici pour interviewer Ettie, ajouta-t-il en trinquant avec elle. Je lève donc mon verre aux heureuses coïncidences !

— Je suis ravie d'être venue ici, confirma-t-elle. Tu sais, si tu veux assister au récital, tu pourrais venir avec Ettie. J'adorerais la présenter au public ; elle pourrait peut-être même faire une petite présentation de son œuvre.

— Elle ne viendra jamais, dit-il en secouant la tête. Elle ne quitte plus ses montagnes à présent. Elle dit que quand le Seigneur la rappellera à lui, elle sera ainsi plus proche du ciel pour l'y rejoindre.

— Toi, en tout cas, tu n'es pas enraciné dans tes montagnes. Tu pourrais venir me voir…

— Ça me ferait plaisir. Et puis peut-être que tu accepterais que je t'emmène dîner après ton récital ?

— Une réception est prévue à la fin du concert. Mais nous pourrons toujours sortir ensuite.

— On pourrait peut-être faire cela régulièrement, ajouta-t-il en se penchant au-dessus de la table pour l'embrasser.

— Quoi donc ? Manger des spaghettis ? le taquina-t-elle.

— Nous embrasser, dit-il en lui mordillant l'oreille. Et nous caresser… Voire plus, si affinités.

A ces mots, il dégrafa un bouton de son chemisier, tout en appuyant son baiser.

— Tu veux parler d'affinités sensuelles ? Existe-t-il un terme médical pour cela ?

— En médecine, on parle de copulation.

Elle pouffa de rire.

— On dirait le nom d'un théorème mathématique ! s'esclaffa-t-elle.

— Ce théorème-là nous vaudrait l'exclusion de la classe…

Elle se leva, posa son verre sur la table et vint s'asseoir à califourchon sur lui.

Je suis prête à jouer au cancre avec toi, susurra-t-elle en s'agrippant à son cou. Mais le repas va refroidir.

Il dégrafa un à un les boutons de son chemisier, puis posa ses lèvres entre ses seins.

— Les spaghettis sont encore meilleurs réchauffés...

Puis, poussant un soupir rauque, il se leva de la chaise tout en tenant fermement Alison contre lui, et il la porta jusqu'au lit sur lequel ils s'affalèrent.

Tout fous rires, ils se jetèrent l'un sur l'autre pour s'arracher leurs vêtements, et ne tardèrent pas à se retrouver entièrement nus. Et, même s'ils ne se connaissaient que depuis très peu de temps, il avait appris à deviner ses désirs. Elle aimait les caresses furtives, tout en suggestion... Ainsi, du bout des doigts, il fit courir un trait imaginaire sur sa peau soyeuse.

Puis il chercha son regard, soucieux de mémoriser à jamais chaque expression de son visage si fin, si délicat.

— Tu es belle, Alison...

Elle détourna les yeux, comme gênée. Mais il saisit son visage entre ses mains et la força à le regarder.

— Je ne suis pas sûr d'avoir envie de te laisser repartir, tu sais ? murmura-t-il avant de l'embrasser.

Après s'être délecté de la saveur suave de ses lèvres, de sa langue, il descendit le long de son décolleté, puis s'attarda sur la pointe d'un de ses seins.

Trouverait-il un moyen de la persuader de rester encore un jour ? Cela lui permettrait peut-être d'y voir plus clair dans cette foule de sentiments contradictoires qui l'assaillaient. Etait-ce là une simple attirance sexuelle ? Un coup de cœur passager ? Ou encore quelque chose de plus profond ?

Elle susurra son prénom à son oreille et il crut défaillir. Un seule chose était sûre : ce n'était pas la dernière fois qu'il lui faisait l'amour. Il ferait en sorte de s'en assurer.

Le temps avait changé au cours de la nuit. Un vent de sud s'était levé, accélérant la fonte du givre. Alison contemplait par la fenêtre du chalet le ciel d'un bleu azur qui filtrait à travers les branches des arbres.

Drew était parti en voiture afin de vérifier l'état de la route en aval. Au bout d'une heure, Alison se douta que la chaussée avait été dégagée et qu'elle pourrait dès aujourd'hui rejoindre l'université et retrouver ses étudiants. Un monde qui lui paraissait à des lieues de celui qu'elle avait partagé avec Drew depuis deux jours.

Le temps d'un week-end, sa vie n'avait-elle pas pris une étrange tournure ? Voilà plusieurs années qu'elle désespérait de rencontrer un jour un homme qui mériterait d'être aimé. Peut-être que Drew, à une autre période de sa vie, aurait pu être cet homme... Or ce poste qu'elle convoitait au Texas annihilait tout espoir d'une relation suivie avec lui.

Elle frissonna et se dirigea vers la table, sur laquelle étaient éparpillés ses manuscrits. Cette nuit, pendant que Drew dormait à poings fermés, elle s'était levée pour terminer la transcription des mélodies des chants d'Ettie.

Les célébrations de Noël approchaient, et, après son récital et les examens de fin de semestre, elle était attendue chez ses parents à Ponder Hill pour la traditionnelle fête familiale. La montagne de Drew et Ettie lui paraîtrait alors bien éloignée. D'ailleurs, elle ignorait si Drew avait des projets pour les fêtes. Sans doute irait-il chez ses parents, à Knoxville ?

Elle s'assit et commença à rassembler ses papiers qu'elle fourra dans son sac. Pourquoi avait-elle tant de mal à s'en aller d'ici ? Peut-être n'aurait-elle pas dû rester une seconde nuit. Peut-être aurait-elle mieux fait de quitter cette montagne pour redescendre parmi les dures réalités de sa vie. Car une aventure d'une nuit était par définition sans lendemain. Or, après cette seconde nuit, son idylle avec Drew commençait fortement à ressembler... à un début de relation.

— Non, marmonna-t-elle. C'est impossible !

Elle avait travaillé trop dur pour acquérir sa légitimité professionnelle ; elle n'allait pas y renoncer maintenant, à cause d'un homme. Il n'y avait aucun avenir pour elle dans ces montagnes. Elle avait besoin de bibliothèques, de salles de répétitions, de conférences et de cours magistraux pour s'épanouir. Telle était sa vie.

Le grondement du moteur du 4x4 de Drew la tira de ses pensées, et elle se précipita pour ouvrir la porte du chalet. En vérité, elle espérait qu'il lui annonce que la route n'était toujours pas déblayée. Ainsi, elle pourrait rester encore une nuit… Juste une.

— La route est dégagée, annonça-t-il en montant deux à deux les marches menant au porche. Tout est dégivré, et j'ai enlevé les derniers branchages qui gênaient.

Ainsi en avait décidé le destin. Elle retournerait à sa routine et finirait par oublier le merveilleux Drew Philips.

— Bon… Eh bien, on dirait que je vais pouvoir rentrer…

Il hocha la tête en la transperçant du regard.

— Sans doute, mais il fait très froid. Il peut encore neiger.

Détournant les yeux, elle s'empara alors de sa veste, de son manteau et de sa besace. Elle jeta un dernier regard aux draps froissés du lit, aux flammes qui dansaient dans l'âtre, et aux restes de leur petit déjeuner, gisant sur la table. Puis elle franchit le seuil, et il lui emboîta le pas jusqu'à son 4x4. Quelques plaques de verglas crissèrent sous leurs pas.

— Cette nuit m'a beaucoup plu, murmura-t-elle en se tournant vers lui. De même que ce matin, d'ailleurs.

— Ah, oui ? demanda-t-il avec un sourire coquin.

— Oui, bredouilla-t-elle gênée. Tu as été… vraiment épatant. On peut même recommencer, si ça te tente.

Là. Voilà. C'était dit.

— Tu veux dire… Ici ? Ou dans mon 4x4 ?

— Non, dit-elle sobrement. Je pensais… à un autre jour.

Il ouvrit la portière passager et l'aida à monter à bord, calant ses affaires à ses pieds. Puis il contourna le véhicule et vint s'installer devant le volant.

— Pourquoi pas ? répondit-il. Qu'as-tu exactement en tête ?

— Eh bien, je pourrais venir te voir. A moins que tu ne me rendes visite à Johnson City… Ou encore, on pourrait partir quelque part en week-end. Ce n'est pas si compliqué. Je pense que ni toi ni moi ne désirons une relation compliquée.

Il fixa le pare-brise devant lui et manœuvra le véhicule avec précaution sur le chemin.

— Ce serait donc purement sexuel ?

— Pas nécessairement, bafouilla-t-elle. On pourrait… devenir amis. On ne se ferait aucune promesse, et on ne se verrait que pour se faire du bien.

— Je vois, marmonna-t-il en fixant la route du regard.

Elle attendit une réponse claire. Franchement, il n'y avait pas de quoi y réfléchir pendant des heures. Soit il voulait la revoir, soit leur histoire s'arrêtait là. Elle n'allait pas le forcer. De toute façon, elle s'était très bien passée de lui jusque-là, dans sa vie. Certes, sexuellement, ils étaient en totale symbiose. Et certes, il était l'homme le plus fascinant qu'elle avait jamais rencontré. Cela dit, elle n'avait nullement besoin d'un homme pour se sentir épanouie.

Il arrêta son 4x4 à quelques mètres de sa voiture, puis se tourna vers elle.

— Tu crois vraiment que ça pourrait marcher ? demanda-t-il en lui caressant le menton.

— On peut au moins essayer…

— Et si jamais l'un de nous venait à attendre plus de cette relation ? Que faire si l'un de nous tombait amoureux ?

— Es-tu en train de me dire non ?

Il descendit ses mains le long de son buste, avant de la saisir par la taille pour l'attirer à lui.

— Pas du tout. C'est une proposition très alléchante. Et je vais y réfléchir.

— Je te propose une relation purement charnelle, sans engagement sentimental, et tout ce que tu trouves à répondre, c'est que tu vas y réfléchir ?

— Peut-être ne suis-je pas forcément opposé à une forme d'engagement sentimental, dit-il sur un ton détaché.

Elle le dévisagea longuement, tentant de déchiffrer la lueur au fond de ses yeux. Etait-il vraiment en train de lui tendre la perche ? Ou bien ne faisait-il là que la taquiner ? Ils se connaissaient depuis seulement deux jours. N'était-il pas un peu tôt pour envisager déjà une véritable relation ?

— Bon, d'accord, finit-il par admettre en rougissant un peu. C'est tout réfléchi. J'accepte !

Il descendit en trombe et vint lui ouvrir la portière.

— Tu assisteras donc à mon récital dans deux semaines ?

— Absolument !... Et ensuite ?

— Ensuite... Il y a Noël, lui fit-elle remarquer. Je suppose que tu passes les fêtes auprès de ta famille ?

— En effet. En général nous nous réunissons tous chez mes parents à Knoxville. Voire chez ma sœur à Nashville.

— Je serai à Ponder Hill... Ce n'est pas très loin...

— Eh bien, tu vois, ce n'était pas si difficile ! s'exclama-t-elle en lui tendant alors son téléphone. Tiens, enregistre donc ton numéro, afin que je puisse te rappeler.

— Mais... as-tu seulement du réseau ici ?

— Non, mais cela ne m'empêche pas d'enregistrer ton numéro et de te téléphoner depuis mon cabinet.

Elle inscrivit son numéro, puis lui rendit l'appareil.

— Bon, ben voilà... A bientôt, alors ? bafouilla-t-elle.

Il la prit dans ses bras et l'embrassa.

— On va se revoir, tu sais ? chuchota-t-il à son oreille.

Elle avait beaucoup de mal à croire à ces paroles. Peut-être se voyaient-ils là pour la dernière fois... Peut-être oublierait-il de l'appeler. Après tout, « loin des yeux, loin du cœur », dit le proverbe. Même les sentiments les plus fougueux ne résistaient guère longtemps à la distance géographique.

Doucement, elle se dégagea de son étreinte.

— Au revoir, Drew. A bientôt...

Il resta figé auprès de son 4x4, et la regarda s'éloigner.

— Au revoir, Alison. Sois prudente sur la route.

Alors qu'elle s'installait au volant de sa Subaru, elle l'aperçut dans le rétroviseur. Elle glissa la clé dans le contact, et fut presque surprise d'entendre aussitôt le rugissement du moteur. Elle n'avait désormais plus la moindre excuse : il était temps pour elle de quitter les montagnes.

La gorge nouée, elle abaissa sa vitre et adressa un petit signe à Drew. Il répondit en agitant ses mains, et elle se demanda ce qu'il avait en tête en cet instant précis.

Se reverraient-ils un jour ? Ou bien était-ce là la fin d'un merveilleux fantasme ?

5

La neige avait commencé à tomber en fin de journée, juste après que Drew eut fermé le cabinet. Au début, il ne s'en était pas inquiété, mais au fur et à mesure qu'il descendait en altitude, la neige se transformait en verglas sur la chaussée.

Il consulta l'horloge du tableau de bord. Le récital d'Alison devait commencer à 19 heures. S'il ne se perdait pas en route, il aurait sans doute le temps de lui offrir son bouquet de fleurs avant le début du spectacle.

Depuis deux semaines, ils s'étaient régulièrement parlé au téléphone, mais non sans un certain embarras. Dans la vraie vie, ils étaient quasiment deux inconnus, n'ayant à leur actif que peu de souvenirs communs. Si bien qu'il en venait à se demander si les sentiments qu'il éprouvait pour cette femme ne relevaient pas au final d'une pure illusion.

A son grand soulagement, il aperçut bientôt des pancartes indiquant le centre culturel. Il trouva aisément une place de parking à proximité, et sortit en trombe de sa voiture. Inspirant une grande bouffée d'air, il se passa la main dans les cheveux et resserra son nœud de cravate.

Ils avaient toute la nuit devant eux.

Il s'était arrangé avec un confrère pour assurer les urgences du week-end. Il avait prévu des habits et des préservatifs pour deux jours et deux nuits. Et attendait avec impatience la deuxième partie de la soirée, après le récital.

Le cœur battant la chamade, il poussa la porte d'entrée et pénétra dans le vaste hall, orné de décorations multiples. Des guirlandes lumineuses égayaient les baies vitrées, et il repéra le panonceau menant à la salle de récital. Quand il arriva devant la porte, une étudiante distribuait le programme.

— Je cherche Alison, déclara-t-il à la jeune femme.

— Vous voulez parler du Pr Cole ?

— Oui, dit-il. Savez-vous où je peux la trouver ?

— Elle est sans doute en coulisses. Prenez cette double porte et descendez le long du couloir.

— Merci, bredouilla-t-il.

Il suivit ses indications et se retrouva bientôt en coulisses. L'endroit fourmillait d'activité. Quand il aperçut enfin Alison, elle se trouvait au milieu d'un groupe d'étudiants qui répétaient les chœurs de sa mélodie principale.

Leurs regards se croisèrent, et il décela une lueur de plaisir au fond de ses yeux. Il frémit de soulagement. L'attirance était toujours là, aussi impérieuse qu'au premier jour. Quand la répétition fut terminée, elle traversa la salle et s'empressa de le rejoindre.

— Tu es venu ! murmura-t-elle en l'enlaçant sans retenue.

Voilà près de deux semaines qu'il rêvait de la sentir de nouveau contre lui. Seigneur, comment avait-il pu attendre aussi longtemps, loin d'elle ?

— Je te l'avais bien dit, dit-il en fermant les yeux pour savourer leurs retrouvailles. Tiens, voici quelques fleurs.

Elle était encore plus belle que dans son souvenir. Elle avait fait onduler ses cheveux, et un maquillage discret illuminait de son visage. Elle portait une robe bleu foncé au décolleté orné de strass. Il avait presque peur de la toucher, mais posa sa main au creux de ses reins et déposa un baiser furtif sur sa joue.

— Suis-moi, chuchota-t-elle en lui prenant la main.

Elle le conduisit jusqu'à un vestiaire près de la scène, puis referma la porte derrière eux. Aussitôt après, elle passa ses mains autour de son cou et l'embrassa fougueusement. Etouffant un soupir, il lâcha les fleurs à terre et l'enlaça à son tour, laissant libre cours à sa passion.

Quel bonheur de pouvoir l'étreindre de nouveau ! Son odeur avait beau être un peu différente — elle avait dû se parfumer pour l'occasion — tout en elle lui était familier : sa chevelure soyeuse, sa poitrine arrondie...

Lorsque enfin ils reprirent leur souffle, il chercha son regard.

— On dirait bien que la distance n'a fait qu'amplifier les choses…

— J'étais inquiète, avoua-t-elle. Je craignais que la magie ne fonctionne plus.

— Pourquoi cela ?

— Je n'en sais rien… Quand nous nous sommes parlé au téléphone, tout était si… convenu. J'avais l'impression de parler à un inconnu. Mais, à présent que tu es là, tout est comme avant, susurra-t-elle en se hissant sur ses pieds pour l'embrasser de nouveau. Combien de temps peux-tu rester ?

— Tout le week-end ! annonça-t-il. J'ai pu trouver un remplaçant pour s'occuper de mes patients. Après le récital, je t'invite à dîner, et nous allons…

— Mes parents sont là, l'interrompit-elle. Ils m'ont déjà invitée à dîner… Cela dit, tu peux te joindre à nous !

— Avec plaisir, répondit-il. J'ai hâte de rencontrer les gens qui ont mis au monde une femme aussi merveilleuse.

Après tout, s'il ne voulait pas que cette relation soit vouée à l'échec, quelle meilleure façon de faire connaissance avec elle que de rencontrer ses parents ?

Il ramassa le bouquet de fleurs, avant d'ajouter :

— Peut-être ferais-je mieux de les offrir à ta maman.

Elle éclata de rire et les lui reprit d'un geste vigoureux.

— Pas question ! Ces fleurs m'étaient destinées.

Amusé, il l'attira à lui et tenta de lui reprendre le bouquet.

— Mais je tiens à lui faire bonne impression et…

A cet instant, le téléphone au fond de sa poche se mit à vibrer. Proférant un juron, il s'en empara pour vérifier l'identité de l'appelant. *Bon sang !* C'était le cabinet médical.

— Navré, grommela-t-il, mais je dois prendre cet appel.

— Je comprends, assura-t-elle.

Il appuya sur la touche verte du clavier.

— Bonsoir, Sally, que se passe-t-il ?

— Je suis navrée de vous déranger, docteur, mais je savais que vous ne m'en tiendriez pas rigueur, expliqua la secrétaire d'une voix essoufflée. Il s'agit d'Ettie Lee. Vous feriez bien d'arriver vite. C'est grave.

— Grave ? répéta-t-il. Que voulez-vous dire ?

— Elle refuse d'être transférée à l'hôpital. Elle dit que son heure est venue. C'est son cœur... Le Dr Roy est auprès d'elle ; il pense qu'elle n'en a plus pour longtemps.

— J'arrive tout de suite, répondit-il avant de ranger son téléphone dans sa poche et de se tourner vers Alison. Je suis navré, mais je dois y aller ; c'est une urgence et...

— Je croyais que tu t'étais fait remplacer...

— C'est Ettie...

Elle écarquilla les yeux.

— Ettie ? Il lui est arrivé quelque chose ?

— Sans doute. Mais elle refuse d'aller à l'hôpital. Si j'arrive à temps, je peux encore la faire changer d'avis.

— Arriver à temps ? Que veux-tu dire ? C'est grave ?

— Elle a quatre-vingt-cinq ans, dit-il en hochant la tête.

— Je viens avec toi ! déclara-t-elle les yeux emplis de larmes. Je tiens à lui dire à quel point elle compte pour...

— Non, protesta-t-il en lui bloquant les bras. Tu es sur le point de donner un récital. Et il n'y a rien que tu puisses faire pour elle. Si son heure est venue, alors nous devons accepter de la laisser partir dignement.

— Non ! s'écria-t-elle. Il faut que tu l'aides, Drew !

— J'ai fait une promesse à Ettie, et je compte bien la tenir.

— Quel genre de médecin est-tu ? Tu es censé la sauver !

Il la serra soudain très fort dans ses bras.

— Pour l'heure, tu dois te concentrer sur ta musique. Chante donc les chansons d'Ettie, et demande au public d'avoir une pensée pour elle. C'est tout ce que tu peux faire, murmura-t-il avant de sécher ses larmes. Je dois y aller à présent. Je te téléphonerai. Et bonne chance !

Il l'embrassa une dernière fois, lui sourit tristement puis tourna les talons. Son week-end coquin prenait une tournure tout à fait imprévue. Mais l'idée de recréer de toutes pièces le fantasme qu'il avait vécu avec Alison n'était-elle pas de toute façon vouée à l'échec ? Sa complicité charnelle avec elle, aussi palpitante soit-elle, ne pouvait manifestement résister à l'épreuve de la réalité.

Le minuscule cimetière se situait dans une petite clairière à flanc de montagne. Il n'apparaissait sur aucune carte. Mais tous les habitants de la région connaissaient Ettie, et étaient venus lui rendre un dernier hommage. Alison n'eut qu'à demander son chemin aux nombreux passants sur la route.

Même si elle-même avait très peu connu Ettie Lee, elle avait l'impression d'avoir partagé avec elle un lien particulier, à travers la musique. Alison avait interprété ses chansons au cours de son récital, et avait demandé au public de prier pour elle. Et puis l'appel de Drew était arrivé. Ettie s'était éteinte à 21 h 13, en ce 18 décembre. Il était arrivé trop tard pour lui parler une dernière fois.

Quand il l'avait rappelée pour lui parler de l'enterrement, elle avait proposé d'y chanter les chants préférés d'Ettie. Sans doute très éprouvé par l'organisation des funérailles, il lui avait paru à la fois tendu et détaché au téléphone. Mais il avait accepté son offre d'une voix reconnaissante.

Elle suivit le petit sentier boueux du vieux cimetière, en repensant à cette femme talentueuse qui avait vécu sa vie dans l'anonymat le plus total. Ettie méritait mieux. Le public méritait de découvrir l'étendue de son talent. Depuis son minuscule chalet perdu dans les montagnes, Ettie Lee Harper avait perpétré les traditions musicales de ses ancêtres. Et en guise de testament, elle lui avait offert ses chants. A elle, qui réfléchissait à un moyen d'honorer un tel legs.

La petite foule s'était regroupée derrière la palissade burinée. Drew, qui se tenait à côté du pasteur, saluait chaque invité un à un. Quand il l'aperçut, il glissa quelque chose à l'oreille de son voisin puis s'avança vers elle.

— Bonjour, Alison, murmura-t-il en lui embrassant la joue. Merci d'être venue jusqu'ici.

— C'était mon devoir, assura-t-elle à voix basse. Envers toi et envers Ettie.

— Nous aimerions débuter et clôturer la cérémonie par une chanson, expliqua-t-il. Tout devrait s'enchaîner assez vite. Ettie avait expliqué ne pas vouloir de fioritures.

— Je suis sincèrement navrée, Drew… Je sais à quel point tu étais proche d'Ettie.

— C'est pour elle que j'étais revenu vivre ici, avoua-t-il en lui pressant le bras. Ecoute, il y a un lunch après la cérémonie, dans la chapelle. Je t'y attendrai. Car il faut que nous parlions. Nous avons beaucoup de choses à nous dire...

— Drew, tu sais, j'ai bien réfléchi et...

— Pas maintenant, Alison... Je t'attends au lunch ?

— Je ne peux pas rester, dit-elle d'une voix étranglée. Je dois surveiller un examen, à la fac. Je vais devoir repartir dès la fin de la cérémonie.

Après leur week-end idyllique dans les montagnes, ils avaient cru qu'il serait aisé de continuer à se voir. Or, le sort semblait s'acharner à contrecarrer leurs projets. Même s'ils n'habitaient qu'à quelques heures de voiture l'un de l'autre, ils vivaient dans deux mondes très différents, et n'avaient pas les mêmes priorités dans la vie. Alison avait beau envisager la situation sous tous les angles, elle ne voyait pas comment Drew et elle pourraient partager plus qu'une relation épisodique, certains week-ends. Drew était contraint de vivre près de ses patients ; quant à elle, elle ne pouvait s'éloigner de l'université.

— J'ai quelque chose pour toi, chuchota-t-il soudain en sortant une petite boîte de la poche de son veston. En fait, il s'agit du cadeau de Noël que miss Ettie te destinait. Tu n'es pas obligée de l'ouvrir maintenant. Garde-le pour Noël...

— Merci, dit-elle en un souffle.

Il sembla hésiter, puis :

— On ne va pas y arriver, hein ?

— Je ne sais pas, bredouilla-t-elle. Tout paraît soudain si compliqué. J'ai parlé aux recruteurs de l'université du Texas après mon récital. Je suis en tête de leurs candidats à présent.

— C'est formidable ! se réjouit-il en lui caressant la joue. Alison... Est-ce que tu veux encore de moi dans ta vie ?

— Bien sûr, Drew ! Mais on dirait que nos vies ne sont pas faites pour converger. Qu'est-on censés faire ?

— Je suis médecin. Je peux trouver du travail où je veux.

— Ta vie est ici, près de tes patients. Ils ont besoin de toi.

— Et moi, j'ai besoin de toi...

— Mesdames, messieurs, veuillez vous rassembler, nous allons débuter cette cérémonie. Nous allons commencer par une des chansons préférées de miss Ettie Lee.

Alison inspira profondément puis s'efforça de sourire.

— On dirait que c'est à moi de jouer...

Il pressa doucement sa main.

— En effet. Fais-nous une belle interprétation... et tu offriras à Ettie des adieux dignes de ce nom.

En entonnant les premières notes, Alison fut submergée d'une vague d'émotion. Des larmes menaçaient de s'échapper de ses yeux, mais elle parvint à se concentrer sur la musique, et se souvint des paroles d'Ettie, l'autre jour, là-haut dans son chalet. Elle repensa à l'immense talent de cette femme, ainsi qu'à son fiancé, qui n'était jamais revenu de la guerre.

Et elle, à quoi serait-elle capable de renoncer pour vivre un amour aussi fort avec Drew ? A son poste au Texas ? A sa carrière d'enseignante ? A tous ses rêves de réussite ? Son regard s'attarda sur le cercueil couvert de fleurs. Elle ne pourrait jamais exiger de Drew qu'il abandonne son travail ici, et tous ces gens. Drew sauvait des vies. Elle, elle ne chantait que des chansons.

Autant dire que si elle désirait vraiment aimer cet homme, ce serait à elle d'abandonner ses rêves. Mais comment être sûre qu'elle ne regretterait pas un jour ce choix ? Comment être sûre que leur amour durerait toujours ?

Elle leva alors les yeux et croisa le regard de Drew.

Son cœur saignait à présent. Une larme dévala sa joue transie de froid.

Oui, elle aimait cet homme. Mais, parfois, l'amour ne pouvait suffire.

— Nous jouerons la scène de la Nativité à 19 heures précises, pas une minute plus tard ! annonça la mère d'Alison depuis la cuisine. Et aucun rabat-joie ne sera admis à table !

Alison s'assit sur un tabouret dans la cuisine de ses parents. Elle avait pris la route pour Ponder Hill dès la fin du dernier examen qu'elle devait surveiller, fourrant toutes sortes de cadeaux dans sa Subaru. Elle avait aussi emmené un peu de travail à faire entre Noël et le jour de l'an.

Elle avait réfléchi à la prochaine étape de sa vie. Son entretien d'embauche était prévu pour la première semaine de janvier, et le résultat serait publié en fin de mois. Or, plus elle se rapprochait de ce travail au Texas, plus elle doutait d'avoir vraiment envie de décrocher le poste.

— Frank Bellingham a annoncé son départ en retraite lors de la fête de Noël, déclara-t-elle. Il y a donc un poste de titulaire à pourvoir à East Tennessee.

— C'est formidable ! s'exclama sa mère. J'espère qu'ils vont te le proposer.

— Peut-être. Mais ils savent que j'ai postulé au Texas.

— Au Texas ?

— Juste à la sortie de Dallas. Ce n'est pas si loin, maman. Et puis c'est un poste très convoité. Je serais chargée de lancer un tout nouveau département. J'aurais carte blanche pour engager les meilleurs professeurs !

— Mais tu étudies la musique des montagnes. Ne devrais-tu pas rester au plus près de celles-ci ?

— Mouais, sans doute.

— Alison, qu'y a-t-il ? demanda alors sa mère d'une voix inquiète. Tu sembles si... triste.

— C'est juste que j'ai beaucoup de choses en tête, affirma-t-elle avec un sourire faussement désinvolte.

Les recruteurs de l'université du Texas avaient été très clairs. Ce serait sur ses épaules que reposerait tout le nouveau département, ce qui impliquait une part non négligeable de fonctions administratives auxquelles elle n'était guère habituée. L'enseignement n'occuperait plus qu'une partie mineure de son temps. Et son planning serait très serré. Ils attendaient d'elle la publication d'un livre et d'un disque dans l'année.

Elle avait songé à rédiger une biographie d'Ettie. Cela constituerait un projet estival idéal. Surtout, ce serait l'occasion de revenir dans les montagnes. Chez Drew. Ses recherches ne seraient guère aisées : il restait sans doute peu de témoins vivants capables de lui parler de l'enfance d'Ettie Lee. Pourtant, Ettie méritait que l'on se souvienne d'elle et de son immense talent.

— Ton récital était particulièrement réussi, déclara alors sa mère. J'espère au moins qu'il a été enregistré.

— Oui. D'ailleurs, si je vais au Texas, ils souhaitent que j'enregistre un album.

— C'est fantastique !

— C'est un tout petit label, très universitaire, tu sais ? Je n'entrerais jamais au top 50 avec la musique que j'interprète. Mais je pensais que Layla voudrait peut-être jouer avec moi. Toi et papa pourriez faire les chœurs...

— Bah, je ne sais pas. Ton père et moi avons perdu notre voix de la grande époque, répliqua sa mère en s'essuyant les mains à un torchon. Chérie, veux-tu aller chercher Rita dans sa chambre ? Elle doit repasser les costumes de la Nativité.

Les deux sœurs d'Alison étaient arrivées peu avant elle. Layla était sortie faire ses achats de dernière minute, et Rita était enfermée dans sa chambre, visiblement contrariée au sujet de quelque chose dont elle n'avait voulu parler à personne. Leur père était quelque part dans le jardin, s'obstinant à monter une dernière fois la vieille étable délabrée qui leur servait de décor chaque année.

La représentation de la Nativité était une tradition familiale chez les Cole, et tout le voisinage venait y assister. Chaque membre de la famille revêtait le costume d'un personnage de la Nativité, lors d'un récital qui se terminait toujours par la version country revisitée par leur père de *Douce nuit*. Alison et ses parents chantaient, et Layla se chargeait de l'accompagnement musical, généralement à contrecœur. Quant à Rita, si elle daignait rentrer à la maison pour Noël, elle restait systématiquement en retrait.

— Depuis combien d'années perpétuons-nous cette tradition de la Nativité ? dit Alison en prenant une meringue.

— Dix ans, répondit sa mère. J'ai l'impression que la première était hier : je me revois cousant ces costumes...

— Quand avons-nous réuni la famille au complet pour la dernière fois ? demanda Alison. Je ne m'en souviens plus.

— Ça fait un bout de temps. Rita n'était pas là pour le Noël de l'année dernière. Ni pour le précédent, ajouta sa mère avec un sourire nostalgique. En tout cas, quel plaisir d'avoir enfin mes trois filles réunies sous le même toit... Chérie, j'aimerais que tu nous chantes ces deux chansons d'Ettie Lee Harper que tu as interprétées lors de ton récital.

— Avec plaisir, assura Alison, qui repensa soudain à l'enterrement, et à la dernière fois où elle avait parlé à Drew.

Après la cérémonie, ils étaient restés un long moment, main dans la main, près de sa Subaru. Chacun avait gardé un lourd silence, conscient que c'était sans doute la dernière fois qu'ils étaient aussi proches l'un de l'autre.

Malgré sa réticence à partir, elle avait fini par l'embrasser en lui promettant de rester en contact. Promesse évidemment dérisoire, mais qui au moins avait eu le mérite de rendre les adieux moins pénibles.

Depuis, elle n'avait cessé de penser à lui. Elle se demandait ce qu'il faisait, où il passait ses vacances. Etait-il chez ses parents, à Nashville ? Ou bien était-il resté à la montagne pour assurer un service d'urgence ?

Elle s'empara de son sac qu'elle avait accroché au tabouret. Après tout, rien ne l'empêchait de lui téléphoner pour lui souhaiter un joyeux Noël. Tout en fouillant dans sa besace, elle tomba sur le paquet qu'il lui avait remis à l'enterrement. Il était toujours enveloppé dans du papier rouge, et elle le déposa sur le comptoir.

— C'est un cadeau pour moi ? demanda sa mère.

— Non. C'est une amie qui me l'a offert.

— Eh bien, qu'attends-tu pour l'ouvrir ?

— Rien... Tu as raison, murmura-t-elle en dénouant le ruban avant de défaire le papier.

Un enregistreur digital. Quasiment identique au sien.

Alison pressa le bouton « *play* », et la voix mélodieuse d'Ettie emplit aussitôt la cuisine.

— « Bonjour Alison, ici Ettie Lee Harper. Drew m'a offert ce petit magnétophone en me suggérant d'y enregistrer mes autres chansons à votre intention. Eh bien, j'ai décidé de m'y mettre ! Oh ! Et j'en profiterai pour vous confier quelques anecdotes, bien sûr. Mais, avant de commencer, je tiens à vous dire que je suis très heureuse que Drew et vous vous soyez trouvés… C'est un chic type, et vous auriez franchement pu tomber plus mal. »

Alison éteignit l'appareil et leva les yeux vers sa mère.

— Qui est Drew ? s'enquit sa mère.

— Juste un type que je connais… Enfin, que j'ai connu. Je l'ai rencontré en même temps qu'Ettie. C'était son arrière-petit-neveu. Il est médecin.

— Médecin ?

— Oui, maman, médecin. Mais il ne travaille pas dans un hôpital renommé, ni ne roule dans une grosse voiture de sport. Il travaille dans un modeste cabinet médical, dans les montagnes, à deux heures de route de Johnson City.

— Est-ce que lui et toi… vous êtes ensemble ?

— Pas du tout, se défendit Alison en secouant vigoureusement la tête. Nous sommes amis, c'est tout.

A cet instant, la porte d'entrée claqua et la voix de Layla résonna dans toute la maison.

— Aly ? Aly, où es-tu ?

La mère d'Alison fronça les sourcils, intriguée.

— Qu'est-ce qui lui prend ? Pourquoi crie-t-elle ainsi ?

— Je suis dans la cuisine ! répondit Alison à la cantonade.

Quelques secondes après, Layla apparut dans l'embrasure de la porte, son bonnet de travers et les joues rosies.

— Tu as de la visite ! annonça-t-elle à bout de souffle.

— De la visite ?

— Oui, il bavarde dans le jardin avec papa. Il s'est présenté à moi dès que je suis rentrée : grand, brun et très, très beau ! Le nom de Drew te rappelle peut-être quelque chose…

— Drew ? Ici ? Avec papa ?

Eberluée, Alison descendit de son tabouret pour se ruer dans les bras de sa sœur et la serrer fort contre elle.

— Drew est ici, répéta-t-elle dans un état second. De quoi ai-je l'air ? Ne suis-je pas décoiffée ?

— Tu es parfaite, assura sa mère. Va donc dire bonjour à ton ami… Et propose-lui de se joindre à nous pour la Nativité. On peut toujours ajouter un berger supplémentaire, je suis sûre qu'on lui trouvera un costume dans le grenier.

Alison traversa la maison en trombe, ouvrit d'un coup la porte d'entrée, et se dressa sous le porche.

— Drew ! s'écria-t-elle, le cœur battant à tout rompre.

Il se retourna et son visage s'illumina quand il l'aperçut.

— Alison !

Elle traversa la pelouse en courant avant de se précipiter dans ses bras, enroulant ses jambes autour de sa taille.

— Mais que fais-tu là ?

— Pour l'instant, j'aide ton père à installer cette étable.

Alison prit alors son visage entre ses mains et plaqua ses lèvres contre les siennes.

— Tu es le plus beau cadeau de Noël dont je pouvais rêver !

— Tant mieux, car je ne suis ni échangeable ni remboursable !

— Combien de temps peux-tu rester ?

— Aussi longtemps que tu me supporteras, dit-il en la reposant à terre avant de l'entraîner sous le porche. J'ai pris des décisions, Alison. J'aime mon travail dans les montagnes, mais je t'aime aussi... Je sais que nous n'avons passé que très peu de temps ensemble, mais je crois que toi et moi partageons quelque chose de très spécial, et qu'il est impossible d'y passer outre.

— Je n'ai pas envie d'y passer outre, confirma-t-elle en l'embrassant à pleine bouche.

— Alors, je crois que je vais venir vivre à Johnson City. Nous allons chercher un logement, et je ferai le trajet tous les jours jusqu'à mon cabinet... Quand la météo ne le permettra pas, je resterai dormir au chalet. Nous pourrons aussi y passer nos vacances d'été : j'ai déjà appelé des artisans pour y installer l'électricité et l'eau courante.

N'en revenant toujours pas, elle poussa un soupir.

— D'accord pour les vacances, mais que faire si je décroche le job au Texas ? Je suis quasi-sûre d'être retenue.

Il se dégagea de son étreinte et sourit.

— Nous verrons ça le moment venu. Pour l'heure, je crois que nous méritons tous deux d'accorder une chance à notre histoire, susurra-t-il en l'embrassant. Une petite chance...

Elle leva les yeux vers lui. Oh ! Comme elle aimait cet homme. Même si elle avait passé les trois dernières semaines à tenter de se voiler la face. A présent qu'il était là, devant elle, elle comprit qu'elle ne pourrait plus le laisser disparaître de sa vie. Si elle tenait à vieillir auprès d'un homme, eh bien elle l'avait trouvé.

— Ton chalet me plaît tel qu'il est, déclara-t-elle. Je refuse que tu y modifies quoi que ce soit. Et puis, moi aussi, j'ai des projets. Je songe à écrire un livre sur Ettie. Et puis je vais postuler à un poste de titulaire à East Tennessee. Peut-être finirai-je par décliner l'offre de l'université du Texas. Il y a beaucoup d'administratif, et peu d'enseignement, et...

— Ça veut dire que nous allons essayer, toi et moi ?

Elle se perdit dans son regard. Au fond d'elle-même, elle avait beau ignorer tout de la tournure que prendraient les événements, elle savait qu'ils étaient faits l'un pour l'autre. Ettie l'avait bel et bien pressenti. Et voici qu'aujourd'hui ils se sentaient prêts à tenter la grande aventure.

— On va essayer. Et on va y arriver, promit-elle.

Drew l'embrassa passionnément, et ses mains se perdirent dans ses cheveux emmêlés. Dans ses bras, Alison se sentait chez elle. Dans ses bras, les contraintes géographiques n'avaient plus aucun sens.

— Puisque tu es ici, il faut que je te dise, reprit-elle d'une voix soudain légère. Nous allons devoir te trouver un costume de berger. Car tu ferais forte impression auprès de ma mère si tu acceptais de participer à notre représentation de la Nativité. Une vieille tradition familiale. Toute la ville vient y assister.

Derrière eux, elle entendit résonner le rire de son père.

— Je crois que Drew ferait un figurant parfait ! dit-il. Savez-vous chanter, jeune homme ?

Alison lui saisit la main.

— C'est vrai ça, je ne t'ai jamais posé la question : est-ce que tu chantes ?

— Disons que je me débrouille...

— Parfait ! Il est temps que je te présente au reste de la famille. Je sens que ce Noël sera des plus mémorables !

CARA SUMMERS

Au jeu de la volupté

Traduction française de
EMMA PAULE

Sexy

HARLEQUIN

Titre original :
TWIN SEDUCTION

Ce roman a déjà été publié en 2014

Prologue

Ware House

Jordan jeta un vague coup d'œil au manoir de Long Island en claquant la portière du taxi derrière elle. Plus lugubre que jamais sur ce fond de ciel gris, la bâtisse paraissait receler son lot de mystères. Jordan avait toujours pensé, d'ailleurs, qu'elle aurait pu servir de décor à la littérature gothique qu'elle affectionnait dans sa prime jeunesse.

Au moins, la demeure familiale n'avait pas changé. Au contraire de tout le reste ou presque dans sa vie, en l'espace d'une semaine.

Submergée par une onde de douleur, elle frotta un poing contre sa poitrine. « Tu as survécu, jusqu'ici. Tu parviendras à endurer le reste. »

Sept jours auparavant, deux policiers s'étaient présentés chez elle, porteurs d'une effroyable nouvelle. Sa mère, la célèbre créatrice de bijoux Eva Ware, avait été tuée par un chauffard alors qu'elle traversait la rue devant chez elle.

Une semaine s'était écoulée depuis ce sinistre jour, et elle luttait encore pour l'accepter. Eva devrait être avec elle en ce moment même. Elles venaient toujours à Ware House ensemble. Mais sa mère n'était pas là. Elle ne serait plus jamais là.

Jordan ferma les yeux et s'obligea à prendre une profonde inspiration. Elle ne pouvait se permettre de s'effondrer maintenant, alors que tant de choses l'attendaient. Elle considérait comme son devoir de veiller à l'héritage de sa mère.

Un coup d'œil à sa montre lui confirma qu'elle était en avance d'une bonne demi-heure pour l'ouverture du testament. Ce qui lui laissait le temps de rassembler ses pensées, et surtout ses forces. Elle entreprit d'arpenter l'esplanade dallée devant la maison.

« Tu peux y arriver. »

N'avait-elle pas survécu à l'identification du corps, à la morgue, et aux préparatifs de l'enterrement ? Son oncle Carlton et sa tante Dorothy lui avaient d'ailleurs apporté leur aide.

Elle avait été très surprise, et reconnaissante, quand ils l'avaient contactée : d'aussi loin qu'elle se souvienne, elle n'avait jamais remarqué la moindre trace de cordialité entre sa mère et son oncle.

D'après ce que lui avait dit sa mère, leur querelle remontait à la mort de leur grand-père. Il leur avait tout légué à parts égales — Ware Bank, Ware House, ses actions, ses bons au porteur et ses liquidités. Carlton avait insisté pour que sa sœur investisse sa part dans la banque, mais elle avait tenu bon et tout consacré à sa récente entreprise de création de bijoux.

De l'avis de Jordan, sa décision s'était révélée très sage, puisque Eva Ware Creations était l'une des bijouteries les plus sélectes et les plus courues de New York. Eva avait essayé d'amadouer son frère en déménageant et en lui laissant l'usage exclusif de Ware House. Carlton, Dorothy et leur fils Adam y vivaient toujours, mais Carlton avait la rancœur tenace. A tel point que, chaque fois qu'elles y venaient, sa mère et elle, l'accueil était si glacial qu'elles louaient une chambre dans un hôtel proche afin de passer la nuit hors de cette atmosphère sinistre.

En dépit de ces différends, son oncle et sa tante lui avaient été d'un grand secours dans la préparation des funérailles. Dorothy Ware étant particulièrement à l'aise dès qu'il s'agissait d'organiser des réceptions, l'enterrement de sa mère avait fini par en être une. Des milliers de gens étaient venus rendre un dernier hommage à la célèbre créatrice de bijoux.

Cependant, la seule personne qui comptait aux yeux de Jordan n'avait pu y assister. Jase Campbell, son colocataire et meilleur ami.

Tous deux s'étaient connus au cours de sa première année à la Wharton School de l'université de Pennsylvanie. Elle avait rencontré Jase, plus âgé de quelques années, alors qu'ils se retrouvaient, par hasard et en même temps, en train de visiter un appartement à louer hors du campus. Au lieu de tirer à pile ou face pour savoir qui le louerait, ils avaient décidé de le partager et étaient très vite devenus amis. Un an plus tôt, quand Jase avait quitté la Marine pour monter une société de sécurité à New York, ils avaient repris leurs habitudes de colocation. Cela faisait presque un mois qu'il était au fin fond de l'Amérique du Sud sur une affaire de prise d'otages. Elle n'avait même pas pu le joindre par téléphone.

Il ignorait donc qu'Eva était morte.

Et il ignorait aussi l'énorme changement intervenu dans la vie de Jordan. Elle avait désormais... une sœur.

Edward Fitzwalter III, juriste depuis longtemps au service de sa mère, l'avait appelée le lendemain des funérailles pour lui apprendre *la* nouvelle, la laissant sous le choc. Même à présent, elle avait envie de se pincer pour savoir si la semaine écoulée n'avait pas été un cauchemar dont elle émergerait tout juste.

Elle avait une sœur dont elle n'avait jamais entendu parler ! Maddie Farrell. Et cette même sœur serait là aujourd'hui pour l'ouverture du testament de leur mère.

Chaque fois qu'elle y pensait, elle avait comme une boule dans l'estomac, et les nerfs en émoi. Elle n'avait eu que deux jours pour assimiler la nouvelle et, même si elle s'enorgueillissait de son efficacité et de son adaptabilité, elle n'était pas certaine d'y être réellement parvenue.

Comment faisait-on en découvrant qu'on avait une sœur — une sœur jumelle — élevée dans un ranch du Nouveau-Mexique par un père qu'on n'avait jamais connu non plus ? Un père qu'on ne connaîtrait jamais, puisqu'il était mort l'annnée précédente ?

Tout cela paraissait digne d'un mélodrame. Elle avait commencé par ne pas croire ce que lui disait Fitzwalter, et elle l'avait harcelé jusqu'à ce qu'il lui montre le certificat de naissance. Madison et elle étaient effectivement nées à Santa Fe. Elle était l'aînée de presque quatre minutes.

Fitzwalter lui avait également montré un acte de mariage. Eva Ware avait épousé Michael Farrell onze mois avant leur naissance à toutes deux.

Sitôt la véracité des dires de Fitzwalter établie, elle avait entré

« Madison Farrell » sur Google et commencé à monter un dossier sur cette sœur inconnue. Dossier qui s'était considérablement épaissi en moins d'une heure de recherches. Sa sœur se faisait appeler Maddie. Outre le fait qu'elle possédait un ranch, elle avait monté une entreprise de création de bijoux à Santa Fe. Et, à l'exception de la coupe de cheveux, elle lui ressemblait trait pour trait.

Comment serait-elle, en réalité ? Auraient-elles quoi que ce soit en commun ? A voir son site Web, Maddie avait hérité du génie maternel en matière de joaillerie. Elle-même tenait-elle de leur père son talent en affaires ?

Jordan soupira. Au lieu de répondre à ses questions, ses recherches n'avaient fait qu'en susciter d'autres. Pourquoi leurs parents les avaient-ils séparées, Madison et elle ? Pourquoi étaient-ils restés chacun de leur côté pendant toutes ces années ? Pourquoi sa mère avait-elle prétendu que son père était mort peu après sa naissance ? Sa sœur aurait-elle des réponses à lui apporter ?

Repoussant ses frustrations, elle fit volte-face et leva les yeux vers la maison. Elle avait toujours du mal à croire que sa mère ne serait pas présente. D'autant que, dès le matin, elle avait suivi leurs vieilles habitudes, sauté dans un train depuis Manhattan, et ensuite dans un taxi. Elle avait même fait la halte coutumière à l'auberge de Linchworth pour y louer leur suite habituelle.

Ainsi, s'était-elle dit, Madison et elle auraient un endroit où se réfugier et discuter tranquillement après la lecture du testament. Car, même si son oncle et sa tante l'avaient grandement soutenue lors des funérailles, elle ne croyait pas à un miracle en matière d'hospitalité familiale. Cela dit, n'avait-elle pas loué cette suite parce que sa mère et elle l'avaient toujours fait, et qu'elle avait des difficultés à accepter sa disparition ?

Et puis, comment Maddie Farrell réagirait-elle face à ces nouveaux parents ? Dire que la famille n'était pas très soudée tenait de la litote. Jordan voyait rarement son oncle ou sa tante, et si elle voyait régulièrement son cousin Adam, c'était uniquement parce qu'ils travaillaient ensemble chez Eva Ware Creations.

Le rugissement d'une voiture de sport remontant l'allée attira son attention. « Tiens, quand on parle du loup... », se dit-elle en voyant Adam freiner juste devant la maison.

Elle lui fit un petit signe de la main et gravit l'escalier. Elle avait encore du temps devant elle — cela dépendrait de la rapidité avec laquelle Lane viendrait ouvrir la porte.

Il l'avait à peine entrouverte qu'un bruit de portière claquée résonna derrière elle.

— Jordan, attends... Je veux te parler.

Adam Ware paraissait contrarié. Mais, depuis deux ans qu'elle travaillait dans les mêmes bureaux que lui, elle ne l'avait guère vu que mécontent.

Il la rejoignit d'un bond alors que Lane finissait d'ouvrir la porte en grand.

— Bon sang, à quoi est-ce que tu joues encore ?

Jordan mit sa propre irritation en sourdine et adressa un sourire à son cousin.

— Je suis ici pour l'ouverture du testament de ma mère, lui dit-elle avant de se retourner vers le majordome. Bonjour, Lane.

Le majordome, qui lui avait toujours rappelé Michael Caine, s'inclina imperceptiblement et s'effaça.

— Mademoiselle Jordan, monsieur Adam, la famille s'est réunie dans la bibliothèque avec M. Fitzwalter.

— Ma sœur est-elle arrivée ? s'enquit Jordan.

— Pas encore.

— Ta *sœur* ! ricana Adam. C'est justement d'elle que je veux te parler.

Il l'entraîna vers une porte ouverte sur la gauche.

Jordan réprima un soupir et fit appel à toute sa patience. Depuis l'instant même où elle avait rejoint Eva Ware Creations, Adam s'était systématiquement opposé à toutes ses stratégies marketing. Il avait travaillé seul avec sa mère tandis qu'elle terminait ses études, et il était bien persuadé que, le jour venu, il hériterait de la direction de la société. Et, pour une raison qu'elle ne s'expliquait toujours pas, sa propre présence chez Eva Ware Creations avait rendu Adam paranoïaque.

Elle avait tenté une approche rationnelle, mentionné le fait que leurs talents respectifs couvraient des domaines différents, que, s'il apportait ses dons de designer à la société, elle lui offrait ses compétences commerciales. Mais rien de ce qu'elle avait pu dire ou faire n'avait paru calmer son cousin.

Eva avait vu dans leurs frictions une sorte de rivalité fraternelle et s'était remise au travail. Cependant, chaque fois qu'elle approuvait une suggestion de Jordan, Adam paraissait se sentir encore plus menacé.

La pièce dans laquelle l'avait entraînée Adam était meublée d'antiquités de l'époque victorienne. Une fois qu'ils furent entrés, Adam lui fit face. Malgré la faible clarté, il était extraordinairement beau. Il avait la carrure athlétique de son père et la teinte de cheveux châtain doré de sa mère.

— Je veux une explication, dit-il d'un ton furieux.

— Une explication ? A quoi ?

— Je veux savoir à quoi tu joues avec cette sœur que tu t'es inventée. Mon père m'a dit qu'il avait reçu un coup de téléphone de Fitzwalter, selon lequel tu ferais surgir quelqu'un que tu prétends être ta sœur.

— J'ai reçu le même appel de Fitzwalter, lui répondit Jordan très calmement. Je pense que le crédit de son apparition devrait revenir à mes parents. Fitzwalter pourra te montrer le certificat de naissance, si tu y tiens. A la demande spécifique de ma mère, il a contacté Madison et lui a demandé d'être ici le jour de l'ouverture du testament.

— Pourquoi ? Pourquoi faire apparaître cette deuxième fille maintenant ?

Excellente question, se dit Jordan.

— Je n'en sais pas plus que toi.

— Je veux savoir ce que ça signifie.

Jordan le dévisagea un moment. Il y avait presque de la panique dans ses yeux.

— Cela signifie que tu as une cousine dont tu n'as jamais entendu parler, reprit-elle.

— Ce n'est pas de ça que je parlais ! s'exclama-t-il avec irritation. Je veux savoir si l'existence de cette *personne* va affecter ma position chez Eva Ware Creations.

— Très peu, à mon avis.

Il n'était pas le seul à se poser ce genre de question, et il devait probablement formuler tout haut les inquiétudes de ses parents. Elle soupçonnait une énorme pression de leur part sur les épaules de son cousin, surtout de sa mère, pour qu'il prenne un jour les rênes d'Eva Ware Creations.

— D'après ce que j'ai pu apprendre, reprit Jordan, Maddie a assez à faire avec le ranch et sa propre entreprise de création de bijoux de Santa Fe.

— Elle crée des bijoux ? s'exclama Adam, stupéfait.

— Va donc voir son site Web, répliqua-t-elle en consultant ostensiblement sa montre, avant de se diriger vers la porte. Ma sœur ne va plus tarder à arriver, et je pense que nous ferions mieux de rejoindre les autres.

Elle allait regagner le vestibule quand Adam lui saisit le bras et l'obligea à se retourner vers lui.

— Tu n'en sais pas plus que ça ?

— Non, dit-elle sèchement.

Elle se dégagea et suivit Lane dans le couloir jusqu'à la bibliothèque, dont il leur ouvrit grand les portes. Un parfum d'encaustique et de roses lui monta aux narines dès qu'elle pénétra dans la pièce au côté de son cousin.

Trois des murs de l'immense pièce étaient tapissés de rayonnages emplis de livres, et quatre fenêtres à vitrail aussi hautes qu'étroites occupaient le quatrième. Fitzwalter s'était installé derrière un bureau. Les fauteuils de cuir rouge avaient été disposés en deux rangées semi-circulaires face à lui.

Cho Li, l'assistant de toujours de sa mère, avait pris place dans la deuxième rangée, et il retourna à Jordan le sourire chaleureux que celle-ci venait de lui adresser.

Son oncle Carlton et sa tante Dorothy avaient déjà pris place à la droite de l'homme de loi, et Adam les rejoignit directement. Il se pencha vers sa mère et lui adressa quelques mots. Jordan songea qu'il devait lui rapporter leur bref entretien.

Comme toujours, elle fut frappée par la beauté de son oncle. Et par son impassibilité. C'était un homme au verbe rare. Sa mère avait toujours prétendu qu'il avait pour seule préoccupation la Ware Bank, fondée par leur aïeul, et dont les succursales avaient essaimé sur tout Long Island. Vu qu'elle-même n'avait qu'Eva Ware Creations en tête, cela leur faisait au moins un point commun ! songea Jordan.

Le regard que son oncle dirigea sur elle était froid et impénétrable, et elle se demanda ce qu'il avait pensé de l'apparition de sa sœur dans le tableau. Et Dorothy ? Sa tante était encore plus indéchiffrable que son mari.

Jordan prit un siège à la gauche de Fitzwalter.

— Il est 14 heures. Je pense que nous pourrions commencer, dit Dorothy sur le ton détaché qui lui était coutumier.

Comme toujours, elle avait l'air de sortir d'une prise de vue pour la couverture de *Vogue*. Cependant, Jordan nota qu'elle avait les mains serrées, crispées sur son sac de couturier.

Fitzwalter ôta ses lunettes quand son téléphone portable sonna, et le porta à son oreille.

— Oui ?

Il écouta un instant, coupa la communication et les regarda tous.

— Mlle Madison Farrell va se joindre à nous sous peu. Sa voiture vient d'arriver.

Jordan sentit croître sa tension nerveuse. D'un côté, elle avait envie de se précipiter à la porte pour accueillir sa sœur. De l'autre, elle luttait encore pour accepter ce que lui avait appris Fitzwalter, ce qu'elle avait constaté de ses propres yeux quand il lui avait montré son certificat de naissance.

« Sa sœur... » D'ici à quelques secondes, elle allait faire la connaissance de sa *sœur*. Combien de fois s'était-elle laissée aller à imaginer cet instant ? Tout deviendrait bientôt réel.

La pendule égrena les secondes ; de l'autre côté du bureau, les Ware fixaient la porte de la bibliothèque dans le plus grand silence. Soupçonnaient-ils tous la même chose qu'Adam — qu'elle faisait apparaître une sœur inconnue comme par magie ? Qu'elle avait toujours été au courant de son existence ?

Une soudaine bouffée de colère la fit sauter sur ses pieds et se tourner face à la porte. La paranoïa d'Adam, elle s'y était faite, à la longue, mais tout cela virait au ridicule. Sa sœur était sur le point de pénétrer dans une pièce à l'atmosphère glaciale et pour le moins hostile. En pensée, elle se représenta Maddie entrant dans la maison, suivant Lane le long du couloir donnant sur la bibliothèque. Son propre état de nerfs n'était rien, comparé à ce que devait éprouver sa jumelle en cet instant. Elle avança vers les doubles portes.

Quand elles furent ouvertes, Jordan se figea et, soudain, il n'y eut plus que Maddie et elle dans la pièce. Elle avait eu beau imaginer mille fois leur rencontre, rien ne l'avait préparée à cet instant de reconnaissance, d'affinité mutuelle, qui la frappa comme un coup à l'estomac. Elle dut chercher son souffle, comme si elle venait de gravir une colline au pas de course. C'est une chose de voir une photo sur un site Web, c'en était une autre bien différente de se retrouver face à un reflet identique de soi-même.

Enfin, *presque* identique.

Maddie Farrell avait les mêmes yeux bleu-violet, les mêmes traits et la même teinte de cheveux, mais elle les coiffait différemment. Jordan gardait les siens à hauteur de menton alors que Maddie les portait tressés en une longue natte, comme leur mère. Combien de fois Jordan avait-elle tenté de persuader Eva d'adopter une coiffure plus moderne ?

Tout comme elle l'avait fait à de nombreuses reprises ces derniers jours, elle repoussa la douleur occasionnée par l'image de sa mère. Maddie et elle n'avaient pas non plus le même goût en matière de vêtements. Cependant, le style champêtre du pantalon et de la veste en denim brodée de sa sœur lui plut.

Elle ne sut pas combien de temps elles restèrent là, face à face, à se regarder. A tâcher d'appréhender l'incroyable réalité.

Tout ce que lui avait dit Fitzwalter était exact. Elle avait bien une sœur jumelle. Et cette sœur était là.

Jordan se précipita et lui prit les mains. Ce qu'elle vit alors dans les yeux de Maddie — curiosité, excitation, anticipation — ne fut que le reflet de ses propres sentiments. Une fois encore elle perçut le lien qui les unissait, et son état de nerfs s'apaisa. Tout allait bien se passer. Quoi qu'il puisse advenir.

Brutalement submergée de joie, elle murmura dans un souffle :

— Bienvenue...

Puis elle se tourna vers les autres :

— Oncle Carlton, tante Dorothy, Adam, Cho, je vous présente ma sœur, Madison Farrell.

Cho se leva et s'inclina.

— C'est un grand plaisir pour moi de rencontrer l'autre fille d'Eva.

Un long silence régna dans la pièce avant que Carlton Ware ne se lève.

— Tu vas devoir nous excuser, Madison, déclara-t-il. Le choc provoqué par le décès brutal de ma sœur, ajouté à la nouvelle qu'elle avait une deuxième fille dissimulée toutes ces années à Santa Fe... Eh bien, nous essayons toujours d'assimiler tout cela. Jusqu'à ce que tu pénètres dans cette bibliothèque il y a quelques instants, je ne suis pas certain qu'aucun d'entre nous ait vraiment cru à ce que nous avait dit Edward. A présent, Dorothy, Adam et moi-même tenons à te souhaiter la bienvenue à Ware House.

Jordan lui adressa un sourire de reconnaissance. C'était peut-être un homme de peu de mots, mais parfois on pouvait compter sur lui. Puis elle serra la main de Maddie, l'entraîna vers leurs sièges et chuchota :

— Quand cette histoire de testament sera finie, il va falloir qu'on parle, toutes les deux...

1

Le ciel était encore d'un noir d'encre lorsque la limousine s'immobilisa devant le terminal J.F.K. à 6 heures du matin. Quand Jordan voulut également en descendre, sa sœur Maddie lui jeta un regard surpris. En croisant le regard de sa jumelle, Jordan eut la même impression bizarre de connexion instantanée qu'elle avait éprouvée la première fois qu'elle l'avait vue.

— Jordan, dit Maddie en souriant, je suis parfaitement capable d'aller toute seule prendre l'avion pour retourner à Santa Fe.

— Je sais, dit Jordan en passant la première les portes tournantes. Tu dois te dire que je suis une obsédée du contrôle, et aussi un moulin à paroles, mais j'ai encore des choses à te dire. Je t'accompagne jusqu'au contrôle de sécurité.

Dans la suite de la petite auberge de Linchworth, où elle avait emmené sa sœur en sortant de Ware House, elles avaient passé quasiment toute la nuit à parler. Et, quand Maddie avait finalement cédé au sommeil, Jordan avait réentendu en boucle, dans son esprit, la voix d'Edward Fitzwalter lisant les termes du testament extraordinaire d'Eva Ware.

Eva avait laissé une somme confortable à Cho Li, son assistant. A son frère Carlton, elle avait laissé toutes ses parts et actions de la Ware Bank. Des dispositions tout à fait raisonnables.

Puis Fitzwalter en était arrivé au passage qui allait bouleverser intégralement leurs vies à toutes les deux, Maddie et elle.

« Le reste de mes biens, autrement dit mes actions, mes titres, l'argent liquide, Eva Ware Creations, ma part de Ware House

et mon appartement de New York, je les laisse à mes deux filles, Jordan et Maddie, afin qu'ils fassent l'objet d'un partage équitable. Toutefois, j'y mets une condition. Elles doivent échanger leurs places et vivre la vie l'une de l'autre pendant trois semaines consécutives — et ininterrompues — dont le premier jour commencera dans les soixante-douze heures suivant l'ouverture de ce testament. Si elles refusent de remplir la condition énoncée précédemment, ou si elles ne respectent pas le délai des trois semaines, mes cinquante pour cent de Ware House reviendront à mon frère Carlton. Tout le reste, y compris mon entreprise et mon appartement, devra être vendu, et le profit réparti équitablement entre tous mes parents survivants. »

Sa première réaction avait été le choc. Même son oncle Carlton avait été stupéfait. Dorothy avait glissé quelques mots à Adam, et celui-ci avait bondi de sa chaise pour aller planter les mains sur le bureau et déclarer à Fitzwalter qu'il y avait sûrement une erreur quelque part. Qu'Eva avait toujours voulu que son neveu prenne sa succession.

Seulement, il n'y avait pas d'erreur. Sa mère avait effectivement voulu que Maddie et elle échangent leurs places pendant trois semaines, et Jordan avait persuadé sa sœur d'accepter. Elles allaient échanger leurs vies, tout comme l'avaient fait les deux filles dans *La Fiancée de Papa*, ce vieux film des studios Disney.

Au début, Maddie s'était montrée réticente, et Jordan ne pouvait pas le lui reprocher. Le moins qu'on puisse dire, c'était qu'échanger leurs existences allait être compliqué. Cependant, Jordan lui avait expliqué qu'obéir aux termes du testament était la seule façon de sauvegarder l'œuvre à laquelle leur mère avait consacré sa vie : Eva Ware Creations. Elles ne pouvaient en autoriser la vente.

Au pied de l'escalator menant aux postes de sécurité, elle attira Maddie un peu à l'écart.

— Je sais que je t'ai un peu forcée à accepter tout ça.

— Tu ne m'obliges pas à faire ce que je ne veux pas faire, lui répondit très sérieusement Maddie. Eva Ware a été mon idole depuis presque toujours, ajouta-t-elle avant de se rembrunir légèrement. Papa le savait, et il ne m'a jamais rien dit.

— Maman n'a jamais rien dit non plus. J'y ai réfléchi des heures durant.

— Je sais que j'ai été un peu réticente au départ, dit alors Maddie en plantant ses yeux dans les siens. Mais je comprends qu'on ne puisse laisser vendre ce qu'elle nous laisse. J'éprouve la même chose vis-à-vis du ranch.

Sa sœur lui avait confié les difficultés récentes du ranch. Depuis la mort de Mike Farrell, un an plus tôt, elle se battait pour maintenir la propriété à flot et, dernièrement, plusieurs incidents avaient perturbé le cours des choses, là-bas. Clôtures arrachées, vandalisme, et même une tentative d'empoisonnement de ses chevaux. Maddie soupçonnait un agent immobilier qui la pressait de vendre d'être derrière ces incidents.

— Cet échange, ce n'est que pour trois semaines, reprit Maddie en prenant les mains de sa sœur.

— Tu me promets d'être prudente, de ne pas quitter le travail trop tard le soir ? demanda Jordan en lui serrant les mains.

— Je te le promets. Je ferai attention et je quitterai la boutique à l'heure de la fermeture, répondit Maddie.

Il y avait eu un cambriolage à la boutique de Madison Avenue un mois plus tôt, et la police enquêtait toujours. De plus, Maddie ignorait tout des risques de la vie à Manhattan.

— Je me sentirai mieux quand Jase sera rentré d'Amérique du Sud, fit remarquer Jordan.

— Et moi, je m'inquiète vraiment de te savoir seule au ranch, repartit Maddie. Je respirerai mieux quand je serai sûre que mon voisin Cash et mon contremaître seront rentrés du marché aux bestiaux.

L'une des choses qu'elles avaient apprises l'une de l'autre, durant le bref laps de temps qui s'était écoulé depuis leur rencontre, c'était que chacune avait un homme comme meilleur ami.

Cash Landry avait toujours fait partie de la vie de Maddie ; il était comme un frère pour elle — et, parfois, un peu trop protecteur. Jordan lui avait décrit sa relation avec Jase Campbell dans des termes similaires.

— Cash sera peut-être rentré après-demain, quand tu y partiras, dit Maddie, pleine d'espoir.

— Au fait, tu as ton billet de retour ?

— Je l'ai, répondit Maddie en souriant.

Jordan prit une grande inspiration, puis relâcha son souffle.

— On peut y arriver.

En voyant l'expression des yeux de sa sœur, elle crut profondément que c'était réalisable.

— Ne t'inquiète pas, lui dit Maddie. Tout ce que je vais avoir à faire, c'est vivre dans ton appartement et aller travailler dans une bijouterie. Toi, tu vas devoir survivre trois semaines dans un ranch.

— J'apprends vite. Ça va aller.

— Il faut que j'y aille, dit Maddie en lui lâchant les mains.

L'espace d'une seconde, Jordan perçut la perte de contact.

— Tu as les notes que j'ai prises pour toi ?

— Juste là, répondit Maddie en tapotant son sac à bandoulière.

— J'ai les tiennes. Et puis, on se téléphonera. A la moindre question, appelle-moi, d'accord ?

— O.K.

Elles se firent face en même temps, s'étreignirent, et restèrent enlacées un moment.

— Je t'aime, murmura Maddie.

— Moi aussi, répondit Jordan.

Et, en le disant, elle comprit que c'était la vérité.

Maddie s'engagea sur l'escalator, et Jordan la suivit des yeux jusqu'à ce qu'elle disparaisse.

Jordan jeta un dernier coup d'œil à son placard, en ferma la porte et consulta sa montre. 15 heures. Des yeux, elle fit le tour de la salle de bains en cochant mentalement sa liste. Sa valise était prête et, au pied du lit, elle avait posé quelques objets à y ajouter. Il lui restait presque une heure avant l'arrivée de la limousine.

Juste assez de temps, donc, pour que son état de nerfs empire ! Elle se mit à faire les cent pas sans pouvoir réprimer les questions qui la harcelaient. Avait-elle bien fait de pousser sa sœur à accepter cet échange de vies ? Elle se planta devant la fenêtre et contempla le flot ininterrompu de voitures, en contrebas. Ce n'était pourtant pas son genre de s'interroger sur ses décisions.

Peut-être, mais Maddie et elle n'étaient pas les adolescentes insouciantes de *La Fiancée de Papa*. Elles étaient des adultes ayant de sérieuses responsabilités. Elle ne savait rien de la gestion d'un ranch, et Maddie lui avait avoué avoir de graves ennuis financiers. Pendant son séjour au ranch, elle avait bien l'intention d'étudier la question et de tenter de trouver une idée pour venir en aide à sa sœur.

Le plus facile serait indubitablement de se faire passer pour elle lors de l'exposition de bijoux qui devait avoir lieu sous peu à Santa Fe. Elle avait même fait l'emplette d'une pince à cheveux afin de faire comme si elle avait réuni sa chevelure en chignon, car elle savait que des acheteurs potentiels préféreraient discuter avec Maddie Farrell la créatrice plutôt qu'avec une Jordan Ware totalement inconnue d'eux.

Cet aspect-là de l'échange, elle était certaine de pouvoir l'assumer pleinement. Et Cho Li serait d'un grand secours à Maddie chez Eva Ware Creations. Seulement, sa sœur risquait d'être perdue dans une ville comme New York !

Non qu'elle fût inquiète pour sa sécurité : l'expression du visage d'Adam, quand Maddie l'avait remis à sa place, était un souvenir qu'elle ne risquait pas d'oublier. Cependant, vivre à New York ne ressemblait en rien à ce que connaissait Maddie.

Si seulement leur mère leur avait laissé un peu plus que trois jours avant d'avoir à échanger leurs vies… Elle aurait pu habituer sa sœur au rythme effréné de la ville. Là, Maddie allait devoir se débrouiller seule.

Et elle, elle se sentait un peu coupable à ce sujet-là. Depuis l'instant même où elle avait vu sa sœur sur le seuil de la bibliothèque de Ware House, elle avait éprouvé un besoin étrange de la protéger. Etait-ce parce qu'elle était l'aînée ? Elle ne trouvait aucune explication rationnelle à ce lien qui l'unissait à Maddie.

Jordan se remit à faire les cent pas. Avait-elle le choix ? Si elles n'échangeaient pas leurs places, Eva Ware Creations serait vendu et l'argent réparti entre les autres Ware, Maddie et elle.

Et ça, c'était impossible à ses yeux. Le travail de la vie de sa mère détruit ? Non ! Maddie et elle avaient fait la seule chose possible et imaginable.

Elle alla s'asseoir sur son lit. Il lui fallait parler avec quelqu'un. Hélas, Jase n'était pas là.

Elle prit la photo encadrée sur sa table de nuit, celle qu'avait prise Jase lors de sa remise de diplôme. En tenue d'étudiante diplômée, elle s'y tenait au côté de sa mère.

— A quoi pensais-tu ? demanda-t-elle à l'image de sa mère.

Dieu sait que ce n'était pas la première fois qu'elle lui posait cette question, depuis trois jours !

— Et pourquoi as-tu risqué de perdre l'entreprise de ta vie ? Maddie et moi aurions pu refuser cette condition ridicule, tu ne crois pas ?

Au moins avait-elle une théorie sur ce point. En plus d'être une brillante créatrice de bijoux, sa mère avait toujours su déchiffrer les êtres. Elle avait deviné que Jordan serait extrêmement tentée par un séjour de trois semaines dans un ranch. Qu'elle serait curieuse de connaître la vie qu'avait menée sa sœur pendant toutes ces années. Sans compter qu'une visite au ranch serait la seule manière d'apprendre à connaître le père qu'elle n'avait jamais vu.

Mais comment Eva Ware avait-elle pu avoir la même certitude au sujet de Maddie, cette fille qu'elle n'avait plus vue depuis sa naissance, ou presque ? S'était-elle régulièrement tenue informée de la petite fille laissée à Santa Fe ? Son père avait-il fait de même avec elle, Jordan ? A toutes ces interrogations se mêlait un fort sentiment de perte. Car, en un sens, elle avait perdu ses deux parents en l'espace d'une semaine.

— Pourquoi Mike Farrell et toi vous êtes-vous mariés, puis vous êtes-vous séparés ? Et pourquoi nous avez-vous séparées, Maddie et moi ?

Elle ne parvenait pas à comprendre que sa mère ait pu garder si longtemps le secret sur l'existence de sa jumelle. Et, maintenant qu'elle le savait, elle n'avait plus aucun moyen d'exiger des réponses.

Elle lutta contre un certain accablement, se leva et alla mettre dans sa serviette les objets restés au pied du lit. Un guide de Santa Fe et de ses environs, et un dossier contenant les notes que Maddie avait rédigées à son intention, au sujet des gens sur lesquels elle pourrait tomber au ranch ou à Santa Fe.

Elle-même avait fourni les mêmes informations à Maddie, mais elle les avait organisées en deux dossiers avec des photos. A l'image de sa mère, sa sœur prenait des notes sur tout ce qui lui tombait sous la main, serviette en papier, feuille arrachée de son carnet, papeterie fournie par l'hôtel de Linchworth...

Enfin, elle se pencha vers sa bibliothèque et en sortit quelques romans aux couvertures fatiguées, des westerns de ses auteurs préférés — Louis L'Amour, Zane Grey, Luke Short et Larry McMurtry. Elle partait pour Santa Fe afin que perdure et embellisse l'œuvre de sa mère, mais elle n'avait rien dit à sa sœur de sa passion pour les ranchs et les cow-boys.

Elle ne savait pas trop comment avait débuté cet intérêt, mais elle se souvenait encore d'un cadeau surprise du Père Noël quand elle avait six ans. Un ranch miniature complet, avec les bâtiments, les clôtures, les chevaux et, bien sûr, le bétail. Cette année-là, elle avait délaissé la maison de poupée que lui avait offerte sa mère et installé son ranch dans un angle de sa chambre. Combien d'heures avait-elle consacrées à réorganiser son ranch et à s'inventer des histoires sur la vie dans les grandes plaines ? Peu de temps après, sa mère avait cédé à ses supplications et lui avait offert des cours d'équitation.

Seule Eva avait su qu'elle avait toujours rêvé de vivre dans un ranch, un jour. C'était un rêve dont elle n'avait jamais cru qu'il deviendrait réalité.

Pourtant, c'était advenu.

Le téléphone sonna.

— Allô !

— Salut, c'est Maddie.

La panique surgit en elle, incontrôlable. Sa sœur devrait être dans l'avion à destination de New York.

— Tu as changé d'avis ? demanda Jordan. Ecoute, je sais que je t'ai mis la pression...

— Tu ne m'as mis aucune pression, riposta Maddie. Peut-être que tu y as été un peu fort sur la bouteille en me servant...

Son humour apaisa un peu la tension de Jordan.

— Je voulais juste te dire qu'on a été retardés à Santa Fe et que je poireaute à Chicago, lui apprit sa sœur. A cause du mauvais temps, mon vol pour J.F.K. est retardé également.

— N'empêche, c'est bon d'entendre ta voix, dit Jordan.

C'était la vérité. N'avait-elle pas rêvé, quelques instants plus tôt, d'avoir quelqu'un à qui parler ?

— Pareil pour moi. Et toi ? Pas d'arrière-pensées ?

— Aucune. Je suis prête, et la limousine devrait arriver dans une demi-heure.

— On va vraiment y arriver.

Ce n'était pas une question. Jordan sourit alors que ses inquiétudes s'envolaient.

— Oui, on va y arriver.

— Tu te souviens de l'endroit où trouver les clés du ranch ?

— Sous le pot de fleurs du porche.

— Et mes derniers croquis pour l'exposition…

— Dans le coffre-fort.

— Désolée. As-tu également peur d'avoir oublié de me dire quelque chose ?

— Non. Tout ce que tu as à faire, c'est consulter mes notes. Et si tu as des questions, tu m'appelles.

— Exact. Tu sais, j'ai réfléchi. Peut-être qu'Eva savait ce qu'elle faisait. C'est une excellente opportunité pour moi de la connaître, et pour toi de faire de même avec notre père.

— C'est même notre seule chance, dit-elle, le cœur serré.

Cependant, elle savait que, dans les affaires comme dans la vie, il faut parfois jouer avec les cartes qui vous ont été distribuées. Elle était impatiente d'apprendre tout ce qu'elle pourrait au sujet de son père.

— Tu me crois, si je te dis que je suis impatiente de prendre ta place ? lui demanda Maddie.

— Tout à fait, répondit Jordan en souriant. C'est la même chose pour moi.

Cela aussi, c'était la vérité. Et, pour la première fois, elle sut que tout allait se passer merveilleusement bien.

2

Aussi curieuse qu'excitée, Jordan fit entrer son 4x4 dans l'appentis servant de garage. Ainsi, c'était la maison dans laquelle avait grandi Maddie.

Cela aurait pu être la sienne.

Ces mots, ils lui revenaient comme une litanie depuis qu'elle avait atterri à Santa Fe. Elle aurait pu être élevée ici, au lieu de l'être à Manhattan. Vivre dans les grands espaces qu'elle avait traversés en venant n'aurait pas été un simple rêve, mais son existence même. Et elle aurait grandi auprès de son père.

Eva avait toléré son amour des chevaux mais ne l'avait jamais partagé. A présent, Jordan avait perdu l'occasion de connaître celui qui aurait partagé cette passion. Pourquoi ?

Elle repoussa sa tristesse. L'heure n'était pas au ressassement. Elle espérait bien trouver, ici, toutes les réponses aux questions qu'elle se posait.

Jusqu'à présent, tout lui avait paru différent — le paysage, le ciel, et même l'air. Sur la route venant de Santa Fe, le sable et les rochers s'étendaient sur des kilomètres de part et d'autre du ruban de bitume. La luminosité d'un ciel dépourvu de nuages baignait le paysage, des ondes de chaleur formaient à l'horizon une brume de chaleur tremblotante. Ses lunettes de soleil lui avaient été d'un grand secours contre les éblouissements.

Au début, les collines paraissaient très éloignées, mais elle les avait finalement atteintes et gravi la pente sur une route de plus en plus sinueuse. A sa droite, la roche brune, à sa gauche, la terre disparaissait régulièrement dans de profondes ravines.

L'immensité du paysage qui s'offrait à elle l'avait emplie d'une sorte de respect. Jamais encore elle n'avait vu pareil spectacle, à part dans les films.

Le sommet de la colline passé, la route s'était aplanie et, à mesure qu'elle se rapprochait, elle avait eu quelques aperçus du ranch. La seule construction qu'elle était à même d'identifier fut la maison — en pierre, bois et verre, de plain-pied, gigantesque. A présent, protégée par l'auvent de l'appentis, elle put enfin inspecter à loisir l'extérieur de la bâtisse.

Au loin, sur sa droite, se trouvait un long bâtiment peint en rouge, avec des moulures blanches. Les écuries, devina-t-elle. Maddie devait avoir un cheval. C'était un des nombreux sujets qu'elles n'avaient pas abordés pendant le temps trop court qui les avait réunies. Elle-même avait négligé de dire à sa sœur qu'elle possédait un cheval, dans un haras au nord de la ville. Elle se promit de le lui dire la prochaine fois qu'elles se parleraient au téléphone. Jules César serait ravi que Maddie lui rende une petite visite.

Non loin de l'écurie, un bâtiment d'un étage devait servir de dortoir. Sur sa gauche, et plus près de la maison principale, se trouvait un bâtiment plus petit, de plain-pied également et construit dans le même matériau que la maison. L'atelier de Maddie, sûrement.

Elle laissa courir ses yeux sur les terrains par-delà les bâtisses, qui s'étendaient à l'infini. Plus ou moins plans au début, ils s'élevaient graduellement en d'autres collines. A cet instant, quelque chose palpita en elle. Etait-ce une forme de jalousie, due au fait que sa sœur pouvait dire qu'elle était *chez elle*, ici, et pas elle ?

C'était ridicule… Elle aimait sa vie à New York. Ce devait être de la curiosité. Tant qu'elle serait ici, elle entendait bien la satisfaire pleinement en explorant le moindre aspect de la vie de Maddie, en commençant, dès ce soir, par la maison.

Un coup d'œil à sa montre lui apprit que l'heure était justement venue. Il était 20 heures. Qu'attendait-elle donc ? Elle prit une profonde inspiration, ouvrit la portière du 4x4 et se laissa glisser à terre. La chaleur la frappa comme un coup de poing, et elle perdit l'équilibre alors que ses talons hauts s'enfonçaient dans le sable. Elle plaqua une main sur la voiture, ôta ses chaussures et les jeta dans l'habitacle. Heureusement que Maddie et elle avaient décidé d'échanger aussi leurs garde-robes, car ces escarpins n'allaient pas lui être très utiles dans ce nouvel environnement.

Elle attrapa sa serviette, fit volte-face et se figea. Au loin, les collines qu'elle venait tout juste de franchir s'étaient parées d'une stupéfiante teinte orangée.

Pieds nus, elle alla ouvrir le coffre, en sortit sa valise et se dirigea vers la maison. Le sol était brûlant et caillouteux sous ses pieds, mais au moins pouvait-elle avancer. Au bas des quelques marches du porche, elle s'immobilisa afin d'observer la maison. La porte d'entrée délicatement ouvragée était encadrée par deux immenses baies qui s'étendaient le long de la maison, du sol au plafond. Celui qui avait dessiné les plans de cette maison était un amoureux de ce pays.

Et qui ne le serait pas ? se demanda-t-elle en se retournant une fois encore vers les collines orangées. Il régnait ici une paix tout à fait plaisante. Etait-ce dû au fait qu'elle avait toujours fantasmé sur la vie dans un ranch ? Peut-être, mais un fantasme reste un fantasme. Elle était née et avait grandi en ville, au milieu de la frénésie, du bruit, de l'excitation constante.

Pourtant… il y avait vraiment quelque chose, ici, qui l'attirait, qui la fascinait.

Sa mère avait-elle prévu cela en rédigeant ses dernières volontés ?

« Plus tard… Tu y réfléchiras plus tard. »

Elle atermoyait encore, se dit-elle en gravissant les marches. Cela ne lui ressemblait pourtant pas. La clé était à l'endroit où l'avait cachée Maddie, et elle ne put s'empêcher de pousser un soupir. Pas un seul citoyen de Manhattan digne de ce nom ne laisserait sa clé dans une cachette aussi prévisible. Elle-même avait eu le bon sens de confier son trousseau de secours à Maddie avant qu'elle ne revienne préparer ses affaires.

Elle inséra précautionneusement la clé dans la serrure et la tourna. Tout en poussant la porte, elle se rendit compte qu'une prudence peu habituelle avait présidé à ses moindres gestes, depuis l'instant même où elle avait persuadé Maddie d'accepter les conditions du testament.

Quoi qu'elle puisse découvrir derrière cette porte, quoi qu'il advienne au cours de ces trois semaines, cela allait modifier sa vie.

Du tout au tout.

« Alea jacta est », songea-t-elle en pénétrant dans la maison. Cependant, le sentiment qui la saisit en entrant fut si surprenant qu'elle en vint presque à reculer vers le porche. Car, à l'instant où elle mit le pied dans cette immense pièce au plafond voûté, elle se sentit inexplicablement chez elle.

Deux heures plus tard, plantée devant l'une des immenses baies, dans le spacieux living-room, Jordan regardait les éclairs se succéder au loin. La baie, du sol au plafond, lui offrait une vue sur écran géant, et le spectacle valait largement les feux d'artifice du 4 juillet dans le port de Manhattan.

Il était presque 22 heures, autrement dit 1 heure du matin à New York, et elle n'avait toujours pas sommeil. Une fois sa surprise initiale passée, elle s'était comportée comme une enfant lâchée dans un magasin de bonbons. Elle s'était promenée de pièce en pièce en s'efforçant de tout assimiler. Il y avait trois chambres — une chambre de maître dont elle devina que c'était celle de Mike Farrell, une chambre d'amis, et une troisième qui était certainement celle de Maddie.

Elle avait enlevé ses vêtements de ville, pris une douche et enfilé des sous-vêtements propres. Les siens. Maddie avait tendance à privilégier le simple coton blanc, mais pas elle. En revanche, elle avait emprunté le peignoir de sa sœur. Puis elle avait passé la plus grande partie du temps dans une pièce chaleureuse et confortable qui servait de bureau et de bibliothèque. Tout ce qu'elle trouvait soulevait de nouvelles questions.

Elle baissa les yeux sur la photo encadrée de Mike Farrell, qu'elle avait prise dans la chambre de Maddie. Sur le cliché, Maddie était juchée sur un cheval. Elle avait l'air d'avoir dix ou onze ans, et le cheval était une pure beauté — il avait une robe noire parsemée de quelques taches blanches. Mike Farrell se tenait debout près d'elle. Un serrement de cœur étreignit Jordan tandis qu'elle étudiait la photo. Mike était beau, dans le style rugueux et solide d'un John Wayne, et il semblait être parfaitement bien dans sa peau. Il avait posé une main sur celle de Maddie, sur le pommeau de la selle. Il y avait un je-ne-sais-quoi dans ce geste qui parlait de camaraderie. Et d'amour. A quelle occasion cette photo avait-elle été prise ?

Sa mère s'était tenue près d'elle la première fois qu'elle lui avait montré son cheval, Jules César. Ses parents, manifestement, avaient tous deux beaucoup aimé leurs filles. Ou du moins celle que chacun avait choisie.

Pourquoi les avaient-ils séparées, Maddie et elle ? Pourquoi Eva et Mike avaient-ils rompu ? Plus les questions tournaient dans sa tête, plus elle était décidée à trouver des réponses. Où leurs parents s'étaient-ils connus ? Où vivaient-ils quand sa sœur et elle étaient nées ? Ici, au ranch ? Si tel était le cas, il y avait peut-être quelqu'un dans les parages qui se souvenait d'Eva Ware.

Cependant, ce qu'elle découvrit en ouvrant la porte du réfrigérateur, ce fut que Maddie était pleine d'attentions. Même si elle avait eu mille choses à faire et à préparer en vue de « l'échange », elle avait pris le temps de laisser du fromage, du raisin superbement mûr et du vin pour elle. Un chardonnay provenant du même cépage que celui qu'elles avaient partagé le premier soir à l'auberge.

Elle réprima un accès de culpabilité pour n'avoir rien laissé à manger chez elle. C'était Jase Campbell qui s'occupait généralement des courses, et elle n'en avait fait aucune depuis trois semaines qu'il était absent. Elle mangeait dehors, ou achetait un plat à emporter en rentrant à la maison.

Ce genre d'opportunité ne devait pas exister par ici, se dit-elle. Elle ouvrit la bouteille, se servit un verre, en but une gorgée, puis se prépara une assiette de fromage et de crackers, qu'elle emporta devant la baie pour profiter encore du spectacle. Les éclairs se rapprochaient et, pour la première fois, elle entendit le tonnerre dans le lointain.

Heureusement qu'elle n'avait jamais eu peur de l'orage !

Cependant, regarder le show que lui offrait la nature n'allait pas l'aider à se détendre suffisamment pour dormir. Elle but une autre gorgée de vin et décida de passer au plan B. Un film. Elle ignorait s'il s'agissait de Maddie ou de Mike mais, plus tôt dans la journée, en explorant le bureau-bibliothèque, elle avait découvert que quelqu'un, ici, partageait son amour des westerns. Non seulement elle avait trouvé une incroyable collection de romans, mais aussi une autre de films de cow-boys. Elle fit courir ses doigts sur les dos de films de Clint Eastwood, *Pale Rider*, *Impitoyable*, puis sur *Le Vent de la plaine*, avant de se décider pour l'un de ses préférés, *Les Grands Espaces* de William Wyler, avec Gregory Peck. Le film traitait d'une querelle entre ranchs à propos de l'accès à la rivière, essentiel à la survie du bétail, mais il y avait aussi une très belle histoire d'amour.

Pas de meilleur moyen de terminer une journée ! Jordan posa son assiette, son verre et la bouteille sur la grande table basse, alluma une bougie, chercha et trouva la télécommande de la grande télévision à écran plat. Enfin, elle s'installa confortablement sur le canapé de cuir et lança le film. Elle ne put réprimer un sourire de béatitude quand la musique familière du générique emplit la pièce.

L'orage se rapprochait, et elle monta le son avant de tartiner un peu de brie sur un cracker. En quelques minutes à peine, elle fut emportée dans les grandes plaines qui servaient de décor au film.

La tempête se calmait enfin quand Cash Landry arriva sur la route. Le ciel était d'un noir d'encre, la pluie tombait à seaux, la visibilité était quasiment nulle, mais, une heure auparavant, l'orage et ses feux d'artifice s'étaient déplacés vers l'est.

Le problème, c'était que la route était peut-être inondée et qu'il n'y avait aucun moyen de le prévoir. L'heure n'était pas vraiment choisie non plus, mais il devait aller vérifier que tout allait bien pour Maddie. Mac McAuliffe, son contremaître, vivait avec sa famille à plusieurs kilomètres, et donc, depuis la mort de Mike, Maddie vivait seule sur le ranch.

Ce qui ne plaisait pas à Cash. Il aimait encore moins n'être pas joignable pour elle, comme ç'avait été le cas pendant dix jours. Ses parents, puis son père, avaient été des amis proches de Mike Farrell, et Maddie et lui avaient grandi ensemble. Etant plus âgé de trois ans, il avait très tôt assumé le rôle du grand frère et veillait sur elle. En son absence, c'était son propre contremaître, Sweeney, qui s'en était chargé en venant quotidiennement nourrir les chevaux et inspecter le bétail. Quand Sweeney lui avait appris qu'il n'avait pas vu Maddie de la journée, Cash s'était juste accordé le temps d'une douche avant de grimper dans son pick-up et de prendre la route du ranch Farrell.

En vérité, il était inquiet pour elle. Son ranch avait été la cible de vandales ces derniers mois, et la fréquence et la gravité des incidents n'avaient cessé de croître. Au début, il avait imputé les clôtures arrachées aux jumeaux Trainer, vu que l'un des deux, Joey, avait manifestement le béguin pour la jeune femme. Il avait en toute logique pensé que Joey avait fait cela pour attirer l'attention de Maddie, et il était allé voir le garçon. En tête à tête, il lui avait expliqué que le temps était de l'argent pour le ranch, et que Maddie ne pouvait se permettre de voir sa main-d'œuvre courir après le bétail échappé et réparer les barrières.

Cependant, Joey Trainer avait nié toute implication, avec une véhémence telle qu'il l'avait cru. Ensuite, il y avait eu d'autres incidents de diverses sortes. Plus récemment, le cheval de Maddie, Brutus, était tombé malade, et le vétérinaire avait découvert que son fourrage avait été empoisonné. Depuis, Cash avait demandé à Sweeney d'apporter quotidiennement du fourrage depuis son propre ranch.

La dernière clôture arrachée avait permis à une centaine de têtes de bétail de s'échapper, et il n'avait pas eu le temps de les réunir toutes avant de conduire leurs deux troupeaux au marché au bétail.

Pied sur le frein, il obliqua vers le chemin menant au ranch Farrell. En roulant dans la première ornière, il entendit l'eau éclabousser son dessous de caisse et ralentit. Il allait devoir prendre garde, s'il ne voulait pas s'embourber.

Ce qui le préoccupait le plus, c'était que celui qui avait empoisonné le fourrage s'était approché très près de la maison. Beaucoup trop près à son goût. Aussi avait-il décidé de dormir dans l'une des chambres d'amis deux ou trois fois par semaine. Ce n'était pas la solution idéale, mais il avait espéré que sa présence donnerait à réfléchir au saboteur.

Il avait quelques soupçons quant à l'auteur de ces méfaits. Et tout d'abord Daniel Pearson, un agent immobilier qui pressait Maddie depuis des mois pour qu'elle mette le ranch en vente. Si Cash savait que Maddie refusait de se séparer du ranch, Pearson devait se figurer qu'elle finirait par céder sous la pression, et il revenait donc régulièrement à la charge.

Cash était aussi allé voir leurs voisins ranchers afin de savoir s'ils étaient en butte au même genre de problèmes. Ce n'était pas le cas. Seule Maddie était visée. Le pick-up tangua dans une autre ornière, et il ralentit encore. Dix jours loin du ranch lui avaient donné tout le temps de réfléchir, et il avait trouvé ce qui pourrait se révéler une solution au problème, ou du moins une façon de décourager définitivement Pearson.

Maddie et lui pourraient se fiancer.

La première fois que cette idée lui était venue, il devait bien admettre qu'il en avait été lui-même désarçonné. Des fiançailles n'entraient pas dans ses projets à court terme. Ni à long terme, d'ailleurs. Il aimait sa vie telle qu'elle était, et le célibat lui allait comme un gant. Tout comme il était certain que Maddie aimait sa vie actuelle.

Cependant, ce ne serait pas « pour de vrai ». Ce serait juste une ruse destinée à faire cesser les incidents, jusqu'à ce qu'il parvienne à réunir assez de preuves pour débusquer le coupable.

Oh, bien sûr, son père et celui de Maddie avaient rêvé qu'ils se marient et associent les ranchs, mais ce rêve avait été le leur, pas le sien ni celui de Maddie. Leur relation, même durant l'adolescence, quand il obéissait davantage à ses hormones qu'à son bon sens, n'avait jamais pris un tour plus intime. Peut-être parce que, pour lui, elle était toujours sa petite sœur en même temps que sa meilleure amie.

Cependant, de fausses fiançailles entre eux ne surprendraient aucun de leurs voisins, qui penseraient pour la plupart que Jesse Landry et Mike Farrell avaient vu juste. Il n'allait pas être facile de convaincre Maddie, mais il lui en exposerait tous les avantages et la presserait un peu. Au fil des ans, il avait appris que Maddie avait parfois besoin d'être un peu sollicitée. Surtout depuis qu'elle se consacrait presque exclusivement à ses bijoux.

Il se renfrogna alors que les contours du ranch lui apparaissaient. Les lampadaires qui éclairaient habituellement les écuries et la maison étaient éteints, et il ne voyait aucune source de lumière dans la maison non plus. Le courant avait dû être coupé pendant l'orage.

Certes, il y avait de fortes chances pour qu'elle soit endormie, et il ne comptait pas la réveiller. Et pourtant, plus tôt il lui parlerait de cette histoire de fiançailles, mieux cela vaudrait.

Alors qu'il arrêtait sa voiture devant la maison, il aperçut une vague lueur à l'intérieur. Rassuré, il se dit qu'elle avait dû allumer une bougie. Depuis l'enfance, les orages terrorisaient Maddie.

Il ne prit pas la peine de frapper, au cas où elle se serait assoupie, et se contenta de chercher la clé sous le pot de fleurs. Il ne la trouva pas, et son inquiétude revint le tourmenter. Combien de fois il aurait dû lui dire de trouver une meilleure cachette !

Son humeur s'assombrit davantage quand il tourna la poignée et découvrit que la porte n'était pas verrouillée. Il allait falloir qu'il lui touche aussi un mot à ce sujet. Il la vit dès qu'il mit un pied dans le salon, et en fut très soulagé. Elle était étendue sur le canapé, un bras passé sur la tête. La bougie qui brûlait sur la table basse lui permit de voir une assiette de fromage et de raisin entamée, et une bouteille de vin ouverte.

Un sourire lui vint. Elle avait probablement dû exorciser ses peurs à l'aide d'un peu de chardonnay. Ce ne fut que lorsqu'il se rapprocha qu'il remarqua quelque chose de différent en elle. Mais quoi ?

Perplexe, il l'observa plus attentivement à la lueur de la bougie. Peut-être étaient-ce ses vêtements, ou plutôt leur absence, puisque son peignoir s'était ouvert. Dessous, elle portait une sorte de débardeur de soie et dentelle, une culotte de même nature, et ses jambes longues et minces étaient nues, ainsi que ses chevilles délicates. Et puis… Elle avait verni ses ongles d'orteils en rouge.

Un éclair de chaleur le traversa. Eberlué, il tourna les yeux vers la main qu'elle avait jetée sur sa tête. Ses ongles aussi étaient vernis… de cette même teinte de rouge sensuel. Cette fois-ci, l'éclair se renouvela, plus brûlant, alors qu'une image de cette main se promenant sur sa peau nue naissait en lui.

Il secoua la tête pour s'éclaircir les idées. C'était Maddie ! Que lui prenait-il donc ? Il plissa les yeux et les laissa de nouveau courir sur elle. Pour découvrir encore autre chose. Ses cheveux. Elle les avait coupés. La longue tresse qu'il lui avait toujours connue avait disparu. Etalés ainsi sur le cuir du canapé, ses cheveux avaient l'air d'avoir été ébouriffés par une main d'homme.

Il comprit alors qu'il avait *lui-même* envie d'y passer les mains, et les plaqua contre ses cuisses. Seigneur, que s'était-il passé pendant son absence ? Avait-elle brusquement décidé un changement de look ? S'il y avait une autre explication, il n'en avait pas la moindre idée.

Plus incompréhensible encore était la façon soudaine dont son corps réagissait à cette vision. Pourquoi des ongles vernis et une nouvelle coiffure l'affectaient-ils ainsi ? Quand il détacha finalement ses yeux de ses cheveux, ils s'écarquillèrent en se posant sur ses seins. Elle ne portait pas de soutien-gorge, et il voyait pointer ses mamelons à travers la soie qui les recouvrait.

Un autre éclair de chaleur, plus violent, le frappa de plein fouet, et il se sentit trembler.

Que diable lui était-il arrivé pendant ce voyage au marché ? Il était pourtant le même homme qu'avant de partir, non ? Quelque chose avait pourtant bel et bien changé. Quoi donc ? Il ne se souvenait pas d'avoir déjà réagi avec une telle intensité à une femme. Et encore, il ne l'avait même pas touchée !

Et il n'allait pas le faire. Il était venu voir si tout allait bien pour elle, et c'était le cas. Il allait donc l'emporter dans son lit et, ensuite, aller se coucher dans la chambre d'amis.

Cependant, il hésita un instant encore, en rêvant de pouvoir mieux contrôler ce qui se passait. Puis il avança vers elle et la souleva dans ses bras.

Jordan tenta de s'immerger plus avant dans son rêve. Un rêve dans lequel le beau Gregory Peck venait de se battre en duel pour elle. Conscients que tous les obstacles entre eux étaient désormais levés, ils étaient tous deux rentrés chez elle. Après avoir gravi le perron, il l'avait soulevée et portée pour passer la porte et traverser le salon.

Elle entendait le bruit de ses pas, elle percevait la vigueur de ses bras. C'était la première fois qu'il la touchait, et les sensations qui la traversaient lui faisaient tourner la tête. Elle était très consciente de la fermeté de son torse et de la chaleur de ses doigts contre elle. Au bout d'un instant, son corps s'embrasa.

Chaque détail était si réel... Le col de sa chemise était rugueux sous sa paume, la peau de son cou humide. Et il sentait merveilleusement bon, d'un mélange de cuir, de chevaux et de savonnette. Elle se nicha davantage contre lui. Il fallait qu'elle se rapproche encore plus. Quand il s'immobilisa, elle leva une main vers son visage, s'imprégna des sensations que lui procuraient son menton ferme et ses pommettes hautes. Incapable de résister, elle sema des baisers le long de sa mâchoire. Elle avait trop envie de le goûter… Il fallait qu'elle le fasse.

On aurait dit qu'il avait lu en elle, puisqu'il tourna la tête et effleura ses lèvres des siennes. L'espace d'un instant, elle hésita, et perçut qu'il hésitait aussi. Elle fut tentée d'ouvrir les yeux, d'essayer de savoir ce qu'il pensait. Mais elle le savait, n'est-ce pas ? Et, si elle ouvrait les yeux, il pourrait bien se volatiliser.

Cela, elle ne pouvait le permettre. Il fallait qu'elle le garde ici. Elle resserra les doigts sur son visage, l'attira à elle et murmura :

— Tout va bien. Je veux juste que tu m'embrasses.

Quand il le fit, elle écarta toute autre pensée de son esprit et se laissa aller au plaisir qu'il lui offrait. Il avait la bouche si douce… Différente de ce qu'elle avait imaginé. Sa saveur aussi était différente. Sombre, brûlante, dangereuse, elle explosa contre sa langue avec une telle force qu'elle fut soudain emplie de lui. Son cœur se mit à battre à coups redoublés.

Jamais un rêve ne lui avait semblé aussi réel que celui-ci. Et en même temps la réalité ne lui avait encore jamais procuré un tel plaisir.

Il recula la tête, et elle fut aussitôt prise de panique. C'était trop douloureux.

— Maddie, je…

Elle sentit le nom glisser sur sa peau. Un instant, très fugitif, il pénétra son cerveau, mais son besoin désespéré chassa toute pensée rationnelle.

— Je veux plus…, murmura-t-elle. Fais-moi l'amour.

Il l'embrassa encore en la posant sur le lit et en s'étendant près d'elle. Elle lui mordilla la lèvre inférieure et s'immergea davantage dans son rêve. Cette fois-ci, il lui sembla savourer le désir qu'il éprouvait.

Ils durent interrompre plusieurs fois le baiser pour se débarrasser de leurs vêtements. Chaque fois, leurs lèvres se rejoignaient, plus avides encore. Plus exigeantes. Leurs mains prenaient et donnaient. Le plaisir montait, et un brasier les consumait.

Dans un recoin obscur de son esprit, Cash comprit qu'il ne devait pas faire cela. Il ne devait pas se trouver dans le lit de Maddie, il ne devait pas lui faire l'amour. Elle avait bu du vin, comme en témoignait la bouteille à moitié vide. Et elle avait été terrifiée par la tempête.

Il n'avait jamais été impulsif. Ce n'était pas dans sa nature de balancer toute prudence par-dessus les moulins, mais tout ceci était différent. *Elle* était différente. Et son contrôle des événements avait commencé à lui échapper dès l'instant où, debout au pied du canapé, il avait reçu ce coup à l'estomac.

Aucune femme ne l'avait jamais excité avec une telle rapidité, une telle intensité.

Quand il l'avait embrassée, tout son être en était resté sans voix. Jamais il n'aurait pu imaginer qu'elle avait une saveur si exotique, si enivrante. Chaque fois qu'il y goûtait, il découvrait quelque chose de nouveau. Et, à présent, il ne pouvait s'empêcher d'en vouloir davantage. Ou d'en prendre davantage.

Ses mains avaient une volonté qui leur était propre, elles couraient sur elle, la caressaient, la taquinaient, la réclamaient. Celles de Maddie n'étaient pas en reste, et chaque nouvelle caresse sur sa peau faisait rougeoyer le feu qui le dévorait.

Vite! fut le mot d'ordre tacite entre eux, comme si, enfants voraces, ils devaient amasser autant de plaisir que possible avant que les adultes ne sonnent la fin de la récréation. N'en pouvant plus de désir, il roula sur elle et la pénétra.

Elle s'enroula littéralement autour de lui et adopta si parfaitement son rythme qu'ils s'élancèrent ensemble vers les cimes. Même quand ils les atteignirent, ils se figèrent, comme pris du désir d'y rester. *Comme s'ils devaient y rester*, et ne plus jamais se lâcher l'un l'autre. Finalement, un plaisir aussi intense qu'explosif les envoya dans les étoiles. Ensemble.

3

Cash émergea peu à peu du sommeil en pensant entendre sonner un téléphone au loin. Très loin. Tout aussi graduellement, des fragments détachés de réalité se firent jour en lui, dont le plus important était qu'il y avait une femme dans son lit. Couchée dos contre son torse. Chaque fois qu'il inspirait, lui parvenait son parfum exotique.

Maddie ?

Tout ce qui s'était passé la nuit précédente lui revint alors d'un coup. Ce lit n'était pas le sien, mais celui de Maddie, et il n'aurait jamais pensé s'y trouver un jour.

Il ouvrit grand les yeux. Le soleil lui apprit deux choses : la première étant que, contrairement à ses habitudes, il ne s'était pas éveillé à l'aube. La deuxième, que Maddie dormait toujours.

Perplexe, il se rendit alors compte qu'il la serrait contre lui, comme s'il avait eu peur qu'elle ne lui échappe à un moment quelconque de la nuit.

Etait-ce pour cela qu'il avait fait ce rêve étrange ? Un rêve où, debout au pied de l'autel, il regardait Maddie remonter l'allée vers lui en robe blanche.

Non ! Ce songe devait avoir été provoqué par sa décision de suggérer à Maddie d'annoncer leurs fiançailles.

A présent qu'ils étaient devenus amants, ces fausses fiançailles paraissaient encore plus plaisantes. Plus logiques, se dit-il. Cependant, une petite voix lui souffla que s'il désirait voir une bague de fiançailles au doigt de Maddie, c'était parce qu'il ne voulait pas qu'elle le quitte. Jamais.

Ridicule ! Maddie et lui étaient amis depuis l'enfance, et elle serait toujours là pour lui, comme il le serait pour elle. Certes, il n'allait pas se raconter des histoires : leur relation venait de changer. Radicalement.

Elle s'étira.

Il resta parfaitement immobile alors qu'elle poussait un soupir et se nichait plus confortablement contre lui. Alors lui vint une autre bouffée de son parfum. Un parfum exotique, différent. Bizarre, mais il ne se souvenait pas avoir jamais connu cette fragrance chez son amie. Sous sa main, il perçut le durcissement d'un mamelon. Aussitôt en érection, il se rendit compte qu'il la désirait encore, avec la même voracité que durant la nuit.

Ce qu'il avait vécu avec Maddie n'avait pas de précédent. N'y aurait-il pas dû y avoir des signes annonciateurs d'un changement dans leur relation ? En ce qui le concernait, il n'en avait détecté aucun.

L'espace d'un instant, il eut envie de l'éveiller en lui mordillant la nuque, mais il savait qu'il ne commençait jamais rien sans le terminer. Il venait déjà de comprendre sa capacité à lui faire perdre tout contrôle de soi, et, avant de refaire l'amour, ils allaient avoir une petite conversation. Histoire de savoir si elle avait voulu cela aussi fort que lui.

Mais, pour le moment, il allait se contenter de la serrer contre lui.

Jordan avait coutume de s'éveiller très vite, comme si on avait allumé la lumière dans la chambre, et là elle fut instantanément consciente de n'être pas seule dans le lit.

Et même absolument pas seule, puisqu'une main était pressée sur un de ses seins et qu'une érection lui titillait le bas du dos. Elle repoussa sa panique naissante et passa mentalement en surrégime. La dernière chose dont elle se rappelait était qu'allongée sur le canapé elle regardait un de ses vieux films préférés avec Gregory Peck et Jean Simmons.

Cependant, la main qui reposait sur son sein était tout à fait réelle. Elle n'avait encore jamais connu, avec aucun homme, ce dont elle avait fait l'expérience au cours de la nuit. Etait-ce pour cela qu'elle s'était persuadée que c'était un rêve ?

Pourtant, elle s'enorgueillissait généralement de ne jamais se bercer d'illusions. Et le sexe érigé contre son dos envoyait définitivement toute idée de rêve aux oubliettes.

Elle ferma les yeux un instant.

« Reprenons. »

Pour une raison ou une autre, elle avait couché avec un inconnu la première nuit qu'elle avait passée chez Maddie. Mentalement, elle cocha toutes les raisons pour lesquelles cela avait pu se produire : elle était stressée, elle avait toujours fantasmé sur les cow-boys, elle avait bu du vin.

Peut-être que, d'ici à une centaine d'années, elle pourrait y repenser et en rire. Seulement, pour l'instant, elle n'avait plus qu'à trouver le moyen de s'en sortir avec dignité et, surtout, de découvrir l'identité de l'homme allongé dans son dos.

Elle enleva la main de son sein, se tortilla un peu en avant, histoire de mettre un peu de distance entre eux, puis elle se retourna, pour se retrouver face à une paire d'yeux gris qui la regardaient. La panique revint. Adieu Gregory Peck, bonjour l'inconnu aux cheveux bruns et plutôt bel homme ! Il avait un visage tout à fait conforme au souvenir qu'en gardaient ses mains, lisse, les pommettes hautes, le menton ferme. Et si le reste de ce qu'elle avait exploré était aussi réel, il était vraiment à tomber.

Et puis, il y avait ce parfum — sombre, irrésistible, juste dangereux ce qu'il fallait.

— Maddie, tu es sûre que ça va ?

« Maddie » ? L'espace d'un instant, elle ne comprit plus rien à rien.

« Réfléchis. »

Maddie ? Mais bien sûr, il la prenait pour sa sœur ! Elle avait été étendue sur le canapé de Maddie, dans le peignoir de Maddie, buvant peut-être un peu trop du vin de Maddie. Mais lui, qui pouvait-il bien être ?

— Veux-tu des excuses ?

— Non, réussit-elle à répondre.

« Peut-être que Maddie en voudrait ! » se dit-elle tout à coup.

— Es-tu protégée ? Je n'ai pas pris de...

— Je prends la pilule.

Grâce à Dieu...

— Tu es sûre que ça va ? répéta-t-il en plissant les yeux.

Oh, ça allait plus que mieux ! Elle était au lit avec un inconnu, un homme avec qui elle avait fait follement l'amour, et avec qui elle avait envie de le refaire, même s'il était persuadé avoir couché avec sa sœur.

Elle parvint à répondre d'un signe de tête.

— Bien, reprit-il. Parce que j'ai quelque chose à te dire.

— Attends, l'interrompit-elle en lui posant un doigt sur les lèvres, bien décidée à lui dire qui elle était vraiment.

L'éclair de chaleur qui la traversa à ce simple contact suffit à la pétrifier.

Il lui prit le doigt et l'ôta de sa bouche.

— Depuis mon départ, j'ai énormément réfléchi à tes problèmes, et j'en suis venu à la conclusion que le meilleur moyen d'y mettre fin serait d'annoncer nos fiançailles.

— Non ! s'écria Jordan avant de sortir du lit, de courir jusqu'au placard et d'y attraper un jean. On ne peut pas se fiancer.

— Et pourquoi ça ?

— Parce que je ne suis pas Maddie, répondit-elle en sautillant sur un pied, puis sur l'autre afin d'enfiler le jean.

Les secondes s'écoulèrent. Elle le vit la détailler attentivement. Jamais encore elle n'avait été plus consciente de la présence d'un homme. Pourquoi celui-ci, précisément ? Elle attrapa un T-shirt dans le tiroir et l'enfila. S'il désirait plus d'informations, pas de problème, mais elle ne tenait pas à discuter nue comme un ver.

— En ce cas, qui es-tu ? finit-il par demander.

Elle se retourna vers lui.

— Je m'appelle Jordan Ware, et je suis la sœur jumelle de Maddie.

Il la détaillait toujours, d'un regard si intense que, l'estomac contracté, elle crut un instant qu'il pouvait lire en elle.

— La jumelle de Maddie..., répéta-t-il.

— C'est exact.

— Maddie n'a pas de jumelle.

Jordan se planta les mains sur les hanches :

— Si, elle en a une. On l'a appris toutes les deux il y a à peine quelques jours. Et pour ce qui est de la ressemblance, tu m'as bien prise pour elle !

Il y eut un autre silence, et elle aurait bien juré avoir vu quelque chose passer dans les yeux de l'homme. De l'acceptation ? De l'amusement ? Les deux ? Quoi que ce fût, il paraissait prendre la situation infiniment plus calmement qu'elle.

— Je me disais bien qu'il y avait quelque chose de différent, dit-il en calant un oreiller derrière sa tête.

— A mon tour, maintenant. Qui es-tu ?

A l'instant même où la question passa ses lèvres, elle le sut. Il devait être…

— Cash Landry.

— Le voisin, acquiesça-t-elle, le moral dans les chaussettes.

Ses genoux se seraient dérobés sous elle si un brutal accès de colère ne l'avait pas fait se redresser de toute sa hauteur.

— Maddie m'avait dit que vous étiez juste amis.

— Nous l'étions. Nous le sommes.

— Ce que nous avons fait cette nuit dépasse de loin les bornes de l'amitié ! s'exclama-t-elle en désignant le lit.

— Tout à fait d'accord.

Incapable de se contenir, elle se mit à faire les cent pas dans la chambre.

— Elle te considère comme son grand frère, et je m'étais dit que votre relation ressemblait beaucoup à celle que j'ai avec Jase.

— Qui est Jase ?

Même s'il n'avait pas bougé d'un iota, elle perçut comme un danger.

— Jase Campbell est mon colocataire. On est amis depuis l'université. Mais il n'y a rien…, expliqua-t-elle en désignant une fois encore le lit. Nous n'avons jamais couché ensemble.

— Maddie et moi non plus.

— Jusqu'à hier soir, objecta-t-elle.

— Peut-être, mais il se trouve que je n'ai pas fait l'amour à Maddie. Je t'ai fait l'amour à toi, et j'ai encore envie de le faire.

— Pas question ! s'écria Jordan en levant les mains, très consciente de la détermination de Cash.

Elle aurait peut-être pu contenir sa panique plus efficacement si elle n'avait pas été à ce point en phase avec lui. A la façon dont il la regardait, il devait lire en elle à livre ouvert.

— Tu pensais que tu faisais l'amour à Maddie, et puis tu l'as demandée en mariage…

— Non. Je lui ai proposé d'annoncer nos fiançailles.

— Tu joues sur les mots ! jeta-t-elle en agitant une main. Quoi qu'il en soit, cette proposition ne fait qu'empirer la situation. Je connais ma sœur depuis quelques jours à peine, et je trouve le moyen de coucher avec l'homme qui veut se fiancer avec elle ! Bravo, Jordan !

— Où est Maddie ?

— Elle est à New York. On a échangé nos places. C'est une longue histoire.

— J'adore les histoires.

Quand il voulut sortir du lit, la panique s'empara encore de Jordan, et elle se tourna vers la porte.

— Toi, tu restes ici. Moi, je vais aller préparer du café. Ensuite, tu auras ton histoire.

— Bonne idée, dit Cash en se levant et en attrapant son jean.

« Ne regarde pas ! » Mais, avant de sortir de la chambre, elle lui jeta un coup d'œil à la dérobée. Ce qui fut suffisant pour provoquer un afflux de sensations en elle. Chaleur, désir, nostalgie.

Elle perçut son sourire alors qu'elle quittait la pièce.

Cash ferma les robinets et attrapa sa serviette, l'esprit enfin plus clair après dix minutes de douche froide. Dans la même pièce qu'elle, il n'avait pu endiguer les fantasmes et, plus d'une fois, il avait eu envie de la soulever dans ses bras et de la jeter sur le lit.

Il suspendit sa serviette, s'habilla et enfila ses bottes. Il avait fait usage de la salle de bains attenante à l'ancienne chambre de Mike Farrell, afin de ne pas tomber sur elle. Et aussi pour réfléchir.

Des questions sur ce que ne lui avait encore pas dit Jordan Ware, il en avait à foison. Tout d'abord, qui elle était vraiment. Pourquoi Maddie et elle avaient-elles échangé leurs places ? Pourquoi n'avaient-elles appris que récemment leur parenté ?

Ce qui le surprenait le plus, c'était qu'il était enclin à croire à cette gémellité. Cela expliquerait certainement sa réaction de la veille. Cependant, pas une fois il n'avait entendu mentionner l'existence d'une sœur de Maddie. Tout ce qu'on lui avait raconté, c'était qu'elle avait perdu sa mère toute petite.

Il se demanda alors si ses parents avaient connu l'existence d'une sœur jumelle. Même si sa mère était morte quand il avait douze ans, elle avait bien dû être au courant, non ? Et son père aussi. Ils n'en avaient jamais soufflé mot.

Si Jordan Ware disait la vérité, pourquoi tous ces secrets ? Qui avait finalement révélé ce qu'il en était, et pourquoi ?

En sortant de la salle de bains, il entendit couler l'eau dans celle de Maddie. Parfait. Cela lui laissait un peu de temps avant de la revoir.

Il pénétra dans l'immense pièce qui servait à la fois de salon et de cuisine, et fila droit sur la cafetière. Elle était encore à moitié pleine, et Jordan avait eu la prévenance de lui laisser une chope juste à côté. Il l'emplit à ras bord et en but une grande gorgée.

Il aurait dû se rendre compte qu'il ne s'agissait pas de Maddie. Pourquoi son changement de coiffure ne l'avait-il pas mis sur la voie ? Il n'avait jamais vu Maddie coiffer autrement ses cheveux qu'en tresse. Ou alors elle rassemblait ses cheveux longs derrière sa tête et les maintenait par une pince. Elle ne se préoccupait jamais beaucoup de son apparence, probablement parce qu'elle avait grandi entourée d'hommes. En tout cas, elle ne se faisait jamais faire ni manucure ni pédicure.

En revanche, Jordan avait l'air d'accorder une grande attention à son apparence. Elle devait même aller régulièrement chez sa manucure. S'était-il retenu de se poser des questions, la veille au soir, à cause de la façon dont elle lui avait tourné les sangs ?

Peut-être. Difficile d'en être certain, car il n'avait encore jamais fait une telle expérience. L'effet qu'elle avait sur lui le laissait sans voix. Cependant, il entendait bien arriver à comprendre.

Il but une autre gorgée de café en entendant se fermer une porte, puis il pivota et appuya une hanche contre le plan de travail. Pour se préparer ? S'il avait eu la moindre question sur la façon dont elle affecterait ses sens ce matin, la réponse fut évidente quand elle pénétra dans la cuisine et avança vers lui. Son sang se mit à bouillir tandis qu'un désir brutal s'emparait de lui. Un désir élémentaire.

— J'ai essayé de téléphoner à Maddie, mais la ligne est coupée.

Il ne répondit pas sur le moment, trop occupé à s'imprégner d'elle. Dans le rai de soleil, il put noter d'autres différences entre les deux femmes. Maddie avait une présence tranquille, plus contrôlée peut-être. Jordan irradiait l'énergie. Et elle s'était maquillée, alors qu'il n'avait jamais vu Maddie le faire. Si le maquillage de Jordan était subtil, elle avait fait en sorte que ses yeux paraissent plus grands, et passé un rose tendre sur ses lèvres. Quand il se surprit à les fixer trop longtemps, il préféra reprendre une gorgée de café.

— Tu as entendu ce que je viens de dire ?

Il s'obligea à recouvrer ses esprits.

— Le téléphone est coupé, dit-il. J'ai pourtant cru l'entendre sonner, il y a un petit moment. C'est d'ailleurs ça qui m'a réveillé. Le téléphone est très souvent capricieux, après une tempête. Il marche, il ne marche plus… ça dure une journée, généralement.

— Mon portable ne capte pas non plus, dit Jordan en allant se resservir en café.

Son parfum était tout à fait ce dont il se souvenait — fleuri, exotique — et il fit resurgir en lui des souvenirs de la nuit passée. Stupéfait, il se rendit compte qu'il brûlait d'envie de tendre la main et d'effleurer ses cheveux. Et il ne sut s'il devait être déçu ou soulagé quand elle alla se planter de l'autre côté de l'îlot central.

Il prit une grande inspiration. Grandir dans un ranch apprend à s'adapter. Aussi bien aux changements de temps qu'aux variations du prix du bétail. Il allait donc devoir apprendre à gérer l'effet qu'avait Jordan Ware sur lui. Le problème, c'était qu'il avait juste envie d'elle. Point final.

Jordan but une gorgée de café et s'obligea à rencontrer le regard de Cash par-dessus l'îlot de granite. Elle avait eu tort de se rapprocher autant de lui, car il était bien trop désirable. Avec cette haute stature, ce visage taillé à la serpe et ces yeux gris, il donnait un tout nouveau sens au mot *béguin*.

Et le simple fait de penser à lui de cette manière la choqua. Elle n'avait jamais été du genre à avoir le béguin pour qui que ce soit, mais l'idée devenait soudain infiniment séduisante. Elle croyait pourtant s'être reprise en main sous la douche, mais il lui avait suffi de s'approcher de lui pour que ce parfum si précis — savonnette, cuir et chevaux — lui donne envie de lui sauter dessus.

Qu'est-ce qui pouvait bien l'avoir attirée dans ce guêpier ?

Elle entreprit de se remémorer la conclusion à laquelle elle était arrivée sous la douche. Il fallait traiter le problème Cash comme un simple problème commercial, autrement dit le régler et le laisser de côté. Un béguin ne figurait pas dans son planning. Cash Landry et elle n'allaient pas rejouer le petit scénario de la nuit.

— Est-ce que ton portable capte ? demanda-t-elle. Il faut que je parle à Maddie.

Il la regarda par-dessus le bord de sa chope.

— Je n'ai jamais réussi à capter aucun signal au ranch Farrell. Pourquoi tiens-tu tant à parler à Maddie ?

— Pourquoi ? répéta Jordan en posant sa chope pour faire les cent pas dans la cuisine. J'ai besoin de lui parler de toi et moi, reprit-elle avant d'agiter une main. De nous, si tu préfères. Et de ce que nous avons fait cette nuit.

— Pourquoi ?

Elle prit le temps de s'arrêter, afin de le fusiller des yeux.

— Parce que je viens de coucher avec un homme qui veut se fiancer à elle, tiens !

— Ça, c'est facile à expliquer…

— Je ne veux aucune explication, l'interrompit-elle d'un geste de main. Je veux juste que ma sœur sache que je n'ai pas couché avec toi à dessein. Je pensais rêver. J'ai un faible pour les westerns, et je regardais *Les Grands Espaces*…

— Gregory Peck, Jean Simmons et l'embrouille à propos de l'accès à la rivière.

Elle ouvrit de grands yeux.

— Tu connais ce film ?

— C'était l'un des préférés de Mike — ton père. Maddie ne raffolait pas des westerns, alors il m'a plusieurs fois convaincu de le regarder avec lui.

— Ainsi, c'était mon père qui lisait tous ces romans que j'ai trouvés dans la bibliothèque ?

— Chaque fois qu'il pouvait s'offrir un peu de temps pour lire.

Quelque chose en elle se réchauffa à cette idée. Mais elle se reprit bien vite.

— Je tiens à expliquer à Maddie que c'est parce que je regardais ce film que j'ai cru faire ce rêve.

— De moi qui te faisais l'amour.

— Non ! s'écria-t-elle en se carrant les poings sur les hanches. Je ne rêvais pas de toi. Je rêvais que Gregory Peck me faisait l'amour.

— Je n'ai pas rêvé, Jordan.

— Non, riposta-t-elle en pointant le doigt sur lui. Tu as cru que tu faisais l'amour à ma sœur. Et puis tu l'as demandée en mariage. Ça, il va falloir que je trouve le moyen de le lui expliquer.

— Il me semble que nous avons été tous deux victimes des circonstances.

A ces mots, elle s'emporta :

— Je ne sais pas pour toi, mon cher, mais moi, je déteste me considérer comme une victime.

A sa grande surprise, Cash éclata de rire. Son rire clair et contagieux envahit la pièce et eut l'avantage d'atténuer sa colère. Elle dut même s'interdire de sourire.

— Qu'y a-t-il de si drôle à ça ?

— Nous. Tout. La situation. Et le fait que tu as absolument raison. C'est difficile de t'imaginer en victime de quoi que ce soit.

— Je ne suis pas sûre que Maddie goûte l'humour de cette situation.

— Je te l'ai dit, répondit Cash en reprenant son sérieux. Il n'y a que de l'amitié entre elle et moi. Je ne l'ai jamais touchée, je n'ai même jamais pensé à la toucher comme je l'ai fait avec toi cette nuit.

Ces mots, et la façon qu'il eut de la regarder en les énonçant, la firent frissonner. Déjà, sa concentration s'évanouissait. Aucun homme n'avait jamais eu un tel effet sur elle. Il suffisait à Cash de se trouver dans la même pièce qu'elle pour faire renaître son désir.

— Et je ne pense pas que tu aies à expliquer quoi que ce soit à ta sœur, reprit Cash. Ce qui s'est passé entre nous peut rester entre nous. Inutile d'en informer la terre entière.

Jordan s'intima l'ordre de se reprendre, même si l'idée de n'avoir rien à confesser à sa sœur était diablement séduisante.

— En ce cas, qu'est-ce que c'est que cette histoire de fiançailles ?

— Je vais te l'expliquer. Mais l'important d'abord.

Jordan le vit se redresser et poser sa chope sans cesser de la regarder. L'espace d'un instant, elle fut certaine qu'il allait franchir la distance qui les séparait. Et s'il le faisait… ses mains se mirent à trembler tant que le café déborda de sa chope.

— Est-ce que tu sais cuisiner ? lui demanda-t-il abruptement.

— Non.

— Heureusement que ce n'est pas mon cas, répondit-il en lui décochant un sourire. Pendant que je nous prépare un petit déjeuner, raconte-moi comment vous avez découvert que vous étiez sœurs, et aussi la raison pour laquelle tu es ici et Maddie à New York. Ça te va ?

Jordan relâcha son souffle, se rendant alors compte qu'elle l'avait retenu pendant quelques instants. Cash sortit du réfrigérateur des œufs et du bacon.

— Ça me va !

Cash la regarda enfourner sa dernière bouchée de nourriture. Elle avait d'abord demandé des toasts sans rien d'autre, mais il avait ignoré sa requête et lui avait servi une assiette d'œufs au bacon. Elle avait préparé une deuxième cafetière, servi le jus d'orange et mis le couvert sur l'îlot central.

Si l'attirance entre eux ne s'était pas atténuée, ils avaient été capables de travailler en harmonie au cours de la préparation du petit déjeuner.

Jordan lui avait narré les trois dernières semaines de sa vie sans aucune trace d'émotion dans la voix. Il s'était promis de ne pas la toucher, mais, quand elle lui parla de la visite des policiers venus l'informer du décès accidentel de sa mère, il avait tendu une main pour la poser sur la sienne, et elle avait aussitôt entremêlé ses doigts aux siens.

Elle n'avait encore pas récupéré sa main, et il baissa les yeux sur leurs mains jointes. La sienne était délicate et sa peau était plus claire que la sienne. Maddie avait les doigts calleux, mais pas elle. Lui tenir la main semblait… approprié.

Il reporta les yeux sur son visage et l'étudia alors qu'elle buvait un peu de café.

D'après ce qu'il comprenait, elle n'avait pas eu une minute de répit depuis l'instant où elle avait appris la mort tragique de sa mère. Il connaissait Eva Ware de nom, car Maddie lui avait souvent parlé de la créatrice installée sur Madison Avenue. Non seulement Jordan avait dû faire face au choc de la mort de sa mère, mais elle avait organisé les funérailles d'une personnalité, repris les rênes d'une société et fait en sorte que sa toute nouvelle sœur accepte de prendre sa place.

Son admiration pour elle n'avait fait que croître au fur et à mesure de son récit. Son inquiétude pour elle également. Car, pour lui, les termes du testament de leur mère et la décision commune des deux sœurs d'en accepter les conditions pourraient bien s'achever en désastre absolu. Qu'est-ce qui avait bien pu pousser leur mère à les mettre dans une telle situation ? Si quelque chose arrivait à l'une ou l'autre — ou si l'une des deux abandonnait la partie avant le terme des trois semaines —, trois des parents de Jordan récupéreraient la mise. Une mise colossale.

Il savait que Maddie n'y avait pas pensé. Il se demanda si Jordan avait envisagé le risque.

— Donc, Maddie est seule dans ton appartement de New York ?

— Pour autant que je sache, oui. Je n'ai pas été capable de joindre mon colocataire, qui est en mission en Amérique du Sud. Il ne sait même pas que maman est morte, alors ne parlons même pas des termes du testament… S'il rentre bientôt, il va avoir une énorme surprise.

Cash ne put que le comprendre. Jordan avait été une surprise de taille, pour lui.

— Il est comment, ce Jase ?

— Super, répondit Jordan en souriant. Il sait écouter, et il me laisse non seulement lui parler de mes frustrations, mais aussi lui exposer les idées que j'ai envie d'essayer chez Eva Ware Creations. Je ne pourrais rêver plus fabuleux colocataire.

A l'entendre chanter les louanges de ce Jase Campbell, il en eut un sale goût dans la bouche. Serait-il jaloux ? Ridicule ! Toutefois, il souhaita que ledit locataire soit présent dans l'appartement avec Maddie.

— Elle est donc seule ?

Jordan réfléchit un instant.

— Elle ne le sera plus dès qu'elle sera allée à la boutique. Cho Li, l'assistante de ma mère, et Michèle Tan, notre réceptionniste, vont bien s'occuper d'elle. Et puis, je lui ai imprimé tous ces dossiers pour la mettre au courant. J'y ai même ajouté des photos.

— Et le reste de la famille ? Qu'est-ce qu'ils pensent de l'apparition soudaine d'une autre fille ?

— Pas trop de bien, je le crains, répondit Jordan en se rembrunissant. Oncle Carlton s'est montré courtois, comme toujours. Mon cousin, Adam, pourra peut-être donner un peu de fil à retordre à Maddie. C'est un brillant créateur dont le travail faisait l'admiration de maman. J'imagine que c'est pour cela qu'il a toujours pensé être le mieux placé pour diriger un jour la société.

— Donc, il perd tout parce que, par testament, ta mère a fait apparaître comme par magie une autre fille, tout aussi brillante créatrice que lui, et lui a légué la moitié de la société ?

— Oui, répondit Jordan avant de faire une grimace. Enfin, si nous survivons à ces trois semaines.

— Ça dépend de l'ampleur de son ambition, mais il pourrait représenter une sérieuse menace pour Maddie.

— Adam ? Je ne pense pas, répondit-elle après un temps de réflexion. C'est une mauviette. Après la lecture du testament, il a voulu s'en prendre à moi, physiquement, et Maddie l'a proprement renvoyé dans les cordes. Elle saura s'y prendre, avec lui. Elle est futée, et pas du tout le genre à se laisser faire, comme on pourrait le croire au départ, ajouta-t-elle en inclinant la tête. J'ai vraiment dû aligner les arguments pour la persuader d'accepter cet échange. Pour elle, tout devait me revenir, l'argent comme la société.

— Et tu n'es pas d'accord.

— Non. Nous sommes sœurs ! Et le fait que nos parents nous aient séparées très tôt ne change rien à ça.

Si Cash n'avait pas déjà décidé qu'il aimait bien Jordan, cette dernière réponse régla définitivement le problème.

— Maddie a de la chance de t'avoir pour sœur.

— Nous avons de la chance toutes les deux, dit-elle en posant sa chope.

Elle parut enfin se rendre compte que leurs mains étaient toujours unies, récupéra la sienne et croisa les bras.

— A moi de te poser des questions, maintenant. Pourquoi as-tu demandé Maddie en mariage, ce matin ?

— Je savais bien qu'on y reviendrait, dit-il en se passant une main dans les cheveux. Dernièrement, le ranch a été en butte à plusieurs incidents, du vandalisme pour la plupart.

— Maddie m'en a parlé. Des clôtures arrachées, du poison dans le fourrage, ce genre de trucs.

— Peut-être qu'elle n'a pas voulu noircir trop le tableau. Le fourrage empoisonné a failli tuer Brutus, son cheval.

— Brutus ? C'est le nom de son cheval ?

— Ton père lui a offert pour ses douze ans, répondit-il en hochant la tête.

Elle le fixa sans rien dire.

Au bout d'un moment, il lui demanda :

— Qu'y a-t-il ?

— J'ai moi-même un cheval, dans un haras hors de la ville. Il s'appelle Jules César. Tu y crois, toi ?

— Vous êtes jumelles. On vous a peut-être séparées depuis l'enfance, mais ça n'empêche pas d'avoir beaucoup de choses en commun.

— Je suppose, acquiesça-t-elle avant de se rembrunir. Y a-t-il autre chose que je devrais savoir, quant à ce vandalisme ?

— Je pense que la dernière clôture a été arrachée à dessein afin qu'une centaine de têtes de bétail s'éparpillent, juste au moment où le contremaître et moi devions les réunir pour les emmener au marché. On n'a pas pu les récupérer toutes à temps, ce qui se traduit par une perte d'argent pour Maddie. Or, elle ne peut pas se permettre d'en perdre en ce moment.

— Tu ne crois pas à des incidents isolés, n'est-ce pas ? l'interrogea-t-elle après l'avoir dévisagé un instant.

— Tous les problèmes auxquels se heurte Maddie ont eu lieu ces derniers mois, comme par hasard juste au moment où un agent immobilier, Daniel Pearson, la pressait de vendre le ranch. Je trouve ça un peu louche.

Jordan fut d'accord avec lui.

— Maddie m'a dit, reprit-elle, qu'elle avait du mal à assumer la succession de son père, ce que je comprends très bien. Je n'arrive pas à le faire avec celle de ma mère non plus. Cependant, elle ne veut pas vendre. Je lui ai promis d'essayer de trouver une solution pour l'aider.

— Comment ? demanda Cash, les yeux plissés.

— Excellente question, ironisa Jordan avec un petit sourire narquois. Comment une citadine de la côte Est peut-elle s'imaginer résoudre les problèmes de ranch de sa sœur ? Je suis tout de même diplômée en commerce, et je veux l'aider. Il faut d'abord que je voie le ranch, et que j'examine les livres de comptes.

— Je te ferai faire le tour du propriétaire après-demain. Le meilleur moyen, c'est à cheval. Tu penses pouvoir maîtriser Brutus ?

— Oui.

Il la prenait au sérieux. Elle en fut grandement soulagée.

— Pourquoi penses-tu que je puisse arriver à quelque chose ? lui demanda-t-elle, curieuse.

— Pourquoi pas ? Gregory Peck est un citadin, et c'est lui qui trouve la solution à la querelle.

— Exact, répondit-elle en souriant. Maintenant, finis de m'expliquer le pourquoi de ta demande en mariage.

— Dans le coin, tout le monde sait que mon père et le vôtre rêvaient qu'un jour Maddie et moi nous mariions et regroupions les deux ranchs, commença-t-il avant de lever la main pour prévenir toute interruption. Maddie et moi, on a très tôt compris que ce ne serait jamais possible, et notre relation n'a jamais pris l'orientation qu'a prise la nôtre, à toi et moi. Cependant, si nous annoncions nos fiançailles, je pense qu'elles paraîtraient très plausibles à tout le monde. Et, comme Maddie n'aurait plus besoin de vendre, ça pourrait mettre un terme au vandalisme.

— J'ai déjà entendu parler de mariages de convenance, commenta Jordan, pensive. Donc, ce serait comme des fiançailles de convenance ?

— De fausses fiançailles de convenance, oui.

— Tu crois que Maddie aurait dit oui ?

— Peut-être, répondit-il avant de lâcher un soupir. Au bout de très sérieuses séances de bras de fer... figurées, bien sûr.

Jordan lui sourit.

— C'est comme ça que je l'ai convaincue d'accepter l'échange. Tu es un homme bien, Cash Landry.

Le rouge monta aux joues de Cash, mais, avant qu'il puisse répondre, ils furent interrompus par un coup frappé fort contre la porte. Jordan alla ouvrir.

Même si Cash n'aurait pu y trouver une explication rationnelle, il fut soulagé de constater que le nouvel arrivant n'était autre que Sweeney, son contremaître. Cependant, il fut alerté par l'expression de ce dernier, habituellement jovial.

— B'jour, m'zelle Maddie, dit l'homme en enlevant son chapeau avant de se tourner vers lui. Content de vous trouver là, patron.

— Un problème ? s'enquit Cash.

Sweeney fit oui de la tête sans le lâcher des yeux.

— J'ai terminé avec le bétail, et je venais voir si Mlle Maddie allait bien, comme vous me l'avez demandé. Quand je suis passé devant le studio, j'ai remarqué que la porte était entrouverte. Alors j'y suis rentré.

— Que se passe-t-il ? lui demanda Jordan.

— Je ferais mieux de vous montrer, dit Sweeney.

4

Jordan dut presque courir pour rester à hauteur des deux hommes. L'expression du plus vieux avait fait courir un frisson glacé dans son dos. Le grand soleil ne suffit pas à chasser la chair de poule qui hérissait ses avant-bras.

On avait pénétré par effraction dans le studio de Maddie ? Pourquoi ? Et qui ? Avait-on volé quelque chose ?

Après les événements de ces dernières semaines, elle pensait avoir réussi à se blinder, mais lorsqu'elle vit l'atelier dévasté elle ne put s'empêcher de pousser un cri et de vaciller sur ses jambes.

Les étagères qui avaient dû longer les murs étaient arrachées, les cartons qu'elles soutenaient renversés. Des myriades de pierres précieuses et des fils d'argent jonchaient le sol, surmontés de petits morceaux de papier. Les croquis de Maddie ? Le cœur dans la gorge, Jordan se souvint que sa mère accrochait toujours ses derniers croquis sur le mur au-dessus de son poste de travail. Maddie saurait-elle les remplacer ?

Elle se pencha et ramassa une turquoise de la taille d'un poing de bébé. Un coup d'œil alentour lui permit de constater que d'autres pierres — grenats, lapis, œils-de-tigre, certains plus gros que la turquoise — avaient été éparpillées de la même façon. Ces pierres devaient avoir une valeur certaine.

— Pourquoi n'ont-ils pas pris les gemmes ? s'étonna-t-elle.

— Bonne question.

Elle ne s'était pas rendu compte que Cash était tout près d'elle. Il lui serra gentiment l'épaule.

— Respire à fond.

Elle fit ce qu'il lui conseillait. Ses poumons la brûlèrent. Elle alla chercher son sang-froid au plus profond d'elle-même. Puis elle cilla rapidement et avança dans la petite pièce. Cash la suivit de près.

Elle imagina la réaction de sa mère si une chose pareille était arrivée à son atelier. Alors, la colère monta en elle, féroce. Même si des cambrioleurs avaient pénétré dans le grand salon d'Eva Ware Creations quelques semaines plus tôt, ils n'avaient pas tout détruit.

Elle reprit une grande inspiration et dit à voix basse :

— On ne peut pas la laisser voir ça.

— Elle n'aura pas à le faire, lui répondit posément Cash. Je vais appeler ma gouvernante. Mary connaît Maddie depuis qu'elle est toute petite. Elle va réunir ses copines pour tout remettre en place. Son mari remplacera les étagères en un rien de temps. Tout peut être réparé.

— D'accord. On n'a pas besoin de lui en parler.

— Si. Elle a le droit de savoir, Jordan. Comme nous, nous avons besoin de savoir si un incident du même genre est arrivé à New York.

— Tu penses qu'elle est en danger ? demanda-t-elle, parcourue par un frisson de peur.

— Je ne sais pas quoi penser. Mais les termes du testament de ta mère me déplaisent fortement.

Elle le regarda, reconnaissante de son attitude. Dans la plupart de ses relations, y compris celle qu'elle avait eue avec sa mère, c'était elle qui, généralement, prenait les décisions.

Elle se retournait vers les débris éparpillés quand une pensée la frappa.

— L'exposition de bijoux, celle qui commence demain à Santa Fe... Peut-être que c'étaient ces pièces-là qu'ils voulaient ! s'écria-t-elle, prise de panique. Je lui ai dit que je m'y ferais passer pour elle. Mais si les bijoux...

Cash fit courir les mains sur ses bras.

— Ils sont au coffre-fort. Elle y conserve toujours tous ses bijoux terminés.

Jordan fut submergée d'un tel soulagement que ses genoux menacèrent une fois encore de lâcher. Elle se souvint alors que Maddie le lui avait dit. Elle n'allait pas s'effondrer maintenant. Pas question. Délibérément, elle parcourut des yeux la pièce dévastée. L'auteur de ce saccage voulait de toute évidence terroriser sa sœur.

Derrière elle, Cash alla parler à son contremaître, qui était resté à l'extérieur.

— Retourne au ranch. Informes-en Mary et Steven. Ensuite, dis-leur que j'appellerai dès que le téléphone sera rétabli. Si tu pouvais m'emballer quelques affaires et me les apporter, je t'en serais reconnaissant. Je vais rester ici tant qu'on n'aura pas compris ce qui se trame.

— O.K., patron.

Toujours concentrée sur le désastre, Jordan entendit s'éloigner Sweeney. Elle imagina sa sœur installée à son poste de travail, puis elle observa de nouveau l'ensemble du studio. La cruauté qui avait présidé à ce vandalisme suffit à rallumer sa colère.

Alors que des vagues de fureur la parcouraient, Cash lui prit les épaules.

— Allez, viens. Sortons d'ici.

Elle lui fit face, des éclairs dans les yeux.

— On ne va pas seulement réparer cet endroit, on va trouver le salaud qui a fait ça, et le faire payer !

— Ça marche.

Cash passa un bras autour des épaules de Jordan alors qu'elle reposait en silence le combiné du téléphone. Elle était sous le choc. Ce qui n'avait rien d'étonnant. Les nouvelles de New York étaient encore pires que celles de Santa Fe.

Le répondeur clignotait, à leur retour dans la maison. Le téléphone était rétabli, du moins pour le moment. Maddie avait laissé un message alors qu'ils étaient encore au lit. C'était donc bien la sonnerie qui avait réveillé Cash. Jase Campbell était de retour, disait Maddie dans son message. Cash avait été soulagé d'apprendre que Jase était encore avec elle lorsque Jordan l'avait rappelée au bureau.

Il avait cru un instant que Jordan allait s'effondrer en apprenant à sa sœur ce qui s'était passé dans son studio, mais elle s'était reprise très vite. Cette femme avait une force de caractère peu commune.

Puis Jase Campbell leur avait appris à son tour les dernières nouvelles. La mort d'Eva Ware faisait l'objet d'une enquête pour homicide. Un témoin avait vu une voiture garée dans la rue, et prétendait qu'elle avait foncé sur Eva alors qu'elle traversait pour rentrer chez elle.

Pour couronner le tout, Jase était persuadé que la mort d'Eva et le cambriolage de la boutique étaient liés. Moralité, ce qu'ils venaient d'apprendre, ajouté aux termes du testament d'Eva, faisait peser sur Jordan et Maddie de terribles menaces. C'était du moins ce que Cash en avait conclu. Et le fait que Jase en soit arrivé à la même conclusion n'avait rien fait pour le réconforter.

— Assassinée. Ma mère a été *assassinée*, dit Jordan, se tournant vers lui pour laisser reposer sa tête sur son épaule.

Il resserra les bras autour d'elle. Quand elle inclina la tête vers lui et qu'il vit une larme silencieuse dévaler sa joue, il connut un instant de panique.

Il ne savait comment réagir vis-à-vis d'une femme en pleurs. Après la mort de sa mère, il avait évolué dans un milieu exclusivement masculin. Cependant, il lui fallait faire quelque chose. Jordan venait d'être frappée au cœur. Quand Maddie et Jase leur avaient annoncé la nouvelle, il l'avait vue devenir livide. Elle l'était toujours.

Allait-elle s'évanouir entre ses bras ? Un nouvel accès de panique le prit.

Un bras autour de ses épaules, il l'entraîna vers le canapé et l'y installa. Puis il se rendit dans la cuisine et sortit du placard la bouteille de whisky de Mike Farrell. Il en versa trois doigts dans un verre et en but un lui-même.

A la mort de sa mère, il se souvenait que Mike avait apporté une bouteille de whisky à son père, et qu'ils avaient bu ensemble.

Bien sûr, ce n'était pas la même chose ni les mêmes circonstances. Sa mère était morte d'un cancer, mais, même si la fin avait été inéluctable, sa perte avait quasiment eu raison de lui. De son côté, Jordan n'avait pas eu le temps de se préparer. Ni à la mort accidentelle de sa mère, ni à la probabilité d'un assassinat. Verre en main, il alla s'asseoir face à elle et le posa sur la table basse. Elle n'avait pas bougé. Il glissa le verre dans sa main inerte, avec l'espoir qu'elle en serait réconfortée.

— Bois.

Elle lui obéit comme un robot, et frissonna, ce qui n'était pas précisément l'effet recherché.

— Ça va aller, dit-elle.

Elle tendit l'autre main vers la sienne et entrelaça ses doigts aux siens. Qui réconfortait qui ? Il n'en sut rien.

— Ça va aller, répéta-t-elle. J'ai juste besoin d'un moment.

— Je sais.

Une deuxième larme roula sur sa joue.

— Bois encore une gorgée.

Elle obéit.

— Je croyais que la mort de ma mère était due à un accident. Un accident stupide et tragique, dit-elle avant de boire une autre petite gorgée. Maddie est si forte… J'ai failli me dégonfler, mais pas elle. Pendant quelques instants, après avoir appris la nouvelle, je n'avais plus qu'une idée : rentrer à Manhattan et les aider à découvrir qui a assassiné ma mère.

Pauvre Jordan, songea Cash. Les péripéties s'étaient succédé sans lui laisser le temps de reprendre son souffle. D'abord, elle perdait sa mère, ensuite elle découvrait que son père n'était pas mort et qu'elle avait une sœur jumelle inconnue. Et maintenant…

— Crois-tu qu'ils puissent se tromper ? lui demanda-t-elle.

— Sur une échelle de 10, où situerais-tu l'intelligence et la capacité d'analyse de ton Jase Campbell ?

— 10.

— Alors, il y a fort à parier qu'il a raison. Est-il capable de prendre soin de Maddie ?

— Personne ne le ferait mieux que lui, répondit Jordan. Je suis tellement soulagée de savoir qu'il est avec Maddie ! Elle pourra s'appuyer sur lui, et il veillera sur sa sécurité.

Il s'était dit exactement la même chose. Il se rendit soudain compte que, durant toutes ses épreuves récentes, Jordan n'avait pu se reposer sur personne. Sur ce point, au moins, il pouvait changer quelque chose.

Une autre larme roula sur sa joue. Cette fois-ci, elle l'essuya d'une main et leva les yeux vers lui.

— Je ne pleure jamais…

S'il pouvait continuer à la faire parler, peut-être arriverait-elle à surmonter la tempête qui tourbillonnait en elle.

— Si on part de la théorie que ta mère a été volontairement écrasée, qui aurait bien pu vouloir le faire, à ton avis ? Tu as une idée ?

Lui-même réfléchissait à toute allure.

— Qui, dans ta famille, aurait pu vouloir sa mort ? précisa-t-il.

— Personne, répondit Jordan en secouant la tête. Enfin, je t'ai dit que mon cousin Adam a toujours voulu prendre sa succession... Mais je ne le vois vraiment pas faire une chose pareille. Sa propre mère se plaint régulièrement de son manque de courage. Je ne sais pas... Je ne sais vraiment pas.

Les larmes dévalaient, à présent. Elle n'en était même pas consciente, de toute évidence. Cash lui prit le verre des mains, le posa, la souleva, s'assit sur le canapé et l'installa sur ses genoux.

Les vannes cédèrent alors. A défaut de savoir quoi faire, Cash la serra contre lui et lui embrassa le sommet de la tête. Quand elle se laissa aller contre lui et que les larmes inondèrent sa chemise, il comprit que les pleurs étaient bien plus efficaces que le whisky.

Perplexe, Jordan se demanda combien de temps avait duré sa crise de larmes. On aurait dit que quelqu'un avait ouvert un robinet en elle, puis l'avait fermé. Cash lui glissa un mouchoir propre dans la main. Elle se moucha et se cala mieux contre lui.

Un petit soupir lui échappa, et elle écouta le rythme régulier du cœur de Cash, reconnaissante de son silence.

Les secondes s'égrenèrent. Elle devrait bouger, elle le savait. Toute sa vie, elle avait assumé. Très tôt, elle avait appris à prendre soin d'elle-même, car sa mère ne pensait qu'à son art. Parfois, il lui était même arrivé de prendre soin de sa mère également. Ces quelques dernières années chez Eva Ware Creations, elle avait fait bien plus qu'accroître les profits, elle avait aussi insisté pour qu'elles se retrouvent toutes les deux pour déjeuner le mercredi, après quoi elle emmenait sa mère soit au théâtre en matinée, soit au musée, soit faire les magasins. Les artistes ont grand besoin de pauses pour recharger les batteries, et sa mère le faisait rarement.

Elle se mit à jouer avec les boutons de chemise de Cash et songea à sa relation avec Jase. Certes, elle lui avait souvent soumis ses idées pour la boutique, mais jamais il ne l'avait tenue ainsi, jamais elle ne s'était laissée aller sur son épaule. En fait, elle n'avait pas le souvenir qu'on l'ait jamais réconfortée de cette façon. Avait-elle jamais baissé la garde à ce point ? S'était-elle jamais sentie envahie par un tel sentiment de sécurité ? Ou même bien, tout simplement ?

Cette dernière question la mit vaguement mal à l'aise. Elle avait des tâches qui l'attendaient, des promesses à respecter et, pour respecter ces promesses, elle devait examiner les bijoux rangés dans le coffre-fort et descendre à Santa Fe afin de voir les préparatifs de l'exposition. Elle n'avait plus de temps à perdre.

Encore une minute, se promit-elle. C'était trop bon, d'être entre ces bras forts, les yeux à hauteur de la ligne ferme de son menton et de sa mâchoire. Un menton têtu, soit dit en passant. De ce côté-là, il ressemblait à Jase. Elle n'était jamais sortie gagnante d'une polémique avec son colocataire, même si elle se souvenait de quelques matchs nuls gagnés de haute lutte, et elle avait comme l'impression que Cash serait tout aussi désireux de croiser verbalement le fer avec elle. Elle en fut presque impatiente.

« Assez ! » Elle prit une grande inspiration, bien décidée à se rasseoir normalement, mais le parfum de Cash amollit sa détermination. Pourquoi n'arrivait-elle pas à s'en rassasier ?

« Il est temps de bouger, Jordan ! Mais avant... »

— Excuse-moi, murmura-t-elle.

— De quoi ?

— Pour m'être laissée aller comme ça. Ça ne m'arrive jamais.

— Ce n'est pas un problème.

Sa voix émit un grondement plaisant contre son oreille, et elle lui rappela son rêve.

Qui n'avait pas été un rêve, corrigea-t-elle. Il fallait vraiment qu'elle reprenne pied dans la réalité, qu'elle affronte ce qui l'attendait.

— Tu es gentil. Je tiens à te remer...

Elle leva la tête, sa bouche frôla fortuitement sa joue, et elle perdit ses mots.

Les yeux de Cash étaient si près des siens qu'elle distinguait des paillettes bleues dans le gris de ses iris. Pour la première fois de sa vie, elle comprit que le monde est minuscule quand on regarde dans les yeux de quelqu'un.

Il y avait pourtant une chose importante qu'elle devait dire, qu'elle devait faire… Mais elle n'arrivait plus à trouver quoi. Pas alors qu'il avait la bouche si près de son visage qu'elle percevait son souffle sur sa peau, pas alors que son parfum de cuir et de soleil l'enveloppait.

— Cash ?

Il posa une main sous son menton, lui inclina la tête en arrière et… le plus naturellement du monde il posa sa bouche sur la sienne. Il avait les lèvres si douces. Elles n'exigeaient rien, elles caressaient. Jordan fut prise d'un désir désespéré de se fondre dans le bien-être qu'elles lui procuraient, et dans cette étrange sensation d'être enfin chez elle.

Puis il modifia soudain l'angle du baiser, et elle pénétra dans le territoire inexploré où il l'avait emmenée durant la nuit. L'espace d'un instant, elle fut tentée de s'y perdre.

Mais ce qui s'était passé cette nuit avait été le fruit d'un fantasme, se rappela-t-elle. Elle n'était pas la femme de ce rêve.

— On ne peut pas, dit-elle en reculant la tête.

— Pourquoi ?

— Parce que.

Il avait la bouche à quelques centimètres de la sienne, la main toujours sous son menton.

« On se concentre, Jordan. On traite le sujet comme une décision commerciale. »

— Je n'ai pas le temps. J'ai une tonne de choses à faire aujourd'hui. L'exposition de Maddie commence demain, il faut donc que j'examine ses créations et que j'aille à Santa Fe afin de visiter l'hôtel où aura lieu l'exposition.

— Il est encore tôt.

Aucune critique dans son ton, remarqua-t-elle. Il se contentait de la dévisager à sa manière, si intense. Elle fut terriblement tentée de se laisser aller, mais elle se reprit :

— J'ai une vie assez compliquée comme ça pour le moment. Il faut que j'endosse la personnalité de ma sœur, et je ne devrais pas rester à ne rien faire ici. Il faut que je sorte ses bijoux du coffre, si je veux être sûre d'être prête demain.

Il fallait aussi qu'elle se lève de ses genoux. Elle avait toujours mieux réfléchi en faisant les cent pas. Cependant, c'était comme si elle en était incapable. Cet homme n'avait pas besoin de faire quoi que ce soit : il lui suffisait *d'être* pour la séduire.

— Ecoute, reprit-elle, il faut que tu saches quelque chose. Ce qui est arrivé cette nuit, la manière dont je me suis conduite...

— Oui ?

— C'était provoqué par le rêve que j'étais en train de faire. Je ne me jette jamais sans réfléchir dans une relation, surtout une relation sexuelle. Je suis en général très méfiante. Tu as pensé que j'étais Maddie, et moi, j'imaginais Gregory Peck. Je pense que nous devrions le cataloguer dans les anomalies dues à la tempête et oublier.

— Alors là, ça va poser problème, dit-il en lui effleurant les lèvres des siennes. Parce que moi je n'arrive pas à me le sortir de la tête. Et j'ai très envie de recommencer.

Elle fit une tentative désespérée pour rassembler ses idées, mais la seule chose qui lui venait à l'esprit était qu'elle oscillait au bord d'un précipice, et que la chute était diablement alléchante. Et périlleuse, aussi. Finalement, elle opta pour un mensonge :

— Eh bien voilà, tu ne parlais que pour toi.

— Si la nuit dernière a été un rêve, tu n'as pas envie de savoir ce que ça donnerait dans la réalité ?

Elle avait vu juste, pour les escarmouches verbales ! Le problème, c'était qu'elle n'était pas vraiment sûre de croire à ses propres arguments. Elle était effectivement curieuse ; et sa bouche était si proche qu'elle fut quasiment certaine que ses neurones commençaient à cliqueter les uns après les autres.

— Je... je n'arrive pas à réfléchir.

— Bien. Maddie et Gregory sont partis faire un tour. Evitons de réfléchir un petit moment.

Il lui prit la bouche, mais, cette fois, ce ne fut pas une caresse. Ce fut une exigence. Une passion immédiate, urgente, et très semblable à celle de cette nuit s'empara d'elle. Elle qui pensait avoir magnifié mentalement l'expérience se rendit très vite compte qu'elle avait eu tort, car ce qu'elle éprouvait à présent était plus fort, plus intense que jamais. Son cœur n'avait jamais battu si fort, son corps jamais été plus douloureux de désir. Elle referma les bras autour de son cou, désormais insatiable.

Comme les larges baies ne leur accordaient que peu d'intimité, il la souleva dans ses bras et s'en fut en direction de la chambre la plus proche.

Tout ce qu'elle venait de lui dire se tenait, songea-t-il. Cette femme savait manier les mots, et il était de plus en plus admiratif devant ses facultés intellectuelles. Lui-même était du genre prudent, en général, et n'avait guère de goût pour les relations éphémères. Peut-être avaient-ils effectivement été emportés par une sorte de fantasme, la veille au soir.

Maintenant qu'il était au courant de cette histoire de testament, il comprenait que les choses n'étaient pas simples pour elle. Cependant, ce qu'il éprouvait n'avait rien de rationnel non plus. Surtout qu'il ne savait même pas s'il avait le moindre contrôle sur la situation.

Il la désirait, et elle le désirait. L'urgence qu'il avait goûtée en elle le fit presque trébucher en entrant dans la chambre. Il referma la porte d'un coup de pied, se retourna, et déposa Jordan en l'y appuyant.

Il n'allait pas l'emmener au lit. Pas encore. Il refusait que de quelconques souvenirs de la nuit passée entachent ce qu'ils allaient faire maintenant. Alors qu'il la posait sur ses pieds, leurs bouches se séparèrent.

Les doigts tremblants, il la débarrassa de tout ce qui la couvrait, finissant par la culotte. Il recula d'un pas quand elle ancra les pouces sous l'élastique et la fit descendre le long de ses jambes. Dès qu'elle en sortit, il avança et la plaqua contre la porte. Les yeux braqués sur elle, il posa les mains sur ses hanches et les fit lentement remonter sur son torse, le long de ses seins, sur sa gorge. Finalement, il les referma autour de son visage.

— Dis mon nom.

— Cash. Dis le mien.

— Jordan.

5

L'échange de prénoms fut comme un signal; Cash referma les mains sur ses hanches et la souleva. Elle sentit leur force lui brûler la peau, enroula les jambes autour de lui et se cambra.

Un désir fou s'était emparé d'elle au cours du bref trajet menant à la chambre. Ne venait-elle pas de lui dire qu'elle n'était pas comme cela? Jamais encore elle n'avait plongé ainsi dans une relation sexuelle. Cependant, le mot *non* semblait avoir disparu de son vocabulaire.

Elle se pressa plus fort contre lui quand il la plaqua contre la porte.

— Viens, dit-elle en s'arquant plus encore.

— Dans... un instant.

Il usa de son poids pour la maintenir en position contre le chambranle, lui prit les cuisses et recula un peu.

Elle entendit un sifflement de fermeture Eclair.

Son cœur s'arrêta quand la dernière barrière entre eux s'affaissa sur les jambes de Cash. Puis, *enfin*, elle sentit la pression de son sexe dressé contre son ventre. Si près.

Les sensations s'intensifièrent en elle. Jamais personne n'en avait provoqué de pareilles.

Il referma de nouveau les mains sur sa taille et la laissa descendre sur lui. Alors qu'elle s'enfonçait centimètre par centimètre, un tourbillon de plaisir naquit au plus profond d'elle. Impatiente, elle se cambra encore plus; il la plaqua contre la porte et la pénétra intégralement.

Il commença à se mouvoir en elle, vite, très vite, presque violemment. Mais elle en fut ravie, et évolua en harmonie avec lui jusqu'à ce que l'orgasme s'empare d'elle. Il la laissa descendre encore, même si elle aurait cru cela impossible, puis il s'enfonça une ultime fois en elle et atteignit lui aussi l'apogée.

La tête vide, elle resta accrochée à lui. Le plus grand silence régnait dans la pièce, seulement rompu par le bruit de leurs respirations laborieuses. Alors que les minutes s'écoulaient, elle se dit qu'elle pourrait rester éternellement ainsi, calée entre son corps puissant et la porte.

Mais qu'avait donc cet homme, pour être capable de la faire brûler de désir un instant et, l'instant d'après, diffuser dans tout son corps un sentiment de bien-être et de paix ? Il allait falloir qu'elle trouve une explication.

Ce fut lui qui bougea en premier. Il resserra sa prise sur elle puis, un bras autour de son dos et une main sous ses fesses, il l'emporta sur le lit. Il était toujours en elle quand il l'allongea sous lui.

Et il était toujours excité.

— Encore, lui murmura-t-il à l'oreille. On pourrait croire que je suis rassasié, mais j'ai encore envie de toi.

— Moi aussi, répondit-elle sur le même ton alors que le feu la reprenait.

Il recommença à bouger en elle, plus calmement cette fois-ci, mais tout aussi intensément. Alors que le plaisir montait en elle, elle lui passa les jambes autour des reins et planta les doigts dans ses fesses pour l'attirer plus près encore. Ensemble, ils accélérèrent la cadence, ensemble ils explosèrent une nouvelle fois.

Puis il roula sur le lit et passa un bras sous elle pour la coller contre lui. Aucun des deux ne parla. Une main posée sur son torse, elle perçut lentement le retour à la normale de son pouls. Cash Landry était à l'aise avec les silences prolongés. Pas elle.

— On dirait que j'avais tort, fit-elle remarquer.

— A quel sujet ?

— Je pensais ne pas être la femme qui a couché avec toi la nuit dernière, mais il semblerait que je le sois.

— Tu m'en vois ravi.

— Moi aussi, je crois.

Il lui prit le menton et lui inclina la tête pour qu'elle le regarde.

— Tu crois ?

— Eh bien… euh…, répondit-elle en réfléchissant. Il va falloir qu'on trouve quoi faire avec ça — avec ce qui arrive entre nous.

— Je vote pour que nous en profitions, tout simplement, suggéra-t-il en repoussant ses cheveux derrière son oreille.

— Je suppose qu'on pourrait le faire. Pour les trois semaines à venir. Tant que les règles de base restent claires.

— Quelles règles de base ?

Quelque chose, dans son ton, la mit mal à l'aise. Mais il allait forcément comprendre.

— Cash, nous venons de mondes différents. Au bout de ces trois semaines, je vais retourner à New York et Maddie rentrera. Il faudra alors mettre un terme à… notre aventure.

Il la fixa, toujours avec autant d'intensité.

— Pourquoi parler de la fin alors que ce qui se passe entre nous, « aventure » ou pas, vient à peine de commencer ?

— Parce que j'aime savoir où je mets les pieds. J'ai besoin de savoir que, si je suis ici aujourd'hui, c'est parce que j'ai conçu un plan et que je compte le suivre à la lettre. Tu comprends cela ?

— La vie n'est pas aussi prévisible qu'un ranch. Il arrive des choses que personne n'a pu prévoir. Le prix du bétail fluctue. Un hiver rude peut faire que les troupeaux ont du mal à trouver de quoi se nourrir. Une longue sécheresse peut tarir les sources d'eau. J'ai l'habitude de faire avec les coups du sort et de trouver des solutions pour y pallier.

— Eh bien, je suppose que… euh… on pourrait voir notre… relation comme un impondérable. Tant qu'on convient qu'au bout des trois semaines on peut y mettre un terme. Comme ça, rien ne pourrait nous décevoir.

— Et si l'impondérable prend une autre direction ?

— Il ne le fera pas. L'entreprise de ma mère compte énormément à mes yeux, et on a besoin de moi à New York, surtout maintenant que… qu'elle n'est plus là. Je dois veiller à ce que son œuvre perdure.

Cash ne répondit rien. Jordan se renfrogna encore davantage.

— Je ne vais pas réussir à obtenir ton accord, c'est ça ?

Il souleva la main qu'elle avait posée sur son torse et l'effleura des lèvres.

— Je suis tout à fait partant pour qu'on profite l'un de l'autre tant que tu seras là.

— Et le reste ?

— Pourquoi ne pas nous mettre d'accord quant à un désaccord futur ?

Elle le dévisagea attentivement, et lut une pointe d'insouciance dans ses yeux — pour la première fois. Et elle trouva cela terriblement séduisant. Accord ou désaccord, cet homme représentait un danger pour elle, comprit-elle soudain. Ne venait-il pas de lui faire découvrir des aspects d'elle-même qu'elle ne connaissait pas ?

— Je suis ravie de ne pas t'avoir pour client.

Il lui décocha un immense sourire, si charmant qu'elle en oublia sa contrariété.

— Allez, viens, dit-il en lui prenant la main pour sortir du lit. Tu as besoin de voir les bijoux de Maddie, et puis on devrait partir pour Santa Fe.

— Tu changes de sujet, tout d'un coup ?

— Il commence à se faire tard et, si je reste près d'un lit et de toi, Santa Fe pourrait bien tomber aux oubliettes.

La gorge brutalement sèche, elle ne répondit rien. Car elle était tentée de l'attirer de nouveau sur le lit. Ou par terre. Cet homme l'avait-il transformée en nymphomane ?

Il lui sourit encore et ajouta :

— De toute façon, je suis ouvert à toutes les possibilités. Si jamais tu décides de changer tes plans...

Il fit un pas vers elle, et elle leva les deux mains.

— Santa Fe !

Cependant, elle retint son souffle pendant que Cash récupérait son jean et ses bottes, et sortait de la chambre.

Elle courut à la chambre de Maddie. Une douche froide, vite... Histoire de se remettre les idées en place.

Du moins l'espérait-elle.

Jordan était presque sûre d'avoir recouvré ses esprits quand elle grimpa dans le pick-up de Cash. Elle avait pris le temps d'aller ouvrir le coffre-fort et d'examiner les bijoux qu'y avait entreposés Maddie en vue de l'exposition. Boucles de ceinture en argent gravé, colliers délicats, boucles d'oreilles, presque tous ornés de ces turquoises dont le Nouveau-Mexique regorgeait.

Sa sœur avait sans conteste hérité du talent de leur mère. Et, comme Eva, elle avait peut-être besoin d'aide dans le domaine commercial, une aide que Jordan entendait bien lui fournir. Elle réfléchissait déjà à la meilleure manière de présenter les bijoux sur le stand.

— Ta ceinture, lui dit Cash.

— Oh, pardon... J'avais la tête ailleurs.

— Tu l'as depuis que tu as ouvert ce coffre.

— Jusque-là, je n'avais aucune idée de l'ampleur du talent de Maddie.

Dès qu'elle arrima sa ceinture de sécurité, il démarra et entreprit de descendre le chemin sinueux menant à la route. Le soleil de midi tapait, et l'air conditionné soufflait encore plus d'air chaud.

— Tu ne dessines pas de bijoux ?

— Non. Je m'occupe du marketing, chez Eva Ware Creations. J'ai procédé à un bon nombre de modifications depuis que j'ai intégré l'équipe, et j'ai l'intention de trouver des idées pour Maddie tant que je suis là. Pour commencer, son site Web a besoin d'une bonne refonte.

Cash ne répondit rien. S'il y avait une chose qu'elle avait apprise sur lui, c'était qu'il ne parlait que lorsqu'il avait quelque chose à dire. Donc, il était probablement d'accord avec elle, au sujet du site. S'il l'avait jamais visité, cela dit.

En prenant sa douche froide, elle avait décidé de ne plus se disputer avec lui à propos de choses accessoires. Il avait suggéré de prendre son pick-up et, comme il lui importait peu de savoir qui conduisait et quelle voiture, elle avait accepté. En fait, cela lui permettrait de revoir les notes de sa sœur car, à Santa Fe, elle allait devoir se faire passer pour elle à plein temps.

Ce n'est qu'après avoir jaugé la réaction de Cash qu'elle avait compris qu'elle pourrait y arriver. La façon dont il l'avait regardée, quand elle l'avait rejoint dans le salon, avait donné la touche finale à sa décision.

— On croirait voir Maddie, lui avait-il déclaré.

Elle avait essayé trois tenues formelles de Maddie avant de faire son choix, puis elle avait sélectionné la plus neuve et la plus féminine de ses paires de bottes. A son avis, sa sœur avait grandement besoin d'un renouvellement de garde-robe car, de ce côté-là aussi, elle tenait de leur mère. Jordan avait dû harceler gentiment Eva pour qu'elle ne porte pas des vêtements à la mode du siècle dernier.

— Qu'as-tu fait à tes cheveux ? demanda soudain Cash.

— J'ai mis un postiche.

Elle avait tiré ses cheveux en arrière et dissimulé leurs pointes courtes sous une tresse fixée en cercle.

— Une fois que j'ai réussi à convaincre Maddie de faire l'échange, je suis allée l'acheter et j'ai demandé à mon coiffeur de le teindre à ma couleur de cheveux.

— J'ai souvent vu Maddie coiffée comme ça. Tu veux te faire passer pour elle à Santa Fe, c'est ça ?

— Ce sera plus simple, répondit-elle. Et mieux pour elle. J'en sais beaucoup sur le commerce de bijoux, mais les clients se sentent plus en confiance s'ils pensent s'adresser à la créatrice. Maddie m'a établi des notes, donc je connais les noms des acheteurs avec qui elle a déjà traité, et ce qu'ils ont acheté. Et, même sans le postiche, j'ai réussi à duper l'homme qui nous a avertis, pour le studio.

— Sweeney. J'ai oublié de faire les présentations.

— Ça vaut mieux, je crois. Je vais être ici trois semaines, et je pense que ce sera plus simple si tout le monde me prend pour elle. Je pense pouvoir me débrouiller avec les propriétaires de boutiques. J'ai leurs noms et celui de leurs magasins. J'ai vraiment envie de voir ce que je vais pouvoir faire pour accroître l'aspect commercial de l'entreprise. Et je préfère ne pas perdre de temps à expliquer que je suis sa jumelle.

— Tu as raison.

— Et si on tombe sur cet agent immobilier, ce Daniel Pearson ?

— Ça pourra peut-être poser un problème, répondit Cash en se rembrunissant. Il est venu au ranch, il a même invité Maddie à dîner deux ou trois fois.

— Il lui met la pression à ce point ? s'exclama-t-elle.

— Oui. En fait, si on le croise, il sera peut-être tellement pressé de te voir accepter qu'il ne notera peut-être pas la différence.

Alors que Cash obliquait sur la route, elle se tourna pour avoir un aperçu du ranch. Même au travers du nuage de poussière soulevé par le pick-up, elle se rendit compte que les bâtiments construits dans un vaste espace et sur fond de ciel d'azur conviendraient tout à fait à une carte postale. Quelque chose d'indéfinissable s'empara d'elle. Ce même quelque chose qu'elle avait connu alors qu'elle ouvrait la porte.

Chez elle...

Pourquoi ? Elle n'était qu'un bébé quand sa mère l'avait emmenée au loin. Des souvenirs de cet endroit avaient-ils perduré en elle, toutes ces années ?

Elle changea de position et regarda les collines bleu-gris dans le lointain, les pâturages qui s'étendaient sur des kilomètres. C'était si vaste, si beau. La gorge serrée, elle fut prise d'une autre émotion qu'elle ne s'expliqua pas. De la nostalgie ? Elle n'en sut rien, mais ce dont elle fut sûre, c'était qu'elle allait tout faire pour que Maddie ne soit pas obligée de vendre.

— Est-ce que mon père aurait envisagé de vendre des parcelles de son terrain ?

— Jamais !

— Je ne pense pas qu'il ait jamais voulu partir d'ici.

— Le ranch, pour Mike Farrell, c'était comme une religion. Je pense qu'il le voyait comme une vocation. C'est d'ailleurs ce que font la plupart des ranchers, mon père compris.

« Et toi aussi », songea-t-elle.

— Donc, si ma mère avait décidé de partir pour New York, il ne l'aurait pas suivie ?

— Je pense que non, répondit Cash en la regardant.

— Je ne peux pas le lui reprocher, dit-elle en lâchant un petit soupir. D'une certaine façon, la création de bijoux était également une religion pour maman. Elle ne pensait pratiquement qu'à ça. Ils venaient de mondes tellement différents que je peux comprendre pourquoi ils ont rompu, mais ce que je ne m'explique pas, c'est pourquoi ils nous ont séparées, Maddie et moi. Et pourquoi ils ont gardé le secret.

La seule réponse de Cash fut de tendre la main et de lui caresser le bras. Ils commençaient à gravir les collines et, pour se distraire,

Jordan tenta de se concentrer sur le paysage. Mais son esprit rebelle revenait toujours à Cash.

Elle lui jeta un regard de côté. Sweeney avait dû lui apporter les vêtements demandés, car il portait un jean noir et une chemise blanche. Sa boucle de ceinture devait lui venir de Maddie. Il avait roulé ses manches, et le coton blanc contrastait avec ses avant-bras bronzés. Elle eut soudain envie de tendre la main pour les caresser. Comme elle avait envie de le toucher ! De lui arracher cette chemise pour l'explorer en détail encore une fois...

Et quel mal y avait-il à ça, au juste ? Du moins tant qu'elle garderait leur relation sous contrôle.

Tout ce qui pourrait évoluer entre eux avait un délai d'expiration de trois semaines. Mais ce n'était pas si mal. Trop occupée — trop obnubilée — par ses études et ensuite par ses fonctions chez Eva Ware Creations, elle n'avait jamais pris le temps d'avoir une aventure. Il n'y avait donc aucune raison pour qu'ils ne profitent pas de ce qui leur était offert pendant ces trois semaines. Tant que cela n'interférait pas dans ses plans.

Cash lui jeta un coup d'œil.

— Y a-t-il autre chose que tu voudrais me demander ?

Elle sentit le feu lui monter aux joues. Aurait-il lu en elle ?

Reportant son attention sur la route, elle s'aperçut qu'ils avaient entamé la descente des collines. Sur la droite, la terre disparaissait.

— Je présume, vu les dates du mariage et de notre naissance, que ma mère a passé au moins onze mois ici, il y a vingt-sept ans.

Elle réfléchit encore.

— Bien sûr, je peux me tromper, mais ils se sont mariés un peu plus de onze mois avant nos naissances, donc ils ne l'ont pas fait parce qu'elle était enceinte. Tu m'as dit que tu n'avais jamais entendu parler de moi. Crois-tu que ton père l'ait su ? Est-il possible qu'il ait connu nos deux existences, à Maddie et à moi, pendant tout ce temps ?

— Il n'en a jamais rien dit, mais cela ne veut pas dire qu'il ne savait pas, pour toi. Ma mère devait le savoir, aussi. Ton père leur a peut-être fait jurer le secret. J'y ai pas mal réfléchi. Dans un ranch, on vit plutôt isolé ; on travaille dur ; on n'a pas trop le temps de se faire des relations. Alors, il est possible que très peu de personnes l'aient su.

— Vois-tu quelqu'un à qui je pourrais parler, et qui pourrait éventuellement nous avoir connues à l'époque ?

— Le contremaître de Maddie, Mac McAuliffe, ne travaille ici que depuis dix ans, répondit Cash après quelques minutes de réflexion. Sweeney était déjà chez nous, mais il ne devait pas venir très souvent. J'avais à peine trois ans à l'époque, et je restais à la maison. Toutefois, il y a le vieux Pete Blackthorn.

— Je ne pense pas que Maddie ait mentionné ce nom, dit Jordan en sortant ses notes de son sac.

— Elle a certainement pensé que tu ne le verrais pas. Il ne vient pas souvent au ranch, depuis la mort de ton père. Ils avaient l'habitude de jouer aux échecs ensemble. Je crois qu'il manque beaucoup au vieux Pete.

— Où vit-il ?

— Il a une caravane dans un parc au sud de Santa Fe, mais il y est rarement. Toute sa vie, il a été prospecteur indépendant, ou quelque chose dans le genre. Son aïeul travaillait dans une des mines de turquoise navajo du coin. Tout le monde pense que Pete possède de vielles cartes transmises de père en fils et qui indiquent l'emplacement d'anciennes mines. En tout cas, il paraît trouver plus de turquoises que les autres.

— Est-ce lui qui fournit à Maddie ces splendides pierres que j'ai vues au studio ?

— Il est même son seul fournisseur, répondit Cash en souriant. Même quand elle était gosse, il lui apportait des gemmes pour qu'elle joue avec.

— J'adorerais le rencontrer. Pas juste pour savoir s'il sait quelque chose à mon propos, mais j'aimerais aussi lui acheter quelques turquoises pour Eva Ware Creations.

— Quand on fera le tour du propriétaire, après-demain, il est possible qu'on tombe sur lui. Je l'ai souvent aperçu dans les collines au sud-est.

— Merci, lui dit-elle en souriant.

— Tu te sens prête à monter Brutus ?

— J'en rêve déjà !

Cash jeta un regard vers le rétroviseur, et fronça les sourcils.

— Qu'y a-t-il ?

— On a de la compagnie. Il y a un van qui arrive très vite derrière nous.

Jordan se retourna. C'était un van noir aux vitres fumées. Le soleil se refléta sur son pare-brise alors qu'il se rapprochait.

Cash décéléra et posa le pied sur le frein.

— Il y a quelques virages assez dangereux, juste devant nous, lui dit-il. Aucun chauffeur connaissant cette route ne conduirait aussi vite.

Il posa encore le pied sur la pédale de frein.

— Peut-être qu'il va comprendre l'avertissement, reprit-il.

Le van se rapprocha encore, à dix mètres, cinq mètres, trois mètres...

— Il ne ralentit pas. S'il veut doubler maintenant...

Mais Jordan comprit brusquement que le van ne voulait pas les doubler.

— Retourne-toi et tiens-toi ! lança Cash.

Jordan ne discuta pas. Elle eut une seconde pour évaluer la façon dont le terrain disparaissait sur la droite, puis le van percuta leur pare-chocs arrière.

L'impact la projeta en avant et bloqua sa ceinture de sécurité. Les roues arrière du pick-up chassèrent follement. Le cœur dans la gorge, elle les écouta tournoyer. Elle ne put qu'agripper le siège d'une main, la poignée de portière de l'autre et s'y accrocher désespérément.

6

Les pneus hurlèrent et le pick-up dérapa sur l'étroit bas-côté, faisant jaillir cailloux et poussière. Cash agrippa le volant si fort qu'il crut le briser.

« Du calme, se dit-il, on redresse tout doux. » S'il obliquait trop fort sur la gauche, il allait envoyer son véhicule sur la roche.

— Ça n'a rien d'un accident ! s'exclama Jordan.

— Non. Il essaye de nous faire quitter la route, répondit Cash sans même songer à mentir.

Le problème, c'était que le salaud derrière lui avait de bonnes chances d'atteindre son objectif. A ce stade de la descente, la route devenait étroite et sinueuse, bordée d'arêtes rocheuses sur un côté, et n'ayant quasiment pas de bas-côté sur l'autre.

Une fois que son pick-up eut repris sa trajectoire normale, il risqua un coup d'œil dans son rétroviseur. La route était un peu plus plane, et le van s'était éloigné.

Jordan se retourna sur son siège.

— Il n'est plus aussi près. Que va-t-on faire ?

— Avec un peu de chance, lui gâcher le plaisir, répondit Cash en lui jetant un bref regard. Tu veux connaître les bonnes nouvelles ?

— Parce qu'il y en a ? Je t'écoute.

Elle était terrifiée, mais elle tenait bon. N'importe quelle autre femme — peut-être même Maddie — aurait paniqué.

— Dans ma folle jeunesse, dit-il, j'ai fait un peu de courses de dragster dans ces collines.

Plus qu'un peu, à vrai dire.

— Tu connais donc bien la route.

— Comme ma poche.

Alors même qu'il parlait, il déroulait une carte dans sa tête, comme il le faisait à l'époque.

Un court silence s'installa.

— Tu as un plan ?

— Tu parles !

C'était un plan risqué. Il fit une prière désespérée pour qu'il fonctionne.

— Qu'est-ce que je peux faire pour t'aider ?

— Garde un œil sur le van. J'ai besoin de garder les miens sur la route.

— O.K., dit-elle en pivotant sur son siège. Il est à une quinzaine de mètres.

Un panneau clignotant annonça un double virage en S, et Cash fut ravi que Jordan ne l'ait pas vu.

— Je veux savoir quand il est hors de vue, dit-il en pressant la pédale d'accélérateur.

— Tu appuies sur le champignon ?

— Oui. Il va encore nous rentrer dedans, mais il va attendre qu'on soit plus loin, quand le ravin est plus profond.

— Ravie de le savoir.

Il ne put empêcher un sourire de se former sur ses lèvres. Cette femme était un vrai soldat.

— Il y a deux possibilités, dit-il.

— Donc, il a deux chances ?

— Non, si j'y peux quelque chose.

— Il accélère, il maintient la distance.

— Parfait.

Sur sa carte mentale, il se représenta les deux endroits de la route où le bas-côté disparaissait presque à la verticale. Au premier, c'était une série d'étroites ravines de plus en plus profondes. Il y avait une chance de survie. Au deuxième, c'était un à-pic de plus d'une centaine de mètres. Il faudrait un véritable miracle pour éviter la mort.

Si le type du van était un pro, ce que Cash commençait à soupçonner, il avait repéré le terrain et choisi son endroit. Le deuxième. Il était prêt à en mettre sa main au feu.

Cependant, si son plan fonctionnait, aucune des deux voitures n'irait aussi loin.

Il jeta un coup d'œil à son compteur ; l'aiguille avait dépassé le cent kilomètres heure. Il se remémora que sa camionnette n'était pas la voiture qu'il conduisait adolescent, mais il ravala sa peur et négocia le premier virage à presque cent dix. Les doigts agrippés au volant, il lutta pour garder le contrôle du véhicule. Celui-ci oscilla brièvement sur deux roues, mais, après trois battements de cœur, les deux autres claquèrent sur la chaussée. Le cœur dans les oreilles, Cash affermit sa prise sur le volant et lança le pick-up dans le virage suivant. En même temps que l'adrénaline montait, ses idées s'éclaircirent, et il vit nettement la représentation de la route en spirale.

— Où est le van ?

— Toujours là.

— Bien.

Il voulait que leur poursuivant maintienne la distance. Pour l'instant. Dans le virage le plus serré de la spirale, les roues arrière chassèrent en hurlant sur l'asphalte. Elles dérapèrent sur l'accotement presque inexistant et tournoyèrent dans le vide avant de revenir sur la chaussée. Puis le pick-up repartit à toute vitesse.

— Tu le vois encore ?

— Non. Trop de poussière.

Parfait. Il y avait cher à parier que le chauffeur avait dû ralentir un peu. Mais il ne vérifia pas lui-même. Pas plus qu'il ne regarda sur la droite. Il savait trop qu'il n'y avait rien à voir de ce côté-là.

Les yeux plissés, tendu à l'extrême, il se concentra totalement sur la route sinueuse, et sur la carte qu'il avait en tête, négociant les deux virages suivants. Il l'avait déjà fait, se rappela-t-il.

— Il y a un dos-d'âne devant, dit-il à Jordan.

Quand le pick-up le heurta et s'envola quelques secondes, le cœur lui tomba dans l'estomac — tout comme il l'aurait fait sur des montagnes russes. Il se souvint des émotions que ce genre d'acrobatie lui procurait à l'époque. Mais cette fois-ci, il ravala sa peur. Le pick-up atterrit sur la route dans un fracas épouvantable.

En l'espace de quelques secondes, ils atteignirent la partie la plus escarpée de la route. Les dents serrées, il anticipa le prochain virage.

— Je ne vois toujours pas le van. Ah, le voilà...

Cash appuya plus fort sur l'accélérateur. Un panneau clignota. Il savait qu'il limitait la vitesse à cinquante. Avec un peu de chance, il allait passer les premiers virages. S'ils abordaient le dernier à cette allure, ils quitteraient la route.

Seulement, il n'avait pas prévu de prendre ce dernier virage. Juste devant, exactement là où il se l'était représentée, il y avait une vaste aire circulaire taillée dans le rocher. C'était le seul endroit où un véhicule pouvait quitter la route et s'arrêter. Le minutage allait être essentiel. La sueur au front, il pria pour réussir sa manœuvre.

Il commença à tapoter la pédale de frein juste avant que le bas-côté agrandi arrive en vue. Quand ils y parvinrent, il dirigea son pick-up de l'autre côté de la route avant de braquer violemment sur la gauche. Les pneus firent voler le gravier. Accroché au volant comme à une bouée de sauvetage, Cash laissa l'instant les emporter.

Jordan aurait hurlé si elle n'avait pas eu le cœur coincé dans la gorge. Ils allaient mourir. Cette seule pensée paralysa son esprit. Sa vie ne défila pas devant ses yeux. Ce qui défila devant eux, ce fut une succession de scènes brouillées par la poussière qui volait partout, chacune figée un instant derrière le pare-brise du pick-up. Un solide mur de roche se dressa devant eux, puis ce fut un tournoiement de la route. Puis plus rien que de l'air. L'estomac retourné, elle ferma les yeux afin de bloquer les images.

Quand le métal heurta la roche, elle comprit que la fin était proche. Maintenant, elle ne connaîtrait jamais sa sœur, ni son père. Ni Cash. Elle perçut le brutal soubresaut du pick-up et comprit qu'il faisait son possible pour les sauver. Ce fut sa dernière pensée avant que la camionnette ne s'immobilise en tressautant.

La main de Cash agrippa la sienne.

— Jordan, tu vas bien ?

— Oui.

Et c'était vrai. Elle rouvrit les yeux. Une odeur de caoutchouc brûlé envahissait l'habitacle. Une odeur bien réelle. Ils n'étaient pas morts. Alors que sa vision faisait le point, elle s'aperçut que la roche était sur leur droite, et qu'ils étaient à présent face à la montée.

Puis, au travers du halo de poussière, elle vit le van faire une embardée dans le virage juste devant eux — celui-là même qu'ils venaient de passer. L'arrière du van chassa, le faisant rapidement déraper. Elle eut l'impression de regarder un film. L'espace d'un instant, les pneus dérapèrent et le van partit de droite et de gauche sur la route, l'avant face à la roche et l'arrière presque dans le vide.

— On dirait qu'il a pris son virage trop vite, dit paisiblement Cash.

Elle perçut un sourire de satisfaction dans sa voix. Elle aurait bien ajouté quelque chose, mais elle ne pouvait détacher ses yeux du van. Il était encore à une quinzaine de mètres quand les roues arrière retrouvèrent leur traction. L'espace d'un horrible moment, la voiture partit en flèche et elle fut persuadée qu'elle allait s'écraser contre la roche. Mais, au dernier moment, le chauffeur évita la collision et braqua vers la route.

— Il surcompense, commenta Cash.

Et, comme pour prouver sa déclaration, le van pencha d'un côté et son toit heurta la roche dans une pluie d'étincelles.

Puis il reprit de la vitesse et fit des embardées sur la route.

— Il ne va pas y arriver, ajouta Cash.

Il avait raison. Le chauffeur avait manifestement perdu le contrôle, et il roulait bien trop vite. Quand son véhicule fonça vers eux, il tressautait. Quand il les dépassa, ils se tournèrent tous deux sur leurs sièges. Ensemble, ils le regardèrent s'envoler de l'autre côté de la chaussée. Il y eut un silence soudain alors que le véhicule s'immobilisait dans les airs, et Jordan crut même qu'il allait se mettre à voler.

Enfin, comme si un magicien avait agité sa baguette, l'avant plongea et le van disparut. Le fracas de l'impact brisa le silence.

Cash lâcha sa main, dégrafa sa ceinture et ouvrit sa portière.

— Reste ici.

— Pas question.

Il attendit qu'elle le rejoigne, puis il lui prit la main et ils traversèrent les deux voies.

Le van était à une cinquantaine de mètres en contrebas, couché sur le côté passager. Deux de ses roues tournaient encore.

— J'espère que je vais pouvoir capter un signal, dit Cash en sortant son portable.

Il poussa un soupir de soulagement et numérota le 911.

Un instant plus tard, Jordan l'entendit indiquer leur localisation à son interlocuteur. Tout était arrivé si vite qu'elle essayait encore de tout appréhender. Quand il remit son téléphone dans sa poche, les roues du van avaient cessé de tourner dans le vide. Et elle, elle arrivait enfin à comprendre ce qui s'était passé. Elle se tourna vers lui.

— Tu avais l'intention de lui faire quitter la route, pas vrai ? C'était ça, ton plan.

— Je ne nie pas que je l'avais espéré, répondit-il en la regardant bien en face. Ce salaud essayait de nous tuer.

Il s'était attendu à ce qu'elle ait un mouvement de recul, ou qu'elle s'éloigne un peu. Mais elle lui passa les bras autour du cou et l'attira plus près d'elle.

Il n'aurait pu décrire les émotions que ce simple geste fit naître en lui, mais ses genoux s'en entrechoquèrent presque. Aucune femme n'avait jamais été capable de le déchiffrer aussi bien. Elle l'emmenait dans des territoires inexplorés. Ce qui brûlait en lui, ce n'était plus le feu qui avait présidé à leurs ébats, un peu plus tôt, mais une douce chaleur provoquée par son étreinte. Il se sentit merveilleusement bien.

Quand elle voulut reculer, il n'eut pas envie de la lâcher.

— Merci, lui dit-elle, tout simplement.

Il tenta de reprendre ses esprits.

— Tu m'as aidé, tu sais.

— Comment ? Ce n'est pas moi qui pourrais me lancer dans une nouvelle carrière de pilote de rallye !

Il sourit.

— Tu as fait tout ce que je t'ai demandé. Tu n'as pas posé de questions inutiles. Tu n'as pas paniqué.

Elle inclina la tête sur le côté.

— Je n'ai pas pour habitude de paniquer. Mais je ne suis pas certaine que tu doives me faire confiance, quand il s'agit de ne pas poser de questions et d'obéir au doigt et à l'œil.

Il partit d'un grand éclat de rire. Et il l'attira à lui pour l'embrasser. D'un baiser rapide, avait-il pensé tout d'abord. Mais la douceur de ses lèvres alliée à son soulagement d'avoir pu échapper à ce tueur en décidèrent autrement. Avant même de s'en rendre vraiment compte, il l'avait plaquée contre lui et l'embrassait passionnément.

Soudain, il se remémora leur situation et trouva la force d'interrompre leur étreinte.

— Tout est arrivé si vite..., haleta Jordan.

— Tu l'as dit.

A un autre moment, il l'aurait prise ici même. Et il regretta de devoir mettre un frein à son désir. Bientôt, ailleurs, se promit-il.

Une heure plus tard, debout au bord de l'étroit accotement surplombant le ravin, Jordan fit sa déclaration à l'inspecteur Shay Alvarez. Il ne s'était pas présenté, et elle en déduisit que sa sœur le connaissait. A quel point ? se demanda-t-elle. C'était la question à mille dollars. Elle s'était fait un devoir de capter son nom en faisant usage de la méthode de l'oreille indiscrète.

Alors qu'il relisait ses notes, elle baissa les yeux vers la scène en contrebas. Un hélicoptère treuillait une civière sur laquelle était étendu le chauffeur du van. Alvarez fit de même jusqu'à ce que l'homme soit hissé dans l'appareil.

En descendant voir, Cash avait découvert que le pouls de l'homme battait encore faiblement. La police avait dû faire usage d'une sorte de poulie pour redresser le véhicule afin que les pompiers parviennent à le sortir.

Le soleil était impitoyable, et la brise poussiéreuse provoquée par les pales de l'hélicoptère lui sembla plus brûlante encore. La sueur dégoulinait dans son dos.

L'inspecteur baissa les yeux sur son carnet.

— Tu es sûre d'ignorer pourquoi cet homme a essayé de vous faire sortir de la route, Cash et toi ?

— Oui.

Ça, au moins, c'était vrai, même si elle commençait à se sentir un peu coupable de ne pas lui dire qu'elle n'était pas Maddie. Mentir à la police, ce n'est jamais fabuleux...

— Il y a eu quelques actes de vandalisme au ranch, reprit-elle. On a essayé d'empoisonner mon cheval et, ce matin, mon studio a été dévasté.

— Cash m'en a parlé, répondit Alvarez en l'observant avec attention.

Il avait dû le faire quand la police était arrivée et que l'inspecteur l'avait attiré à l'écart, songea-t-elle. Leur langage corporel lui avait appris qu'ils se connaissaient bien, mais elle pouvait difficilement le leur demander.

Après leur bref entretien en aparté, l'inspecteur avait confié Cash à l'un de ses agents et était allé examiner les traces de freinage dans le virage.

Grand, efflanqué, les épaules larges et les yeux bleus, il n'avait pas l'air hispanique. Il lui avait même rappelé Matt Dillon dans *Gunsmoke* quand il était descendu de voiture.

Elle croisa de nouveau son regard, et repensa encore au shérif du film. Matt Dillon y campait un flic intelligent, et elle avait comme le sentiment qu'il en allait de même pour Shay Alvarez. Alors que le silence s'étirait entre eux, elle crut devoir reprendre la parole :

— Sais-tu qui est cet homme ?

— Pas encore. Il n'avait aucun papier sur lui, ce que font la plupart des tueurs professionnels. Mais nous allons lancer une recherche à partir de ses empreintes.

— Penses-tu que cet accident puisse avoir un rapport avec la destruction de mon studio ?

Du coin de l'œil, elle vit Cash se diriger vers eux, et en fut soulagée. Pour peu de temps.

— Peut-être. Je pourrais m'en faire une idée plus précise si tu me disais qui tu es vraiment, et pourquoi tu essayes de te faire passer pour Maddie ?

Cash arriva juste au moment où il prononçait ces mots, et il donna une petite claque sur l'épaule de l'inspecteur en souriant.

— Je me demandais si tu t'en apercevrais ou pas, dit-il.

— Vous comptiez me le dire un jour ?

— Peut-être, répondit Cash.

Shay secoua la tête.

— Son identité va être cruciale si vous voulez que je découvre pourquoi cet homme a voulu la tuer.

— Je pense que c'est Maddie qu'il essayait de tuer, répondit Cash en reprenant son sérieux.

— Peut-être.

— Quand as-tu compris qu'elle n'est pas Maddie ?

Alors, seulement alors, Alvarez lui décocha un sourire.

— Il m'a fallu un bon moment. Mais elle n'a pas paru se rappeler que c'est moi qui suis venu au ranch quand on a voulu empoisonner Brutus.

— Hé ! intervint Jordan, franchement contrariée. Je suis là, et je n'aime pas trop qu'on parle de moi comme si j'étais ailleurs !

— Oui, madame, répondit le policier en lui souriant et en tendant la main. Je me présente, Shay Alvarez.

— Jordan Ware, dit-elle en lui serrant la main. Je suis la sœur jumelle de Maddie.

— Des jumelles..., dit Shay en reprenant son sérieux. Ça explique cette ressemblance hallucinante. Mais pourquoi vous faire passer pour elle ? demanda-t-il en jetant un coup d'œil à Cash. Ou est-ce que vous essayiez de me mener en bateau ?

— Toujours aussi soupçonneux, le flic, ironisa Cash.

— J'en déduis que vous vous connaissez bien, tous les deux ? s'enquit-elle.

— Depuis le lycée, dit Shay. J'ignorais que Maddie avait une sœur jumelle.

— Elle aussi. Et moi, jusqu'à il y a quelques jours, lui répondit-elle avant de lui expliquer succinctement la situation.

— Dans ce cas, ce n'est pas moi qui vais cafter, promit Shay. Mais qui d'autre est au courant ?

— Seulement l'avocat de ma mère, les membres de ma famille et les employés d'Eva Ware Creations. Pourquoi ?

— Cette nuit ou ce matin, quelqu'un a vandalisé le studio de Maddie. Ce matin, on essaye de vous envoyer dans le décor. Manifestement, le vandalisme affectant le ranch a pris de l'ampleur depuis ton arrivée à Santa Fe... si tu veux bien qu'on reprenne le tutoiement. Si quelqu'un est décidé à casser le testament, se débarrasser de l'une ou l'autre des sœurs ferait l'affaire.

— Tu penses que quelqu'un veut nous tuer, Maddie ou moi, à cause du testament ? demanda-t-elle après avoir dégluti plusieurs fois.

— Ce n'est pas la seule explication, répondit Shay en désignant le ravin de la tête, mais c'est la première qui saute aux yeux. L'argent est toujours un puissant moteur.

— Jordan a appris ce matin même que l'accident de sa mère fait l'objet d'une enquête pour meurtre, interrompit Cash.

Shay laissa échapper un sifflement.

— Il y a donc un lien entre ceci et cela.

Ce n'était pas une question, nota Jordan.

— Je ne suis pas féru de coïncidences, mais tu l'as dit, ce n'est pas la seule possibilité, reprit Cash. Que sais-tu de Daniel Pearson ?

— L'agent immobilier aux dents qui rayent le plancher ? demanda Shay, ahuri.

Cash opina.

— Principalement ce que je lis dans le journal. Il a énormément de relations, il siège au comité d'administration de quelques musées et autres galeries, et il se sert de ses relations pour faire prospérer son affaire. Pourquoi ?

— Parce que cela fait six mois qu'il harcèle Maddie pour qu'elle mette le ranch en vente.

— Je l'ai rencontré quelques fois, dit Shay après un instant de réflexion. Il est présent à toutes les réceptions auxquelles ma mère me presse d'assister.

Alors que Shay continuait à décrire Pearson comme un homme persuadé de son charme avec les femmes, Jordan étudia ses deux interlocuteurs.

Ils étaient très semblables physiquement, avec leur haute stature et leurs cheveux bruns. Shay prêtait manifestement plus d'attention à son habillement, et son pantalon kaki avait un pli impeccable, alors que le jean élimé de Cash lui allait comme une seconde peau. Tous deux irradiaient la compétence. De plus, le policier et le cow-boy discutaient avec l'aisance de vieux amis, et leur respect pour les idées de l'autre était aussi évident que mutuel.

— Tu penses que Pearson serait impliqué là-dedans ? demanda Shay.

— Je crois que c'est une possibilité, répondit Cash en désignant les marques de freinage sur la chaussée. Il a très bien pu embaucher ce tueur qui, après avoir vandalisé le studio de Maddie, aurait tranquillement attendu qu'on parte pour Santa Fe. Il était facile de parier qu'elle s'y rendrait aujourd'hui, puisque l'exposition ouvre demain. Une fois Maddie sortie du tableau, il était pratiquement certain que le ranch se retrouverait sur le marché.

— Possible, répondit Shay. Mais, s'il harcèle Maddie depuis des mois, pourquoi une telle accélération ?

— Peut-être qu'il est aussi sous pression, intervint Jordan. S'il a tellement hâte de mettre le ranch dans ses fichiers, il doit avoir un acheteur sur le dos.

Les deux hommes lui firent face.

— Pas bête du tout, ça, déclara Shay. Ce n'est pas suffisant pour l'interroger, mais je vais me renseigner sur un acheteur potentiel. Ma mère siège à quelques conseils d'administration avec son courtier.

— Génial, lui dit Cash en souriant.

— Je présume que tu vas coller aux basques de Mlle Ware ?

Sans laisser à Cash le temps de répondre, Jordan le réprimanda gentiment :

— Je suis Maddie, ça te revient ?

— Exact, pardon, dit-il avant de faire un pas vers elle. Cash ne te le dira jamais, mais tu as eu une chance folle qu'il soit au volant. Personne ne connaît mieux cette route.

— Je sais.

— Le travail m'appelle, reprit Shay en voyant venir un agent vers eux.

— Tu nous contactes ? demanda Cash alors que Shay se dirigeait vers son subordonné.

— Dès que j'ai du nouveau !

Cash se retourna et prit la main de Jordan.

— Est-ce que tu veux rentrer au ranch ?

— Non, il faut que j'aille à Santa Fe. J'ai donné ma parole à Maddie que l'exposition se déroulerait comme prévu, et je ne vais laisser personne m'en empêcher.

Il lui prit le menton et effleura ses lèvres des siennes.

— J'aime bien ta manière d'être, Jordan Ware.

7

Cash donna son café glacé à Jordan avant de poser le sien sur la table et de s'asseoir face à elle.

— Merci, dit-elle en relevant les yeux.

Puis elle replongea dans les notes de Maddie. C'était Jordan qui avait voulu faire une halte dans le petit restaurant situé face à l'hôtel où devait se tenir l'exposition. Elle tenait à se préparer, au cas où elle tomberait sur quelqu'un qu'elle était censée connaître.

— Tu vas te débrouiller comme une reine, lui dit Cash en posant une main sur la sienne.

— Je l'espère, répondit-elle en entremêlant leurs doigts. Il y a pas mal de gens que je vais devoir leurrer. Certains d'entre eux, Maddie ne les voit qu'au cours des expositions, mais elle en croise d'autres assez souvent.

— Je vais peut-être pouvoir t'aider pour certains.

— Connais-tu Joe Manuelo ?

— On ne s'est jamais rencontrés, répondit-il après un temps de réflexion, mais je pense que c'est lui qui taille la majeure partie des pierres de Maddie.

— Exact. Selon elle, il vient souvent aux expos pour voir comment finissent ses pierres.

Elle reporta son attention sur les notes, et il en profita pour étudier leurs mains jointes. La sienne était fragile, contrairement à la femme qu'il apprenait à connaître. Dire qu'il avait pratiquement failli la perdre...

Il but son café en observant le petit patio intérieur. Il lui avait fallu moins de trois minutes pour aller chercher leurs boissons et, pourtant, en la voyant s'installer à l'ombre d'un arbre en pot, son estomac s'était noué d'angoisse rétrospective. Ils avaient frôlé la mort.

Et qu'elle se fasse passer pour Maddie n'arrangeait rien. En attendant les cafés, il avait envisagé de la presser d'adhérer à son projet de fausses fiançailles. Seulement voilà, lui-même y voyait plusieurs problèmes. Tout d'abord, il n'était plus certain que ce soit suffisant pour la protéger. Ensuite, il n'avait plus du tout envie de se fiancer à Maddie. Mais cela, il y réfléchirait plus tard.

Son côté rationnel lui disait qu'elle était en sécurité pour l'instant. Ils se trouvaient au centre-ville de Santa Fe, et il se passerait un certain temps avant que le commanditaire du tueur apprenne que sa mission avait échoué.

A moins que… à moins que le tueur n'ait eu un complice ici même, à Santa Fe. Cela écourterait dramatiquement le répit dont ils bénéficiaient.

« Ils essaieront encore », lui souffla une petite voix intérieure, tandis que son instinct lui commandait d'emmener Jordan aussi loin que possible. Mais c'était une réaction primitive, et il ne put se rappeler en avoir jamais eu une vis-à-vis d'une femme.

Cependant, il n'avait jamais non plus réagi à une femme comme il réagissait à Jordan. Pendant que Shay l'interrogeait, il avait pris le temps de réfléchir à ce qui s'était passé quand il l'avait embrassée, juste après l'accident. La force et la rapidité de son désir, l'effacement de sa volonté propre l'avaient laissé confondu. Il n'en revenait encore pas.

Même maintenant, alors qu'il la regardait parcourir ses notes, il avait envie de tendre la main et de la toucher — juste de faire courir ses doigts sur sa peau, dans ses cheveux. Combien de temps lui faudrait-il pour effacer cette expression studieuse de son joli visage ? Et combien de temps pourrait-il attendre de le faire ?

Ni l'endroit ni le lieu n'étaient choisis, mais ils n'empêchèrent pas son esprit de se forger un petit fantasme. Où il était seul en compagnie de Jordan, mais pas dans la chambre de Maddie. Dans la sienne à lui. Elle se tenait debout devant la cheminée, seulement vêtue de…

— Veux-tu encore du café ?

Brutalement ramené à la réalité, il s'abreuva mentalement d'injures.

— Non, répondit-il avant d'examiner le patio.

Rien n'avait changé, personne ne semblait observer Jordan. Aucun signe suspect.

Toutefois, un professionnel saurait s'y prendre discrètement.

L'espace d'une seconde, il joua avec la possibilité de céder à ses instincts néanderthaliens et de l'emmener au loin. Où pourrait-il la conduire, pour qu'elle soit en sécurité ? A Albuquerque, dans un hôtel de luxe ? Si Jordan devait en avoir l'habitude, lui-même les avait très peu fréquentés. Le ranch ne lui laissait que peu de temps libre et, pour lui, la meilleure soirée possible, avec une femme, c'était sous les étoiles.

Elle releva brusquement les yeux.

— Tu m'observes. Ça me distrait.

— Désolé. C'est juste que ce que je vois me plaît.

— Un sou pour tes pensées, dit-elle en buvant son café.

Il décida de lui dire une partie de la vérité.

— Je me demandais quelle était ton idée d'une parfaite soirée romantique.

— Tu te fiches de moi ? demanda-t-elle, abasourdie.

— Non, répondit-il en s'empourprant. Je me disais que j'aimerais bien t'emmener loin d'ici, en sécurité. Dans un endroit qui te plairait. Juste nous deux. Mais je n'ai pas vraiment l'habitude des femmes telles que toi.

Elle posa son verre sur la table et y appuya ses bras croisés.

— Tout d'abord, tu ne vas pas m'emmener loin d'ici. Pas dans les trois semaines à venir.

— Je m'en doutais.

Il s'interrompit avant d'en dire plus. Il avait déjà creusé un trou qui pourrait bien s'agrandir sous ses pieds.

— Ne sois pas hyperprotecteur, tu veux ?

Il ne répondit rien. Elle plissa les yeux.

— Ecoute, on est malins, non ? Et on est prévenus.

— Oui, mais je ne suis pas garde du corps professionnel. Et tu en as besoin.

Elle balaya l'objection d'un geste.

— Tu m'as déjà sauvé la vie. De plus, quelqu'un qui sait conduire comme toi a de très bons instincts. J'en ai également. Je pense qu'on a fait une très bonne équipe pendant cette course contre la mort.

— C'est vrai.

« Et l'heure n'est pas aux fantasmes », se gendarma-t-il.

— Alors, on va y arriver, conclut-elle en buvant une autre gorgée de café.

— Je ne vais pas te laisser seule une seconde tant qu'on ne saura pas qui a engagé ce tueur.

Elle ouvrit la bouche, la ferma, puis déclara :

— D'accord, d'accord... Maintenant, explique-moi ce que tu voulais dire en parlant de femmes « telles que moi » ?

Il retint un soupir. Il savait qu'ils allaient y revenir, comme il avait su qu'ils reviendraient sur sa proposition de fausses fiançailles. Il opta pour la vérité.

— Pour moi, tu es différente, Jordan. Bien au-delà du fait que je ne peux pas te regarder sans avoir envie de toi. Il y a en toi quelque chose qui m'a paru réservé à moi seul, dès le début.

Elle déglutit.

— Nous n'avons pas vraiment eu l'occasion de discuter de ce qui se passe entre nous. Peut-être que nous devrions le faire. J'y ai un peu réfléchi moi-même, dit-elle en faisant courir un doigt sur son verre. J'ai du mal à penser correctement quand tu es dans les parages, mais j'ai réussi à décider quelque chose pendant que je me douchais. Tu es différent pour moi aussi. Des aventures ou des liaisons impromptues..., expliqua-t-elle avant de marquer une pause, et d'agiter la main. Ce n'est pas mon habitude.

— Eh bien, ça nous fait au moins un point commun.

— Mais j'ai envie de faire encore l'amour avec toi, reprit-elle après avoir pris une grande inspiration. Je ne parais pas capable de... C'est plus fort que moi.

— Deuxième point commun.

— Mais ça, ça figure en bas de la liste de ce que nous avons en commun.

— Oh, je n'en sais trop rien... Nous aimons tous les deux monter à cheval. Nous aimons tous les deux les ranchs.

Elle sourit, et les lignes qui ridaient son front s'effacèrent.

— J'aime les ranchs dans les films et les livres. Et je suis persuadée que la fiction n'effleure même pas ce que doit être vraiment la vie dans un ranch.

— Tu penses à tes parents, à ce que tu commences à soupçonner ?

— Ils venaient de mondes différents. Et ils n'ont pas vécu heureux jusqu'à la fin des temps. Tous les deux, on devrait voir franchement les choses. Elles ne s'arrangeront en rien quand je rentrerai à New York.

Il lui prit la main et la porta à ses lèvres.

— Je ne suis même pas sûr de ce que nous avons commencé non plus. Mais pourquoi tenter de prédire la fin ? Je serais partant pour voir où ça nous mène. A moins que tu n'aies peur.

Elle releva aussitôt le menton.

— Tu ne me fais pas peur, cow-boy.

— Bien.

Il rêva de pouvoir dire qu'elle ne le terrifiait pas non plus, mais elle le faisait bel et bien. Il commençait déjà à s'habituer aux flottements répétés de son estomac. Tout comme il s'accommodait du fait qu'il ne pouvait être près d'elle sans la désirer. Elle faisait de même. Elle l'avait dit, et il le lisait dans ses yeux. Il lui prit la main. Peut-être qu'il ne pouvait pas l'emmener à Albuquerque, mais il pouvait sûrement l'emmener ailleurs...

Alors, par-dessus son épaule, il aperçut Daniel Pearson qui s'approchait avec une femme à son bras. Il chercha un instant et finit par retrouver son nom. Margot Lawson. S'il ne lui avait jamais été présenté, il avait vu sa photo sur le site de Maddie, et son amie parlait souvent d'elle. Margot était propriétaire de la première boutique de Santa Fe à avoir exposé et vendu ses bijoux.

— Ne regarde pas tout de suite, mais on va avoir de la compagnie, souffla-t-il à Jordan. Daniel Pearson et une propriétaire de boutique qui vend les bijoux de Maddie. Margot Lawson.

Jordan ignora les nerfs qui se nouaient dans sa nuque. Son petit jeu n'avait pas leurré Shay Alvarez. Serait-elle capable de berner les deux personnes qui approchaient ?

Comme s'il lisait en elle, Cash lui serra plus fort la main.

— Tu vas y arriver, lui murmura-t-il. Tu es la copie conforme de ta sœur. Veille à ne pas trop en dire. Maddie est plus taciturne que toi.

— Maddie ? lança une voix masculine.

— Lever de rideau, murmura encore Cash. Mets-les dans ta poche.

— Quelle agréable surprise !

Jordan se leva et se tourna pour étudier Pearson. Moyennement grand, il avait une beauté B.C.B.G. caractéristique des hommes qui ont fréquenté les grandes universités. Depuis le costume léger jusqu'au diamant ornant son auriculaire, il avait tout du citadin.

— Daniel, ravie de vous voir.

Elle faillit se raidir quand l'homme l'étreignit et l'embrassa. Maddie n'avait pas mentionné cela dans ses notes ! Ou alors peut-être que le personnage embrassait toutes ses victimes potentielles ?

Elle se tourna alors vers la femme qui l'accompagnait :

— Ravie de vous voir également, Margot. Je projetais justement de faire un saut au magasin, cet après-midi.

— Vous ne m'y auriez pas trouvée, lui dit Margot de sa voix rauque de fumeuse. J'ai pris mon après-midi pour me reposer avant la grande expo de demain.

Jordan repassa mentalement les notes de Maddie. Grande et brune, Margot avait l'air d'avoir une petite quarantaine, mais elle était plus âgée, et sa robe bain de soleil venait d'un grand couturier. C'était la plus vieille cliente de Maddie, aussi eut-elle très envie de l'apprécier.

— J'adore la façon dont vous vous êtes coiffée aujourd'hui, dit Margot en l'examinant attentivement.

Les nerfs de Jordan recommencèrent à faire des leurs dans sa nuque.

— Ça fait bien plus professionnel que la tresse, ajouta la femme. Et ça va très bien avec le tour plus sophistiqué et féminin qu'ont pris dernièrement vos créations. Vous devriez vous coiffer comme ça, demain.

Jordan accepta le compliment de la tête, et nota mentalement d'en parler à sa sœur.

Puis Margot tourna son attention vers Cash.

— J'espère que vous allez me présenter votre ami.

— J'oubliais, excusez-moi ! Voici Cash Landry, mon voisin.

Tout en disant cela, elle n'aima pas du tout la façon dont Margot regardait Cash. Avec la mine du chat devant une jatte de lait.

— Margot Lawson, dit la brune en secouant la main tendue de Cash.

— Bonjour, Landry, dit Pearson avec un hochement de tête, avant de sourire à Jordan. C'est extraordinaire, lui dit-il. Je ne m'attendais pas à vous voir avant l'exposition, demain. Vous n'avez pas oublié que je vous emmène dîner, après ?

Jordan se mit le cerveau en surmultiplié.

— J'espère que cela nous vous ennuiera pas que je vienne avec Cash. Il a insisté pour me rejoindre à mon stand après la fin de l'expo.

La contrariété passa fugitivement dans le regard de Pearson alors qu'il se rapprochait encore d'elle.

— J'avais prévu que nous parlions affaires. Vous m'avez promis de me donner une réponse aussitôt que l'exposition serait passée.

« Eh bien, tu ne perds pas de temps, toi », songea-t-elle. Elle aurait pu admirer la pirouette pour transformer le dîner en rendez-vous d'affaires, mais elle fut immédiatement furieuse que l'homme exerce ce genre de pression sur sa sœur.

Cash lui passa un bras autour des épaules.

— Quelqu'un a vandalisé son studio cette nuit, dit-il, et j'ai décidé d'assurer sa sécurité tant qu'on n'aura pas découvert le responsable.

— Seigneur, vos dernières créations... ont-elles été volées ? s'exclama Margot, inquiète.

— Non, fort heureusement, assura Jordan. Je les garde au coffre.

— Ils semblaient plus intéressés par le fait de tout détruire dans le studio que de voler quelque chose, commenta Cash. Je dors au ranch ce soir, et je vais l'amener à Santa Fe demain.

Pearson s'était carrément rembruni à présent, mais Jordan fut presque sûre que ce n'était pas le vandalisme qui le perturbait. Elle savait assez déchiffrer les gens pour savoir que celui-ci n'aimait pas les changements dans ses projets. Elle tenta de se mettre dans la peau de Maddie.

— Margot, dit-elle, pourquoi ne pas vous joindre à nous demain soir ? Comme ça, vous pourriez distraire Cash pendant que Daniel et moi parlerons affaires ?

— J'en serais ravie ! répondit Margot sans lâcher Cash des yeux. En fait, j'attends cela avec impatience.

« Ça, je m'en doute ! » Jordan n'allait pas nier que c'était de la jalousie qui s'était emparée d'elle. Cependant, elle s'aperçut que Pearson se détendait.

— Bonne idée, dit-il. A demain soir, donc.

— Comptez sur nous, ajouta Margot. Je n'en peux plus d'attendre de voir notre nouvelle collection.

Daniel Pearson adressa un bref signe de tête à Cash, reprit le bras de Margot et l'entraîna.

— Je crois que c'est ce qu'on appelle une tigresse, murmura Cash en les suivant du regard.

— Une tigresse ?

Il reporta alors des yeux rieurs sur elle :

— N'est-ce pas comme ça qu'on appelle les femmes d'un certain âge qui prennent pour cible un plus jeune homme ?

En effet, le terme allait comme un gant à Margot Lawson, dut-elle admettre. Cette femme avait une grâce féline sous laquelle on pressentait un côté impitoyable. Elle n'avait d'ailleurs rien fait pour cacher son intérêt manifeste pour Cash. Pourtant, cela contraria Jordan de se sentir un peu jalouse.

— Et tu connais le mot parce que tu es souvent « pris pour cible par des femmes d'un certain âge » ?

Il se mit à rire franchement.

— Détends-toi. Je m'y connais en maniement de bestioles. En revanche, c'est Pearson qui me préoccupe.

Elle se redressa sur sa chaise.

— A toi de te détendre sur ce point. Son intérêt pour Maddie n'a rien de personnel. Il *veut* le ranch.

— Exact, repartit Cash, la voix et le regard durs. Et il pense toucher au but.

— Si tu t'imagines que Maddie a accepté de lui vendre, s'emporta-t-elle, tu te fourres le doigt dans l'œil ! Elle ne veut pas vendre, je le sais sans conteste.

— Ce qu'elle veut n'a que peu d'importance ici. Ça pourrait bien devenir une nécessité. Et lui, il paraît certain de pouvoir conclure l'affaire, lui expliqua-t-il en serrant le poing sur la table. Elle élève moins de bétail, elle a laissé partir tous ses ouvriers, à part Mac McAuliffe. Il embauche des journaliers quand le besoin s'en fait sentir. Je l'ai aidée autant que j'ai pu, mais ta sœur est fière. J'ignore combien de temps elle va continuer à accepter mon aide. Je connais Maddie. Elle pourrait très bien laisser Pearson la persuader de vendre afin de me faciliter la vie.

Jordan ne connaissait pas suffisamment sa sœur, mais elle trouva logique cette théorie.

— Elle ne le fera pas tout de suite. Pas pendant les trois semaines à venir. Penses-tu que tes préventions contre Pearson auraient pu te pousser à le soupçonner ?

Il réfléchit un instant, puis répondit :

— Non. Je le considère comme le principal suspect. Il sait qu'elle a des difficultés, et qu'un petit vandalisme par-ci, un petit empoisonnement par-là pourraient suffire à lui faire signer l'acte de mise en vente.

— Si les choses empirent pour elle, reprit Jordan après avoir cogité un instant, ne se dirait-il pas que c'est juste une histoire de temps avant qu'elle accepte ? Son expression, quand j'ai dit que tu viendrais demain soir, m'a appris qu'il attend énormément de ce dîner. Il est sûr que ses plans se dérouleront comme prévu. Donc, ça ne cadre pas avec cette histoire de tueur à gages. Tu noteras qu'il n'a pas paru surpris de me voir.

— Euh... peut-être que c'est son acheteur, alors, qui a décidé d'agir de son propre chef, suggéra Cash.

— Mais pourquoi ? dit-elle en pianotant des doigts sur la table. Maddie a du mal à joindre les deux bouts, alors pourquoi être si impatient de mettre la main sur le ranch ?

— Peut-être aussi que Shay Alvarez a raison, et que cet attentat est dû au testament ?

— Peut-être. Et peut-être que je refuse de croire à cette éventualité parce que cela voudrait dire que l'un de mes parents pourrait être impliqué. Je ne vois pas qui, mais peut-être que je ne *veux* pas voir... De toute façon, je suis plus impatiente que jamais de faire le tour du ranch.

— Tu penses y trouver une réponse ?

— Peut-être. Maddie est une artiste. Elle ressemble terriblement à ma mère. Moi, je suis une femme d'affaires, je vois les choses sous un angle différent. Je me demande... Si mon père avait été là — et s'il avait su ce qui se passait —, je me demande s'il aurait su quoi faire.

Cash lui décocha aussitôt un immense sourire.

— Il y a une chose que je sais : Mike Farrell t'aurait adorée, Jordan Ware. Pourquoi n'irions-nous pas voir ce que nous dit l'œil de la femme d'affaires sur le stand de Maddie ? conclut-il en se levant et en lui prenant la main.

Le chaos. Ce fut ce que vit Jordan en mettant les pieds dans l'immense salon d'exposition de l'hôtel. On aurait dit la construction d'un décor de film à gros budget. Les scies miaulaient en attaquant le contreplaqué, les chariots de tables et de chaises ferraillaient et cliquetaient, une odeur de peinture et de sciure imprégnait l'atmosphère.

Près d'elle, Cash était aussi sensible qu'elle à l'intensité de l'agitation. Nul doute qu'il était passé en mode garde du corps. Pour l'instant, elle devait se concentrer exclusivement sur son travail, autrement dit se faire passer pour sa sœur aussi bien qu'elle pouvait.

D'après ce qu'elle voyait, des stands allaient longer les murs et d'autres seraient installés en plusieurs rangées au centre de la salle. C'était normal. Heureusement qu'elle avait l'habitude des expositions de bijoux !

— Ma mère a toujours détesté ces expos, dit-elle.

— Maddie n'en raffole pas non plus, l'aspect financier du travail ne la passionne pas.

— C'est pourtant un aspect essentiel. Sans lui, les bijoux pourraient bien passer leur vie dans des vitrines. Les bijoux de ma mère sont faits pour être portés, tout comme ceux de ma sœur. J'en viens à croire qu'elles se ressemblent énormément. C'est dommage qu'elles n'aient jamais pu se rencontrer.

L'espace d'un instant, elle fut la proie d'émotions diverses. Regret, colère, frustration. Une fois encore, son esprit agita les questions qu'elle se posait depuis plus d'une semaine.

— Oui, c'est vraiment dommage, acquiesça Cash en lui pressant la main. Et toi, tu aurais dû pouvoir connaître ton père. Au moins, tu apprendras à le connaître un peu mieux en vivant au ranch.

Elle repoussa ses émotions. Elle y reviendrait plus tard. Cependant, la présence de Cash lui fut d'un grand réconfort.

Elle tourna la tête et l'étudia un instant. Ce visage énergique, elle l'avait découvert de ses mains avant même de le voir. Elle se souvint du plaisir infini que lui avait procuré le simple fait de le caresser.

Comme s'il avait perçu ses pensées, Cash se tourna vers elle et la chaleur de son regard l'empêcha presque de respirer. C'est comme si, soudain, ils s'étaient retrouvés seuls dans la salle. Les ouvriers s'affairaient, discutaient, les scies tournaient, mais le bruit ne parvenait plus que de très loin à ses oreilles. Jordan n'avait plus qu'une idée en tête : que Cash l'embrasse.

Il lui suffirait de s'approcher encore de quelques petits centimètres, et sa bouche recouvrirait la sienne. Elle éprouverait encore ce plaisir aigu qu'elle avait connu au bord de la route, quand il l'avait embrassée après leur course poursuite. Elle fit un pas.

— Si je t'embrasse, je ne serai peut-être pas capable d'arrêter, la prévint-il à voix basse. Veux-tu que j'aille voir si on peut louer une chambre ?

Elle fut terriblement tentée d'accepter. De passer le reste de la journée seule avec lui. De se concentrer uniquement sur le plaisir qu'ils pourraient s'apporter l'un l'autre. Ce serait extraordinaire.

Et impossible. Maddie comptait sur elle.

— Je ne peux pas.

Il lui pressa encore la main et la lâcha.

— Plus tard, alors. Je t'en fais la promesse, Jordan.

Les mains tremblantes, elle prit un catalogue dans un distributeur. Le feuilleter l'aida à se reprendre.

— Je veux voir où ils ont installé Maddie.

Au bout d'un instant, elle fut enfin capable de se concentrer. Le catalogue indiquait les noms et les numéros de stand des exposants sous une photo de l'artiste. Tout cela lui serait très utile lendemain. Elle comptait sur le fait que les acheteurs se présenteraient ou lui tendraient leur carte. Toutefois, au cours des ans, Maddie avait forcément fait la connaissance de certains de ses pairs, et s'il y avait une chose que Jordan ne voulait pas, c'était les snober. Bien sûr, Maddie lui avait indiqué leurs noms, mais une photo vaut mieux qu'un grand discours. Elle mémorisa le numéro de stand de Maddie, le localisa sur le plan des lieux et ouvrit la marche.

— C'est un excellent emplacement, dit-elle en arrivant, ravie de voir que son esprit avait repris son acuité. La plupart des visiteurs font au moins un tour complet de la pièce, mais ils délaissent parfois les rangées centrales.

Elle regarda les ouvriers — un barbu aux cheveux blancs et un adolescent — décharger une vitrine en inox et en verre. Du coin de l'œil, elle remarqua que chaque stand en recevait une. Une fois la vitrine installée, elle s'approcha du plus âgé des deux et lui tendit la main.

— Bonjour, je suis Maddie Farrell. Ce sera mon stand demain, mais je suis censée avoir deux vitrines.

L'homme se renfrogna.

— Pas selon mes indications, dit-il en prenant une écritoire à pince sur son chariot et en la lui montrant. Voyez... Stand 112 — une vitrine.

Jordan poussa un soupir, tourna la tête vers Cash et fit une prière pour qu'il la suive.

— Pfff... tante Rosie... encore ! Elle m'avait pourtant juré s'être occupée de la deuxième vitrine ! J'ai bien peur qu'elle ne perde de plus en plus la boule...

— Il va falloir que tu songes à t'en séparer, lui dit Cash en lui posant une main sur l'épaule.

— Pas facile, répondit-elle, ravie de son soutien. Je suis sa seule famille, et elle a travaillé toute sa vie. Je ne la vois vraiment pas accepter de tricoter à longueur de journée ! ajouta-t-elle avant de refaire face à l'homme, la mine contrite. Ma tante — qui est aussi ma secrétaire — m'a juré qu'elle avait contacté le responsable de l'exposition et fait en sorte que j'aie une deuxième vitrine. Je sais que vous êtes très occupé, mais par hasard auriez-vous la possibilité de m'en dénicher une ?

— On est *plus* que très occupés, dit l'homme, mais son visage s'adoucit. Elle a quel âge, votre tante ?

— Quatre-vingts ans le mois prochain.

Il la dévisagea un instant, puis hocha la tête.

— Gardez-la. Mon petit-fils et moi, on va faire ce qu'on peut pour vous en trouver une deuxième.

— Merci ! lui dit-elle avec un immense sourire.

— Joli travail, murmura Cash une fois que les deux hommes s'en furent allés.

— Merci de m'avoir suivie !

— Je t'en prie.

Elle allait se tourner vers le stand quand elle aperçut du coin de l'œil une jolie jeune femme en robe traditionnelle navajo qui avançait vers elle. L'esprit en ébullition, elle ne put trouver de qui il s'agissait.

— Léa Dashee, lui murmura Cash à l'oreille.

« Ah, oui ! » Une amie de lycée de Maddie. Grande, les cheveux aile de corbeau, elle était stupéfiante dans sa robe de peau blanche constellée de perles d'argent. La création de bijoux en argent était de tradition chez les femmes de sa famille.

— C'est la petite-fille de Pete Blackthorn, le prospecteur de turquoises de Maddie. Elle saura peut-être où le trouver, ajouta Cash.

— Coucou ! fit Jordan en souriant alors que Léa les rejoignait et lui jetait les bras autour du cou.

— Ça me fait tellement plaisir de te voir, Maddie ! s'écria-t-elle. Je n'arrive pas à croire qu'on ne se voie que deux ou trois fois par an pendant ces expos !

— Est-ce qu'on ne dit pas ça tout le temps ?

— C'est vrai ! répondit Léa en éclatant de rire. Et puis on rentre et on s'enferme chacune dans notre atelier...

Elle recula d'un pas.

— Toujours aussi belle, dit-elle.

— Et toi de même !

— Ça aussi, on le dit tout le temps ! s'esclaffa Léa. Et demain, on va s'extasier sur les créations l'une de l'autre. Comme toujours, dit-elle en serrant une des mains de Jordan. Cette fois-ci, c'est dit. Tu apportes ton agenda, et on fixe une date pour déjeuner et faire le tour des galeries. Je veux te voir noter le rendez-vous !

— O.K. ! dit Jordan en se promettant de dénicher un agenda, car son BlackBerry ne ferait pas du tout l'affaire.

— Ne me dis pas que tu as développé un intérêt soudain pour les bijoux ! lança Léa en se tournant vers Cash.

Il inclina la tête en direction de Jordan.

— C'est elle qui m'a attiré dans ce traquenard, des fois qu'elle aurait besoin qu'on la porte et qu'on la borde !

— Excellente initiative ! Dis, si tu reviens demain, j'aurais peut-être un service à te demander...

— Bien sûr, mais j'ai moi-même une question pour toi. Maddie n'arrive pas à contacter ton grand-père. Sais-tu où on pourrait le trouver ?

— Il n'est pas revenu à sa caravane depuis quelques jours, répondit Léa. D'habitude, quand il campe, c'est dans les collines au sud-est du ranch de Maddie, ajouta-t-elle en tournant les yeux vers elle. Je parie que si tu fais un tour à cheval par là-bas tu tomberas sur lui.

— O.K., merci, répondit Jordan.

— A demain ! lança Léa en partant.

— Je ne sais pas ce que je ferais sans toi ! dit Jordan à Cash.

Il sourit, et prit encore plus de plaisir à la regarder inspecter la vitrine sous toutes ses coutures. Elle était totalement concentrée à présent, tout comme elle l'avait été sur les notes de Maddie lorsqu'ils buvaient un café.

— S'ils arrivent à me trouver cette deuxième vitrine, on les disposera en V, dit-elle avant de se diriger vers le fond du stand, peint en jaune soleil. Pas mal... La couleur devrait parfaitement s'assortir aux turquoises. Et j'ai emballé quelques carrés de soie de la même couleur, ou presque.

Elle se retournait vers la vitrine quand le mur derrière elle s'affaissa brusquement vers l'avant. N'écoutant que son instinct, Cash la poussa sur le côté et plaqua les deux mains contre la paroi.

Il lutta en vain quelques longues secondes, et il entendit un craquement sinistre alors que la base du mur glissait en arrière et que la pression augmentait sur ses bras.

— Cash ?

— Reste à l'écart !

La sueur perla sur son front. La peur s'empara de lui. Cette bataille, il n'allait pas la gagner.

8

Deux paires de mains vinrent se plaquer près de celles de Cash contre le mur. En conjuguant leurs efforts, les deux hommes qui étaient accourus à son secours et lui-même parvinrent à redresser la paroi. Une fois celle-ci en place et stabilisée, il se tourna vers l'un des ouvriers.

— Grand merci ! Que s'est-il passé ?

L'autre homme était passé derrière le mur et était tombé à genoux. Cash le rejoignit.

— On dirait qu'on n'a pas assez serré les fixations, dit l'homme. C'est pas du boulot, ça. Ces parois pourraient faire de gros dégâts, si elles tombaient.

— Merci encore, lui dit Cash.

Il remarqua qu'il y avait assez d'espace entre le mur et la paroi pour s'y faufiler, et qu'en plus une porte se trouvait juste derrière. Il la poussa, mais il n'y avait personne dans le couloir qu'il découvrit alors.

— Voilà, ça devrait être bon, dit l'ouvrier, après avoir solidement resserré les écrous.

— Merci.

Cash rejoignit Jordan et baissa la voix.

— On a peut-être volontairement desserré ces ancrages.

Ce « on » avait peut-être suivi la ligne des stands pour se fondre dans la foule un peu plus loin, se dit-il en survolant la cohue du regard. Tous étaient occupés, remuaient, maniaient des outils ou positionnaient des vitrines ou des tables. Personne ne lui parut jurer dans le décor, ni regarder dans leur direction. La frustration se mêla à la colère en lui.

— Tu crois qu'on a voulu faire tomber ce mur ? lui demanda Jordan.

Elle s'était retournée vers la paroi pour l'étudier. Il fit de même, et chercha comment le mur aurait pu tomber, écrasant Jordan entre vitrine et plancher. Le verre aurait explosé, provoquant de profondes coupures.

— Je n'aime pas trop ces coïncidences, lui dit-il.

— Mais qui aurait pu savoir que nous serions ici ?

— Bonne question... Pearson et ta copine Margot.

— Oui, mais s'il m'arrivait quelque chose, il n'obtiendrait jamais le ranch ! Il semble avoir très envie de me persuader demain soir...

— Peut-être a-t-il juste voulu te blesser, te rendre vulnérable à son offre, suggéra-t-il en se passant une main dans les cheveux. Ou alors peut-être que je deviens parano. Est-ce que tu as fini, ici, pour le moment ?

— Oui.

— Allons-nous-en, dit-il en se dirigeant vers les portes.

Il voulait l'emmener ailleurs, dans un lieu plus sûr.

Le portable de Jordan sonna à l'instant où ils sortirent de l'hôtel, et il la poussa entre le mur et une plante en pot pendant qu'elle le sortait. Puis il lui fit écran de son corps.

— Maddie ? Que se passe-t-il ? dit-elle en décrochant.

Il perçut la peur dans sa voix. Son amie n'était pas censée appeler maintenant : elle ne devait donc pas avoir de bonnes nouvelles. Il se pencha et Jordan inclina son téléphone afin qu'il puisse entendre.

Assise près de Cash dans le pick-up, Jordan était encore étourdie par ce que venaient de lui apprendre Maddie et Jase.

Une tueuse à gages avait essayé d'abattre sa sœur en plein Central Park.

Le seul fait d'y penser lui noua le ventre de peur. Elle avait failli perdre sa sœur !

Quand Cash avait appelé Shay Alvarez pour le tenir au courant de ce qu'ils avaient appris et lui parler des événements sur le stand, l'inspecteur avait mis sur pied une escorte pour les raccompagner au ranch. Les deux policiers qui les suivraient dans leur voiture allaient passer la nuit avec eux, mettre le ranch sous surveillance et les suivre de nouveau quand ils reviendraient le lendemain à Santa Fe.

— Tu es bien silencieuse, fit remarquer Cash alors qu'ils commençaient à gravir le flanc de la colline qui avait failli leur servir de dernière demeure. Tu dois te faire du mauvais sang pour Maddie, je pense. Parle-moi.

— Je n'arrive pas à assimiler l'idée, finit-elle par répondre au bout d'un moment. On a essayé de tuer ma sœur…

— On a également essayé de te tuer, Jordan, répliqua-t-il en lui jetant un regard de côté.

— Je sais. C'est déjà assez dur de l'accepter, mais me dire que Maddie a été dans la ligne de mire d'une tueuse professionnelle… Et si ça recommence ? Et si le prochain tir atteint sa cible ?

A présent qu'elle avait commencé à parler, elle ne parut plus capable de s'arrêter.

— C'est pour ça que je ne lui ai pas parlé de ce type qui a essayé de nous faire quitter la route, poursuivit-elle. Je n'ai pas voulu qu'elle se sente furieuse et impuissante. Mais plus que tout je voudrais pouvoir la rejoindre. Je voudrais que nous puissions aller à New York tous les deux, pour mieux la protéger. Seulement, c'est impossible, à cause de ce testament. Et nous n'avons aucune idée de celui ou celle qui pourrait être derrière tout ça.

Elle perçut alors l'hystérie qui montait dans sa voix, et s'obligea à se taire.

— Je pense que tu as eu raison de ne rien lui dire, lui fit remarquer Cash. Jase et elle ont besoin de concentrer toute leur énergie pour découvrir qui a voulu l'éliminer. Mais il se pourrait bien que ce soit la même personne que pour toi.

— Tu crois ? demanda Jordan en le regardant.

— Deux professionnels embauchés pour tuer deux sœurs le même jour ? reprit-il d'un ton sec. Difficile de ne pas y voir un rapport !

Il avait raison. Elle le savait depuis le début, mais elle avait refusé d'y croire. Une vague de dégoût monta en elle.

— Je suis une mauviette.

— Une mauviette, toi ? Tu ne connais même pas la définition du mot !

— Depuis que j'ai raccroché, je me vautre dans la peur et l'auto-apitoiement. Ce n'est pas mon genre. Je fais face, en général.

— Tu n'as pas à faire face seule, Jordan, lui dit-il. Et Maddie non plus. Jase possède une entreprise de sécurité, il a des hommes qu'il peut appeler en renfort. Et, selon Maddie, c'est lui qui lui a sauvé la vie à Central Park.

Il avait pris une voix apaisante, mais elle voyait la tension contracter sa mâchoire. Et, quand il tendit la main pour en recouvrir la sienne, elle perçut la tension qui l'habitait.

— Tu crains de n'avoir pas assez de renfort pour moi.

— Oui, c'est vrai. Je me sentirai mieux quand ce D.C., le frère de Jase, sera là.

Son colocataire avait été ferme sur ce point — il leur envoyait D.C. en renfort —, et Cash n'avait rien objecté.

— Tu le connais ? demanda-t-il.

— Oui. Je les ai connus tous les deux à l'université. Il a un an de moins que Jase, et il s'est engagé dans l'armée dès la fin de ses études. Je ne savais même pas qu'il était à New York.

— Comment est-il ?

— Jase me racontait souvent leurs frasques d'enfants. Selon lui, c'était D.C. le cerveau responsable de toutes leurs incartades. Même à l'université, il avait la réputation d'être un peu limite. Mais je suppose que deux missions en Irak ont suffi à le calmer.

— Il est dans la police militaire, c'est ça ?

— Oui.

— Il va téléphoner en atterrissant à Santa Fe, dit alors Cash en consultant sa montre. Mais je ne pense pas qu'il arrive avant cette nuit ou demain matin de bonne heure.

— Tu te fais trop de souci, lui dit Jordan en se tournant pour l'observer. J'ai l'habitude de m'occuper des aspects pratiques.

— Ça, je commence à le comprendre. Je me demande pourquoi.

Elle aurait pu lui donner une réponse évasive, mais il était toujours si franc avec elle qu'elle s'y refusa.

— Ma mère se préoccupait exclusivement de son art, alors j'ai grandi en essayant de m'occuper de l'aspect pratique de notre vie. Quand j'ai découvert très tôt que je n'avais pas son talent, j'ai opté pour des études commerciales. Je me suis dit qu'ainsi je pourrais lui apporter ma propre contribution.

— Ta contribution à quoi ?

— A son rêve.

— Et qu'en est-il de tes rêves, à toi ? As-tu jamais fait quelque chose juste pour toi ?

— Bien sûr.

Cependant, il n'ajouta rien, et elle se mit à réfléchir. Elle avait fait des choses pour elle. Elle avait voulu obtenir son diplôme ; d'aussi loin qu'elle se souvînt, elle avait toujours voulu apporter sa contribution à l'œuvre de sa mère. Mais... avait-elle jamais fait quelque chose *uniquement* pour elle ? Une fois encore, elle se tourna vers Cash pour l'étudier.

— Dans ta vie entière, qu'as-tu fait seulement pour toi ? reprit-il.

— Toi. Tu es ce que je fais pour moi.

Elle ne s'était pas attendue à lui, elle n'était même pas sûre d'être prête pour lui. Mais si elle n'avait pas fini dans un lit avec lui... si elle devait traverser la vie sans le connaître, sans savoir ce qu'ils pourraient s'apporter l'un à l'autre... elle n'avait même pas envie d'y penser.

— Je dois t'avouer que je ne comprends pas ce qui se passe entre nous, mais je suis assise là, à me demander ce qui se passerait si je te touchais, confessa-t-elle.

Il lui adressa un sourire langoureux.

— S'il n'y avait pas cette voiture de police juste derrière nous, je pourrais te soumettre quelques petites idées. As-tu jamais fait l'amour à l'arrière d'un pick-up ?

— Non.

Mais elle commençait déjà à imaginer.

— Il va falloir l'inscrire sur notre liste de choses à faire, lui dit-il. Une fois qu'on sera rentrés au ranch, qu'as-tu à faire en prévision de l'expo de demain ?

— Il faut que je sorte les bijoux du coffre et que j'essaye plusieurs façons de les présenter. Et puis il faut que je revoie ses notes quant aux différents acheteurs susceptibles de venir faire un tour. Il y a aussi des créateurs avec qui elle est amie, en dehors de Léa. Je veux chercher leurs photos dans le catalogue.

— Ça me paraît un programme plutôt chargé, lui répondit-il en souriant. Avant de t'y mettre, que dirais-tu d'aller faire un petit tour à cheval ?

— Tu es sérieux ? demanda-t-elle, ravie.

— Je ne propose jamais de choses que je ne pense pas. Et je me dis qu'on a besoin d'une pause, tous les deux. Ce sera plutôt dur de nous suivre. A moins d'être à cheval.

Quelque chose se réchauffa en elle. Elle n'avait vraiment pas l'habitude qu'on veille sur elle. Bien sûr, Jase se souciait d'elle, mais elle n'avait jamais songé à lui en tant que… En tant que quoi, d'ailleurs ? Protecteur ?

— On va aller se promener vers les collines au sud-est. Il y a là un canyon que je veux te montrer. Cerise sur le gâteau, c'est par là que Pete Blackthorn fait beaucoup de prospection.

— D'une pierre deux coups ?

— Percé à jour ! s'exclama-t-il en souriant.

Plus elle connaissait Cash, plus elle l'appréciait. Et elle avait comme l'impression que cela allait compliquer les choses. Il n'aimait peut-être pas se projeter, mais elle ne pouvait pas se permettre d'oublier que leur aventure devrait se terminer dans trois semaines. Quelle que soit la nature de leurs sentiments. Mais, alors, peut-être pourraient-ils profiter l'un de l'autre en tant qu'amis ?

Un étau se serra autour de son cœur. Peut-être ses parents, s'ils avaient pu prévoir la fin, n'auraient-ils pas été obligés de prendre des décisions difficiles.

Un air aussi sec que le terrain en dessous d'eux leur fouettait le visage alors qu'ils galopaient vers les collines. Une fois sortis du corral, ils avaient laissé les chevaux libres de choisir leur allure. Cash avait enfourché Lucifer, l'étalon noir de son père, tandis qu'elle avait sellé Brutus. Les deux chevaux avides de galoper le faisaient de front.

Seul le martellement de leurs sabots rompait le silence environnant. Le chapeau qu'elle avait coiffé afin de se protéger du soleil pendait dans son dos, oublié, et elle laissait son corps se familiariser aux mouvements de sa monture. Peu à peu, elle se vidait l'esprit.

Elle avait toujours aimé monter à cheval ; c'était devenu une partie essentielle de sa vie. C'était d'ailleurs le seul sport qu'elle pratiquait activement, car elle s'arrangeait toujours pour aller monter Jules César au moins deux fois par mois. Le temps qu'elle passait sur le dos de son cheval était pour elle bien plus bénéfique qu'une séance en spa. Cela lui éclaircissait les idées, lui tonifiait le corps et lui offrait souvent de nouvelles perspectives quant aux défis professionnels qu'elle devait affronter.

Elle vit arriver la clôture, au loin.

— Chiche ? lui lança Cash.

— Chiche !

Elle se pencha sur l'encolure de Brutus et se haussa légèrement sur les étriers alors que les deux chevaux s'envolaient à l'unisson par-dessus la barrière. Heureuse, légère, elle éclata de rire.

Habituellement, une chevauchée semblable suffisait à lui aérer la tête, mais elle ne pouvait s'empêcher de penser à Cash. En arrivant, ils s'étaient douchés chacun de son côté, comme ils l'avaient fait le matin. Elle avait songé à le rejoindre, mais son côté rationnel avait gagné la partie. Ebats sous la douche contre chevauchée... elle savait qu'ils n'auraient pas le temps de faire les deux. Et puis, il faudrait bien qu'ils se rafraîchissent en revenant, non ?

En fouillant dans le placard de Maddie, elle l'avait entendu s'activer dans la cuisine et, en l'y rejoignant, elle avait constaté qu'il avait empaqueté de l'eau et un dîner léger dans une de ses fontes de selle. Prévoyant, cet homme !

C'était d'ailleurs ce qu'elle devait être : prévoyante. Réfléchir aux bijoux de sa sœur, envisager mentalement les meilleures dispositions possibles. Seulement, c'était impossible. Pas avec ce vent qui lui ébouriffait les cheveux et ce spectacle stupéfiant sous ses yeux. Elle se laissa aller à l'instant.

Quelques minutes plus tard, ils parvinrent aux carrés d'herbe mêlée de chardons où commençaient les contreforts des collines et arrêtèrent leurs montures.

— Merci, dit-elle, j'avais vraiment besoin de ça.

— Moi aussi, lui répondit-il. Retourne-toi, tu verras le ranch sous un angle totalement différent.

Elle regarda par-dessus son épaule, puis fit faire demi-tour à Brutus. Le soleil déclinait face aux immenses baies, les bâtiments projetaient de longues ombres sur l'arrière. Le ranch, l'étable, le dortoir et les barrières blanches des corrals lui firent penser au ranch miniature de son enfance.

Son souvenir virevolta aux limites de sa conscience, mais, cette fois-ci, il devint plus net. Elle passa les rênes dans une main et pressa deux doigts contre sa tempe.

— Qu'y a-t-il ? s'inquiéta Cash.

— J'avais un jouet, un petit ranch, quand j'étais petite. Je me souviens que je m'amusais à arranger différemment les maisons, les barrières et les corrals. C'était une copie de celui-ci. Le souvenir m'en était vaguement revenu plus tôt, mais je n'avais pas fait le lien. Peut-être que c'est à l'origine de ce que j'éprouve depuis le début. Cette impression de rentrer chez moi. Mais ça ne tient pas debout.

— Pourquoi ? Tu as la preuve que vous êtes toutes les deux nées ici. Le ranch a sûrement été ton premier foyer.

— Mais j'étais si petite, comment est-ce que je pourrais m'en souvenir ?

— Les enfants se souviennent de l'amour, et il y a une chose que je peux te dire. Ton père, Mike Farrell, t'aimait. J'ai vu comment il se comportait avec Maddie : il l'adorait. Il lui a appris à monter à cheval et, quand elle a commencé à s'intéresser au dessin de bijoux, il a transformé ce bâtiment en atelier. Pour elle.

— Il a transformé un bâtiment ? J'étais persuadée qu'il l'avait construit.

— Non. Cette bâtisse a toujours été là, du plus loin que je me souvienne. Quand elle était petite, elle lui servait de salle de jeux, répondit-il avant de faire une grimace. Un jour, elle m'a même demandé d'y entrer pour jouer avec ses poupées.

— Vraiment ? dit Jordan en riant.

— Des *poupées* ? Tu rêves ! Je l'ai persuadée de jouer à un jeu plus viril. Je lui ai appris à prendre une vache au lasso. A jouer au poker. Je suis probablement fautif si elle est un garçon manqué. Avant qu'elle parte à l'université, je lui avais même appris quelques prises de karaté.

— De karaté ?

— Juste les bases. Le cours était en option, dans mon lycée, et on s'y était inscrits, Alvarez et moi. Maddie voulait pouvoir se défendre seule. Elle est plutôt douée !

— En effet, répondit-elle en se souvenant de la façon dont elle avait maîtrisé Adam. Je crois que je commence à connaître un peu ma sœur.

— Ce que tu dois savoir, c'est qu'elle était pratiquement tout pour Mike, et qu'il n'aurait pu en aller autrement pour toi.

Elle repensa à la photo où Maddie était juchée sur Brutus avec son père près d'elle. Elle s'était alors dit que l'amour était palpable entre eux.

— Mais alors pourquoi...

— Vous avoir séparées ? Tu ne trouveras peut-être jamais la réponse.

— Je sais, je sais...

— Allez, viens, j'ai autre chose à te montrer.

Ils remirent les chevaux au pas, avancèrent vers une brèche dans les collines et, à sa grande surprise, ils se retrouvèrent bientôt dans un étroit canyon creusé dans la roche. Le terrain était accidenté sous les sabots de leurs montures.

Ils arrivèrent à un embranchement, et Cash prit sur la gauche. Peu après, ils déboulèrent dans une clairière. Les chevaux avancèrent aussitôt vers le petit bassin entouré de rochers qui marquait sa limite. Ils mirent pied à terre et les laissèrent se désaltérer. Cash ne la lâcha pas des yeux. Elle savait masquer ses impressions quand l'instant l'exigeait. Il l'avait vue dissimuler sa peur pendant la course poursuite du matin, et aussi cacher son état de nerfs quand elle avait rencontré Pearson et Margot Lawson.

Elle ne le fit pas cette fois-ci. Il vit la surprise, l'émerveillement et le plaisir se succéder sur son visage. Et il comprit qu'il avait fait le bon choix.

— On dirait une oasis, dit-elle.

— Ta sœur et ton père l'ont baptisé « le paradis ».

Le bassin était à moitié plongé dans l'ombre de la colline, et une légère brise en irisait la surface.

— Comment est-ce possible ? demanda-t-elle en le regardant, puis en observant les parois de roche.

— Il est alimenté par une source souterraine. L'eau est rare dans ce coin, et Mike n'en a jamais révélé l'emplacement à personne.

— Mais il vous l'a indiqué, à ta famille et à toi, répondit-elle en lui jetant un coup d'œil.

— *Après* que je l'ai découvert. Ce canyon est un raccourci entre nos deux ranchs. Quand je lui en ai parlé, il m'a fait jurer le secret. Il était issu d'une longue lignée de ranchers, et il était hyperprotecteur quant à son domaine. Il refusait de faire quoi que ce soit pour encourager le tourisme sur les terres dont il avait hérité. Il tenait à les transmettre telles qu'il les avait reçues. Mon père lui ressemblait beaucoup sur ce point. Ils étaient « verts » avant même l'invention du terme.

— Alors, il est primordial que Maddie s'y accroche.

— Oui.

— Si elle perd de l'argent, je vais devoir trouver un moyen de lui permettre de commencer à faire quelques bénéfices. D'ici à trois semaines, si tout se passe bien, nous aurons l'argent de ma mère à investir. Bien sûr, elle va insuffler une partie de sa part dans son affaire de bijoux, mais elle en aura assez pour redresser le ranch. Le problème, ce sera de ne pas investir à fonds perdus.

— A quoi penses-tu, Jordan ?

— Tu vas me traiter de cinglée. Mais c'est ce que je faisais quand je jouais avec mon ranch, enfant. Qu'est-ce que je connais aux ranchs, ou à l'élevage, hein ?

— Que faisais-tu ?

— Je m'amusais à créer un ranch gîte rural. Qu'est-ce qu'une petite Yankee aurait pu imaginer d'autre ? Et pourquoi Maddie ne pourrait-elle pas faire les deux ? Elle pourrait protéger son héritage, faire tourner le ranch *et* entamer un nouveau business. Elle pourrait agrandir le dortoir, ou même bâtir une nouvelle structure derrière l'écurie pour abriter les clients. Leur offrir un hébergement confortable, de la nourriture recherchée, et leur donner l'occasion de connaître le monde des cow-boys.

— Ouah ! Le monde des cow-boys ?

— Je vais avoir besoin de ton aide pour cela, dit-elle. Mais je pensais commencer petit et sélectif, donner aux clients l'occasion de participer aux travaux du ranch, rassembler le bétail, réparer les clôtures, ce genre de choses. Une simple promenade à cheval dans ce canyon devrait les émerveiller. On dirait un décor de cinéma.

Cash la laissa parler. Il guida les chevaux vers un carré d'herbe et passa leurs rênes sur les branches d'un buisson. Puis il détacha les sacoches. Quand il revint vers elle, elle avait toujours les yeux fixés sur le bassin, voyant de toute évidence quelque chose qui lui était invisible.

— Je ne voudrais pas saper tes rêves à la base, mais comment Maddie pourra-t-elle faire tourner le ranch et développer simultanément son affaire de bijoux ?

— Oui, c'est le hic, reconnut-elle en le regardant. Mais est-ce que tu vois d'autres aspects négatifs à ce que je viens de t'exposer ?

— Aucun. Il y a d'autres ranch hôtels dans le coin, mais tes idées sont uniques. La nourriture recherchée et la création d'une « expérimentation du monde des cow-boys », par exemple, répondit-il en posant les fontes et en sortant une bouteille de vin et deux verres. J'ai pris du rouge, parce que je me suis dit que le blanc ne serait pas assez frais.

Elle le dévisagea un instant.

— Je ne te voyais pas en amateur de vin.

— C'est ton père qui m'y a initié. Il avait une excellente cave.

Elle attendit qu'il ait ouvert la bouteille, empli les verres et incliné le sien sur un côté pour reprendre :

— Tu ne parais pas enthousiasmé par mon idée.

— J'y réfléchis.

Ils trinquèrent et burent une gorgée.

— Maddie a énormément de problèmes en ce moment, dit-il enfin. Elle est très concentrée sur son travail. Quand elle est dans son atelier, elle oublie facilement tout le reste. C'est en partie pour cela que le ranch périclite. Quand Mike vivait encore, il la tirait dehors pour l'obliger à faire autre chose. Si je ne venais pas pour l'emmener faire une balade à cheval ou jouer au poker, je ne sais même pas si elle en serait jamais sortie.

— A ce point ? demanda Jordan en s'asseyant sur une roche plate. Je crois t'entendre parler de maman. Il a fallu que j'insiste pour qu'on sorte déjeuner une fois par semaine, et puis qu'on aille au théâtre ou faire les magasins. Sinon, elle n'aurait jamais fait de pause non plus.

Elle garda le silence un moment. Cash s'installa sur un rocher face à elle. Elle avait reporté les yeux sur le bassin, et il savait qu'elle revenait sur son idée d'un gîte rural. Elle n'était guère différente de sa mère et de sa sœur, quand elle avait une obsession en tête !

Il était grand temps de la distraire. Il tendit la main et effleura le bout de ses cheveux ébouriffés par le vent.

Elle se retourna vers lui.

— J'apprécie que tu te soucies de Maddie, mais je vais trouver un moyen, dit-elle. C'est comme ça que fonctionne un bon projet commercial. Et je ne nuirai en rien à ma sœur, tu peux me faire confiance sur ce point.

— Je te crois, dit-il en lui enlevant le verre de la main pour la porter à ses lèvres.

Il la lâcha et se pencha en arrière afin d'étendre et de croiser les jambes. Il avait désespérément envie de la toucher, mais pas encore.

— Merci de m'avoir amenée ici. C'est l'endroit idéal pour réfléchir.

— Je ne t'ai pas amenée ici seulement pour réfléchir.

— Tu voulais partager la beauté de ce lieu.

— En partie. Mais j'avais une autre raison.

— Laquelle ?

— Te séduire.

— Ah..., dit-elle, la gorge soudain sèche. Tu n'as pas besoin de me séduire, tu sais. Il me suffit de te regarder pour avoir envie de toi.

C'était la vérité, simple et quelque peu effrayante.

— J'ai cherché, cet après-midi, où je pourrais t'emmener. Un endroit tranquille et sûr où on pourrait prendre notre temps. On ne l'a pas beaucoup fait, jusqu'à présent.

— C'est vrai.

Il n'avait pas bougé. Il lui avait suffi de parler, de sa voix grave et tranquille. Cependant, ses yeux étaient si brûlants, si prometteurs qu'elle en fit déborder un peu son verre. Elle le posa à terre et s'aperçut que ses mains tremblaient déjà.

La séduction... Ce n'était peut-être pas une mauvaise idée, se dit-elle. Elle lui adressa un sourire et se leva. Puis elle enleva son chapeau et l'envoya sur un rocher derrière elle. Les yeux braqués sur

Cash, elle ôta ses bottes en s'aidant de ses pieds. Elle ne connaissait du strip-tease que ce qu'elle avait parfois vu dans des films, mais, si sa mémoire était fidèle, cela commençait toujours par l'accessoire — chapeaux, gants, chaussures.

Elle le regarda tandis qu'elle débouclait sa ceinture. Il n'avait toujours pas fait un geste et était toujours assis sur son rocher, jambes croisées devant lui. Toujours aussi calme en apparence, mais la façon dont il avait refermé les doigts sur son verre lui apprit qu'il ne l'était plus du tout. Il pouvait avoir un débit lent, des mouvements lents, mais il y avait toujours en lui cette énergie qu'elle avait perçue sous la surface. Il lui tenait la bride serrée, et elle se demanda ce qu'elle devrait faire pour l'obliger à lâcher prise.

Elle enleva lentement sa ceinture, et enroula soigneusement le ruban de cuir autour de la boucle façonnée par Maddie avant de la poser à terre.

En souriant toujours, elle passa les doigts sous son T-shirt et le fit passer par-dessus sa tête.

— Qu'es-tu en train de faire, Jordan ?

— Tu avais voulu me séduire. Je commence tout juste à le faire. Tu n'aimes pas ?

— Si, j'aime ça, dit-il en baissant les yeux sur son soutien-gorge de dentelle. Mais je voulais le faire, *moi !*

— Tu pourras toujours. Plus tard.

Elle défit le bouton de son jean. Dans le silence, le petit « plop » eut presque une résonance exotique. Les chevaux s'ébrouèrent. Quelque chose palpita aussi en elle. Cash posa son verre et ne remarqua pas qu'il se renversa.

Elle baissa lentement la glissière, éperdue de désir, prise du besoin d'aller le déshabiller. Mais elle enfonça ses pouces sous la ceinture du jean et le fit lentement descendre sur ses cuisses. Une fois le tissu à ses pieds, elle en sortit d'une enjambée.

— O.K. A ton tour.

9

Son tour ? Elle était debout face à lui dans le soleil, seulement vêtue de deux soupçons de dentelle créés spécialement pour affoler les hommes. Le corps en feu et l'esprit en ébullition, Cash sut exactement comment il voulait prendre son tour.

Il lui suffirait d'avancer d'un pas pour la faire pivoter et l'incliner au-dessus de la roche qui lui avait servi de siège. Quelques secondes pour effacer les derniers obstacles — son jean, le friselis de dentelle qu'elle portait — et il pourrait être en elle. Ce serait magnifique, merveilleux ; et cela apaiserait le désir qui le dévorait.

Mais ils pouvaient être deux à jouer à son petit jeu. Il n'avait encore jamais fait de strip-tease pour une femme, mais il fallait bien commencer un jour, non ? Il commença par enlever ses bottes. Puis, toujours assis, il leva les yeux vers elle et lui sourit.

— Encore, dit-elle.

— A ton aise.

Sans la quitter des yeux, il sortit sa chemise de son jean et entreprit d'en défaire les boutons un par un.

— Je peux t'aider.

— Pas la peine. Et puis, c'est mon tour, non ?

— Je ne peux plus penser qu'à une chose, à présent. Toi, en moi. Tout de suite.

Il comprit vite qu'il n'aurait pas son endurance. Une fois qu'il eut enlevé sa chemise, il n'eut d'autre choix que de se lever. Ce qu'il fit, en priant pour que ses jambes le soutiennent. Elles le firent. Le jean disparut. Quand il eut fait passer ses pieds au travers et qu'il se redressa, elle lui sourit et lui tendit la main. Elle avait vraiment la haute main, dans ce jeu de séduction.

— Je te veux. Maintenant.

— Moi aussi.

En deux pas il fut sur elle, mais, au lieu de la faire se retourner, il la prit dans ses bras et s'empara de sa bouche.

Puis il la souleva, pivota et sauta à l'eau.

Ils refirent surface dans les bras l'un de l'autre, les bouches toujours jointes. Et le feu que ce baiser avait allumé en elle avait suffi à bloquer la fraîcheur du plongeon. Elle faillit crier quand il recula la tête.

— Plus d'air, haleta-t-il.

« Pas bête », se dit-elle en constatant la brûlure dans ses propres poumons. Elle chercha son regard.

— Je n'ai rien vu arriver.

— Ça m'est venu comme ça, lui dit-il.

— Ce n'est pas désagréable, répondit-elle en enroulant bras et jambes autour de lui, et en se frottant de haut en bas contre son corps dur, son membre érigé.

Un jeu d'enfant, dans l'eau. Et ô combien excitant !

Il lui agrippa les fesses, la souleva plus haut afin qu'elle passe les jambes autour de sa taille.

Elle voulut recommencer, mais il la maintint fermement en place et laissa reposer son front sur le sien.

— On a le temps, dit-il d'une voix basse.

Et il s'empara de sa bouche une seconde fois, mais très délicatement. Il joua avec ses lèvres, sa langue, gentiment, langoureusement.

Puis il lui passa les mains dans les cheveux et approfondit son baiser. En se demandant si, un jour, il arriverait à se rassasier d'elle.

Il raffermit sa prise sur elle, la souleva et la laissa lentement descendre sur lui. Son cœur faillit cesser de battre quand sa tiédeur l'enveloppa.

Il vacilla, stupéfait par ce qu'il éprouvait en cet instant même. S'ils n'avaient pas été dans l'eau, il aurait très vite adopté un rythme sauvage, tant était dévorant son désir d'elle. Mais c'était impossible. Ils commencèrent donc à se mouvoir lentement, presque en une danse sensuelle.

Alors que leur plaisir croissait et croissait encore, il plongea le regard dans ses yeux et y lut qu'elle était sienne. Comme il était sien. Quand l'orgasme devint imminent, il la serra plus fort contre lui, tituba vers la berge, l'assit sur une roche et lui reprit la bouche.

Finalement, ils purent se mouvoir comme ils le désiraient. Vite, de plus en plus vite. Il avait encore la bouche sur la sienne quand elle jouit inlassablement. Sienne, songea-t-il avant de la rejoindre dans un long frémissement.

Une heure plus tard, ils chevauchaient de front dans l'étroit canyon. Il était presque 19 heures et, selon les estimations de Cash, ils avaient encore deux heures de clarté devant eux. Donc, ils avaient encore le temps de se mettre en quête de Pete.

Ils s'étaient attardés plus que prévu près du bassin, ils avaient mangé leur repas, emballé leurs restes, pris un bain et refait l'amour. Cependant, depuis qu'ils s'étaient remis en selle, Jordan avait gardé le silence. Sauf erreur de sa part, Cash se disait qu'elle se bâtissait un petit mur de protection.

D'après ce qu'elle lui avait dit de sa mère, il commençait à comprendre qu'Eva Ware avait été totalement concentrée sur son travail. Il avait noté les mêmes caractéristiques chez Maddie, à ceci près qu'elle avait grandi avec un père qui lui consacrait beaucoup de temps et adorait ces moments communs.

Cash était sûr que Jordan n'avait pas eu cette chance. Cela l'avait rendue circonspecte, et il lui faudrait sans doute du temps pour arriver à contourner ses défenses. Le problème, c'est qu'il n'avait pas énormément de temps devant lui.

— A quoi penses-tu ? lui demanda-t-il.

— Il va bientôt falloir faire demi-tour, non ? dit-elle en le regardant.

Ce n'était pas à cela qu'elle pensait, mais il n'en fit rien remarquer.

— Je pense qu'on pourrait avancer encore un peu. Et si on ne repère pas Pete ce soir, j'enverrai un de mes hommes demain pour essayer de le trouver.

Elle opina et reporta son attention sur les flancs du canyon.

— On dirait qu'il y a des grottes, par ici.

— On dit que certaines d'entre elles sont de vieilles entrées de mines. C'est pour ça que Pete rôde souvent dans le coin. Les Navajos extrayaient la turquoise du Nouveau-Mexique bien avant l'arrivée des Blancs.

Ils passèrent un angle, et découvrirent un cheval, debout sur un des côtés.

— C'est celui de Pete, dit Cash en poussant sa monture vers lui.

A leur approche, le cheval de Pete hennit et frappa le sol de son sabot. Cash examina les falaises. Elles étaient dans l'ombre de chaque côté. Ce fut Jordan qui repéra enfin quelque chose.

— Là ! dit-elle en pointant un doigt. Je vois du rouge.

— Pete a toujours un foulard rouge autour du cou. C'est sa marque de fabrique, répondit-il en mettant pied à terre et en confiant ses rênes à Jordan. Je vais grimper pour voir. Reste avec les chevaux.

Il lui fallut quelques minutes pour atteindre l'arête rocheuse sur laquelle gisait Pete. Le vieil homme avait le visage blanc comme un linge et respirait difficilement, mais son pouls était régulier.

— Il est vivant ! cria-t-il à Jordan.

Puis il leva les yeux. Au-dessus de lui, à quelque distance, saillait une autre arête d'où, manifestement, Pete avait fait le plongeon.

Cash envisagea les options qui s'offraient. Pete était blessé, et la falaise qu'il avait gravie pour le rejoindre était déjà assez périlleuse, sans charrier quelqu'un sur son épaule.

Il sortit son portable et fit une prière pour capter un signal. Ils étaient presque arrivés au bout du canyon donnant sur les terres Landry. Il pianota un numéro et colla le téléphone à son oreille.

Par chance, il sonna. Et Shay Alvarez décrocha. Il lui expliqua succinctement la situation.

— Nous sommes à peu près à un kilomètre et demi de la sortie du canyon, conclut-il, et la nuit ne va plus tarder à tomber.

— Je t'envoie du monde aussi vite que possible. Si vous pouviez allumer un feu pour les diriger, ce serait mieux.

Cash raccrocha et cria à Jordan :

— Les secours arrivent !

— Il y a une couverture sur son cheval ! s'égosilla-t-elle en retour. Je te la monte.

Ce ne fut qu'en l'attendant qu'il remarqua les mains coupées et sanguinolentes de Pete, comme si on les avait piétinées. Il reporta les yeux sur la falaise. Il n'était pas tombé tout seul, comprit-il.

Jordan arriva, et il les lui montra.

— Ce n'était pas un accident, conclut-elle.

— Non, dit-il en ajustant la couverture sur Pete. Pourquoi ne resterais-tu pas avec lui pendant que je fais un feu pour signaler notre présence ?

Elle ne répondit rien, mais s'agenouilla et referma les mains sur une des mains blessées du vieil homme.

Pas de panique. Pas de question. C'était vraiment une sacrée bonne femme, se dit-il alors qu'il redescendait.

10

Deux heures plus tard, Jordan faisait les cent pas dans la salle d'attente. Les secours avaient mis moins d'une demi-heure pour arriver, puis tous deux avaient regagné le ranch au galop et sauté dans la voiture pour filer sur Santa Fe.

Ils atteignaient les faubourgs quand son portable avait sonné. Elle avait d'abord pensé que c'était Maddie et s'était demandé ce qu'elle allait lui raconter, mais il s'agissait de D.C., le frère de Jase, qui venait d'atterrir. Elle lui avait alors résumé ce qui venait de se passer, et ils étaient convenus de se retrouver à l'hôpital.

Elle n'était pas seule dans la salle d'attente. Près d'elle, une vieille femme tricotait, et quelques personnes discutaient à voix basse. De temps à autre, un homme ou une femme en blouse entrait et s'approchait de quelqu'un pour lui parler à voix basse.

Elle tourna les yeux vers le bureau des infirmières, devant lequel Cash essayait de soutirer des informations à une jeune femme en blouse.

D'habitude, faire les cent pas l'aidait à rassembler ses idées, mais elle commençait à avoir du mal à analyser la série d'événements survenus depuis son arrivée au ranch.

L'agression de Pete Blackthorn avait-elle un lien avec les actes de vandalisme ? Avec la tentative d'assassinat du matin ? Ou n'était-ce qu'une coïncidence ?

Elle n'avait pas eu assez de lumière pour examiner les mains du vieil homme avant l'arrivée de l'hélicoptère, mais elles étaient éraflées, sanguinolentes et enflées.

Pete avait repris conscience alors que les secouristes l'étendaient sur une civière et, l'espace d'une seconde, elle avait vu dans ses yeux qu'il la reconnaissait. Puis il avait prononcé le prénom de sa sœur d'une voix faible.

— Maddie ?

Elle alla se planter devant une fenêtre et regarda la nuit. Il allait se remettre. Il *devait* se remettre.

Elle ne fut pas loin de sursauter quand Cash lui posa une main sur l'épaule. Elle se retourna, et vit que Shay Alvarez était avec lui.

— Du nouveau ? s'enquit-elle.

— Ils l'ont stabilisé, lui dit Cash. Mais ils vont lui faire passer un scanner. L'hôpital a pris un peu de retard à cause d'un accident, et il y a deux personnes gravement blessées devant lui. C'est Shay qui a des nouvelles.

— Mes hommes ont trouvé des preuves indiquant que la chute de Pete n'était pas un accident, lui apprit ce dernier. Il y a une série de grottes qui se succèdent dans cette section de la falaise, et ils ont trouvé des mégots dans l'une d'elles. Pete ne fume pas. Donc, quelqu'un l'attendait.

Elle regarda Cash, puis Alvarez.

— Mais pourquoi ?

— C'est bien là la question, répondit Shay. Léa et sa mère sont auprès de lui. Quand j'ai appelé Léa pour la prévenir, elle m'a dit qu'il lui avait parlé de quelque chose il y a à peu près six mois. Il n'avait pas de preuves, mais il pensait être suivi. Il y a quelques instants, elle m'a rappelé. Elle était passée chez lui pour lui prendre des affaires propres, et sa caravane a été dévastée.

— Six mois..., fit remarquer Cash. Ça coïncide avec le début des actes de vandalisme chez Maddie.

Shay opina.

— Il y a un lien, insista Jordan.

— Peut-être. Peut-être pas, dit Shay.

— Mais alors, pourquoi faire cela à Pete ?

Elle se pressa une main contre la tempe, avec l'impression de devenir un perroquet ne connaissant qu'un seul mot.

— Pas pour ses turquoises, en tout cas, reprit Shay. Il en avait plusieurs sacs dans ses sacoches de selle, et celui qui l'a aidé à tomber ne les a pas volées. La seule autre possibilité qui me vient à l'esprit, c'est la croyance, dans le coin, qu'il possède une vieille carte des mines de turquoises exploitées par ses ancêtres. On s'est peut-être dit qu'elles étaient rentables. Ce qui expliquerait pourquoi on le suivait, s'il était suivi.

— Y a-t-il un moyen de savoir si son agresseur a trouvé ces cartes ? demanda Jordan.

— Tel que je connais Pete, répondit Shay en souriant, il n'a rien trouvé du tout. Je doute qu'il ait jamais conservé quelque chose de valeur dans sa caravane, pas alors qu'il passe tant de temps dehors, ni dans ses fontes. Et s'il avait l'impression d'être suivi, il a dû prendre ses précautions.

Par-dessus l'épaule de Shay, Jordan vit arriver un homme s'aidant d'une béquille.

— Voici D.C., dit-elle en se précipitant vers lui, bras grands ouverts.

— Ton rival ? s'enquit Shay.

— C'est D.C. Campbell, le frère de son colocataire Jase, répondit Cash en observant le nouveau venu.

Rien, dans l'embrassade de D.C. et Jordan, ne laissait soupçonner une relation passionnée ou plus intime. Mais alors, pourquoi ce goût amer dans sa bouche ?

— Il appartient à la police militaire, il est cantonné en Irak et il est venu à la demande de son frère pour nous servir de renfort. Il est en permission.

— Excellente idée.

Cash continua à examiner D.C. alors que Jordan passait un bras sous le sien et l'entraînait vers eux. Sa canne et sa légère claudication ne paraissaient pas le gêner vraiment.

— Ta jambe ? lui demandait Jordan. C'est grave ?

— Juste un dommage collatéral, lui répondit D.C. en souriant. L'armée m'a renvoyé quelque temps chez moi pour la réparer. On m'en a remplacé plusieurs morceaux, j'espère que certains se révéleront bioniques !

— Arrête ! s'esclaffa-t-elle. Je viens juste de t'imaginer en train de sauter en haut d'un gratte-ciel d'un seul bond !

— J'espère bien !

De vieux amis. La tension de Cash s'apaisa.

Après les présentations, il prit la parole :

— Comment vont Maddie et Jase ?

Le regard de D.C. reprit aussitôt son sérieux.

— J'ai contacté Jase dès l'atterrissage, et ils étaient en sécurité dans une chambre d'hôtel. Mais il y a eu de nouveaux développements depuis que j'ai quitté New York. Tôt ce matin, quelqu'un a essayé d'écraser Maddie juste en face de l'immeuble de sa mère.

— Seigneur ! dit Jordan. Juste là où maman a été tuée...

— Oui. La voiture, une berline crème, correspond à la description qu'a faite un témoin de l'accident d'Eva Ware. Cette fois-ci, ils ont une partie de l'immatriculation, et ils sont certains que c'est une Mercedes.

— On dirait la voiture de maman, dit-elle en le fixant.

— Oui. Un ami flic de Jase vérifie en ce moment même les immatriculations de Mercedes.

— Mais...

Elle s'interrompit net en voyant Léa Dashee et une femme plus âgée pénétrer dans la salle d'attente. Elle et Shay se dirigèrent vers elles.

— Les parentes de Pete Blackthorn, expliqua Cash à D.C.

— C'est à cause de lui que Jordan m'a demandé de vous rejoindre ici, n'est-ce pas ? C'est lui qui est tombé d'une falaise ?

— On est sûrs à présent qu'il a été poussé.

— Ah, dit D.C. en sortant un carnet et un crayon de sa poche, avant de jeter un regard contrit à Cash. Désolé, une vieille habitude.

— Pas de problème. Est-ce que Jordan t'a dit qu'elle se fait passer pour Maddie, tant qu'elle est ici ?

— Non, mais ça pourrait la mettre davantage en danger.

— Elle pense que c'est le meilleur moyen d'aider sa sœur pendant l'exposition de demain.

— Il serait peut-être utile que nous arrivions à mettre la main sur celui qui est derrière tout cela.

— Tu crois que les agressions contre Maddie et Jordan sont liées ?

— Difficile de penser le contraire, mais on verra bien.

Alors qu'il regardait Jordan installer les deux femmes sur un canapé, Cash informa D.C. de tout ce qu'ils savaient sur Pete

Blackthorn et sur son accident. Après avoir apporté du café aux trois femmes, Shay vint les rejoindre.

— Laissez-moi récapituler, leur dit D.C. D'aussi loin que tout le monde se souvienne, Pete a prospecté les environs avec succès, et il aurait la réputation d'avoir hérité de vieilles cartes de ses ancêtres. Il y a six mois, il a commencé à avoir l'impression qu'on le suivait. Et aujourd'hui vous soupçonnez quelqu'un de l'avoir attendu dans l'une des grottes pour lui faire faire le grand saut ?

— C'est un bon résumé, répondit Cash.

Par-dessus l'épaule de D.C., il vit Jordan prendre les mains de Léa dans les siennes. Il n'était pas certain de la manière dont elle allait arriver à tenir le coup. Car, en l'espace d'une seule journée, elle avait appris que la mort de sa mère n'était pas accidentelle, après quoi on avait tenté de les assassiner également, sa sœur et elle. Voilà que, maintenant, elle avait pour seul but de réconforter Léa et sa mère. Il commençait à se dire qu'elle avait vraiment l'habitude d'assumer les événements et de prendre soin des autres. Quelqu'un avait-il jamais pris soin d'elle ?

Il se retourna vers D.C. :

— Il y a six mois ont également commencé les actes de vandalisme dans le ranch de Maddie. Et il y a six mois que Daniel Pearson, un agent immobilier local, a commencé à harceler Maddie pour qu'elle mette le ranch en vente. Depuis, la gravité des incidents affectant le ranch n'a cessé d'empirer. Et, ce matin, quelqu'un — un pro, à notre avis — a essayé de nous faire quitter la route et dévaler dans un ravin, Jordan et moi. Plus tard, il y a eu un incident à l'hôtel où doit se dérouler l'exposition, demain. Un mur a failli écraser Jordan.

D.C. laissa échapper un long sifflement et les regarda tour à tour, Shay et lui.

— Vous n'en avez rien dit à Jase.

— Non, répondit Cash alors que Jordan les rejoignait. On s'est dit que Maddie avait assez de soucis comme ça.

D.C. examina ses notes un instant.

— Voyons si je peux relier tous les points entre eux... On a un homme qui a bien gagné sa vie en extrayant des pierres, surtout des turquoises, dans diverses mines abandonnées et en principe murées de la région. Il est possible que quelqu'un l'ait eu à l'œil depuis six mois, et lui ait donné une petite bourrade pour l'aider à descendre plus vite de son perchoir aujourd'hui. Dans le même temps, Maddie subit des pressions pour vendre le ranch, et ces incidents ont peut-être pour but de la pousser à le faire.

— Tu as pigé le tableau, lui dit Cash.

— Je m'avance peut-être, là, dit Don en se grattant la tête. Mais... et si Pete avait à un moment donné découvert une nouvelle veine de turquoise ? Une veine qui n'aurait pas été répertoriée, et qu'elle soit sur le domaine Farrell ?

— Tu ne t'avances pas tellement, dit Shay. Et je pense que, même sans jambe bionique, on peut tous te suivre.

— O.K., lui répondit D.C. en souriant.

— On est tombés par hasard sur Daniel Pearson aujourd'hui, enchaîna Cash. Et il paraissait certain de conclure l'affaire avec Maddie demain soir, à l'occasion d'un dîner. En ce cas, pourquoi agresser Pete ?

— Parce que, si Pete avait vent du fait que Maddie met le ranch en vente, il pourrait bien lui souffler deux mots de l'existence de sa trouvaille, lui fit observer Shay.

— Et, si elle le savait, elle n'aurait plus besoin de vendre, acheva Jordan.

— Surtout s'il a trouvé des turquoises de la qualité de celles qu'il lui vend depuis des années, ajouta Cash.

— Problème : si Pete a été agressé pour que Maddie reste sous pression, pourquoi essayer de la tuer ? Morte, elle ne signerait jamais la mise en vente.

— Bien vu, dit Shay.

— Sans compter qu'on a essayé de tuer Maddie à Manhattan, intervint Don. Moralité : ce n'est pas juste la vie d'une des jumelles qui est en jeu.

— Les tentatives d'assassinat sur les sœurs n'ont peut-être aucun lien avec le ranch, suggéra Shay. Elles ont peut-être bien le testament pour motivation. Ce papier est une véritable invitation au meurtre.

— Jase serait entièrement d'accord, dit Don. Il est très possible qu'on ait deux problèmes. On a eu la même discussion dans le bureau de mon frère. En surface, il semble qu'il y ait deux choses qui se passent à New York. Jase et son associé essayent de trouver un lien entre la mort d'Eva et le cambriolage de son magasin. Et puis il y a eu les tentatives de meurtre contre Maddie.

— Et contre Jordan, reprit Cash. Et si c'était une seule et même affaire, et qu'on n'ait pas encore pu relier les points entre eux ?

Un homme en blouse blanche, un stéthoscope fourré dans sa poche de poitrine, fit son entrée dans la pièce.

— Inspecteur Alvarez ?

Shay se dirigea vers lui et l'emmena vers Léa et sa mère. Jordan alla se rasseoir près d'elles.

— Il est solide, leur apprit le médecin. Nous n'avons rien trouvé au scanner. Il n'a d'os fracturés que dans les mains et une grosse bosse sur la tête, mais aucun signe de commotion cérébrale. Nous lui avons administré des sédatifs et le traitons pour hypothermie.

— Il était inconscient quand nous l'avons trouvé, dit Jordan.

— Les secouristes qui l'ont transporté m'ont dit l'avoir trouvé sur une arête rocheuse, lui dit-il. Comme il ne pouvait pas se servir de ses mains, on ignore combien de temps il est resté là. Sans eau, il n'est pas étonnant qu'il soit passé régulièrement de la conscience à l'inconscience. Il aurait pu mourir, sur cette arête.

— Cash et toi lui avez sauvé la vie, déclara Léa en prenant les mains de Jordan dans les siennes.

Jordan s'en était vaguement doutée, mais l'entendre confirmer par le médecin lui fit un coup au cœur. Et s'ils avaient juste décidé de rentrer et de s'en tenir à leur projet d'origine, faire le tour du propriétaire le surlendemain ? Pete n'aurait probablement pas tenu aussi longtemps.

— Il va se rétablir ? demanda Léa.

— Certainement. Nous le soignons pour la douleur et, s'il passe la nuit sans incident majeur, un chirurgien orthopédique opérera ses mains dès demain matin.

— Puis-je lui parler ? s'enquit Alvarez.

— Il va rester inconscient un bon moment, lui répondit l'homme. Et il a besoin de repos en vue de l'opération.

— Et si je faisais un saut avant son entrée en salle d'opération ? insista Shay. Nous pensons qu'il n'est pas tombé tout seul.

Le docteur réfléchit un instant en se levant.

— D'accord, tant que vous ne le contrarierez pas.

Alors que Shay raccompagnait le médecin, Jordan prit Léa dans ses bras.

— Vous restez ?

— Oui, toutes les deux, maman et moi.

— Et l'expo, demain ? Puis-je t'être utile à quelque chose ?

— Oh, j'y serai, répondit Léa en réussissant à lui sourire. Maman restera ici. Toi, tu devrais rentrer, maintenant. Prends le temps de dormir. Je sais que demain tu vas tous les éblouir.

Cash prit sa main, la tira pour la mettre sur ses pieds et, brusquement, elle découvrit qu'elle était exténuée. Ils atteignaient la porte quand Léa l'appela :

— Maddie ?

Il lui fallut une seconde pour réagir, et Léa l'appela encore une fois avant qu'elle ne se retourne.

— Merci encore d'avoir sauvé la vie de grand-père, dit-elle.

Puis Cash et Jordan s'en furent.

Des heures plus tard, planté devant la fenêtre de la chambre de Maddie, Cash regardait Jordan dormir. En chien de fusil, une main sous le menton, elle dormait du sommeil du juste. Quelques instants plus tôt, il était encore allongé près d'elle, et son besoin de la réveiller pour lui faire l'amour avait été si pressant qu'il s'était obligé à se lever.

Elle était fourbue, tant émotionnellement que physiquement, et il soupçonnait qu'elle n'en avait pas l'habitude. Elle n'avait pas beaucoup dormi depuis son arrivée, et il en était en partie responsable. Elle s'était assoupie sitôt dans la voiture, et avait ouvert un œil vitreux quand il l'avait portée dans la maison.

— Hein ? avait-elle bredouillé.

— On est arrivés, avait-il dit. Rendors-toi.

Il l'avait couchée et était retourné dans la cuisine pour s'entretenir un instant avec D.C. Le frère de Jase se confectionnait un sandwich.

— J'allais te dire de faire comme chez toi, mais je vois que c'est déjà fait.

— C'est toujours ce que je fais, répondit D.C., la bouche pleine.

Ils ne donnent plus à manger, dans les avions, et c'est peut-être tout aussi bien.

— Quand tu auras terminé, prends à gauche dans le couloir. Tu peux utiliser la chambre du bout.

— Tu dors avec Jordan, non ?

— Tu y vois une objection ? repartit Cash en plantant les pouces dans ses poches de jean.

— Contente-toi de ne pas la faire souffrir, répondit D.C. sans le lâcher des yeux.

— Je vais faire de mon mieux. Tu peux dire la même chose à ton frère en ce qui concerne Maddie.

Un instant s'écoula, puis D.C. lui adressa un bref signe de tête.

— Très bien, dit-il avant de mordre dans son sandwich. Tu aurais une bière ?

— Il y a un autre réfrigérateur dans le cellier.

— Merci. Tu peux aller te coucher, si tu veux. Je vais peut-être rester encore debout un moment, histoire de faire le point. Les avions me mettent toujours sur les nerfs.

Alors qu'il partait dans le cellier, Cash reprit la parole :

— Je n'aime pas beaucoup rester sur la touche. J'aimerais bien trouver un moyen de jouer un rôle plus actif dans tout cette affaire.

De retour, D.C. lui sourit.

— Un homme comme je les aime ! Selon toi, ce Daniel Pearson serait derrière le vandalisme ?

— Oui. Et il pourrait très bien avoir provoqué aussi la chute de Pete.

— Alors, il y a peut-être un moyen de le pousser à se dévoiler. Je vais y réfléchir cette nuit.

— Moi aussi.

Sur ce, il laissa D.C. à ses agapes.

Le jour se levait, et il n'avait pas trouvé d'autre idée que d'isoler Pearson dans un coin et de lui arracher la vérité à coups de poing. Il avait énormément de mal à penser quand Jordan était dans le même lit ou la même pièce que lui.

Il laissa courir ses yeux sur son visage, ce visage déjà si familier. Il était délicat, fragile, sensible. Mais, par-delà, elle possédait une force incroyable et une générosité équivalente. Il l'avait vue faire avec la famille de Pete, et, si les deux femmes n'avaient pas dit qu'elles passeraient la nuit à l'hôpital, il était bien certain qu'elle l'aurait proposé.

Il avait failli la perdre, et cette pensée le terrifiait. Elle lui donnait envie de la hisser sur son cheval et de l'emmener très loin. Cependant, ils n'iraient nulle part pour le moment. Pas alors qu'un tueur était à ses trousses.

Il avait comme le sentiment que le temps allait bientôt leur manquer, et il eut une pensée pour Maddie, à New York. Les agressions contre les jumelles avaient augmenté, et il n'était pas nécessaire d'être policier pour savoir que le tueur commençait à être aux abois. Et, si les gens aux abois sont susceptibles de commettre des erreurs, ils peuvent aussi bénéficier d'un coup de chance.

Perturbé, il alla préparer le café dans la cuisine. Bien décidé à laisser Jordan dormir jusqu'au dernier moment.

11

— Je n'en peux plus ! s'écria Jordan quand Cash vida sur son assiette un deuxième poêlon d'œufs brouillés.

— Pas de problème, dit Don en attrapant l'assiette pour en faire passer la moitié sur la sienne. Tu en veux ? demanda-t-il ensuite à Cash.

Jordan reporta les yeux sur Cash alors qu'il vidait le reste des œufs sur sa propre assiette.

— J'aurais cru qu'une jambe bionique pouvait être éventuellement creuse, mais tu manges autant que lui !

— C'est ça, la vie de cow-boy, lui répondit-il en enfournant les œufs. On recharge les batteries quand on peut. Et puis, on ne sait pas quand on trouvera le temps de manger aujourd'hui.

— L'hôtel offre un buffet-déjeuner à tous les exposants et les assistants, fit-elle remarquer en tapotant le catalogue.

— Si j'en crois ta sœur, les expositions de bijouterie ne sont pas réputées pour la consistance de leur buffet !

Elle savait d'expérience qu'il avait raison, et ne fit donc pas d'autre commentaire pendant que les deux hommes engouffraient leur petit déjeuner pantagruélique. Elle-même aurait peut-être pu avaler autre chose qu'un demi-toast et une tranche de jambon si elle n'avait pas eu l'estomac aussi serré.

— Ne t'inquiète pas, lui dit Cash en buvant son café. Tu vas réussir sans problème à te faire passer pour Maddie. Tu viens de passer une heure à étudier les diverses façons de disposer ses bijoux. Je peux te garantir qu'elle ne passe jamais autant de temps à le faire.

Jordan sursauta quand le téléphone sonna.

— Qui peut bien appeler à cette heure? Il est à peine plus de 7 heures... Maddie?

Cash alla décrocher.

— Oui?

Dans le silence qui s'ensuivit, il leur souffla « Shay » presque silencieusement, et l'appréhension de Jordan s'apaisa. Bien sûr que c'était Shay, puisqu'il avait prévu de passer à l'hôpital tôt ce matin.

— Et tu ne vas pas l'arrêter?

Cash écouta en silence encore un instant, et se rembrunit.

— Comment va Pete? demanda-t-elle dès qu'il eut raccroché.

— Il est lucide et suffisamment rétabli pour l'opération, qu'ils ont programmée à 9 heures du matin. Shay a pu passer dix minutes avec lui avant qu'on ne l'emmène faire des analyses.

— Qui Shay ne va-t-il pas arrêter?

— Pete n'a pas vu l'homme qui l'a poussé, répondit Cash en remplissant les trois bols de café. Son assaillant l'a poussé par-derrière. Il n'est d'abord pas tombé très loin et a réussi à se raccrocher à une saillie rocheuse. Mais l'homme l'a suivi et c'est là qu'il a pu le voir. Sa description pourrait être celle de Pearson, mais, selon Shay, ça pourrait aussi être quelqu'un d'autre. Toutefois, le type avait un diamant à l'annulaire.

— Pearson en porte un, je l'ai vu hier! s'écria-t-elle.

— Oui, je l'ai vu aussi. Shay a demandé à Pete pourquoi on aurait pu vouloir l'agresser, mais il est resté dans le vague. Shay pense qu'il pourrait peut-être en dire plus à Jordan. De toute façon, il espère avoir les résultats A.D.N. des mégots avant la sortie de salle de réveil de Pete.

— Il a semé des mégots derrière lui et permis à sa victime de voir son visage? demanda D.C., consterné.

— Oui. Mais Shay ne veut pas l'arrêter tant qu'il n'a pas ses preuves solidement alignées.

— On ne peut pas le lui reprocher, commenta D.C. Vous voulez le faire payer.

— Je m'en chargerais bien moi-même, fit remarquer Cash.

Il y avait une telle hargne dans son ton que Jordan le fixa. Ce n'était pas souvent qu'il laissait ses sentiments affleurer à la surface.

— Est-ce que tu penses que ce Pearson viendra à l'exposition ? s'enquit D.C.

— Il a dit qu'il viendra faire un tour, lui répondit-elle. Il est fort possible que Margot l'y amène.

— Eh bien, dit D.C. en souriant à Cash, ça nous donnera un peu de temps pour jouer un rôle plus actif avant qu'Alvarez ne l'arrête.

— Tu as un plan ? demanda Cash, aussitôt concentré sur lui.

— J'ai une idée, répondit D.C. en étalant ses mains à plat sur la table. Ma jambe me réveille souvent, et j'ai donc commencé à y penser avant de me rendormir. Une des choses qu'il nous faut apprendre, c'est si Pearson a un client. Un client précis, et qui tient à avoir le ranch de Maddie. Je suis sûr que c'est le cas.

Cash se contenta d'opiner.

— Un client, reprit Don, qui serait peut-être au courant de la mine de turquoises dont nous avons évoqué l'existence possible. Sinon, pourquoi Pearson aurait-il mis au point ce plan de vandalisme dans le but de pousser Maddie à mettre en vente ? Surtout un ranch qui connaît déjà de graves difficultés financières.

— Ton raisonnement se tient, déclara Jordan. Et, pour ce que nous savons, Pete est la seule personne à même de confirmer ou d'infirmer la présence d'une mine inconnue.

— Exactement. En attendant sa réponse, j'ai pour objectif de mettre la pression sur Pearson. Je me demande comment il réagirait en apprenant qu'il a de la concurrence — un autre acquéreur potentiel pour le ranch.

— Mais qui ? voulut savoir Jordan.

— Nul autre que mon vieux copain d'armée, Greg Majors. Son père a fait fortune dans le pétrole. Greg a regagné la vie civile, à présent, et cherche sans arrêt de nouveaux investissements.

— Et il va marcher ? objecta Cash, préoccupé.

— Non, mais on va faire comme si ! répondit D.C. en souriant. Je vais me faire passer pour lui, aller voir Jordan-Maddie sur son stand, lui offrir un numéro de charme à la texane et lui faire une proposition faramineuse pour le ranch. Juste histoire de faire peur à Pearson. Je parie que s'il prend peur, ou s'il pense qu'il risque d'y avoir une guerre aux enchères, il va vite téléphoner à son client. Ensuite, on lui pique son portable et on voit qui il a appelé.

Le silence qui se fit dans la pièce dura un moment.

— Ça semble complètement dingue, mais ça pourrait marcher, admit Cash. Qui est censé lui voler son portable ?

— Ça, je pense pouvoir m'en charger, déclara D.C. en souriant de plus belle. Ma canne me donne une fabuleuse excuse pour trébucher contre lui et le bousculer.

— Mais vous êtes sérieux, tous les deux ? demanda Jordan en les regardant tour à tour.

— Ça nous donnera quelque chose à faire plutôt que devoir nous tourner les pouces en attendant que Shay rassemble ses preuves, lui fit remarquer D.C.

— Je vais avoir beaucoup à faire moi-même en me faisant passer pour ma sœur, rétorqua-t-elle.

— Et tu vas le faire, intervint Cash. Ça ne devrait pas du tout perturber l'exposition.

Elle n'allait pas parvenir à les en dissuader, c'était clair. Ils lui firent penser à deux garnements complotant dans la cour de récréation, à cela près que tout était bien réel. Et qu'un tueur rôdait dans les parages.

Cash lui prit la main.

— Il faut absolument qu'on connaisse l'identité du client de Pearson, lui dit-il. Il ou elle pourrait bien posséder les pièces qui nous empêchent de compléter le puzzle. Tant qu'on ne l'aura pas fait, vos vies seront en danger.

— D'accord, admit-elle. Toutefois, j'ai une suggestion à vous faire, un point que je voudrais voir modifié dans votre scénario.

— Lequel ? demanda D.C.

Se penchant vers eux, elle leur chuchota quelque chose.

Cash avait pris position au fond du stand. De là, il pouvait voir tous ceux qui se dirigeaient vers Jordan, ainsi que l'entrée de la salle d'exposition. Les transformations qui y avaient été opérées dans les dernières vingt-quatre heures relevaient du miracle.

Envolé, le chaos de la veille. Il avait fait place à deux rangées de stands qui couraient tout le long de la salle en deux allées centrales, tandis que les autres s'échelonnaient à intervalles réguliers le long de trois des murs. Celui de Maddie occupait une place centrale contre le mur du fond.

Dans un angle proche de l'entrée, un coin conversation avait été aménagé au moyen de canapés moelleux et de petites tables. A l'opposé, en diagonale, des tables nappées de blanc étaient couvertes de plateaux de fruits rafraîchis, de bouteilles d'eau, de thé et de café. Les cols des bouteilles de champagne inclinées dans de grands seaux à glace en argent invitaient l'amateur. Dans un troisième angle de la salle, un quatuor à cordes jouait en sourdine.

Plantée à quelques pas de lui et totalement concentrée, Jordan mettait la dernière touche à ses vitrines. Elle avait obtenu gain de cause pour la deuxième, et il lui avait fallu un certain temps pour y disposer les foulards de soie qu'elle avait apportés. A présent, elle changeait la position de certains des bijoux. Elle était aussi méticuleuse dans la présentation que sa sœur l'était dans la création.

Cash était même prêt à parier qu'elle avait choisi ses vêtements dans le but de vendre les bijoux de sa sœur. Elle portait des couleurs sourdes, blanc et brun vert, afin de faire davantage ressortir les turquoises de ses boucles d'oreilles et de son pendentif.

Un homme en costume sombre passa devant le stand. Il ne posa pas une fois les yeux sur les vitrines de Maddie, mais examinait la salle. Jordan comprit qu'il devait s'agir d'un des agents de sécurité de l'hôtel.

Installé derrière la fausse cloison, D.C. effectuait quelques recherches sur son ordinateur portable. Il avait insisté pour les suivre dans sa voiture de location pendant qu'ils descendaient à Santa Fe. Ainsi, il pourrait leur être plus utile si quelqu'un essayait de reproduire le scénario de la veille. D'après ce qu'en avait vu Cash, cet homme ne prenait jamais de repos. Il avait demandé à être prévenu de l'arrivée de Pearson. Alors, il se faufilerait incognito vers la sortie et referait surface en tant que Greg Majors.

Pour sa part, Cash se contentait de monter la garde adossé au mur du fond. Il restait cinq minutes avant l'ouverture des portes au public. Catalogue en main, les exposants déambulaient dans les travées, saluaient de vieilles connaissances et passaient en revue les vitrines des nouveaux venus.

Léa était passée un peu plus tôt, et leur avait appris que son grand-père avait un excellent moral quand on l'avait emmené faire ses examens. Qu'il fût vivant tenait du miracle.

Quand Jordan se redressa, Cash alla la rejoindre.

— Plus que trois minutes avant le spectacle.

— Je suis prête.

— Je n'en n'ai jamais douté, dit-il en suivant du doigt le turquoise miroitante qui se balançait à son oreille.

— Ses créations sont si belles, lui confia-t-elle en regardant les vitrines.

Il étudia leur disposition. Dans chaque vitrine, Jordan avait séparé les bijoux en trois zones. Un cercle de boucles d'oreilles et un trio de bracelets étaient en vue à chaque extrémité de l'une. Dans l'autre, des broches, des épingles de cravate et des boucles de ceinture en argent martelé. L'étagère centrale des deux servait d'écrin à un collier.

Sur sa gauche, elle avait disposé une chaîne d'anneaux d'argent martelé. Le pendentif du collier était une étoile constellée de turquoises de toutes les teintes, depuis le vert au bleu vif. L'autre collier était fait de perles de turquoises de diverses teintes, avec un pendentif en argent très délicatement repoussé, qui évoquait les plastrons qu'auraient pu porter les guerrières d'antan. Très féminin, songea Cash. Et en même temps, empreint de puissance.

— Elle a tant de talent, ajouta Jordan avec fierté en tapotant de l'ongle la vitrine devant le plastron d'argent. Celui-ci, c'est mon préféré.

— Moi aussi.

Quand elle se retourna vers lui, il fit danser sa boucle d'oreille d'une pichenette.

— Tu n'es pas jalouse d'elle, au moins ?

— Pourquoi le serais-je ? demanda-t-elle, étonnée.

— Elle a manifestement hérité du talent de votre mère.

— J'en suis heureuse pour elle, répondit-elle après un instant de réflexion. Je regrette seulement qu'elles n'aient jamais pu se rencontrer, toutes les deux. Pendant tout le temps où j'ai arrangé les bijoux dans les vitrines, je n'ai pas arrêté de penser au fait que ma mère avait cinquante chances sur cent de choisir Maddie quand nos parents se sont séparés. Mais ça ne s'est pas passé comme ça, et j'en suis vraiment triste pour Maddie. Pour ma mère aussi.

— Et qu'en est-il de toi, Jordan ? N'aurais-tu pas rêvé de grandir dans un ranch avec ton père ?

Elle y songea quelques minutes encore.

— Non. Je ne serais pas celle que je suis aujourd'hui, si je n'avais pas grandi avec ma mère. Je regrette seulement de ne pas avoir connu Mike Farrell. Mais maintenant que je connais l'existence du ranch, je reviendrai souvent.

Un tel déferlement d'appréhension submergea Cash qu'il faillit l'empoigner à deux mains. Elle parlait avec un tel calme de son retour à New York... Ne voyait-elle pas que sa place était ici, à Santa Fe, comme sa sœur ?

Ce fut à ce moment que les portes furent ouvertes au public, et que la première vague de visiteurs se déversa dans la salle. Cash alla reprendre son poste alors que les dernières phrases de Jordan se répercutaient dans son esprit.

« Je reviendrai souvent. »

Pourrait-il s'en contenter ?

De la musique de chambre et un brouhaha de conversations emplissaient la salle d'exposition alors que les négociants passaient de stand en stand. Deux heures s'étaient écoulées depuis l'ouverture, et Jordan était presque parvenue à se détendre. Elle avait glané quelques cartes commerciales, répondu encore et encore aux mêmes questions et pris des dizaines de commandes. Une fois remarqué l'intérêt particulier des clients pour les bijoux qu'elle portait, elle avait entamé une rotation régulière des bracelets et des boucles d'oreilles qu'elle arborait. Toutefois, elle n'avait pas touché aux colliers ; ils attiraient suffisamment l'attention par eux-mêmes.

Personne n'avait encore douté qu'elle fût bel et bien Maddie. Et, plus important, tout le monde adorait les créations de sa sœur. A vrai dire, elle commençait à avoir un peu mal aux joues à force de sourire, mais, grâce aux goûts de sa sœur en matière de chaussures, ses pieds se portaient comme un charme.

Alors, elle repéra un homme qui avançait droit sur elle, le visage souriant. Il connaissait manifestement Maddie, mais elle ne le reconnut pas. Elle jeta un coup d'œil à Cash, qui l'avait aidée auparavant, mais il murmura :

— Alors là, mystère et boule de gomme…

Petit et râblé, le visiteur avait des lunettes sans monture perchées sur le nez. Des yeux bienveillants, et elle lut une vieille amitié en eux. Qui était-il donc ?

— Mademoiselle Farrell, dit-il en lui tendant la main.

— Bonjour, répondit-elle en lui serrant la main. Je suis vraiment contente de vous voir.

— Ah, elles sont là.

Peut-être fut-ce le léger accent hispanique, ou peut-être la façon dont il se pencha pour examiner le collier dans la première vitrine, mais sa mémoire se remit en place. Joe Manuelo, l'artisan qui taillait et polissait les pierres de Maddie. Sa famille était dans le métier depuis des années, et il venait souvent la voir pendant les expositions.

— Magnifique, murmura-t-il en lui jetant un coup d'œil. Est-ce que je peux le sortir ?

— Bien évidemment !

Elle lui décocha un immense sourire, ouvrit la vitrine et en sortit le collier. Il le prit avec mille précautions, le brandit devant ses yeux, ôta ses lunettes et l'examina avec attention.

— Ma façon de tailler les pierres vous convient-elle ?

— Elle m'émerveille. Vous faites un travail stupéfiant.

— Merci, dit-il en lui rendant le bijou. J'aime bien voir comment sont montées les pierres une fois qu'elles ont quitté mon atelier. Je trouve admirable la manière dont vous avez assorti les divers coloris. C'est vrai aussi qu'il vous faut remercier le vieux Pete pour la qualité des pierres. Votre dernier envoi était proprement exceptionnel, tant par la dureté que la qualité des gemmes. Les travailler devient un jeu d'enfant.

Bien sûr, se dit-elle, il savait que Pete Blackthorn était son fournisseur attitré.

— Pete a eu un petit accident, lui apprit-elle.

— Il est blessé ? C'est grave ? s'exclama-t-il, rembruni.

Jordan lui apprit ce qu'elle savait.

— On l'aurait poussé d'une falaise ? répéta le tailleur de pierres avec colère.

— C'est ce que nous pensons. La police enquête.

— Ils feraient bien de trouver qui a fait ça !

— Léa Dashee pourra vous donner des nouvelles plus récentes sur son état.

— Je vous remercie, Maddie. J'avais justement dans l'idée d'aller voir ses créations, répondit Manuelo avant de la saluer de la tête et de partir en direction du stand de Léa.

— Pete a tout un tas d'amis, dit Cash en posant une main sur son épaule.

— Et au moins un ennemi, ajouta-t-elle.

Une heure plus tard, l'affluence avait diminué, et Cash se dit que les négociants avaient dû converger vers le buffet. Puis ils reviendraient en masse pour un dernier coup de feu, lui avait appris Jordan. Il la regarda alors qu'elle choisissait un nouvel ensemble de bijoux dans les vitrines et y remettait ceux qu'elle avait portés la dernière demi-heure.

L'angoisse qu'elle avait pu éprouver au début de la journée avait totalement disparu, et c'était avec la plus grande aisance qu'il l'avait vue discuter et vanter les bijoux. Une véritable énergie irradiait d'elle. Elle ne créait peut-être pas de bijoux, mais elle savait les vendre, et il avait vite compris qu'elle adorait cette activité.

Il avançait vers elle pour échanger quelques mots quand il vit Daniel Pearson et Margot Lawson entrer dans la salle d'exposition. Margot avait le nez dans le catalogue et, quand elle pointa le doigt dans leur direction, Pearson les avait déjà repérés.

Cash recula, passa une main dans son dos et frappa trois coups à la cloison :

— Entrée en scène, D.C., dit-il.

Puis il s'adossa et se prépara pour le spectacle.

Trois heures à jongler entre acheteurs et badauds avaient rosi les joues de Jordan, et elle parut parfaitement à l'aise quand Daniel et Margot arrivèrent sur le stand. Margot jeta un regard à Cash avant de se pencher sur les vitrines afin d'étudier la collection. Les affaires avant le plaisir, clamait son langage corporel.

Pearson prit à peine le temps de regarder les bijoux exposés avant de prendre la main de Jordan. Le diamant qu'il portait à l'annulaire étincela sous les spots.

— Très beau travail, lui dit-il. Nous avons une réservation pour dîner à 18 h 30 ici, à l'hôtel. J'ai pensé que vous préféreriez rester dans les environs après la fin de l'exposition.

« Plus tôt j'aurai ta signature, mieux je me porterai », compléta mentalement Cash pour lui. Cela faisait des mois que l'individu travaillait Maddie au corps. Pourquoi cette hâte soudaine ? Peut-être la solution résidait-elle dans la petite mascarade qu'ils s'apprêtaient à jouer.

Quand il se rendit compte qu'il avait inconsciemment serré les poings, Cash plaqua les mains contre ses cuisses, et vit D.C. venir vers eux. La seule chose qui lui déplaisait dans ce scénario, c'était qu'il n'avait pas un rôle plus actif. Il était censé observer les réactions de Pearson.

— Il faut que j'aie celui-ci, dit Margot en désignant la pièce centrale de la deuxième vitrine. Vous n'avez encore jamais rien créé de tel.

— A quoi bon apporter des choses déjà vues dans une exposition ? lui fit remarquer Jordan.

— Très juste. Vous ne l'avez pas vendu ? Dites-moi que vous ne l'avez pas vendu.

— J'en ai vendu trois, en fait, lui répondit Jordan avec un immense sourire.

— Mais alors, ce ne seront plus des pièces uniques ! s'exclama Margot, l'air contrarié. Mes clients ne veulent que des pièces uniques.

— Chacun *sera* unique. Je ferai varier les couleurs des turquoises. Regardez un peu toutes les teintes de cet autre collier, répliqua Jordan en désignant l'autre vitrine. Non seulement je ferai varier les couleurs, mais je modifierai également la forme du pendentif. J'ai d'ailleurs quelques croquis à vous montrer. Tenez.

Margot étudia les dessins que Jordan venait d'étaler sur la table, puis elle se pencha de nouveau sur le collier. Finalement, elle chercha le regard de Jordan.

— Je peux le voir. C'est brillamment pensé. Quand avez-vous trouvé cette stratégie marketing ?

Jordan éluda d'un geste.

— Quand trois acheteurs m'ont demandé un collier unique, répondit-elle.

— Mettez-en quatre.

Cash sourit intérieurement, prêt à parier que Maddie n'y aurait probablement pas songé.

Pearson avait commencé à s'éventer avec un catalogue. Il s'ennuyait manifestement à mourir.

Don se rapprochait. Il n'allait pas s'ennuyer longtemps encore.

— Mademoiselle Farrell ?

L'accent était indubitablement *made in Texas*. Le charme, ainsi que commençait à le soupçonner Cash, était indubitablement *made in D.C. Campbell*.

Jordan serra la main tendue du nouvel arrivant.

— Je me présente, Greg Majors, commença Don avec un sourire d'excuse. Bien sûr, vous ne me connaissez ni d'Eve ni d'Adam, mais si vous le permettez, voici ma carte, dit-il en sortant une carte professionnelle de sa poche de poitrine. Je suis ici en mission pour la Majors Limited. Mon père possède plusieurs puits de pétrole au Texas, et il cherche toujours à investir ses fonds excédentaires.

— Aurait-il le désir d'investir dans mon entreprise de bijouterie ? lui demanda Jordan, l'air perplexe.

— Je pourrais certainement le lui suggérer, répondit plaisamment D.C. en laissant courir son regard sur les vitrines, avant de le planter dans les yeux de son interlocutrice. Mais, en réalité, je suis venu vous parler de votre ranch.

Daniel Pearson se raidit ostensiblement, constata Cash. Bingo.

— Hé, attendez une minute, intervint Pearson.

— Et vous êtes ? lui demanda Don sans se départir une seconde de son charme.

— Daniel Pearson, de l'Immobilière Montgomery.

— Enchanté, dit Don en hochant brièvement la tête. Représentez-vous les intérêts de Mlle Farrell ?

— Oui.

D.C. sortit un carnet et l'ouvrit.

— Excusez-moi. Vous a-t-elle confié son ranch à la vente ? Je n'en trouve pas trace dans mes notes.

— Non. Mais...

D.C. l'interrompit d'une main levée et regarda Jordan.

— Mademoiselle Farrell, mon père voudrait investir dans une série de propriétés sélectionnées et les transformer en destinations de vacance haut de gamme. En ce qui vous concerne, nous pensons à un hôtel ranch. Il n'y aurait aucune interférence avec la gestion du ranch, et nous ne modifierions pas de manière significative le paysage. Mon père a commencé comme rancher, et il accorde une énorme importance à ses racines. S'il n'y avait pas eu l'or noir qu'il a découvert sur ses terres... Eh bien, la famille Majors ne serait pas là où elle en est aujourd'hui. Nous avons fait des recherches sur votre emplacement.

Pearson aussi en faisait, des recherches, les doigts fébriles sur le BlackBerry qu'il avait sorti de sa poche. Cash devina aisément qu'il avait appelé le site Web Majors Limited. S'il décidait de creuser plus avant, la couverture de D.C. n'en sortirait que renforcée. Il y avait veillé en contactant son ami alors qu'ils venaient en ville.

— Vous voulez acheter mon ranch ? demanda Jordan en faisant de son mieux pour paraître confuse et interloquée.

— Non, pas du tout. Nous voulons investir dans votre ranch, et sur vous.

Alors que D.C. élaborait son plan, Cash commença à se détendre. La modification demandée par Jordan fonctionnait. Non seulement elle faisait passer Pearson en mode panique, mais ce que lui décrivait D.C. n'était jamais que son idée à elle. Et Cash commençait à se dire qu'elle était sérieuse, quand elle voulait faire du ranch un gîte rural de luxe. D.C. et elle devraient recevoir un prix de comédie !

— Nous vous fournirons des conseils, un support financier, nous nous occuperons de la publicité et de l'angle marketing, poursuivait D.C. Nous sommes persuadés que proposer des vacances dans un ranch en activité sera très attractif.

— Attendez, attendez, dit Jordan en se pressant les mains sur ses tempes. Je m'occuperais de mon ranch, je continuerais à élever du bétail, et je ferais tout ce que je fais en ce moment ?

— Tout à fait, confirma D.C. avec un immense sourire. C'est le plan. Et ce seront vos activités qui attireront les clients. Il y a beaucoup de ranchs hôtels dans les environs, mais très peu proposent une véritable expérience du ranch. Il suffirait d'y ajouter un hébergement de qualité, de la nourriture recherchée et..., poursuivit-il avant de lever les deux mains et de les baisser, mon père et moi pensons que tout le monde y gagnerait. Ce serait parfait pour un petit rancher qui essaye de joindre les deux bouts, et ce serait parfait pour nous.

— Maddie, il faut que nous en discutions. Vous ne connaissez pas cet homme.

Les mains de Pearson tremblaient presque sur son BlackBerry, et il y avait comme de la panique dans sa voix.

— Bien sûr, dit Jordan en lui jetant un regard distrait. Mais pas maintenant, conclut-elle avant de reporter son attention sur D.C.

— Mon père et moi en avons déjà ouvert quelques-uns, poursuivit ce dernier. Et nous avons pour projet d'en ouvrir une chaîne dans tout le Sud-Ouest, le Nevada, le Nouveau-Mexique, le Colorado. Mais l'endroit est mal choisi pour discuter des détails. Pourquoi ne pas nous retrouver à la fin de l'exposition... mettons à 18 heures ou 18 h 30 ? J'ai une suite au dernier étage. Nous pourrions commander à dîner.

Pearson s'en étrangla presque.

— Maddie, intervint-il avec force, *nous* avons prévu de dîner ensemble ce soir !

Jordan tourna vers lui un regard contrit.

— Daniel, il faut que j'en sache plus sur ce projet. Vous savez à quel point je répugne à vendre, et je veux voir si ce que me propose monsieur est faisable.

— D'accord. Mais vous faites une grosse erreur ! lança Pearson en s'éloignant à grands pas.

Margot adressa un sourire d'excuse à Jordan et courut derrière lui. Il pianotait déjà un numéro sur son BlackBerry en se dirigeant vers les canapés installés dans un coin.

Cash fit un effort surhumain pour rester à l'endroit où il était. Il ne voulait surtout pas éventer la mascarade, mais il avait été le seul à observer attentivement Pearson quand Jordan avait ajourné leur rendez-vous de la soirée. L'espace d'un instant, la façade du magnat de l'immobilier s'était fissurée, et Cash avait vu la fureur le disputer à la panique. Tout d'un coup, il comprit qu'ils venaient d'aggraver le danger que courait Jordan.

— Aux alentours de 18 heures, donc, dit D.C. en restant dans son rôle.

Cash remarqua alors que plusieurs négociants s'étaient tournés vers le stand quand Pearson avait haussé la voix.

— Je vous note le numéro de ma suite, ajouta D.C. en griffonnant quelque chose sur une carte qu'il tendit à Jordan.

Cash s'avança et lut la carte. *Soyez très prudents.* Il releva la tête, planta les yeux dans ceux de D.C. et hocha la tête. Ils étaient sur la même longueur d'onde quant à Pearson. Et c'est bien le problème quand on dérange un nid de frelons, se dit Cash. Il y a toujours une chance pour qu'on ait plus d'ennuis que prévu.

Sur un dernier signe de tête, Don se dirigea vers la sortie en faisant semblant d'être ralenti par sa canne. Il minuta son avancée à la perfection, atteignit la porte et fit volte-face juste au moment où Pearson se précipitait vers la sortie. La collision fut naturelle aux yeux de tous. Un homme s'aidant d'une canne se retrouva par terre sur le dos. Pearson bredouilla des excuses et sortit en trombe, Margot sur les talons.

Comme plusieurs personnes, y compris des membres de la sécurité de l'hôtel, s'étaient agglutinées autour de Don, Cash resta où il était. Un instant plus tard, installé sur l'un des canapés, Don parut appeler quelqu'un de son portable.

— Avec un peu de chance, on aura un indice, dit Cash tout bas à Jordan. Ce serait dommage de gâcher un tel numéro d'acteurs !

Elle avait les yeux sur les vitrines, mais ses lèvres s'incurvèrent en un sourire.

— Je suis d'accord. En tout cas, je pense avoir annulé mon rendez-vous avec Joli Cœur Pearson.

— Et il est fou de colère. Ce que j'ai vu dans ses yeux frisait la démence, commenta Cash en lui serrant une main. Il pourrait bien essayer de passer sa rage sur toi.

— En ce cas, il va falloir redoubler de prudence.

L'heure suivante, Cash passa son temps à surveiller Jordan, dont les affaires avaient repris, et Don, qui pianotait soit sur son ordinateur, soit sur son portable.

Quelques instants après la bousculade, le frère de Jase avait appelé un des gardes pour lui désigner quelque chose sous l'un des canapés, et l'homme avait pieusement ramassé le BlackBerry pour l'emporter aux objets trouvés de l'hôtel.

Jordan notait une autre commande quand il ferma son ordinateur, le glissa sous son bras et revint en direction du stand.

— Mademoiselle Farrell, lui dit-il de son ton de comédie, je sais que nous sommes convenus de nous retrouver plus tard, mais j'ai d'ores et déjà quelques chiffres prévisionnels à vous présenter.

Il rouvrit son portable, le posa sur une des vitrines et le tourna vers Jordan. Puis il reprit la parole tout bas :

— J'ai de bonnes et de mauvaises nouvelles. Pearson a appelé un numéro correspondant à la Rainbow Enterprises Limited, et j'ai même réussi à remonter jusqu'au numéro de poste. Toutefois, je tombe systématiquement sur un répondeur chaque fois que je compose ce numéro.

— Donc, nous ne savons toujours pas qui a appelé Pearson, ni qui son client peut bien être ? avança Cash.

— J'y travaille, lui répondit D.C. Je n'ai pas pu joindre Jase, mais j'ai parlé à Dino Angelis, son associé. Selon lui, Maddie et Jase ne sont pas joignables pour le moment ; ils suivent une piste dont ils ont trouvé l'amorce chez Eva Ware Creations. Heureusement, Dino en sait à peu près autant que mon frère sur le piratage informatique.

Il referma son portable, le tapota et le replaça sous le bras.

— J'y travaille aussi de mon côté. Ce n'est qu'une question de temps, mais nous saurons qui se cache derrière Rainbow Enterprises Limited.

Cash s'efforça de dissimuler sa frustration, et sa soudaine appréhension.

12

Il était presque 18 heures quand Jordan et Cash arrivèrent devant la chambre d'hôpital de Blackthorn. Peu désireux de couper son portable, D.C. était demeuré à l'extérieur afin de pouvoir contacter Dino. Cela lui permettrait aussi, songea Jordan, de vérifier s'ils n'avaient pas été suivis depuis la salle d'exposition. Avec leurs deux voitures suivies de celle de la police, c'était une vraie procession qui était entrée sur le parking de l'hôpital !

Léa était sortie de la chambre en les voyant arriver.

— L'opération s'est bien passée. Elle a été très longue, mais il va récupérer l'usage de ses mains. Vous pourrez le voir dès que l'inspecteur Alvarez en aura fini avec lui.

A travers la vitre, Jordan la regarda réintégrer la chambre de son grand-père. Debout près du lit, Shay Alvarez lui montrait une série de photos que le vieil homme étudiait attentivement.

Jordan aurait dû se sentir mieux, à présent que l'exposition était terminée. Dans la ruée de dernière minute, elle avait encore conclu quelques ventes impressionnantes, certaines avec des négociants qui n'avaient auparavant rien acheté à Maddie. Et elle avait au moins une douzaine de commandes pour chacun des colliers exposés.

Elle aurait dû avoir envie de célébrer son succès, mais elle était trop nerveuse pour cela. Elle n'avait pu joindre Maddie pour lui annoncer les bonnes nouvelles, et s'était refusée à laisser un message sur son répondeur.

Comme s'il avait perçu sa tension, Cash fit courir les mains le long de ses bras.

— Tu es aussi inquiet que je le suis, lui dit-elle.

— Je me détendrai quand Pearson sera derrière les barreaux. Celui qui veut mettre la main sur le ranch l'a pratiquement poussé à l'irréparable.

— Si Pete reconnaît sa photo, tu penses que Shay en aura assez pour l'arrêter ?

— Je l'espère. Cependant, je ne suis pas certain que ça nous apportera toutes les réponses qu'il nous faut.

Un homme en blouse pénétra dans la chambre et, peu après, Shay les rejoignit dans le couloir. Toujours exactement à l'heure, D.C. choisit cet instant pour émerger de l'ascenseur et venir vers eux.

— L'heure des délibérations a sonné, leur dit-il. J'ai des nouvelles de la côte Est.

— Maddie et Jase vont-ils bien ? voulut savoir Jordan.

— J'ai eu des nouvelles par Dino, répondit Don en lui adressant un regard rassurant. Jase est aux urgences. Rien de sérieux ; et Maddie est avec lui. Une objection, quelqu'un, à ce qu'on discute à la cafétéria ? ajouta-t-il en les regardant tour à tour. Je meurs de faim.

Personne n'y trouva à redire.

Un quart d'heure plus tard, les quatre étaient installés autour d'une table à l'écart, à moitié dissimulés par deux arbres en pot.

Cash et Shay s'étaient chargés d'aller chercher une abondante sélection de tout ce que proposait la cafétéria. Devant les plateaux chargés de pizzas, de hamburgers, de tacos et de frites, Jordan se rendit compte qu'elle aussi mourait de faim. Une part de pizza plus tard, elle se tourna vers Shay.

— Pete a-t-il pu identifier Daniel Pearson ?

— Tout à fait.

— Tu vas l'arrêter, donc ?

— Quand je le ferai, je veux pouvoir le mettre en garde à vue. L'homme qui a essayé de vous tuer hier n'a pas encore repris conscience, mais ses empreintes ont parlé. C'est un tueur à gages de la côte Est, de New York, qui s'appelle Angelo Ricci.

— Je peux demander à Campbell & Angelis de se renseigner, lui proposa D.C. Jase a un vieux copain au N.Y.P.D., l'inspecteur Dave Stanton. Il lui donnera ton nom.

— Je t'en serais reconnaissant. Dans le même temps, je fais vérifier l'alibi de Pearson pour la journée d'hier. Selon Pete, il a été agressé dès son arrivée, donc aux alentours de 9 heures du matin.

— Nous sommes tombés sur Daniel Pearson et Margot Lawson hier vers midi à Santa Fe, lui apprit Jordan. Ça lui laissait tout le temps possible.

— Il n'a pas fait acte de présence à l'Immobilière Montgomery avant le début d'après-midi, ajouta Shay, la bouche pleine. Cependant, je le considère comme un homme extrêmement prudent. Il a très bien pu se bâtir lui-même un alibi, et il a des relations. Je suis certain que lui ou son avocat prétendront que le vieux Pete perd la boule. Ou qu'il avait le soleil dans les yeux. Dans l'attente des résultats A.D.N. sur les mégots, ce serait bien qu'on lui trouve un mobile.

Cash posa son café et se tourna vers D.C.

— Tu as du nouveau, quant à cet appel qu'il a passé?

Le frère de Jase lui décocha un immense sourire, sortit son carnet et l'ouvrit.

— En fait, oui, répondit-il. Rainbow Enterprises Limited est l'une des multiples petites sociétés appartenant, du moins partiellement, à la Ware Bank.

— La Ware Bank? Elle est dirigée par mon oncle Carlton! s'écria Jordan, stupéfaite.

— Oui. Et c'est ta tante Dorothy qui est à la tête de Rainbow Enterprises Limited.

— Tante Dorothy? Mais je ne l'ai jamais vue s'impliquer dans la banque! A part, bien sûr, pour recevoir le personnel à la fête de Noël donnée à Ware House.

— C'est elle que Pearson a appelée? s'enquit Cash.

— Qu'il lui ait ou non parlé reste un mystère. Tout ce que je peux dire, c'est qu'il n'y a personne au numéro demandé. Ce qui est sûr, c'est qu'il a appelé une société qu'elle possède, et qu'il a peut-être laissé un message.

— Donc, Daniel Pearson pourrait bien être en relation avec ma tante Dorothy? tenta de résumer Jordan.

— Ce qui devient intéressant, reprit D.C. en opinant, c'est que ta tante vient d'être arrêtée pour le meurtre de ta mère et une tentative d'assassinat sur Maddie et Jase.

— Tante Dorothy a tué maman ? demanda Jordan en s'emparant convulsivement de la main de Cash.

— C'est ce qu'elle a avoué à Maddie juste après avoir assommé mon frère avec un tisonnier, continua D.C.

— Mais... Jase... Maddie... ils vont bien ? s'écria Jordan, éperdue.

— Oui. On s'occupe de Jase en ce moment même aux urgences. Maddie est sortie indemne de la confrontation avec Dorothy.

— Mais... pourquoi ma tante aurait-elle voulu tuer ma mère ?

— Je n'ai pas tous les détails sur ce point, mais elle et Adam ont été arrêtés. Ils sont encore en salle d'interrogatoire.

— Adam aussi ? Mais pourquoi ?

— Là encore, je ne peux qu'esquisser le tableau. Adam a volé cent mille dollars de bijoux à Eva Ware Creations pour éponger des dettes de jeu. Ta mère l'a compris, et elle a demandé à Adam de donner sa démission. Ta tante ne l'a pas supporté.

— Tout ça est ridicule..., dément ! s'exclama Jordan en se pressant les mains contre les tempes, et en regardant tour à tour Cash et Shay.

— J'ai vu des gens assassinés pour moins que ça, murmura Shay.

— Et qu'en est-il d'oncle Carlton ? voulut-elle savoir.

— Dorothy et Adam prétendent qu'il n'a jamais rien su de leurs activités, répondit Don.

— Donc, Dorothy Ware a tué Eva pour protéger le nom des Ware, résuma Cash. Mais pourquoi, pourquoi aurait-elle été en contact avec un agent immobilier de Santa Fe depuis six mois ? Et quel rapport a-t-elle avec les actes de vandalisme au ranch et les tentatives d'assassinat sur Maddie ?

— Ça, ça reste la question à mille dollars, conclut Don.

Dans le couloir, Cash regarda Jordan entrer dans la chambre de Pete Blackthorn. Alors qu'ils étaient à la cafétéria, Léa était venue les avertir que Pete voulait s'entretenir seul à seul avec Jordan. Dès qu'ils en auraient terminé, tous les deux, il la ramènerait au ranch.

Les nouvelles apportées par Don avaient été pénibles à assimiler, et il s'imagina que Maddie devait être dans le même état que Jordan. A ceci près que, si Dorothy et Adam Ware étaient encore des inconnus pour elle, il n'en allait pas de même pour sa sœur, qui les avait connus et fréquentés toute sa vie.

Au sortir de la cafétéria, Don et Shay avaient pris la direction du bureau de police afin de contacter directement Dave Stanton et l'informer des derniers développements. Shay comptait également obtenir un mandat d'arrestation pour Daniel Pearson.

Cash fourra les mains dans ses poches et s'efforça de se détendre. Ils touchaient au but. Dès que Shay et D.C. auraient mis le doigt sur le mobile et fait apparaître un lien entre Dorothy Ware et Daniel Pearson, la menace pesant sur Jordan disparaîtrait d'elle-même.

Selon ce qu'avait appris Don, Dorothy Ware avait nié avec véhémence avoir orchestré la tentative d'assassinat de Maddie. Elle avait plutôt choisi d'essayer de l'écraser avec la même voiture que sa mère... une voiture qui, ô ironie, était bien celle d'Eva Ware.

Si Dorothy Ware préférait se charger elle-même des basses besognes, qui donc avait embauché la tueuse de Central Park ? Et son alter ego qui avait essayé de les envoyer dans le décor, Jordan et lui ?

Quelque chose en lui — la même sensation qu'il avait parfois en déplaçant son troupeau, l'avertissant qu'un danger invisible menaçait ses bêtes — lui soufflait que le temps de la détente n'était pas encore arrivé. Qu'il ne sonnerait que lorsqu'ils auraient relié tous les points entre eux.

Il regarda Jordan tirer une chaise près du lit de Pete. Elle était encore effrayée, comme en témoignait la façon dont elle lui avait agrippé la main dans l'ascenseur. Il savait qu'elle n'allait pas simplement interroger Pete quant à l'existence d'une mine de turquoise inconnue, mais qu'elle allait lui demander ce qu'il savait de la séparation de ses parents.

Pete avait les yeux clos, aussi Jordan s'assit-elle près de lui sans rien dire. Il avait les deux mains couvertes de bandages, et un goutte-à-goutte dans l'un des bras. Ainsi, il avait l'air encore plus fragile, plus vulnérable que lorsqu'elle avait veillé sur lui, dans le canyon.

Elle était encore étourdie par tout ce qu'elle venait d'apprendre à la cafétéria.

Tante Dorothy avait assassiné sa mère, et essayé par deux fois de faire de même avec Maddie. Chaque fois qu'elle essayait de faire concorder ces actes déments avec la femme sophistiquée et maîtresse d'elle-même qu'elle avait toujours connue, elle sentait venir la migraine. Dorothy Ware était une femme qui paraissait posséder tout ce à quoi elle avait jamais aspiré dans la vie. Elle avait épousé un riche banquier ; elle occupait une place de choix dans la société new-yorkaise ; elle voyait régulièrement son nom dans les pages mondaines des journaux ; elle siégeait aux comités d'entreprise de fondations prestigieuses ; elle vivait dans un immense manoir.

Mais, si Jordan n'arrivait pas à se l'imaginer en tueuse, elle avait encore plus de mal à voir en Adam un accro aux jeux d'argent acculé à emprunter des fonds à un usurier. Mais qu'il ait eu l'audace de cambrioler Eva Ware Creations pour régler ses dettes ? Les bras lui en tombaient !

Les secrets de famille..., songea-t-elle alors. Cela semblait être la spécialité de la sienne, et elle commençait à se demander si elle avait jamais réellement connu ses proches. Y compris sa propre mère !

— Ah, tu es là, dit Pete d'une voix relativement forte, la faisant revenir dans le présent. Je me demandais si je te reverrais jamais.

— Tu vas parfaitement te remettre, se hâta-t-elle de lui dire. Les médecins...

— Ma petite-fille m'a répété leur pronostic, même s'il n'y a rien qui cloche dans mes oreilles, l'interrompit-il. Le Dr Salinas m'a dit qu'avec le temps, je devrais récupérer quatre-vingt-cinq pour cent de mes capacités manuelles. J'avais compris.

Jordan réprima un sourire en entendant son intonation agacée.

— J'ai des choses à te dire, reprit-il avant de tourner la tête vers la potence de laquelle pendait sa perfusion. Et pas moyen de prévoir quand ce machin va m'envoyer de nouveau dans les bras de Morphée.

— Je t'écoute, et si jamais tu t'assoupis, tu me retrouveras ici en te réveillant.

— Bien, dit-il avant de l'examiner. D'abord, tu vas me dire où est Maddie.

Jordan dut faire un gros effort pour ne pas en laisser retomber sa mâchoire d'ahurissement. Mais ce qu'elle lut dans les yeux du vieil homme lui conseilla de ne pas continuer à faire semblant.

— Elle est à Manhattan. Comment as-tu compris que je n'étais pas elle ?

L'ombre d'un sourire joua sur le visage de Pete.

— J'aurais aimé pouvoir te dire que je t'ai reconnue, mais c'est faux. Je suis passé au ranch il y a quelques jours parce que je voulais parler à ta sœur, mais elle n'était pas là. J'ai trouvé des notes à côté du téléphone. Il y avait ton nom, et un numéro de réservation d'avion pour New York. Quand j'ai repris conscience, hier, et que j'ai vu tes cheveux courts, je me suis dit que tu étais Jordan.

— Tu savais, pour moi, alors ?

— Je t'ai tenue dans mes bras quand tu étais toute petite. Ta sœur aussi, d'ailleurs. Ton grand-père et moi, on était de vieux amis. Il me laissait prospecter partout où je voulais sur ses terres. Il est mort quand ton père avait une vingtaine d'années, et j'ai pris l'habitude de passer régulièrement pour voir comment il allait. Je ne dis pas qu'il avait besoin qu'on veille sur lui ! Mike Farrell était né pour être rancher. Et, parfois, il arrivait même à me battre aux échecs !

— Donc, tu as connu ma mère ?

— Bien sûr. Ça m'a étonné qu'elle décide de vous mettre en contact, toutes les deux, après toutes ces années…

Jordan dut humecter ses lèvres, soudain sèches.

— Pourquoi nous ont-ils séparées ? Est-ce que tu le sais ?

— Ta mère ne te l'a pas dit ? demanda-t-il, interloqué.

— Non, et elle est morte.

Elle se mit en devoir de lui faire un résumé de la mort de sa mère, du testament, et de tout ce qui s'était passé depuis.

Une fois qu'elle eut terminé, Pete secoua la tête.

— C'est dur, pour vous deux… Je n'ai jamais été d'accord avec ce qu'a fait Mike. Mais il l'aimait comme un fou. Je ne te dis pas que ta mère ne l'aimait pas, parce qu'elle l'aimait aussi. Mais — et ça ne concerne que moi — je pense qu'il l'aimait plus encore. Et quand il a compris qu'il devait la laisser partir, tu as été le seul cadeau qu'il a tenu à lui faire.

— Hein ?

— Il t'a donnée à elle.

— Attends, je ne te suis plus, là.

— Moi non plus, je n'ai pas compris, répondit Pete en secouant tristement la tête. Eva sortait tout juste de l'université quand elle est venue à Santa Fe. Sa famille voulait qu'elle prenne un emploi à Long Island, mais elle n'en voulait pas. Ce qu'elle voulait, c'était qu'ils la financent pour qu'elle puisse créer sa propre entreprise de bijoux. Et, quand son père et son frère se sont ligués contre elle, elle a pris l'argent dont elle disposait et elle s'est sauvée pour poursuivre son rêve. Elle est venue à Santa Fe parce qu'elle voulait étudier l'art des bijoux des Navajos, et travailler avec des turquoises. Un jour, elle a rencontré Mike, et ça a été le coup de foudre pour tous les deux. Comme on en trouve dans les romans. Tu vois ce que je veux dire ?

Jordan hocha la tête. Un frisson de peur la parcourut, car elle pensait vraiment connaître la sensation…

— Tout allait bien. Trois semaines jour pour jour après leur rencontre, ils se sont mariés.

— Trois semaines ?

— Vingt et un jours exactement. Mike les avait cochés sur un calendrier. Il l'aurait bien épousée sans attendre, mais elle avait insisté pour qu'ils prennent le temps. En trois semaines, lui avait-elle dit, ils seraient plus certains de ce qu'ils voulaient tous les deux. Bref, après le mariage, Mike lui a construit un studio pour qu'elle puisse travailler à son aise. Et puis elle s'est retrouvée enceinte. Mike grimpait aux rideaux de bonheur, mais pas elle. Les nausées du matin l'empêchaient de travailler. Quand elles sont enfin passées, elle s'est immergée dans son travail comme si elle luttait contre le temps.

Connaissant sa mère, Jordan ne put que le comprendre.

— Elle avait probablement peur que la maternité soit un obstacle pour atteindre son but et devenir une créatrice de renom, suggéra-t-elle.

— C'est ce que pensait Mike. Mais elle s'était détachée de lui, aussi.

— Et après notre naissance ?

— Elle a été de plus en plus anxieuse, et vous aviez six mois quand elle a dit à Mike qu'elle devait s'en aller. Qu'elle devait rentrer à New York. Elle voulait lui confier votre garde et disait qu'elle ne réclamerait même pas un droit de visite.

— Elle a voulu nous laisser toutes les deux au ranch ?

L'espace d'un instant, elle se prit à imaginer ce qu'aurait été sa vie : grandir avec une jumelle, un père, et pas de mère.

— Oui, mais Mike n'était pas d'accord. C'est à ce moment-là qu'il a eu une idée. Il allait lui donner l'argent qu'il lui fallait pour démarrer, et il la laisserait partir, mais, en retour, elle devait emmener une de vous deux avec elle.

— Pourquoi ?

— Ça me dépasse. Il a essayé de m'expliquer. Il m'a dit qu'il l'aimait tant qu'il voulait qu'elle ait quelqu'un dans sa vie, à côté de son affaire de bijoux. Il voulait qu'elle ait quelqu'un qui l'aime.

Elle dut ravaler la boule qu'elle avait dans la gorge. Si difficile que cela fût, elle pensa pouvoir comprendre la panique de sa mère. Toute sa vie, Eva avait été dominée par un rêve : devenir une créatrice de renom. Et, pour la première fois depuis son arrivée au ranch, Jordan se dit qu'elle commençait enfin à connaître son père. C'était un homme capable d'un amour fou — pour sa terre, pour ses filles et pour la femme qu'il avait choisie.

Il avait renoncé à elle afin que sa mère ne soit pas seule.

— Je lui ai dit qu'il était tombé sur la tête, poursuivit Pete. Surtout quand ta mère a dit que, si elle emmenait l'une, elle ne voulait pas que l'autre le sache. Elle refusait tout contact futur.

— Un seul enfant suffisait, conclut Jordan.

— C'est comme ça que je l'ai compris aussi. Elle ne voulait pas s'embêter à organiser des voyages quand vous voudriez être ensemble, toutes les deux. Elle voulait une cassure nette. J'ai dit à ton père qu'il était fou d'accepter. Mais il l'aimait.

— A la folie, on dirait.

Et elle songea que sa mère, quoi qu'elle eût accompli dans sa vie, avait été folle de se détourner d'un tel amour.

Incapable de rester assise plus longtemps, elle se leva et entreprit de faire les cent pas dans la chambre. Mais, quand Cash pénétra dans la pièce et qu'il se dirigea vers elle, elle alla se nicher entre ses bras.

En sûreté, songea-t-elle alors que sa chaleur l'enveloppait. Si c'était ce que sa mère avait trouvé en Mike Farrell, comment avait-elle jamais pu le quitter ?

— Ton père n'a pas respecté leur accord à la lettre, reprit Pete au bout d'un moment. Il a envoyé des lettres, des cadeaux, et des photos de Maddie.

— Elle ne me les a jamais donnés, dit Jordan en se retournant vers lui, avant de se reprendre. Mais j'ai eu des cadeaux de temps en temps, des cadeaux surprise.

— Le petit ranch dont tu m'as parlé, lui rappela Cash.

— Oui. Et elle n'a jamais protesté quand j'ai voulu apprendre à monter à cheval, ni quand j'ai voulu un cheval à moi.

— Culpabilité inconsciente ? hasarda Cash en se tournant lui aussi vers le vieil homme. Merci de le lui avoir dit, Pete.

— Il était temps que j'en parle à quelqu'un. Mike m'a fait jurer le secret il y a des années. Ton père aussi, Cash. Pas longtemps avant de mourir, Mike m'a donné une lettre cachetée adressée à toutes les deux, et il m'a fait promettre de vous la donner si jamais vous vous retrouviez un jour. Je t'avoue qu'après sa mort je me suis longtemps demandé si je ne devrais pas la donner à Maddie et lui apprendre qu'elle avait une sœur. Mais une parole donnée est une parole donnée.

— Est-ce que quelqu'un d'autre savait, pour les jumelles, à part toi et mes parents ? lui demanda Cash.

— Je ne pense pas, répondit Pete après un instant de réflexion.

Puis il les regarda tous les deux :

— Merci de m'avoir fait transporter ici. Je vous dois une fière chandelle.

— Tiens, je crois que je vais la réclamer tout de suite ! s'exclama Cash en souriant. Parle-nous de la nouvelle veine de turquoises que tu as découverte sur les terres de Maddie.

Pete le fixa d'un air entendu.

— Pour ça aussi, Mike m'avait fait jurer le secret. Je l'ai découverte il y a des années, à peu près à l'époque où il a connu Eva. Le marché qu'on avait conclu tous les deux, c'était que je pouvais en extraire autant de turquoises que je voulais, mais que je ne devais dire à personne d'où provenaient mes pierres.

— Il n'a jamais demandé une concession ? s'étonna Cash.

— Pas Mike Farrell. Il ne voulait voir aucune compagnie minière fureter dans son ranch. Il refusait toute défiguration de ses terres.

— Autrement dit, intervint Jordan, une partie de l'héritage de Maddie consiste en une mine de turquoises ?

— Oui. Et le filon est énorme, en plus.

13

Il faisait nuit noire quand Cash fit obliquer son pick-up sur la route menant au ranch Farrell. D.C. devait être à dix minutes derrière eux dans sa voiture de location. Il était encore au téléphone avec l'inspecteur Dave Stanton quand ils l'avaient laissé dans le bureau de Shay.

Le N.Y.P.D. n'était plus très loin de clore ses investigations concernant Adam et Dorothy Ware. Tous deux persistaient à nier avoir engagé des tueurs ou avoir un lien quelconque avec la Rainbow Enterprises Limited, mais tous deux avaient des liens avec John Kessler, l'usurier d'Adam, qui aurait très bien pu les mettre en contact avec un tueur à gages. Et, dans l'esprit de Cash, tous deux avaient un sérieux mobile pour éliminer les deux sœurs puisque, si elles disparaissaient, Dorothy, Adam et Carlton toucheraient une bien plus grosse part de la succession d'Eva Ware.

Toujours à l'hôpital, Maddie et Jase n'étaient pas joignables, mais Dino Angelis faisait jouer toutes les ressources dont disposait Campbell & Angelis pour remonter les appels et les e-mails de Dorothy et d'Adam.

Shay interrogeait Daniel Pearson, quand ils étaient partis. L'agent immobilier avait réclamé son avocat dès qu'il s'était retrouvé au bureau de police, et même si, confronté aux résultats A.D.N. des mégots de cigarette, il avait reconnu s'être trouvé dans la zone où on avait découvert Pete, il niait avec force s'y être rendu la veille au matin. Il avait aussi avoué avoir un acheteur pour le ranch Farrell, mais prétendait avoir pour seul contact un porte-parole de la société Rainbow Enterprises Limited.

Deux des hommes de Shay passaient son alibi au crible et, comme la nuit s'annonçait longue, Cash n'avait pas protesté quand Jordan lui avait demandé de rentrer au ranch.

Elle était épuisée. Ce qui n'avait rien d'étonnant. Pourtant, elle ne s'était pas assoupie dans la voiture, et il la soupçonnait d'être sur les nerfs autant que lui. Il savait d'instinct qu'il ne prendrait pas de vrai repos tant que les menaces pesant sur elle ne seraient pas définitivement levées.

Et il n'était encore sûr de rien. Ils n'avaient pas encore obtenu une image claire de la situation. Car s'il s'avérait que ni Dorothy ni Adam n'avaient payé les tueurs professionnels, aussi bien à New York qu'ici, qui l'avait fait ?

Il jeta un coup d'œil à Jordan en négociant un virage.

— A quoi penses-tu ?

— Je passe mon temps à retourner dans ma tête tous ces secrets. Ma tante, mon cousin, ma mère. Mon père, aussi. Toutes ces années à cacher l'existence de cette mine. Préserver l'intégrité de ses terres devait avoir une importance primordiale pour lui.

Elle se tut jusqu'au moment où il engagea son pick-up dans le chemin menant au ranch.

— Tu l'as connu. Crois-tu qu'il aurait trouvé à redire à mon idée d'ouvrir un ranch gîte rural, comme activité annexe ? Est-ce que ça irait à l'encontre de ce qu'il aurait voulu pour cette terre ?

Il tendit le bras pour lui prendre la main.

— Je pense qu'il t'aurait suivie, si tu estimes que c'est une façon pour Maddie de joindre les deux bouts.

— Je n'ai pas encore fini d'y réfléchir.

— Je n'en suis pas certain. La façon qu'a eue Don de te le présenter tout à l'heure était plutôt convaincante.

— En effet, dit-elle en souriant. J'ai eu vraiment envie de lui dire oui. Mais, Maddie, je ne suis pas sûre qu'elle soit partante. Il va falloir que je trouve une solution.

— Pourquoi ne t'en occuperais-tu pas toi-même, Jordan ? hasarda-t-il, le cœur battant la chamade.

Il y eut un douloureux instant de silence.

— Je ne peux pas être à deux endroits en même temps, reprit Jordan. J'ai réfléchi au fait que Maddie est à présent la plus désignée pour prendre la suite de maman chez Eva Ware Creations, mais ce n'est peut-être pas ce qu'elle veut. Il est possible qu'elle tienne à rester indépendante et, dans ce cas, on aura besoin de moi là-bas. Il faudra trouver un nouveau créateur, et je devrai négocier la transition.

— Et tu parais également décidée à trouver une solution afin que Maddie puisse garder son ranch.

— Tout à fait.

— Peut-être qu'aucune de vous deux ne sera capable de retourner complètement à son ancienne vie. Peut-être que c'est cela qu'a voulu votre mère en vous imposant ces vingt et un jours…

— Si j'en crois Pete, elle a eu besoin de ces trois semaines pour être sûre qu'elle prenait la bonne décision en épousant mon père. Vingt et un était manifestement un chiffre magique, pour elle.

— Ce n'est pas moi qui te dirai le contraire, rétorqua-t-il, car si elle n'avait pas épousé Mike, ni Maddie ni toi ne seriez là aujourd'hui. Quoi que tu puisses penser des décisions qu'ils ont prises par la suite, ils ont tous les deux pris un risque. Qui dira qu'ils ont eu tort ?

Jordan garda le silence un moment encore, et il sentit son cœur se serrer.

— Il nous reste dix-neuf jours pour travailler sur les détails, déclara-t-elle finalement.

Et Cash, qui se croyait doté de patience, se dit soudain qu'il n'en aurait peut-être pas assez pour attendre dix-neuf jours. Certains détails, il voulait les régler tout de suite.

Cependant, l'heure n'était pas propice pour la pousser dans ses retranchements, puisqu'ils arrivaient devant le ranch.

— Tiens, bizarre…, marmonna-t-il.

— Quoi donc ?

— Les projecteurs sont éteints. Ils ne s'éteignent que quand il y a une coupure de courant.

Il immobilisa la voiture devant la maison et ils en descendirent ensemble.

Ce fut lui qui la renifla le premier. Une odeur presque imperceptible. Il jeta un coup d'œil à Jordan et la vit lever elle aussi le nez.

— De la fumée, dit-il en examinant les bâtiments.

Rien. Mais il faisait nuit.

Un cheval hennit, puis il y eut une explosion et les vitres de l'extrémité de l'écurie la plus proche d'eux volèrent en éclats. Des flammes jaillirent par les ouvertures. La nuit résonna alors de hennissements paniqués.

L'espace d'un instant, Jordan demeura statufiée. Les chevaux, Brutus, Lucifer, ils étaient là-dedans ! Cash avait déjà parcouru la moitié de la distance qui les séparait de l'écurie quand elle retrouva l'usage de ses jambes et partit au grand galop à sa suite. Elle le rejoignit au moment où il plaquait les mains contre la porte.

— C'est chaud. Recule !

Elle obéit et il ouvrit grand les portes en faisant un saut en arrière. Un flot de fumée s'en échappa. Les flammes commençaient à lécher la structure, les sabots frappaient contre les portes des stalles. Elle se rappela que celle de Brutus était par ici et celle de l'étalon de son père à l'autre bout.

— Je m'occupe de Brutus ! cria-t-elle.

— Non ! Reste ici, je vais les chercher tous les deux !

Les chevaux hurlaient, à présent, et les flammes atteignaient le haut de la porte.

— On n'a pas le temps, reprit-elle, je vais chercher Brutus !

— Fais-le sortir de l'autre côté, tu ne pourras jamais lui faire traverser ces flammes !

— File, on perd du temps !

Il disparut dans la fumée noire qui envahissait le bâtiment.

Jordan retint son souffle, garda les yeux braqués droit devant elle, et se lança à sa suite. Du coin de l'œil, elle vit que le feu prenait dans la stalle sur sa gauche. Une bouffée de chaleur brûlante la fouetta tandis que les flammes gagnaient en hauteur. Quand elle dut respirer, la fumée emplit ses poumons. Encore quelques pas. Brutus était dans la prochaine stalle sur sa droite.

— Brutus ? appela-t-elle en haussant la voix pour essayer de couvrir le fracas de l'incendie. Brutus ?

Pour toute réponse, il frappa la porte de ses sabots postérieurs et hurla.

Derrière elle, elle sentit que l'incendie augmentait et se propageait, et un accès de toux rauque la secoua. Des éclats de bois s'envolaient de la porte de la stalle de Brutus. Elle perçut sa propre panique ; une main glacée s'était refermée sur ses entrailles et serrait, serrait…

Elle fit de son mieux pour l'ignorer et penser clairement. Elle allait devoir faire très vite, si elle voulait sauver le cheval de Maddie.

Elle enleva une couverture de son crochet mural, appela une fois encore le nom de Brutus, puis ouvrit la porte. Il se précipita dans l'ouverture avant de reculer et de se cabrer, pris de panique à la vue des flammes.

Il n'avait pas posé les sabots antérieurs sur le sol qu'elle lui jetait la couverture sur la tête et empoignait fermement son licou. Il se cabra encore en hurlant, mais la couverture resta en place. Quand il reposa ses sabots au sol, elle lui mit une main sur l'encolure et lui parla. Un rapide coup d'œil par-dessus son épaule lui apprit que la fumée avait encore épaissi. Si elle essayait de le conduire vers cette extrémité de l'écurie, cette fumée pourrait les tuer tous deux avant que l'incendie ne s'en charge. Elle n'avait plus d'autre choix que le faire sortir par où elle était entrée.

Sans plus perdre une seconde, elle empoigna sa crinière et, en une poussée désespérée, lui sauta sur le dos. Il se cabra encore une fois, mais elle tint bon. Puis elle agrippa crinière et couverture, lui planta les talons dans les flancs, et remercia le ciel quand il bondit en avant.

L'espace d'un instant, elle sut exactement ce qu'était l'enfer. La chaleur était intense, les flammes dévoraient les cloisons de part et d'autre. Puis ils sortirent de la stalle et Brutus, toujours aveuglé par la couverture, se lança au grand galop ; elle dut se concentrer pour continuer à lui prodiguer des paroles d'encouragement. Il galopa, aveugle, jusqu'à la maison avant qu'elle ne réussisse à le maîtriser.

Elle continua à lui parler, enleva la couverture et se laissa glisser à terre, hors d'haleine. Puis elle tourna les yeux vers l'écurie. La porte que venait de franchir Brutus était à présent la proie des flammes. Des flammes qui s'attaquaient dorénavant à la toiture. Un frisson glacé parcourut Jordan. Cash ? Avait-il réussi à sortir avec Lucifer ? Où étaient-ils ?

A croupetons, Cash courut tout le long de la travée centrale de l'écurie. L'incendie n'était pas aussi violent par ici, mais la fumée envahissait tout. Il avait les yeux brûlants, la gorge en feu. Et il fut soudain conscient que, derrière lui, l'incendie avait gagné en intensité.

Jordan !

Eperdu de peur, il se figea un instant, mais, quand il se retourna, il ne vit rien d'autre qu'un mur de fumée. Comment allait-elle réussir à se sortir de ce mauvais pas ? Une quinte de toux soudaine le secoua. Puis le fracas d'une porte ébranlée par des sabots et le hennissement désespéré de Lucifer le firent pivoter et reprendre sa course. Il allait d'abord sauver l'étalon, et ensuite faire le tour de l'écurie pour venir en aide à Jordan. Il aurait le temps. Il *fallait* qu'il ait le temps !

Il ouvrit successivement les portes des stalles, encerclé par la fumée. La paille d'une d'entre elles s'embrasa soudain.

Sur sa gauche, il entendit les sabots de Lucifer achever de démolir sa porte. Il le rejoignit d'un bond, les yeux pleins de larmes, empoigna sa longe et l'agrippa alors que le cheval se cabrait encore et encore, fou de terreur. Enfin, il réussit à le faire sortir de sa stalle, lui fit prendre la direction de la sortie et lui donna une grande claque sur l'arrière-train alors que l'incendie commençait à rugir.

Lucifer sortit au grand galop et Cash se mit à courir derrière lui. Il fallait qu'il contourne l'écurie et qu'il trouve Jordan, qu'il s'assure qu'elle était sortie, elle aussi. Il avait à peine atteint l'angle du bâtiment quand un coup violent l'atteignit à l'arrière de la tête. Il vit trente-six étoiles avant même que le sol ne vienne à sa rencontre.

Maîtrisant sa peur, Jordan garda les yeux braqués sur l'autre bout de l'écurie en attachant la longe de Brutus à la balustrade de la maison. Elle n'avait pas fini de la nouer qu'une voix familière s'éleva :

— Salut, Jordan.

Elle pivota si vite que Brutus hennit et tira sur sa longe. Elle levait par réflexe une main pour le calmer quand elle découvrit son oncle Carlton. Debout dans l'embrasure de la porte du ranch, il braquait un revolver sur elle.

14

— Que fais-tu là, oncle Carlton ? lui demanda Jordan.

— Officiellement, j'assiste à une conférence sur les investissements bancaires à Phoenix. Plusieurs personnes ont assisté au discours que j'y ai fait un peu plus tôt dans la journée. D'autres se porteront garantes du fait que j'ai dîné ensuite avec elles. En fait, je suis ici à cause de Dorothy.

— Je ne comprends rien à ce que tu racontes, dit-elle.

Derrière elle, l'incendie rugissait à présent, mais elle n'était pas capable de détacher ses yeux de l'arme que son oncle braquait sur elle.

— Quand ta mère a commencé à devenir un problème pour ma femme, elle s'en est chargée toute seule. Sans même *me* consulter.

— Tu ne savais pas qu'elle avait assassiné maman ?

— Grands dieux, non ! Ni elle ni Adam ne se sont confiés à moi. On n'est pas franchement ce qu'on appelle une famille soudée, et la gestion de la banque m'a demandé tout mon temps.

Le ton sur lequel il prononça ces mots, calme et presque négligent, augmenta sa peur.

— Bref, Dorothy m'a inspiré, et j'ai décidé de suivre son exemple.

— C'était toi, le client de Daniel Pearson ? Il agissait en ton nom, c'est bien ça ?

— Non. Il agissait au nom de Rainbow Enterprises Limited, une fondation caritative que j'ai créée il y a quelque temps au nom de Dorothy. J'ai veillé à ce qu'il ne puisse jamais traiter directement avec moi. Ils ne pourront jamais remonter sa trace jusqu'à moi. Quoique, maintenant, avec la situation dans laquelle se trouve Dorothy, ils se contenteront probablement de croire que c'était elle qui tirait les ficelles de Pearson. Ça s'est déroulé comme prévu sur ce point.

— Pourquoi Dorothy ou toi voudriez-vous mettre la main sur ce ranch ?

— La mine de turquoises, évidemment. Elle vaut une fortune. Ça fait des années que je suis au courant. Ta mère l'a mentionnée, une fois. Bien sûr, elle m'a fait jurer le secret, mais j'en gardais déjà un bien plus gros pour elle.

Elle le dévisagea un long moment.

— Tu savais déjà, pour Maddie. C'est elle qui te l'avait dit ?

— Non !

Sa voix avait grimpé d'un ton, et il avança vers le porche. Jordan dut faire un effort pour ne pas reculer.

— J'ai considéré qu'il était de mon devoir de découvrir ce que faisait exactement ma sœur quand elle a refusé d'assumer ses responsabilités envers la Ware Bank et qu'elle a fugué pour courir après ses chimères. Au début, le fait de garder le secret sur l'existence de Maddie m'a donné barre sur elle. Je ne disais rien et, en échange, elle me laissait gérer ses fonds dans la banque, prendre seul les décisions et habiter Ware House. Après tout, ce n'était jamais que *ce qui m'était dû* !

Il avait désormais pris une intonation colérique. Jordan ne l'avait encore jamais vu exprimer la moindre émotion.

— Mon père *aurait dû* me léguer la banque et la maison, à moi seul ! reprit-il en se plaquant une main sur le torse. J'étais le *fils aîné* ! J'étais celui à qui devait incomber la responsabilité de diriger la banque. Eva a renoncé à tous ses droits quand elle est venue ici étudier son... *art*. Et puis, quand elle est rentrée, mon père l'a accueillie comme la fille prodigue.

— Mais... si tu as obtenu tout ce que tu voulais en gardant le secret de maman, pourquoi vouloir la mine maintenant ?

— Parce que la Ware Bank a des ennuis. Temporaires, bien sûr. Quelques investissements imprudents de ma part. J'ai juste besoin d'une grosse rentrée de liquide au plus vite pour retourner la vapeur. J'avais tout oublié de la mine jusqu'au moment où Eva m'a dit que Mike Farrell était mort. Je te l'ai dit, on n'était pas proches, mais elle avait manifestement besoin de quelqu'un à qui en parler, et — heureusement pour moi — j'étais sa seule option. Seulement voilà, Pearson n'avançait pas assez vite, même après que je lui ai proposé un pourcentage sur les profits à venir de la mine.

— Et c'est là que tu as embauché un tueur pour tirer sur Maddie ?

— Et pour me débarrasser de toi aussi.

Il avait à présent repris une voix calme, presque raisonnable, et un nouveau frisson glacé remonta la colonne vertébrale de Jordan.

— Tout s'est mis en place dans ma tête quand Fitzwalter a procédé à la lecture de ce testament. Eva ne saura jamais à quel point elle a apporté une solution à tous mes problèmes. Je n'avais plus qu'à vous éliminer toutes les deux du paysage, et le ranch tomberait dans mon escarcelle en tant que plus proche parent. Sans parler de ce que rapporterait la vente d'Eva Ware Creations. Ma chère sœur n'aurait pu me faire plus plaisir !

— A ceci près que tu ne pourras plus tuer Maddie, maintenant. Tu deviendras le suspect principal.

— Peut-être. Mais je ferai n'importe quoi pour sauver la Ware Bank. C'est mon devoir, ma responsabilité. Eva comprendrait. Elle ressentait la même chose vis-à-vis d'Eva Ware Creations.

Jordan douta fortement que sa mère fût allée jusqu'à l'assassinat pour sauver l'œuvre de sa vie, mais, étrangement, elle pensa que celle-ci aurait peut-être pu comprendre son frère. Peut-être Mike Farrell l'aurait-il compris, lui aussi. Pas la méthode, s'entend, mais l'intention.

Les secrets... Jordan s'était déjà dit que les Ware avaient le chic pour les garder. Aussi bien Carlton que Dorothy, ou Adam, avaient parfaitement su dissimuler leurs vraies natures.

Au moins, et même s'ils avaient des défauts, ses parents n'avaient-ils jamais essayé de cacher ce qu'ils étaient vraiment.

— Maintenant, si tu venais me rejoindre sur le perron ?

Brutus hennit encore une fois et tira sur sa longe. Un deuxième hennissement lui répondit, et Jordan tourna la tête à temps pour voir Lucifer émerger au grand galop de l'écurie et filer droit sur les prairies.

Seul. Elle ne vit aucun signe de Cash. Une nouvelle vague de peur s'empara d'elle.

— Si tu espères que ce cow-boy, le voisin de Maddie, viendra à ton secours, tu te fiches le doigt dans l'œil. Si ce n'est pas déjà fait, il va mourir dans cet incendie. Un de mes hommes va s'en assurer.

Jordan sentit que son cœur menaçait de s'arrêter. Non, elle n'allait pas se laisser aller à paniquer maintenant ! Cash saurait se débrouiller seul, et Don n'était qu'à une dizaine de minutes derrière eux quand ils rentraient, tout à l'heure. Il ne devrait plus tarder. Les deux hommes étaient futés, et pleins de ressources. Elle aussi, maintenant qu'elle y pensait ! Son travail, désormais, était de continuer à faire parler son cher oncle.

— Tes hommes ?

— Oui. J'en ai pris deux avec moi, juste histoire d'être sûr. Comme tu l'auras peut-être remarqué, un des deux a de vrais dons de pyromane. L'autre, c'est le pilote qui nous a amenés dans son coucou. On sera de retour à Phoenix à temps pour que je donne une petite réception dans la soirée. Allez, viens, Jordan. Je n'aime pas attendre.

Elle resta là où elle était.

— Comment as-tu su, pour le voisin de Maddie ?

— Pearson m'a laissé un message plutôt détaillé sur le type qui te collait aux basques, et nous avons donc décidé de réagir. Et quand il m'a parlé d'une autre offre pour le ranch, j'ai compris qu'il fallait agir au plus vite. Maintenant, je veux que tu me rejoignes sous le porche. Je vais juste t'assommer pour qu'un de mes hommes te transporte dans l'écurie. Ton voisin et toi, vous aurez perdu la vie dans ce tragique incendie.

— Non.

Carlton la fusilla des yeux.

— Obéis, Jordan. Tout de suite ! Sinon, je vais devoir te tuer.

— Tire sur moi si tu veux. J'ai fait la connaissance de l'inspecteur Shay Alvarez. C'est un policier intelligent, et de plus un ami d'enfance de mon voisin cow-boy. Si le légiste trouve une balle dans mon corps à l'autopsie, il saura que ce n'est pas un accident et il remontera jusqu'à toi.

— Ou tu viens, ou je tire sur le cheval.

Echec et mat, songea-t-elle. Elle s'écarta de Brutus et fit un pas vers son oncle. Elle allait bien réussir à détourner son arme !

Une douleur féroce martelait les tempes de Cash. Mais il s'en accommoda car, tant qu'elle était là, il était conscient. Et sa tête n'était pas le seul endroit douloureux de son corps, puisqu'on avait empoigné ses pieds pour le traîner par terre. Le sol caillouteux lui meurtrissait le dos. Il rouvrit les yeux, chassa ses larmes d'irritation d'un bref battement de cils et aperçut le contour de la porte de l'écurie, puis la silhouette de celui qui l'y traînait.

Il referma les yeux et prit une grande inspiration. Son seul avantage résidait dans le fait que, près du sol, l'air était bien plus chargé d'oxygène qu'à hauteur d'homme. Sous ses paupières, il perçut l'intensité des flammes qui s'élevaient dans la stalle jouxtant l'entrée. Ils n'avaient pas beaucoup avancé dans l'écurie quand l'homme lâcha ses pieds, pris d'une violente quinte de toux. Aussitôt, Cash lui balança un coup de pied sec sur la rotule.

L'homme s'écroula. Cash concentra toutes ses forces et son attention pour se jeter sur lui. Il s'efforça de ne pas inspirer alors qu'il empoignait les cheveux de l'homme et lui écrasait le visage contre le ciment du sol. Une fois, deux fois. Puis il roula sur lui-même et tenta de se remettre debout. Les flammes se rapprochaient, la fumée épaississait. Une quinte de toux le secoua.

— Un coup de main ?

Toujours à croupetons, il trouva la force de balancer la main.

Le nouveau venu fit un bond en arrière.

— C'est moi ! Don ! Si tu me bousilles le bon genou, aucun de nous deux ne sortira vivant d'ici !

— D.C. ?

— Oui. Si tu peux sortir seul, je vais tirer l'autre type dehors.

Ils émergèrent tous deux à l'air libre en toussant à qui mieux mieux, et Don laissa choir l'homme à côté d'un autre corps inerte.

— Eh bien… tu as été occupé ! constata Cash.

— J'ai tout de suite compris l'embrouille en apercevant les flammes. J'ai alors planqué ma voiture et escaladé quelques barrières. Le copain du tien, je l'ai assommé avec ma canne, lui expliqua Don en la récupérant par terre. Il y en a d'autres ?

— Sais pas. Il faut que j'aide… Jordan. L'ai laissée… autre bout… écurie.

— Je l'ai vue sortir sur un cheval.

Le soulagement de Cash fut si intense qu'il s'en écroula presque.

— Faut que… j'aille la chercher.

Il s'exhorta au calme, et inspira profondément plusieurs fois. Ce n'était pas en tournant de l'œil qu'il allait servir à quelque chose !

Ensemble, ils longèrent le bâtiment en feu. Cash la repéra le premier. Elle était debout près des marches du perron de la maison principale. Dans le clair de lune, il put également discerner une autre silhouette… armée d'un revolver.

Son cœur lui tomba dans les bottes. Pas moyen d'avancer entre écurie et maison sans se faire voir, songea-t-il. Si Don et lui se précipitaient sur le personnage, il aurait largement le temps de tirer sur Jordan et de faire ensuite un carton sur eux.

— Elle le tient sous son attention, lui chuchota D.C. Mon frère dit qu'elle a vraiment la tête sur les épaules.

— Il a raison.

Cette pensée fit reculer un peu sa panique. Brutus était attaché à la balustrade, et Jordan se tenait près de lui, une main sur son encolure. Don et lui étaient assez proches pour entendre ce que l'homme et elle disaient.

— Comment va ta tête ? souffla D.C.

— A peu près. Et ta jambe ?

— Probablement mieux que ta caboche. Si le type regarde par ici, on est pile dans son champ de vision. Je pense que le mieux, c'est de prendre vers le dortoir. Ensuite, je ferai le tour de la maison, et toi, tu prendras au plus court vers ici.

Cash se représenta mentalement le plan des lieux. Le plus difficile allait être d'atteindre le dortoir, mais ils n'avaient guère le choix.

— Et on entre dans la maison ? Il est armé, pas nous.

Don lui décocha un sourire :

— Je vais créer une diversion, et tu vas assommer ce type avant qu'il ne me descende.

— Pas juste. C'est toujours toi qui as la partie la plus marrante !

— A tout à l'heure ! lui dit Don en riant tout bas et en lui donnant une bourrade sur l'épaule.

Même avec sa claudication, il avait déjà parcouru la moitié de la distance qui les séparait du dortoir quand Cash se lança à son tour. Il dut repousser dans les confins de son esprit l'image de Jordan face à un revolver et se concentra sur sa course et sa respiration. Des émotions ne feraient que le ralentir. Il s'en occuperait plus tard.

Quand ils seraient tous sains et saufs.

Il parvint sans encombre au dortoir alors que D.C. commençait à contourner la maison. Il s'offrit le luxe de s'appuyer au mur pour souffler un instant. Ses idées finirent par s'éclaircir, sa respiration par retrouver son rythme normal.

Puis il risqua un œil vers la maison. Jordan s'était légèrement éloignée de Brutus et parlait avec calme à un homme en costume à l'air distingué. Il la regarda faire avec autant d'admiration que de peur pour elle. Rien, dans son intonation ou son maintien, n'indiquait qu'elle avait le canon d'une arme face à elle.

L'homme qui la menaçait n'était apparemment pas aussi calme.

Cash évalua la distance qui les séparait. Il allait avoir besoin d'au moins trois ou peut-être quatre secondes pour l'atteindre. Pourvu que la diversion de Don dure ce temps-là !

Jordan s'immobilisa au bas des marches du perron. Du coin de l'œil, elle avait vu la tête de Cash surgir une demi-seconde à l'angle.

Il était sauvé. Son soulagement se mêla à la peur, car il allait tenter de maîtriser son oncle, elle le savait. Et Dieu seul savait où étaient les deux comparses dont celui-ci lui avait parlé.

— Un de mes hommes ne devrait plus tarder, maintenant.

Il n'avait pas terminé sa phrase qu'un fracas de bois brisé retentit, et une partie de l'écurie s'effondra.

— Minables ! lança Carlton avec furie. Je suis entouré d'*incapables*. Ils auraient déjà dû être là pour t'emmener dans cette écurie. Ta mort doit absolument paraître accidentelle ! s'écria-t-il en descendant une marche. Il va encore falloir que je m'en occupe moi-même !

Il fallait qu'elle parvienne à le calmer, se dit-elle. Elle n'était même pas sûre que l'oncle Carlton qu'elle avait connu sache manier une arme à feu. Mais elle était bien persuadée que l'homme qui se tenait devant elle à présent n'hésiterait pas un seul instant.

— Attends, lui dit-elle en levant une main. Tu n'as encore tué personne, oncle Carlton. Daniel Pearson a agi de son propre chef quand il a essayé de tuer Pete Blackthorn. Dorothy a fait de même en assassinant maman. Tu peux encore t'en tirer sans dommage.

Certes, il avait payé des tueurs pour faire le sale travail à sa place, mais elle n'avait aucune intention de le mentionner.

— Tu ne comprends pas, rétorqua-t-il.

Elle ravala un soupir de soulagement en constatant que la fureur s'était atténuée dans sa voix.

— Il faut que je sauve la banque. Elle a été confiée à ma garde.

— Je le comprends parfaitement. Mais Maddie et moi, on peut t'aider. Je pense que maman n'aurait jamais voulu voir la banque faire faillite.

— Ta mère ! Elle n'en aurait rien eu à péter, si la Ware Bank s'était cassé la gueule ! Elle n'aurait pas levé un doigt pour me sortir de la merde !

A ce vocabulaire pour le moins incongru, et choquant dans la bouche d'un homme aussi compassé, Jordan comprit qu'elle avait attaqué le problème sous le mauvais angle. Il était ivre de fureur, à présent.

— Assez ! J'en ai fini d'attendre ! On va faire ça à ma manière !

Il se précipita sur elle.

Alors qu'elle faisait un bond en arrière, Cash et Don passèrent au sprint les deux angles opposés de la maison.

Ils hurlèrent en même temps, et Carlton fit volte-face en direction de Cash. Il fit feu au jugé une seule fois avant que Brutus ne hennisse et se cabre. Ce furent ses sabots antérieurs qui assommèrent Carlton.

Le premier sur lui, Cash projeta l'arme au loin d'un brutal coup de pied. Puis Jordan se précipita dans ses bras et s'accrocha à lui de toutes ses forces.

— Oncle Carlton voulait nous tuer toutes les deux.

Le choc et l'incrédulité dans le ton de Maddie s'allièrent parfaitement à ce qu'éprouvait encore Jordan, le téléphone collé à l'oreille dans le salon du ranch. La seule différence était qu'au travers des baies elle voyait encore l'endroit où s'était tenu Carlton quand il braquait son arme sur elle. Elle voyait aussi les vestiges calcinés de l'écurie. Les images kaléidoscopiques de Cash et Don se précipitant vers eux, de Brutus se cabrant et assommant son oncle défilaient encore devant ses yeux. Sans Brutus, elle aurait peut-être perdu Cash.

— Oui, mais il a échoué.

Elle se retourna et regarda Cash et Don. Accoudés au comptoir de la cuisine, ils buvaient du café. Sains et saufs. Maddie et Jase l'étaient également, à l'heure qu'il était. La réalité de ce qu'elle venait de vivre s'imprima peu à peu en elle. Les contusions que Brutus avaient infligées à Carlton étaient sans réelle gravité. Ce dernier refusait de parler, mais Shay était persuadé que ses deux complices ne tarderaient plus à se mettre à table.

Comme il était largement plus de minuit quand la police avait emmené Carlton et ses comparses, et que Cash s'était arrangé avec Sweeney pour qu'il emmène les deux chevaux au ranch Landry, tous trois avaient différé leur appel téléphonique à New York jusqu'au matin. Don et Jase avaient commencé à s'entretenir en premier, puis Cash avait parlé à Maddie. Enfin, elle avait pu discuter un peu avec sa sœur.

Cette sœur dont elle n'avait appris l'existence qu'une semaine plus tôt... La main crispée sur le combiné, elle reporta son attention sur les baies vitrées, et les terres qui grimpaient en pente douce vers les collines. Quelque chose s'apaisa en elle. Une semaine auparavant, elle ignorait l'existence de cet endroit. Elle ignorait l'existence de Cash. Tant de choses avaient changé dans sa vie, et si vite...

— Toutes ces années, il savait, pour la mine de turquoises, reprit Maddie. Et il n'en a jamais soufflé un mot.

— Garder les secrets semble être une spécialité familiale chez les Ware, lui répondit Jordan.

— En parlant de secrets, reprit Maddie, Mike Farrell n'avait rien d'un empoté. Jase et moi, on a trouvé un carton dans le placard d'Eva; il contient les lettres qu'il lui avait écrites durant toutes ces années. Elle a su quand j'ai fait mon premier pas, quand j'ai fait ma première dent. Il a fait en sorte qu'elle sache tout de moi.

Jordan sentit l'émotion l'envahir. Une joie sans mélange.

— Et il y avait une lettre pour lui qu'elle n'a jamais postée. Elle était datée de quelques jours avant sa mort. Elle lui demandait d'annuler leur marché et de nous réunir. On a pensé qu'elle a dû apprendre sa mort et que c'est pour ça qu'elle ne l'a pas envoyée. Elle n'a manifestement pas trouvé le courage de nous réunir elle-même. J'apporterai tout quand le délai de trois semaines aura expiré. Et on fouillera le ranch. Je parie que papa avait des photos cachées quelque part, lui aussi.

Quand le délai de trois semaines aura expiré...

Un petit frisson de peur parcourut Jordan. Elle regarda de nouveau vers la cuisine. Appuyé contre le comptoir, une jambe croisée devant l'autre, Cash écoutait Don, la tête penchée. Deux jours auparavant, elle aurait juré qu'une fois les trois semaines terminées elle retournerait à New York. Allait-elle se laisser piéger, comme sa mère, par un objectif qui excluait tout le reste ?

Elle agrippa plus fermement le combiné.

— J'ai du nouveau de mon côté aussi. Pete Blackthorn nous a connues toutes les deux, à l'époque. Ton père, *notre* père, lui a confié une lettre pour nous deux. Il nous l'apportera dès que tu seras rentrée ici. Et il m'a aussi dit pourquoi on a été séparées.

Elle se mit à faire les cent pas alors qu'elle expliquait à sa sœur la décision qu'avaient prise autrefois leurs parents.

Cash regarda Jordan arpenter le salon en rêvant de pouvoir faire davantage pour alléger son fardeau.

— Elle est forte, lui dit Don en remplissant leurs chopes.

— Comme Maddie, répondit-il. Mais elles ont eu pas mal de coups à encaisser, ces temps derniers. Parce qu'elles ne vont pas seulement devoir s'occuper du ranch et d'Eva Ware Creations, mais en plus de la banque et de ses problèmes, à présent.

— Heureusement qu'elles ont quelqu'un sur qui se reposer.

— Oui, elles se sont retrouvées.

— Je ne pensais pas à ça, mais à toi et Jase.

Cash sentit la peur lui nouer le ventre au souvenir qu'il avait failli la perdre deux fois depuis la veille. Il refusa de penser qu'il pourrait encore la perdre dans dix-huit jours.

— Pour le moment, dit-il.

Don se tourna vers lui et le dévisagea un instant.

— Tu ne me donnes pourtant pas l'impression d'être dur à la détente...

— De quoi parles-tu ?

— La vie est courte, mon pote. Si une femme me regardait comme Jordan te regarde, et si j'avais les mêmes inclinations, je n'attendrais pas dix-huit jours pour réclamer mon dû. Tu pourrais te servir du ranch gîte rural comme levier — si tu as envie de la persuader de rester ici au lieu de rentrer à New York. Elle y tient vraiment, à cette idée. J'aurais presque envie de la mettre en contact avec le vrai Greg Majors.

— Tout est arrivé si vite, dit Cash.

— C'est arrivé tout aussi vite pour Jase et Maddie. Mais j'ai vu la façon dont mon frère la regarde. Et il a les mêmes diplômes de commerce que Jordan, plus ou moins. Je parierais bien qu'il est déjà en train de ruminer un nouveau projet... du genre ouvrir une succursale de Campbell & Angelis ici, à Santa Fe.

Cash reporta les yeux sur Jordan. Elle était toujours en grande conversation avec Maddie, et elle s'était arrêtée devant une baie vitrée pour regarder les terres de son père. Il voulait lui donner du temps, leur donner du temps à tous les deux, mais elle semblait tellement à sa place, ici.

Soudain, toutes ses angoisses s'apaisèrent. Ils venaient peut-être de mondes différents, ils avaient peut-être des origines différentes, mais elle était faite pour lui, et lui pour elle. C'était aussi simple que ça. Il ne lui restait plus qu'à l'en convaincre.

— Bon, dit Don en posant sa chope vide. Je pense que je n'ai plus rien à faire dans le coin. Je vais aller faire mon sac et débarrasser le plancher. En allant à l'aéroport, j'en profiterai pour passer prendre les dernières nouvelles chez ton pote Alvarez.

Cash hocha machinalement la tête sans quitter Jordan des yeux.

Tard dans l'après-midi, ce jour-là, Jordan et Cash pressèrent leurs montures de gravir la dernière déclivité avant le sommet du promontoire. Après le départ de Don, Cash l'avait convaincue de faire enfin ce tour du propriétaire qu'il lui avait promis il y avait... quoi, deux jours ? Il l'avait emmenée chez lui, et lui avait fait rapidement visiter sa maison sans presque décrocher un mot, pendant que Sweeney sellait Brutus et Malice, son propre étalon.

Sa gouvernante leur avait préparé un panier-repas, et ils étaient partis vers le canyon qui reliait les deux ranchs. Leur chevauchée, rapide et presque brutale, aurait dû suffire à vider la tête de Maddie, mais elle s'était sentie sur les nerfs dès que D.C. s'en était allé au volant de sa voiture de location. Elle avait quasiment l'impression d'entendre cliqueter une horloge qui tournait trop vite pour elle.

En discutant avec sa sœur, ce matin, elle avait pris une décision. Il ne lui restait plus, à présent, qu'à en faire part à Cash. Dans sa vie, elle avait exposé des projets commerciaux plus souvent qu'à son tour, et elle savait persuader son auditoire. Mais alors, pourquoi était-elle encore plus angoissée maintenant qu'hier, à l'exposition, alors qu'elle se faisait passer pour quelqu'un qu'elle n'était pas ?

Ils parvinrent sur un replat, et Cash fit faire demi-tour à son cheval. Elle l'imita.

— C'est pour ça que je t'ai amenée ici. Je voulais que tu voies ça.

Jordan regarda autour d'elle, le souffle coupé, fascinée par le spectacle. De deux côtés du promontoire, les terres des deux ranchs s'étendaient à perte de vue, intactes comme au premier jour, et leur beauté était indicible. Elle put distinguer au loin, dans la brume de chaleur, les bâtiments miniatures des deux ranchs, seules et uniques structures indiquant une présence humaine.

— Je comprends maintenant pourquoi mon père tenait tant à garder le secret sur cette mine. Même s'il avait pu en tirer une fortune, ça ne valait pas cela.

Il lui sourit. C'était la première fois de la journée, songea-t-elle. Un peu de sa tension nerveuse s'apaisa.

— Je regrette vraiment qu'il n'ait pas pu te connaître.

— Moi aussi, répondit-elle, la gorge serrée. Mais tu m'en apprends énormément sur lui, et je sais que je vais en savoir plus encore, reprit-elle en reportant les yeux sur cette terre qui faisait partie intégrante de son père. En ville, il n'y a aucun endroit comme ça où je puisse m'évader et respirer un peu. Maddie m'avait dit que ce lieu est vraiment unique… que j'y trouverais quelque chose…

Elle l'avait fait, effectivement. Elle tourna la tête vers Cash. Elle n'avait pas seulement trouvé la terre, elle avait trouvé l'homme. Ils venaient de mondes différents, tout comme ses parents. Comme sa mère, elle était new-yorkaise ; comme son père, il était rancher, et il vouait un culte à ses grands espaces.

Quand il posa une main sur la sienne, sur son pommeau de selle, elle baissa les yeux et en nota le contraste étonnant. Il avait les doigts larges, les paumes calleuses et, pourtant, sa main s'accordait en tout point avec la sienne. Elle chercha son regard. Il y avait tant de différences entre eux, mais l'attirance était là — sûre, constante, juste. Son cœur s'ouvrit mieux qu'une fleur de prairie sous le grand soleil du Nouveau-Mexique.

— Je t'ai aussi amenée ici pour une autre raison, Jordan, lui dit-il.

— Je m'en doute. Pour me séduire, répondit-elle en lui lançant un petit sourire, qu'il ne lui rendit pas.

— On va y venir. Mais d'abord, j'ai quelque chose à te dire.

— Moi aussi, répliqua-t-elle en ignorant résolument la panique qui s'infiltrait en elle. J'avais tort, ajouta-t-elle très vite.

L'espace d'un instant, il resserra la main sur la sienne.

— A quel propos ?

— Nous.

Il plissa les yeux et la fixa avec une telle intensité qu'elle en eut la gorge sèche.

— J'ai eu tort en établissant les règles de base au début de... notre relation, reprit-elle. Je croyais savoir ce que je voulais — un intermède plaisant auquel nous pourrions tous les deux mettre un terme au bout de ces vingt et un jours. Sans blessure, sans embrouille. J'ai changé d'avis.

Il ne répondit rien, et elle releva le menton.

— Une femme a le droit de faire cela !

— Ça dépend. Qu'est-ce qui a changé, vraiment ?

Elle découvrit alors que leurs doigts s'étaient inexplicablement entrelacés.

— Je veux plus de temps.

— Pourquoi ?

La panique revint, mais elle la repoussa.

— Parce que j'en ai besoin. Parce que je pense que ce que nous découvrons ensemble le mérite. Parce que je ne veux pas refaire l'erreur de maman. Je sais à présent qu'elle a quitté mon père et Maddie parce qu'elle était tellement obnubilée par son but qu'elle n'a pas compris qu'elle aurait pu avoir ça, et bien plus. Quand je pensais que ma place était à New York pour prolonger son œuvre, j'étais aussi aveugle qu'elle l'a été. Je veux plus. J'ai besoin de plus.

— Pourquoi ?

Elle poussa un soupir et déglutit plusieurs fois.

— Parce que je tiens vraiment à faire une étude prévisionnelle pour ce ranch gîte rural, et que je veux être souvent ici pour le diriger. Je pourrai toujours superviser le côté commercial d'Eva Ware Creations. Et je tiens à aider Maddie, aussi. Je ne tiens pas particulièrement à ce qu'elle prenne simplement la place de maman en tant que créatrice en chef ; je veux qu'elle le fasse si elle en a envie, mais elle doit se bâtir sa propre réputation. Je vais l'encourager à le faire. Et puis il y a la banque.

Il hocha brièvement la tête, et elle ne sut pas s'il l'approuvait ou la désapprouvait.

— Il n'existe aucune excuse au monde pour ce qu'a fait ou essayé de faire mon oncle, mais je comprends son désir de faire perdurer une entreprise familiale. A ceci près que je n'ai pas besoin d'être en permanence à New York pour aider à régler les problèmes.

— Tu es nerveuse. Tu es toujours un moulin à paroles quand tu es nerveuse. Je ne pense donc pas que tu en sois encore arrivée à la vraie raison de ton changement d'avis quant aux règles de base. Dis-la-moi, Jordan.

Une soudaine bouffée d'angoisse s'empara d'elle, qu'elle s'efforça aussitôt de réprimer. Parce qu'il avait raison. Elle était nerveuse. Et elle tournait autour du pot. Elle le regarda, ainsi à califourchon sur son cheval, et ce ne fut pas un fantasme qu'elle eut sous les yeux. C'était Cash Landry. Soudain, tout fut clair.

Elle plongea les yeux dans les siens.

— Je veux changer les règles de base parce que je veux plus que vingt et un jours avec toi, répondit-elle. Parce que je t'aime.

Il porta leurs mains jointes à ses lèvres, en un geste qui lui alla droit au cœur.

— Moi aussi, dit-il avant de lui décocher ce sourire qui n'appartenait qu'à lui. Je sais à quel point tu tiens à programmer les choses et à savoir où tu vas. Alors, de combien de temps supplémentaire parles-tu, au juste ?

Le mélange de passion et d'amusement qu'elle détecta dans ses yeux la rassura. Et lui rappela qu'elle y avait vu exactement le même, le premier matin où elle s'était réveillée près de lui.

— Je pensais à une vie entière.

Il l'attira à lui et, quand sa bouche ne fut plus qu'à quelques millimètres de la sienne, il murmura :

— J'espère que tu es ouverte aux négociations. Je t'ai amenée ici pour te convaincre que nous aurions besoin de deux vies entières. Et peut-être plus.

— Marché conclu !

Il l'embrassa.

Brutus hennit. Malice frappa le sol du sabot. Mais elle tint bon.

Elle était rentrée chez elle.

Épilogue

Dix-huit jours plus tard

Le soleil avait commencé à descendre derrière les collines au sud-ouest du ranch. Cash remua les braises dans le barbecue. Elles commençaient à rougeoyer plaisamment.

— Avertis-moi quand ce sera prêt pour les steaks, lui dit Jase.

Cash jeta un coup d'œil vers l'écurie flambant neuve. Perchées sur la clôture du corral, Jordan et Maddie regardaient Brutus et Jules César se mesurer du regard. Jordan avait programmé le transport de son cheval afin qu'il coïncide avec l'arrivée de Jase et de Maddie, la veille.

Têtes penchées l'une vers l'autre, les deux femmes faisaient un joli tableau dans la lumière déclinante.

— Je pense que les femmes nous diront quand elles ont faim.

Jase suivit son regard et sortit deux bières d'une glacière.

— Si on les laisse faire, on mangera ces steaks au petit déjeuner !

— Elles sont restées debout toute la nuit, répondit Cash en buvant une grande gorgée de la bière que venait de lui tendre Jase. On pourrait croire qu'elles n'ont plus rien à se dire !

— Je n'ai jamais vu Jordan à court de mots, et ces deux-là ont une vie entière à rattraper !

— C'est vrai, reconnut Cash en souriant. Avec Jordan à la barre, elles ont une autre vie entière à mettre en chantier.

— Je vois que tu commences à la connaître ! s'esclaffa Jase. Mais je parie que Maddie va mettre son grain de sel. Elle est intervenue en faveur de son cousin et a réussi à convaincre Jordan de ne pas porter plainte pour le cambriolage du magasin, si Adam accepte de se faire aider pour surmonter son addiction au jeu. Le procureur général a donné son accord tant qu'Adam accepte de témoigner contre cet escroc d'usurier. Je pense que Maddie avait de la peine pour Adam.

— Et je suis persuadé que Jordan a trouvé que c'était une sage décision du point de vue commercial, car elle le pense réellement doué. Débarrassé de l'influence de sa mère, il pourrait bien devenir un atout pour Eva Ware Creations.

— Ils vont faire une belle équipe, reprit Jase. Oh, à propos, je te dois une fière chandelle...

— A quel propos ?

— Les prises de karaté que tu as enseignées à Maddie. Elles m'ont sauvé la vie. Et à elle aussi.

— Alors, je n'ai pas perdu mon temps, rétorqua Cash en souriant et en inspectant ses braises. Dix minutes, et on pourra les appeler. Je vais ouvrir une bouteille de chardonnay, et on boira un verre pendant qu'elles liront la lettre qu'a apportée Pete quand elles se promenaient.

— Bonne idée.

— J'en ai une autre. Ce soir, j'emmène Jordan chez moi. Vous serez plus tranquilles, Maddie et toi.

— Si tu fais ça, dit Jase en le dévisageant, tu vas vite devenir mon meilleur ami !

— Je sais juste quel appât amorcer. Faire l'amour à Jordan à l'arrière de mon pick-up figure sur notre liste de choses à faire.

— Décidément, j'aime beaucoup ton style ! dit Jase en levant sa canette.

— J'essaye encore de comprendre les autres Ware, disait Maddie. J'ai su dès le début qu'ils avaient quelque chose de différent.

— Le terme est faible ! Carlton était littéralement fou. Ça m'étonne qu'il ait réussi à le cacher aussi longtemps.

— J'ai vu la même démence dans les yeux de Dorothy, reprit Maddie en réprimant un frisson.

— Au moins, Adam peut s'en sortir, ajouta Jordan. Je pense que tu as raison, à son sujet, et je crois que maman avait vu un énorme potentiel en lui. C'est peut-être pour ça qu'elle n'a pas voulu porter plainte pour le cambriolage. Je crois que son problème de jeu était lié à sa mère.

— La nôtre avait ses défauts, mais elle était à des années-lumière de Dorothy. A propos, j'ai une question concernant Eva.

— Je t'écoute.

— Tu lui en veux de ce qu'elle a fait ? Enfin, elle ne voulait aucune d'entre nous, et c'est Papa qui a insisté pour qu'elle t'emmène.

— Pas du tout, répondit Jordan. Elle a peut-être été la cause de notre séparation, mais elle a fini par nous réunir. Et elle m'a ouvert d'autres horizons. Pas seulement cet endroit, mais tous les nouveaux défis que j'y ai trouvés.

— J'ai la même impression quant à New York et le fait de travailler chez Eva Ware Creations. J'apprends tellement, en aidant Cho à terminer ses croquis... Je ne peux qu'être reconnaissante.

— Sans ce testament, dit Jordan en tournant la tête vers les deux hommes qui avançaient vers elles, je n'aurais jamais connu Cash.

— Et moi Jase. On lui doit beaucoup, finalement.

— Nous sommes porteurs de présents, dit Cash en arrivant près d'elles.

Jase leur tendit à chacune un verre de vin frappé, et Cash tendit un lettre à Jordan.

— Pete Blackthorn l'a apportée tout à l'heure.

Jordan baissa les yeux et passa un doigt sur l'intitulé de l'enveloppe — *Maddie et Jordan.*

— Lis-la-nous, dit Maddie.

Jordan la décacheta et l'orienta afin que sa sœur puisse la lire aussi.

« Mes chéries,

» Si vous lisez ces mots, cela signifie que vous êtes enfin ensemble — et que je n'aurai pas vécu assez longtemps pour le voir. J'espère que le pari que j'ai pris en gardant la fille qui, même à six mois, aimait jouer avec des pierres polies, et en envoyant au loin celle qui adorait monter à cheval avec moi, aura été un pari gagnant, et qu'il aura joué son rôle dans vos retrouvailles.

» Profitez l'une de l'autre comme j'ai adoré vous voir grandir toutes les deux.

» Je vous aime,

Papa. »

— Il nous a échangées à dessein, murmura Jordan en étreignant la main de Maddie.

— Parce qu'il nous aimait et qu'il espérait nous voir réunies un jour.

— A Mike Farrell ! s'écria Cash en levant son verre.

— Et à Eva Ware ! renchérit Maddie en l'imitant.

— A nos parents ! conclut Jordan.

DEBBI RAWLINS

Dans le secret des nuits

Traduction française de
VÉRA CORTI

Sexy

HARLEQUIN

Titre original :
TEXAS BLAZE

Ce roman a déjà été publié en 2014

1

Plongée dans ses pensées, Kate Manning sursauta au bruit de la détonation. En voyant la pluie d'étoiles multicolores qui tombait du ciel nocturne, elle pencha la tête en arrière pour mieux admirer le spectacle. Depuis toujours, sa famille organisait une grande fête au ranch pour célébrer la fête nationale et cette année, comme chaque année, après trois jours de festivités, la fin des réjouissances était marquée par un feu d'artifice. Encore une petite heure à tenir avant que le ranch retrouve enfin sa tranquillité ! Et elle, la sienne !

Vue de l'extérieur, Kate avait tout pour être une femme heureuse. Après tout, cette fête, c'était aussi celle de ses fiançailles. Pourtant, prise d'une soudaine mélancolie, elle avait préféré s'isoler un peu. Adossée à la porte de la maison, elle jeta un œil pensif au diamant d'un carat qui ornait son annulaire. Le mariage approchait à grands pas. Elle avait déjà choisi la robe et commencé à fixer les premiers préparatifs de la noce, prévue au cœur de l'hiver, la seule période de l'année où la chaleur était supportable au Texas.

Ses amies de la fac avaient fait exprès le déplacement même si elle s'y était prise au dernier moment — seulement quinze jours plus tôt — pour les prévenir de se libérer pour l'occasion. Et dire qu'à peine quelques heures plus tard, elle avait failli les rappeler pour tout annuler. A se demander si, au fond, elle n'avait pas souhaité qu'elles viennent uniquement pour qu'elles la dissuadent de son projet de mariage.

Profitant de ce que tout le monde avait les yeux rivés sur le ciel, elle se mit à chercher Dennis du regard. La dernière fois qu'elle l'avait vu, il était en grande conversation avec Clyde Thompson, le riche et influent propriétaire du ranch Red Rock. Cela ne l'avait guère étonnée, vu sa propension à toujours vouloir s'entourer de gens importants.

Si seulement leur relation n'était pas si… inexistante ! C'était à peine s'il s'était montré du week-end. Pourtant, ce n'était pas faute de lui avoir dit à quel point elle était heureuse de lui présenter ses amies ! Mais, de toute évidence, il ne faisait pas grand cas de partager sa joie. Non seulement il était resté introuvable tout le temps du barbecue et du bal de la veille, mais il n'avait pas non plus daigné l'honorer de sa présence lors du grand rodéo pique-nique de l'après-midi. Et, quand il avait fini par apparaître en toute fin de soirée, il avait passé son temps à *socialiser* avec tous les notables présents. Mince ! C'était elle qu'il épousait ou son carnet d'adresses ? A l'idée qu'il puisse se marier avec elle par intérêt, elle sentit son estomac se nouer.

C'était sans doute le stress qui lui faisait voir les choses en noir… L'organisation de ce week-end avec cent cinquante invités à sustenter et divertir n'avait pas été une mince affaire. Une fois le ranch remis en ordre et après une bonne nuit de sommeil, elle retrouverait son état normal et pourrait de nouveau se réjouir de son futur mariage.

Non, ce n'était pas le moment de flancher, se convainquit-elle. Il fallait qu'elle réussisse à mettre la main sur ce courant d'air de Dennis pour lui présenter enfin ses amies.

Les explosions pétaradantes du bouquet final la tirèrent de ses pensées. La réception touchait à sa fin et, à en juger par l'élogieux murmure de la foule, le succès était complet. Au moins une chose dont elle pouvait se féliciter, songea-t-elle, réfléchissant déjà à une façon diplomate de congédier tout ce petit monde.

En tournant la tête pour vérifier si l'éclairage du portail était allumé, elle aperçut la silhouette d'un homme qui avançait dans la pénombre de l'allée. Qui pouvait bien arriver si tard ? Elle resta là, à essayer d'identifier le mystérieux retardataire quand il surgit soudain de l'obscurité… Non, ce n'était pas possible que ce soit lui ! Elle sentit son cœur se mettre à tambouriner dans sa poitrine.

Mitch ! Mitch Colter ! C'était surprenant, mais… Cette carrure, ces longs cheveux bruns, cette démarche assurée… C'était lui, à n'en pas douter. Qu'est ce qui pouvait bien l'amener ici à cette heure après toutes ces années d'absence ?

Huit, pour être exact. Huit ans qu'elle ne l'avait pas vu et elle tremblait comme une feuille ! Non, le temps n'avait pas effacé l'attirance qu'elle avait éprouvée pour lui par le passé. Elle se redressa, comme pour mieux chasser son trouble.

Il fallut à Mitch un certain temps avant de reconnaître la jeune femme adossée à la porte de la maison. A l'évidence, la petite Katie de son souvenir avait bien grandi car, à en juger par les courbes de sa silhouette, elle avait tout d'une femme à présent. Tout en elle semblait avoir changé. Tout sauf la couleur de ses cheveux : un auburn unique qui la rendait reconnaissable entre mille.

Comme elle regardait dans sa direction, il décida d'aller d'abord la saluer, mais en la voyant se raidir à son approche, il se demanda si elle l'avait reconnu. Il aurait dû prévenir, c'eût été plus correct, mais sa décision de revenir au pays avait été plutôt subite.

La réception allait bientôt se terminer — il avait assisté à suffisamment de fêtes du 4 Juillet chez les Manning pour le deviner — et il trouva curieux de voir Kate ainsi à l'écart.

— Mitch ? fit-elle en descendant la première marche de l'escalier du porche. Je ne te savais pas de retour.

— Oui, c'est un peu impromptu comme visite ! reconnut-il en lui ouvrant grands les bras. Viens un peu par ici que je t'embrasse !

Quoiqu'un peu surprise par la chaleur de leurs retrouvailles, elle descendit à sa rencontre en lui tendant les bras elle aussi.

— Quel bonheur de te revoir !

Elle avait à peine prononcé ces mots qu'il l'agrippait par la taille et la faisait tournoyer en l'air comme il en avait l'habitude autrefois. Qu'est-ce qui lui avait pris là ! En sentant la poitrine de Kate s'écraser contre son torse, il mesura l'ampleur de sa maladresse et la reposa sans tarder. La sentant gênée, il s'empressa de la relâcher et, dans la précipitation, effleura de la main son postérieur rebondi. Décidément, il allait devoir s'adapter à ses nouvelles courbes, et vite ! Il fit un pas en arrière et s'arrêta pour l'étudier.

— Tu es splendide ! conclut-il avant de demander : Je rêve ou tu as grandi depuis la dernière fois ?

— C'est vrai que j'ai eu une croissance tardive ! concéda-t-elle en haussant les épaules.

Un mouvement qui eut pour effet d'entrebâiller l'encolure de son chemisier, attirant le regard de Mitch sur son généreux décolleté. Il fallait qu'il se ressaisisse. Lorgner ainsi les attributs de la petite sœur de Joe et Clint, ce n'était pas très respectueux.

— Combien de temps depuis la dernière fois, Katie ? Six ans ? Sept ?

— Huit, répliqua-t-elle. D'ailleurs, personne ne m'appelle plus Katie depuis longtemps.

— Ah ! répondit-il amusé, avant d'ajouter : Je ferai attention, promis !

— Et tes parents, où sont-ils ? s'enquit-elle.

— Toujours à Little Rock, avec ma sœur et ses enfants.

— C'est triste ce qui leur est arrivé, déplora-t-elle. Tom Jenkins et les Reynolds aussi se sont fait voler du bétail. Le ranch Double R s'en est tiré, mais tout le monde ici accuse le coup.

Il l'écouta en acquiesçant d'un air soucieux, déjà au fait des détails de l'affaire.

— Mais, dis-moi, quel bon vent t'amène ? finit-elle par demander.

— Des affaires à régler au ranch, répondit-il le visage assombri.

Le ranch… Si tant est qu'on puisse encore appeler « ranch » cette vieille bâtisse inhabitée et ces terres à l'abandon. Et dire que cette propriété aujourd'hui déserte avait fait la prospérité de sa famille pendant plus d'un siècle ! Hélas, ces dernières années, ses parents avançant en âge et lui n'étant pas là pour les aider, la taille de l'exploitation s'était peu à peu réduite comme une peau de chagrin, et le vol des dernières bêtes en avait sonné le glas. Un vol et une série d'autres que les autorités locales semblaient, du goût de Mitch, avoir traités un peu à la légère.

— C'est drôlement vide ici depuis que tes parents sont partis, regretta-t-elle. Je ne suis plus là que quelques semaines par an pendant les vacances scolaires, mais tout de même, ce n'est plus comme avant…

— Tu es enseignante, c'est ça ?

— Oui, à Vernal. J'y ai un pied-à-terre. Trois heures de voiture aller-retour par jour, c'était devenu épuisant.

— Tu enseignes au lycée ?

— Heureusement non ! Les collégiens me donnent assez de fil à retordre comme ça.

— J'imagine, fit-il en acquiesçant d'un air entendu. Tu as dû en faire craquer plus d'un ! hasarda-t-il ensuite, en s'efforçant de ne pas baisser les yeux vers sa poitrine, dont le souvenir de la douce pression contre son torse semblait imprimé dans sa chair.

— Mais, pas du tout ! se défendit-elle, les joues écarlates.

Alors qu'elle remettait en place une mèche de ses cheveux, quelque chose de brillant attira l'attention de Mitch.

— Je vois que les félicitations sont de mise, lança-t-il, ayant remarqué le diamant à son doigt.

— Oh, ça ? fit-elle, embarrassée.

— C'est pour quand ?

Elle tourna la tête.

— Fin janvier, finit-elle par répondre, avant d'ajouter : Ecoute, je ne sais pas où est Clint, et Joe est comme qui dirait… occupé !

Elle leva la tête en direction des fusées qui fendaient le ciel dans une éclatante pétarade, puis jeta un œil à la foule des spectateurs.

— Il faut vraiment que j'y aille, maintenant.

— Oui, bien sûr. Va rejoindre tes invités, dit-il avant d'ajouter, plus bas : Je voulais te dire, ça m'a fait plaisir de te revoir.

— Moi aussi, Mitch. Il faut qu'on se trouve un moment pour discuter plus longuement, suggéra-t-elle sur le point de le quitter.

Et d'ajouter, après avoir tourné les talons :

— Si je vois Clint, je lui dis que tu es là !

Mitch resta là un moment, à la regarder s'éloigner. Même s'il ne voulait pas se l'avouer, la nouvelle de ce mariage lui avait fait un choc. Il avait beau se dire que c'était dans la logique des choses, il était contrarié. Sans doute avait-il besoin de temps pour digérer. Et la nouvelle du mariage et la métamorphose de Kate. Car le concentré de féminité qui s'éloignait sous ses yeux n'avait plus rien à voir avec le garçon manqué qu'il avait toujours connu. Et pourtant, il lui fallait se rendre à l'évidence : c'était bien elle et elle était fiancée. Il allait devoir maîtriser ses pulsions…

Kate se précipita vers le stand des rafraîchissements, là même où elle avait vu Dennis pour la dernière fois. Elle avait fendu la foule avec l'empressement d'un sapeur-pompier en opération. Et le fait est qu'il y avait bien un feu à éteindre. Celui qui s'était déclaré dans sa chair au moment où elle avait reconnu Mitch.

Elle n'en revenait toujours pas. Mitch l'avait touchée. Plus que ça même, il l'avait plaquée si fort contre son large torse qu'il avait failli l'étouffer. Un contact en réalité très bref, mais qui semblait s'être imprimé sur sa chair. Et qui l'avait laissée en proie à un trouble auquel elle ne s'attendait pas. Certes, à l'adolescence, elle avait eu un faible pour lui, mais c'était il y a si longtemps ! Chacun depuis avait fait son chemin. Mitch était un homme à présent. Et même un sacré bel homme ! songea-t-elle encore tout émoustillée par le timbre rauque et suave de sa voix. Contrairement à l'adage, le temps n'effaçait pas tout. Il n'avait pas atténué en tout cas son béguin pour lui.

— Tout va bien, *chiquita* ?

C'était Maria, elle avait reconnu sa voix.

— Oui, oui ! s'empressa-t-elle de la rassurer en se retournant vers elle. Je cherche Dennis.

A en juger par le regard circonspect que lui adressa la vieille femme, celle-ci avait senti que quelque chose n'allait pas. En même temps, cela faisait plus de vingt-cinq ans que Maria était au service des Manning. Et elle s'était toujours occupée d'elle comme de sa propre fille. N'était-ce pas elle qui, à la mort de ses parents dans un tragique accident de voiture, l'avait veillée nuit et jour le temps qu'elle surmonte sa peine ?

— Tu ne l'aurais pas vu par hasard ?

— Dennis ? reprit-elle avec un haussement d'épaules qui en disait long sur ses sentiments à son égard.

Kate le savait : Maria n'aimait pas Dennis. Ses frères non plus ne l'aimaient guère, même si jamais ils ne le lui avaient dit ouvertement. D'ailleurs, en y réfléchissant, l'inimitié de sa famille à l'égard de son futur mari était sans doute pour quelque chose dans son coup de blues de tout à l'heure... mais pas autant que l'indifférence de Dennis tout au long du week-end. Et même si elle n'avait pas besoin de l'assentiment de ses frères pour épouser qui que ce soit, elle comprenait de mieux en mieux leur position.

— Vas-y, Maria, dit Kate. Je vais bien.

Comme elle ne partait pas, elle insista :

— Allez, tu vas rater le final !

Cette fois-ci, la vieille femme obtempéra et Kate, soulagée d'avoir échappé à son œil inquisiteur, se remit à scruter la foule à la recherche de son fiancé. Il portait une chemise blanche... La belle affaire ! La moitié des convives en portaient une. Elle allait devoir trouver un autre signe distinctif. Le problème, c'était que Dennis n'avait rien d'exceptionnel. Il n'était pas spécialement grand ni musclé... comparé à Mitch, qui l'avait soulevée comme une plume ! Il n'était pas spécialement beau non plus... Tout le contraire de Mitch dont les traits fins et le visage carré l'avaient toujours fait craquer, de même que ses grands yeux gris qui changeaient de nuance au gré de son humeur... Sans parler de sa bouche...

Elle ferma les yeux, consciente qu'elle s'égarait. Non, cela ne pouvait plus durer ! Il fallait qu'elle chasse ces pensées de son esprit. Non seulement c'était déloyal envers Dennis, mais surtout, elle commençait à ne plus rien maîtriser. Il lui fallait un remontant, et vite ! Quelque chose d'alcoolisé. N'importe quoi pourvu que ce soit fort. Une tequila, tiens ! Parfait pour lui remettre les idées en place... Quoique, en y réfléchissant bien, la tequila allait plutôt la mettre K.-O., elle qui ne buvait qu'un petit verre de vin de temps en temps.

Mais la question n'était pas là. Elle était sens dessus dessous et seul le doux engourdissement procuré par un bon verre d'alcool pouvait encore l'aider à retrouver son calme. Elle fila droit vers le stand de boissons et se glissa derrière le bar. Tandis qu'elle se versait un verre en s'efforçant de ne pas trop attirer l'attention, elle remarqua que Sylvia Crabtree l'observait du coin de l'œil. Une femme au cœur d'or, mais cancanière au possible. En temps normal, elle se serait cachée par peur des ragots, mais là, elle était tout sauf dans son état normal. Sans se poser plus de questions, elle sortit de derrière le comptoir son verre à la main, et eut même la hardiesse d'adresser un large sourire à la vieille femme.

Elle tenta de repérer son fiancé une dernière fois, en vain. Il ne restait plus beaucoup de temps avant la fin du spectacle, en tout cas pas assez pour retrouver Dennis, mais juste ce qu'il fallait pour aller siroter son verre à l'écart, histoire de reprendre ses esprits avant l'heure des au revoir.

Elle se dirigea vers la zone de la propriété réservée aux employés du ranch, un endroit qu'elle savait désert en ce jour férié, et s'adossa au mur du préfabriqué le plus isolé. Elle ferma les yeux en poussant un long soupir de soulagement. Un répit qui fut de courte durée puisqu'au même moment, une voix qui semblait venir d'un peu plus loin lui fit rouvrir les yeux. Dennis ? L'espace d'un instant, il lui avait semblé reconnaître sa voix... Sans doute son imagination qui lui jouait des tours. C'était en tout cas ce dont elle essayait de se persuader tout en prêtant l'oreille. Elle n'eut pas longtemps à attendre puisque la minute d'après, ce fut un petit rire de femme qui vint briser le silence.

Sa curiosité piquée au vif, Kate se redressa le long du mur pour mieux écouter. Ce n'était pas possible, elle avait dû rêver. Cette voix, ce ne pouvait pas être celle de Dennis. Que serait-il venu faire dans cet endroit désert ? Cela n'avait pas de sens. Elle entendit ensuite des murmures, entrecoupés de rires étouffés. Elle se mit à suffoquer, comme si son corps essayait de lui faire entendre ce que son esprit refusait d'admettre. Le souffle court, elle fit quelques pas en direction du bruit, avançant à pas de loup pour ne pas se faire repérer. Une fois parvenue à l'angle du préfabriqué, elle prit une longue inspiration avant de passer sa tête de l'autre côté. Le vieux chêne juste en face lui obscurcissait la vue, mais la camouflait en même temps. Elle attendait depuis un petit moment, le cœur battant, quand les voix reprirent :

— Il faut que j'y retourne, dit la voix d'homme. Le spectacle est presque terminé.

C'était Dennis. Cela ne faisait plus aucun doute.

— Oh, s'il te plaît, reste encore un peu ! susurra la femme.

— Tu ne me facilites pas la tâche !

— Mais je ne suis pas là pour ça, Dennis chéri, gloussa-t-elle.

« Dennis chéri », reprit Kate avec dégoût. Cette fois-ci le doute n'était plus permis, ce qui se tramait sous cet arbre était on ne peut plus clair. Elle songea un instant à s'en retourner en catimini et s'épargner ainsi l'humiliation d'un face-à-face, mais elle était comme pétrifiée, incapable de respirer.

Le choc encaissé, ce fut la colère qui l'envahit. Comment avait-il osé ! Et dans sa propre maison ! Pire encore, pendant leur fête de fiançailles ! Il n'était pas question qu'elle parte sans rien dire et le laisse s'en tirer à si bon compte ! Remontée comme une horloge, elle sortit d'un bond de sa cachette. La femme était de dos. Une blonde vêtue d'un short en jean qui tenait plus du tanga que du bermuda. Dennis était de face, le visage littéralement collé à celui de cette fille qu'il embrassait en lui caressant dos. Il avait beau avoir les yeux cachés par l'ombre des branchages, lorsqu'il l'aperçut enfin, Kate sut immédiatement qu'il l'avait vue. Elle ne bougea pas d'un pouce, se contentant de le regarder faire un bond en arrière avant de lever les mains en l'air comme un enfant pris la main dans le sac.

— Sombre idiot ! lança-t-elle pour elle-même.

Elle avait une furieuse envie de lui coller une paire de gifles, mais au lieu de faire un esclandre, elle tourna les talons, préférant l'ignorer.

— Attends, Kate, ce n'est pas ce que tu crois !

Tant de platitude, c'en était presque risible, songea Kate sans prendre la peine ni de répondre ni de se retourner. Car après ce qu'elle venait de voir, sa décision était irrévocable : le dossier Dennis était classé.

2

Tapi derrière les buissons, Mitch enrageait devant la scène qui se déroulait sous ses yeux. Ce n'était pas l'envie qui lui manquait d'aller botter les fesses de ce butor que Kate avait eu la triste idée de prendre pour fiancé, mais en la voyant le planter là sans cérémonie, il finit par desserrer les poings.

Non pas qu'il se soit senti le droit de s'immiscer dans la vie sentimentale de Kate, d'autant que, vu la situation, son intervention n'aurait fait qu'ajouter à son humiliation, mais il voyait mal comment il aurait pu rester de marbre. Et encore, il avait réussi à se maîtriser. A sa place, les frères de Kate seraient tombés sur le malappris à bras raccourcis. Lui s'était contenu, un vrai miracle. Ou peut-être la preuve que le gamin impulsif qu'il était en quittant le Texas avait bel et bien mûri.

La fête était finie et les convives commençaient à regagner l'interminable file des véhicules garés le long de la route privée menant à la propriété. Mitch avait suivi Kate des yeux tant qu'il avait pu, mais avait fini par la perdre de vue dans la foule. Il compatit en songeant qu'après le choc qu'elle venait d'accuser, elle allait en plus devoir endurer la litanie des au revoir et des remerciements. Il espérait pour elle que le supplice serait de courte durée.

Il se mit à suivre la cohorte des invités, à distance suffisante pour éviter d'être reconnu, mais d'assez près tout de même pour repérer Clint ou son frère. Bien entendu, il n'était pas question de leur rapporter ce qu'il venait de voir. Quelle que soit la décision de Kate, qu'elle soit assez stupide pour laisser une seconde chance à ce mufle ou qu'elle l'envoie promener une fois pour toutes, c'était à elle qu'il appartenait d'en informer ses frères.

Pourvu qu'elle prenne la bonne décision, se prit-il à espérer avant de se rassurer : Non, Kate était bien trop fière pour reprendre ce vaurien. Elle allait rompre, c'était sûr. Mais rompre n'était pas le plus difficile. Le plus dur était de tourner la page, et il était bien placé pour le savoir...

Au souvenir de ce douloureux épisode de sa vie, Mitch se sentit tout tourneboulé. Furieux contre lui-même, il lâcha un juron. Pourquoi diable avait-il fallu qu'il aille faire un tour à cet endroit précis de la propriété ? Comme s'il n'avait pas assez de soucis avec l'affaire des vols de bétail. Oui, mais voilà, depuis son arrivée, son esprit était accaparé par une tout autre affaire. Une affaire nommée Kate...

Bien obligée de sacrifier un minimum à ses obligations d'hôte de la soirée, Kate donna le change tant qu'elle le put, puis profita d'un moment propice pour s'éclipser et foncer droit dans sa chambre. Ce n'était pas très convenable vis-à-vis de ses invités, mais mieux valait être introuvable que de craquer en public.

Car si elle avait tenu le coup jusque-là, c'était uniquement parce que les convives qu'elle avait croisés ne lui avaient pas parlé de ses fiançailles. Elle n'aurait pas réussi à se maîtriser bien longtemps sinon. Tôt ou tard, il allait bien falloir que cela se sache, mais elle préférait s'épargner les regards apitoyés, du moins le temps de trouver le courage d'y faire face. Car, de mariage, il n'y en aurait point. C'était clair et définitif et rien ne la ferait changer d'avis... pas même s'il prenait à Dennis l'envie de ramper à ses pieds.

Elle s'enferma dans sa chambre et s'adossa à la porte avant de se laisser glisser sur le plancher. Comment avait-il pu lui faire une chose pareille ? Qu'il la trompe avant le mariage était déjà inqualifiable, mais qu'il fasse ça chez elle, en pleine réception... Elle ne pouvait imaginer pire trahison. Elle sentit son cœur se briser et ferma les yeux pour se retenir de pleurer.

L'image de la fille avec laquelle elle l'avait surpris au pied de l'arbre s'insinua dans son esprit. Elle n'avait pas pris le temps de bien la regarder et était bien incapable de dire si elle la connaissait ou non. Tout s'était passé si vite. La seule chose qu'elle se rappelait, c'était son minuscule short et sa tignasse décolorée. Au-delà de la tromperie, c'était le fait de voir Dennis flirter avec une fille dans son genre qui l'avait le plus choquée.

Un frisson la parcourut. Comment avait-elle pu se tromper à ce point sur son compte ? Lui qui lui avait toujours semblé si collet monté, si conservateur, si... irréprochable. Le type même du principal de collège qu'il était... Et du recteur d'académie qu'il ambitionnait de devenir. Elle avait bien conscience que sa fonction exigeait de l'intégrité, c'était d'ailleurs la seule raison pour laquelle elle ne lui avait jamais reproché d'être si coincé, même si, dans l'intimité, rien ne l'obligeait à une telle... austérité. Car c'était bien ça le plus choquant, ce contraste entre l'image de respectabilité qu'il avait toujours donnée et la désinvolture avec laquelle il avait mis son mariage et sa réputation en péril en la trompant presque sous son toit.

Elle remonta ses genoux contre son menton et serra ses jambes entre ses bras. Quelle cruche elle avait été ! Comment n'avait-elle rien vu venir depuis deux ans qu'elle sortait avec lui ? Sans compter qu'ils travaillaient dans le même collège et se voyaient tous les jours.

Oh, oh ! Elle avait comme qui dirait oublié ce paramètre : le dossier Dennis n'était que provisoirement clos. A la rentrée, elle et lui allaient être amenés à se revoir. Et son bureau étant situé à deux pas de sa salle de classe, la coexistence allait vite tourner au calvaire.

Plus elle y réfléchissait, plus elle voyait clair dans son jeu. La distance qu'il avait mise entre eux, son absence de désir pour elle, ses marques d'affection toujours plus rares, tous ces signes qu'elle s'était complu à prendre pour de la pudeur et qui auraient dû la mettre sur la voie. Au lieu de cela, elle avait fait l'autruche, préférant ignorer ce que tous autour d'elle semblaient avoir compris au premier coup d'œil : Dennis ne l'aimait pas. Il ne l'avait même jamais aimée. Et s'il avait demandé sa main, c'était uniquement par intérêt.

Il fallait dire qu'à la mort de leurs parents, treize ans plus tôt, Kate et ses frères avaient hérité d'un ranch très prospère que Joe, l'aîné, avait repris en main. Tant et si bien d'ailleurs qu'au fil des ans, il l'avait hissé au rang de deuxième exploitation du comté. Mais surtout, au-delà de leur fortune, les Manning étaient une famille très appréciée et respectée au sein de la communauté. Une respectabilité qui manquait justement à Dennis pour prétendre accéder à la tête du rectorat.

Au fil de ses pensées, sa tristesse s'était muée en rancœur, puis en une colère empreinte d'une lucidité nouvelle. En fin de compte, bien lui en avait pris de ne pas envoyer tout de suite les faire-part. Avec le recul, c'était même symptomatique de constater qu'elle n'avait cessé de repousser leur envoi. Le dernier prétexte avait été qu'elle ne pouvait se consacrer en même temps aux préparatifs de la fête et à ceux du mariage. La vérité, c'était que depuis dix ans qu'elle organisait seule ce week-end, elle aurait pu gérer les deux de front sans grande difficulté. Sans doute était-ce son instinct qui l'avait incitée à la prudence. Ces derniers temps, il fallait bien l'admettre, le doute s'était emparé d'elle en dépit des efforts permanents qu'elle avait faits pour l'étouffer.

La sonnerie du téléphone retentit dans le silence de la maison. C'était lui. Elle le savait. Elle s'approcha tout de même de la table de chevet pour vérifier le numéro qui s'affichait. Elle resta là, un moment, les yeux rivés sur l'écran du téléphone, sa colère montant d'un cran à chaque nouvelle sonnerie. Fallait-il qu'il soit stupide pour s'imaginer un seul instant qu'elle allait vouloir lui adresser la parole après ce qu'il venait de lui faire ? Et même jamais ?

Quand la sonnerie s'arrêta, elle lâcha un long soupir, puis son regard se posa sur le sac rose devant l'armoire. Une nouvelle bouffée de douleur mêlée de haine la submergea. Prise d'une rage dont elle ne se serait pas crue capable, elle empoigna le sac qui contenait la lingerie achetée une semaine plus tôt. Ce body sur lequel elle avait craqué, c'était le seul caprice qu'elle s'était autorisé pour son mariage : une parure qu'elle destinait à sa nuit de noces et qu'elle avait choisie exprès pour réveiller la libido de celui qu'il convenait désormais d'appeler son *ex*-futur mari. Une libido qu'elle avait crue endormie alors qu'à l'évidence, elle tournait à plein régime... du moins, avec une autre qu'elle.

En furie, elle se mit à farfouiller dans les tiroirs de sa commode. Dans quel but, elle l'ignorait elle-même, vu qu'il était peu probable qu'elle y trouve la paire de ciseaux qu'elle y cherchait. Mais elle était à bout de nerfs et tailler en pièces ce stupide body en dentelle l'aurait un peu soulagée.

La vie était d'une ironie ! Dire que pendant deux ans, elle n'avait cessé de se convaincre que son fiancé n'était simplement pas porté sur la chose. Tout ça pour finir par le surprendre dévorant la bouche d'une bimbo en minishort ! Il fallait se rendre à l'évidence, son physique ne l'avait jamais attiré. Elle ravala un sanglot. Il n'avait qu'à aller au diable, ce mufle ne méritait pas la moindre larme.

Le téléphone se remit à sonner et cette fois, sans même prendre le temps de vérifier de qui il s'agissait, elle raccrocha illico le combiné. Elle s'apprêtait à sortir de la chambre quand la sonnerie retentit de nouveau. Ce type allait la rendre dingue ! Est-ce qu'il comptait appeler toute la nuit ? C'était plus qu'elle ne pouvait en supporter. Elle répéta la même opération, mais cette fois-ci, prit soin de laisser le combiné décroché. Clint et Joe utilisaient plutôt leur portable et ils ne se rendraient même pas compte que la ligne était occupée. De toute façon, c'était soit ça, soit à la prochaine sonnerie, elle balançait ce satané téléphone par la fenêtre.

Son body toujours à la main, elle balaya la pièce du regard à la recherche de ses clés de voiture avant de se souvenir qu'elles étaient rangées dans son sac, qu'elle ramassa à la hâte. De l'air ! Elle étouffait, il fallait qu'elle sorte. De toute façon, personne ne se rendrait compte de son absence. En tout cas, pas jusqu'au lendemain matin. Enfin, ce n'était pas le tout de sortir, encore fallait-il avoir quelque part où aller !

La main sur la poignée, elle hésita un instant. Mitch. Il allait sans doute dormir seul au ranch ce soir. Elle se sentit soudain sur le point de vaciller et retint son souffle, surprise par le tour que prenaient ses pensées. Aurait-elle le cran d'aller au bout de son idée ? Elle baissa les yeux vers le body qu'elle tenait encore à la main et se remémora leur brève étreinte. Les yeux mi-clos, elle écouta son corps lui rappeler combien elle s'était sentie bien entre ses bras et avec quelle force il l'avait serrée contre lui.

Non, ce n'était pas une bonne idée. Son cœur s'était emballé à la seconde où elle l'avait reconnu, c'était une raison suffisante pour ne pas aller sonner à sa porte, surtout dans l'état où elle était. D'autant que lui, l'avait toujours considérée comme ni plus ni moins que la petite sœur de Joe et Clint. Non, elle n'avait vraiment pas besoin d'une seconde claque.

Elle resta figée, la main agrippée à la poignée, en proie à une grande confusion. Elle avait beau essayer de se persuader que Mitch ne pouvait la voir autrement que comme la sœur de ses copains d'enfance, la réaction qu'il avait eue à son contact lui suggérait tout le contraire. Car leurs retrouvailles avaient été pour le moins… tactiles. Et sa façon de lui caresser le dos, tout sauf fraternelle. Sur le coup, elle s'était sentie trop coupable vis-à-vis de Dennis pour comprendre ce qui se passait, mais avec le recul, quelque chose lui disait qu'elle n'avait pas rêvé. Son émoi, elle l'avait bien perçu.

Elle ravala sa salive et prit son courage à deux mains. Elle ouvrit la porte, passa la tête dans l'embrasure pour vérifier que la voie était libre, puis fonça en direction de l'entrée. En se dépêchant un peu, elle pourrait peut-être même arriver avant lui.

Mitch était en train de garer son pick-up, encore tout à sa joie d'avoir revu son vieil ami Clint, quand son regard se porta vers le porche. Un bon coup de pinceau ne serait pas du luxe. Il se rassura en se disant que, vu l'âge de la maison, celle-ci était encore en plutôt bon état, même si — il était le premier à le déplorer — ce n'était pas grâce à lui.

Il s'empressa de balayer le sentiment de culpabilité qui s'était peu à peu insinué en lui depuis l'instant où ses yeux s'étaient posés sur la pancarte décrépite annonçant l'entrée du ranch. Même si son père ne s'en était jamais plaint, Mitch le savait bien, gérer l'exploitation était devenu de plus en plus difficile au fil des ans. Surtout depuis que leur contremaître de toujours avait pris sa retraite. A partir de là, tout était allé de mal en pis. D'abord, celui que son père avait formé pour prendre la relève s'était blessé au dos et avait dû renoncer au poste, puis, peu de temps après, les premiers vols avaient commencé.

C'était sa sœur qui l'avait mis au courant. Ses parents n'avaient pas jugé utile de le faire. Pourquoi l'auraient-ils fait ? Cela faisait belle lurette qu'ils ne comptaient plus sur l'aide de leur fils.

Harassé de fatigue par dix longues heures de route, il sauta de son camion pour aller directement se coucher. S'il avait su qu'il raterait la fête, il aurait au moins pris la peine de s'arrêter. Même si, en fin de compte, c'était sans doute mieux qu'il soit arrivé à la fin. Au moins n'avait-il gâché la soirée de personne en faisant remonter à la surface une histoire que beaucoup préféraient sans doute oublier.

Alors qu'il s'engageait dans l'escalier du porche, il lui sembla apercevoir une lueur à l'étage. Il s'arrêta net, s'efforçant de distinguer quelque chose à travers les vitres. La lune était pleine et sa lueur avait dû se refléter dans un miroir. En quittant la maison tout à l'heure après avoir pris une douche et posé son sac, il avait en effet vérifié que tout était éteint. Sauf que... il était parti sans fermer à clé, une vieille habitude qu'il allait devoir perdre vu les temps qui couraient.

Il pénétra à l'intérieur en tendant l'oreille, guidé dans ses pas par le seul clair de lune. Il grimpa les premières marches de l'escalier et sourit en les entendant craquer sous ses pieds. Combien de fois il s'était fait prendre en train d'essayer de sortir en douce ! Plus qu'il n'avait de doigts pour le compter, à n'en pas douter.

Il passa d'abord par la salle de bains pour se laver les dents avant de regagner son ancienne chambre. Il n'était pas pressé de dormir dans son lit d'adolescent. Il aurait été plus à l'aise dans le lit double de ses parents, mais l'attrait de sa chambre d'enfant était irrésistible.

Ses parents avaient laissé la plupart des meubles, mais ses objets personnels n'y étaient plus et il eut un pincement au cœur en songeant qu'un pan entier de sa vie avait été effacé de ses yeux.

En entrant dans sa chambre, il se retint d'appuyer sur l'interrupteur et avança à tâtons jusqu'à sa lampe de chevet.

— Mitch ?

Surpris par cette petite voix qui l'appelait dans l'obscurité, il sursauta et son front heurta l'abat-jour.

— Katie, c'est toi ?

Il y eut un silence, puis il entendit un petit « oui ».

Il remit la lampe en place et appuya sur le bouton pour l'allumer. Une lumière tamisée envahit soudain la chambre. Allongée dans le petit lit une place, le couvre-lit remonté jusqu'au menton, Kate se protégea les yeux le temps de s'accoutumer à l'éclairage.

— Mince, Katie, quelle trouille tu m'as fichue !

— Toi, la trouille ? ironisa-t-elle avec un sourire. Tu n'étais pas garde du corps pour cette célèbre actrice à un moment ?

— Qu'est-ce que tu fais ici ? demanda-t-il en reculant.

— Je t'attendais.

— Dans mon lit ?

Elle battit des cils avant de riposter :

— Tu veux que je m'en aille ?

Ne sachant quoi répondre, Mitch se contenta de l'observer. Sa présence ici s'expliquait sans doute par le coup dur qu'elle venait de subir. Elle était sous le choc et il devait faire preuve de tact pour ne pas rouvrir sa blessure. Difficile quand lui-même était pour le moins déstabilisé par la présence de la petite Katie en pleine nuit dans son lit.

— Non, tu peux rester, finit-il par répondre.

Elle sourit, soulagée, et s'empressa de se justifier :

— La porte était ouverte.

— Oui, c'est une vieille habitude que j'ai et surtout, une très mauvaise idée vu la situation, répondit-il en lui tournant le dos pour jeter ses clés sur la commode et sans doute mieux cacher son trouble aussi.

— Une très mauvaise idée, oui, répéta-t-elle.

Au ton blessé de sa voix, il se rendit compte du double sens de sa remarque et de l'interprétation qu'elle en avait faite, mais il ne savait quoi dire pour faire marche arrière. Ou simplement poursuivre la conversation. Le problème, c'était qu'il ne savait même pas ce qu'il était censé faire. Lui rappeler qu'elle était fiancée ? Cela n'allait pas aider. Il jeta un œil rapide en direction du miroir pour essayer d'y entrevoir son visage, mais il n'était pas bien placé. Une question lui vint à l'esprit : comment était-elle sous les draps ? Le couvre-lit était remonté si haut qu'il ne pouvait rien voir. Les hypothèses se bousculèrent dans sa tête jusqu'à ce qu'il l'imagine entièrement nue et revienne soudain à la réalité.

Il s'éclaircit la gorge en même temps qu'il se retournait vers elle.

— Bon, qu'est-ce qu'il y a, Kate ?

Elle sembla hésiter, puis replia le haut du dessus-de-lit jusqu'à sa taille avant de lancer, comme si de rien n'était :

— Rien, je réchauffais juste ton lit. Pour toi...

La dentelle noire tranchait sur le blanc laiteux de sa peau. A moitié découverte, elle était tentante comme le péché. Toutes les images d'enfant maigrichonne que Mitch avait d'elle s'envolèrent à mesure qu'il retraçait dans sa tête les courbes de son corps de femme. Tout en elle lui inspirait plaisir et volupté et son sexe dressé semblait déjà prêt à y goûter. Au fond de lui, c'était comme si une petite voix lui disait de tourner la tête, mais c'était plus fort que lui, il était comme hypnotisé.

La vue de sa poitrine débordant des balconnets et de ses mamelons roses visibles par transparence acheva de l'exciter. Pointant sous la dentelle, ses petits tétons durcis semblaient l'appeler. Il sentit son corps se raidir tout entier. Il avait toujours eu un faible pour les tétons roses. Pour un peu, il les aurait presque sentis rouler sous sa langue. Il se figea, tiré de sa rêverie par la vue de ses mains qui tremblaient. Il recula d'un pas, comme pour reprendre le contrôle sur ses sens.

— Je ne crois pas que ce soit une bonne idée, dit-il avec un regard qui se voulait sévère.

— Je ne suis plus une enfant, rétorqua-t-elle en rougissant.

— C'est certain, dit-il en contemplant ses seins malgré lui.

Sa réponse sembla la ravir, puis elle fronça les sourcils en demandant :

— Tu as quelqu'un, c'est ça ?

— Non, répondit-il en comprenant, trop tard, qu'il aurait mieux valu qu'il mente.

— Bien, bien, fit-elle en plantant son regard sur sa braguette.

Cette fois-ci, c'était cuit. Elle ne pouvait pas avoir manqué son excitation. Il fallait qu'il mette un terme à cette situation avant de commettre l'irréparable.

— Moi non, mais toi oui !

Sans doute y était-il allé un peu fort car elle écarquilla des yeux mouillés de tristesse et de honte avant de ciller pour repousser ses larmes. Son menton se mit à trembler et elle se cacha le visage sous les draps.

— Les apparences sont parfois trompeuses, lâcha-t-elle, des trémolos dans la voix.

Mitch sentit monter en lui une irrépressible envie de la consoler. Elle avait l'air tellement anéantie. S'il s'était écouté, il l'aurait serrée entre ses bras, mais un tel rapprochement aurait été périlleux. Non pas qu'il ait craint de craquer… Ou plutôt si, c'était bien là le cœur du problème. Car c'était une chose de se mentir à lui-même, mais rien ne l'obligeait à être aussi dur avec elle, surtout sachant l'épreuve qu'elle était en train de traverser. En même temps, son désir pour elle était si fort qu'en se laissant aller, il craignait de finir par bafouer ses sacro-saints principes de loyauté.

— Ecoute, Kate, finit-il par dire après s'être assis sur le bord du lit. Je comprends ta douleur et ta colère, mais ce type, qui est de toute évidence un beau salaud, ne mérite pas que tu fasses quelque chose que tu risques de regretter par la suite.

— Seigneur, quand est-ce que tu cesseras de me parler comme à une enfant…

Elle s'interrompit, interdite, avant de demander :

— Comment ça, ma douleur ?

Et voilà, en deux mots, il s'était trahi !

— C'est de Dennis que tu es en train de parler ? enchaîna-t-elle en le sondant du regard.

— Vous vous êtes disputés, ça crève les yeux, éluda-t-il en haussant les épaules.

Elle se redressa, puis le fixa du regard jusqu'à ce qu'il détourne les yeux.

— Tu étais là, c'est ça ?

Ses dernières paroles moururent dans un gémissement. Elle balança la couverture, prête à s'en aller, mais Mitch l'agrippa par la taille.

— Reste, Katie.

— Lâche-moi !

— Non, écoute-moi.

— C'est inutile. Tu avais raison, je n'aurais jamais dû entrer. Laisse-moi partir, je rentre chez moi.

— Reste, l'implora-t-il en resserrant son étreinte.

— Je ne peux pas.

Il la saisit par les mains et la fit s'asseoir sur ses genoux.

— Je te promets que je ne te toucherai pas. Tu n'as pas envie de rentrer et de tomber sur Clint ou Joe, n'est-ce pas ?

Il laissa passer un silence.

— Tu vois, je ne suis pas aussi insensible que tu crois…

Un rire étranglé s'échappa de ses lèvres et elle renifla.

— Je vais bien, vraiment !

— Pas moi. Imagine, si les voleurs reviennent. Tu voudrais me laisser là, tout seul ?

Elle pivota la tête pour le regarder et ses yeux embués se mirent à briller.

— Tu es bête !

— Mouais !

Il sourit et la serra contre lui.

— Reste ici cette nuit. On peut parler si tu veux, comme deux vieux amis. C'est ce que nous sommes, non ?

3

— J'ai connu plus amical comme accueil.

— Il faut dire qu'en temps normal, mes amis ne m'attendent pas à moitié nus dans mon lit.

— C'est bon va, j'ai compris.

Comme elle cherchait à se relever, il la maintint de force.

— Tu sais, Kate, ce n'est pas mon style de refuser une invitation au lit, surtout de la part d'une jolie fille, mais...

— Laisse tomber, Mitch. Je n'ai pas besoin de ta compassion. Je suis une grande fille maintenant. Et puis, ça fait un bail que ma vie ne tourne plus autour de toi !

Quoique surpris par la révélation, il se garda de relever.

— Désolé que tu le prennes comme ça.

— Non, c'est sympa de vouloir être gentil, j'apprécie, dit-elle, le sentant soudain agacé. Mais j'ai passé l'âge d'être consolée. De toute façon, Dennis n'est qu'un pauvre type, ça n'est pas une grosse perte.

C'était curieux comme elle avait prononcé son nom sans l'ombre d'une émotion, comme si déjà, il était relégué dans son esprit au rang des mauvais souvenirs. La preuve qu'elle ne l'aimait pas et même qu'elle ne l'avait même jamais aimé. Une vérité qui s'était peu à peu fait jour dans son esprit, jusqu'aujourd'hui où elle lui avait éclaté en pleine figure. Mais tout de même, sa trahison faisait mal. Son irrespect aussi.

Et maintenant, elle se sentait lasse et mal à l'aise dans sa tenue ridicule. S'il lui restait un soupçon de bon sens, elle se rhabillerait et rentrerait chez elle sans demander son reste. Elle fit la moue en regardant le minuscule bout de tissu qui la dévoilait plus qu'il ne la couvrait. Quelle idée stupide elle avait eue ! Comme si Mitch avait jamais été à sa portée : Mitch, le capitaine de l'équipe de foot, puis Mitch, le coach sportif des célébrités et le garde du corps des actrices de télé et enfin, dernière en date, Mitch, le pilote de jet privé. Qu'avait-elle espéré en venant l'aguicher chez lui en petite tenue ? Qu'il allait craquer pour la fille la plus ordinaire que le monde ait jamais portée ?

Elle profita du fait qu'il semblait perdu dans ses pensées pour s'extraire de ses bras. Etre ainsi collée à lui était bien trop bon et si, jusqu'ici, elle avait réussi à ne pas le montrer, elle n'était pas du tout sûre de pouvoir jouer l'indifférence encore longtemps.

— Kate, dit-il en la rattrapant par la main.

Elle se retrouva debout, dos à lui, son corps presque nu livré à son regard dans la pénombre de la chambre.

— Tu veux bien te retourner ?

Comprenant qu'elle ne pourrait pas lui échapper, elle se retourna d'un bloc et le surprit en train de lorgner ses seins. Par réflexe, elle se couvrit la poitrine et il en profita pour la saisir par la taille et l'attirer à lui.

— Tu es une femme magnifique, Kate, dit-il en faisant courir son index sur le renflement de ses seins. Très désirable.

Elle retint son souffle tandis qu'il poursuivait :

— Ne crois pas que je sois insensible à ton charme, loin de là…

Il s'interrompit et elle poursuivit à sa place :

— Mais ?

Il leva les yeux vers les siens.

— Mais… je ne vaudrais pas mieux que ce moins-que-rien de Dennis si je profitais de la situation.

Il avait l'air sincère. Cela se lisait dans ses yeux. Pourquoi alors se sentait-elle rejetée ?

— Tu es un vrai gentleman, Mitch, se contenta-t-elle de répondre en tournant la tête.

Il n'était pas question qu'elle se laisse émouvoir par sa gentillesse. S'il ne voulait pas d'elle, c'était tant pis pour lui. Elle essuya d'un geste discret la larme qui perlait à sa paupière et demanda d'un ton agacé :

— Tu n'aurais pas vu mes affaires ?

— Katie, il est tard, tu es fatiguée, insista-t-il.

Il la saisit par la taille et l'approcha du lit jusqu'à ce qu'elle soit assez près pour l'y asseoir. Cette fois-ci, sa délicatesse eut raison de sa résistance. Elle le laissa l'allonger sur le lit et s'exécuta lorsqu'il lui demanda de lui faire de la place.

Ainsi collée contre le mur, elle le regarda la border, puis ôter ses bottes et venir s'allonger à côté d'elle tout habillé.

— Tout va bien ? demanda-t-il tout en se calant un oreiller sous la nuque.

Elle hocha la tête, de plus en plus embarrassée.

— Je prends toute la place. J'ai l'impression d'abuser...

— Viens par ici, dit-il en passant son bras sous sa nuque de sorte qu'elle repose sa tête sur son torse.

— Bien installée ?

Elle fit un oui timide de la tête. Elle s'en voulait de s'être emportée.

— Tu sais pour tout à l'heure, je...

Comme elle cherchait ses mots, il termina à sa place :

— Oui, j'ai tout compris, répondit-il d'un air entendu.

— Mais, tu ne sais même pas ce que j'allais dire.

— Tu en as dit assez pour que je comprenne l'essentiel : tu en pinçais pour moi ! lâcha-t-il, ravi de son petit effet.

Elle eut un rire stupéfait, puis leva vers lui un œil amusé.

— Quoi ? J'aurais mal interprété ? la taquina-t-il.

— Non, c'est juste que je trouve ça un peu gonflé de ta part de remettre ça sur le tapis. Qui plus est, j'avais douze ans, il y a prescription maintenant !

— Tu as bien caché ton jeu en tout cas...

— Quoi ? Tu ne savais pas ?

— Tu penses ! Un garçon manqué comme toi ? Jamais ça ne m'aurait effleuré l'esprit.

— Je vois...

— Donc, si j'ai bien tout compris, à douze ans, tu avais le béguin pour moi et puis d'un coup, d'un seul, le monde s'est arrêté de tourner autour de moi ?

— Oh, la ferme, Mitch ! riposta-t-elle.

— J'aime bien l'idée d'avoir joué le rôle d'un homme mûr et désiré.

— Pourquoi, ton historique de coqueluche du lycée ne te suffit pas ? Si je me souviens bien, à l'époque, c'était toute l'équipe de pom-pom girls qui te courait après.

— Là, tu exagères.

— Toujours est-il qu'arrivée à la fac, ça faisait un moment déjà que je ne pensais plus à toi.

— Loin des yeux, loin du cœur, répondit-il, pensif.

— C'est vrai qu'après ton départ, on ne t'a plus guère vu dans le coin.

Un curieux silence s'installa et elle ne tarda pas à comprendre qu'elle avait mis le doigt sur un sujet sensible. En même temps, nul besoin d'être devin pour se douter que son absence n'avait pas dû être facile à vivre pour ses parents.

Comme il ne disait toujours rien, elle crut qu'il s'était endormi. C'était sans doute mieux vu l'état d'excitation dans lequel elle se trouvait. Le simple fait d'être allongée là, à côté de Mitch Colter, était trop surréaliste pour qu'elle parvienne à trouver le sommeil, d'autant qu'elle était à moitié nue sous les draps. Malgré la chaleur étouffante, elle bénissait l'épais couvre-lit qui les séparait quand la paume de sa main se posa sur son épaule.

— Tu ne dors pas ?

— Toi non plus ?

— On devrait essayer de se reposer maintenant.

— Oui, acquiesça-t-elle, enserrée dans ses bras musclés telle une prisonnière consentante.

Un moment passa, puis elle brisa de nouveau le silence :

— Dis, je peux t'avouer autre chose ?

Il posa son menton sur sa tête.

— Tu veux vraiment que je te réponde.

Sa réaction la refroidit. A l'évidence, il avait eu sa dose de révélations pour la soirée.

— De toute façon, maintenant, tu en as trop dit, ou pas assez, alors, vas-y, crache le morceau.

Elle prit son courage à deux mains et se lança :

— Eh bien, voila, quand j'étais petite, j'embrassais mon coussin en faisant semblant que c'était toi.

Un instant passa, puis le rire de Mitch éclata dans le silence de la nuit.

— Et c'était comment ? s'enquit-il une fois son fou rire maîtrisé.

— Hum... comme avec un oreiller !

Il rit de plus belle et elle rit avec lui comme jamais elle n'avait ri avec son ex-fiancé.

— Dennis était nul pour embrasser, lâcha-t-elle une fois son sérieux retrouvé.

C'était sorti tout seul, comme si elle avait pensé tout haut. Une pensée qu'elle regretta aussitôt prononcée. Elle sentit Mitch remuer mais comme il ne pipait mot, elle s'excusa :

— Désolée, ça m'a échappé.

— Oh, je t'en prie. Vide ton sac si ça te fait du bien.

Elle lâcha un long soupir.

— Plus ça va, plus je me dis qu'en fin de compte, c'est sans doute ma faute si ça n'a pas marché. Peut-être que je n'étais pas assez...

Elle s'interrompit, hésitante. D'un côté, elle avait besoin d'évacuer le trop-plein et de l'autre, elle doutait que s'épancher ainsi auprès de Mitch soit une bonne idée.

— Ecoute, je n'ai pas envie de t'ennuyer plus longtemps avec mes histoires, c'est mieux que je rentre sinon, ni l'un ni l'autre n'allons fermer l'œil de la nuit.

— C'est cette chaleur, on étouffe ici ! s'exclama-t-il en se levant d'un bond.

Elle profita de la place libre pour étirer ses jambes. Dès qu'elle en aurait l'occasion, elle filerait en douce. Il n'était pas question qu'ils se réveillent ensemble. Tout ce qu'elle avait à faire, c'était récupérer ses affaires et foncer à sa voiture, garée dans l'arrière-cour.

— Attends, j'enlève juste ma chemise.

Elle ravala sa salive, tiraillée entre l'envie de ne rien rater du spectacle et la peur de changer d'avis.

— Non, j'y vais. C'est mieux pour tout le monde.

— Ecoute, si tu pars maintenant, ça va m'obliger à te suivre pour être sûr qu'il ne t'arrive rien en route.

— Je te remercie mais je n'ai pas besoin de chaperon. Et puis, j'habite à deux minutes au cas où tu l'aurais oublié.

— Il n'est pas question que tu rentres seule à cette heure !

— On parie ?

Elle regretta vite sa bravade quand elle le vit commencer à tirer les pans de sa chemise. Ce n'était pas très fair-play de sa part de se dévêtir maintenant, mais ses arguments étaient pour le moins convaincants. C'était difficile à croire, mais il était encore plus sexy en vrai que dans son imagination, et elle fut vite hypnotisée par la vue de ses muscles qui se contractaient et se détendaient au rythme de ses mouvements.

Quand elle réussit à détacher enfin son regard de ses pectoraux, ce fut pour constater qu'il avait les yeux rivés sur ses seins, sous la dentelle transparente. Ouf, il était trop occupé à lorgner sa poitrine pour l'avoir surprise en flagrant délit.

Leurs regards se croisèrent et, sans ciller, il repoussa la couverture au pied du lit.

— Juste un drap, ça suffira, dit-il en chuchotant.

— Ça suffira pour quoi ?

Pour toute réponse, il lui adressa un petit sourire en coin qu'il ponctua d'un :

— Retourne te coucher !

Malgré tous ses efforts pour résister, Kate était sous le charme. Mitch était aux petits soins avec elle et sa tendresse lui faisait du bien.

— Allez ! Sinon je vais être obligé d'utiliser la force.

— Tu sais, il y a une autre solution, lui fit-elle remarquer, un peu gênée. Je pourrais dormir dans la chambre de ta sœur.

— Trop de poussière, trancha-t-il après un bref moment d'hésitation.

Il bâilla, puis ajouta :

— Et puis, je croyais que c'était réglé.

Réglé ? Elle était déçue. Pour lui répondre ça, il ne devait pas la trouver si irrésistible. Elle retourna se coucher sans broncher. De toute façon, c'était soit ça, soit elle risquait de tomber sur un de ses frères en rentrant, et elle n'en avait vraiment pas envie, surtout pas ce soir. Elle se glissa entre les draps, plus agréables que l'épaisse couverture, puis se recroquevilla contre le mur de façon à lui laisser autant de place que possible.

Mitch la rejoignit dans le lit et répéta la même opération qu'un peu plus tôt de sorte qu'elle se retrouva de nouveau la tête posée sur son torse, mais cette fois, sans couverture pour les séparer. Elle dut se raisonner pour ne pas céder à l'envie de faire courir ses doigts sur sa peau.

— Ça va, je ne t'étouffe pas trop ? s'inquiéta-t-il en lui caressant le dos.

— Non.

— Alors, détends-toi, dit-il, la sentant crispée.

Il lui sembla qu'il avait déposé un baiser sur ses cheveux, mais elle n'en était pas sûre.

— Encore une question et après, promis, je me tais.

— Je t'écoute.

— La fille, tu l'as vue ?

— Quelle fille ?

— Celle qui était avec Dennis.

— Non… Enfin, oui, vite fait.

— Je sais qu'elle était blonde, mais c'est tout.

— C'est important, tu crois ?

— Non, répondit-elle dans un murmure.

— Arrête un peu de penser à lui. Pour faire ce qu'il a fait, ce type est un vaurien, s'énerva-t-il. Doublé d'un crétin.

Elle sourit de voir comme il prenait sa défense et en rajouta une couche :

— Et un piètre amant.

Mitch posa l'index sous son menton pour l'obliger à le regarder dans les yeux et, penchant la tête de côté, il déclara :

— Ecoute-moi bien, Kate. Un homme qui n'est pas capable de t'aimer comme il se doit ne mérite même pas que tu parles de lui.

Elle retint son souffle. Est-ce qu'il allait l'embrasser ? Sa position le laissait supposer et son corps tout entier tendu vers le sien aussi. Les secondes s'égrenèrent dans un silence tendu, puis il approcha son visage du sien. Elle ferma les yeux, pantelante et sentit ses lèvres effleurer les siennes, mais ce fut tout.

— Tu vaux mieux que ça, Kate, lui murmura-t-il, sa bouche à quelques millimètres de la sienne. Tu es belle, intelligente…

— Pas assez pour retenir un homme, en tout cas, enchaîna-t-elle avec un haussement d'épaules résigné.

Pour le baiser, elle pouvait repasser, elle le savait à présent. Mitch était bien trop ancré dans son pseudo-rôle de grand frère protecteur. Elle enfonça le clou :

— Le genre de fille qui pour éveiller la flamme a besoin d'une allumette !

De nouveau, son sens aigu de l'autodérision le fit éclater de rire.

— Tu vois, en plus d'être belle et intelligente, tu as le sens de l'humour. Qu'est-ce qu'il te faut de plus ?

— Un minimum de... sex-appeal ?

— Ah, Katie. Je suis désolé de ce qui est arrivé ce soir, mais tu ne vas pas te dévaloriser comme ça à cause de ce crétin.

— Tu sais, Mitch, en y réfléchissant bien, ce qui est arrivé ce soir est plutôt un mal pour un bien. Ça faisait un moment que j'avais des doutes sur ce mariage. Il me manquait juste un motif et c'est Dennis qui me l'a apporté. Comme sur un plateau. Mais j'ai compris une chose, je ne suis pas faite pour les histoires d'amour.

Mitch se figea. Et dire qu'il avait failli l'embrasser une minute plus tôt. Elle avait perdu confiance en elle et vu la façon dont elle se dépréciait depuis tout à l'heure, elle allait avoir du mal à la retrouver. Pour autant, l'embrasser maintenant ne résoudrait pas le problème. Ou peut-être que si. Mais ne risquaient-ils pas de le regretter ensuite ?

Si, sans doute. C'était même la pire des choses à faire. Kate était sous le choc. Elle allait remonter la pente, il lui fallait juste un peu de temps. En attendant, le mieux qu'il pouvait faire pour elle, c'était d'être là pour l'écouter.

— Mitch ? demanda-t-elle avec un léger trémolo dans la voix. Tu veux bien m'embrasser ?

Pour toute réponse, il déposa un baiser sur le bout de son nez. La nuit allait être longue.

4

Quand elle se réveilla, Mitch était étendu sur le plancher, avec pour seul élément de confort, un coussin calé sous la tête. Kate fit la grimace. Elle était un monstre d'égoïsme. Mais l'heure n'était pas à l'autocritique. Il fallait qu'elle parte vite avant qu'il se réveille. La lumière de l'aube commençait déjà à poindre à l'horizon et ce matin, elle devait raccompagner Dory et Lisa à l'aéroport.

Elle était en train de contourner le corps de Mitch allongé par terre quand elle vit son sac posé sur le sol près de la porte. Elle s'en souvenait maintenant, elle l'avait laissé tomber là en l'entendant arriver. Elle avança sur la pointe des pieds, s'empara du sac et fonça en direction de la salle de bains. Les craquements du plancher l'avaient sans doute réveillé, mais par bonheur, il ne s'était pas retourné. Passait encore qu'il l'ait vue à moitié nue la nuit passée, mais à la lumière du jour, cela aurait été plus difficile à assumer. Et puis, il fallait bien l'avouer, l'idée qu'elle puisse trouver du réconfort, ne serait-ce qu'une poignée de secondes, entre les bras de Mitch, était suffisante pour la faire fuir.

Dix minutes plus tard, elle arrivait au Sugarloaf. Quelques hommes s'affairaient déjà dans les étables, mais dans la maison, tout était calme. Les domestiques étaient de repos et Kate prépara le café à la hâte avant de filer dans sa chambre pour quitter ses habits de la veille et prendre une douche.

En temps normal, à cette heure-ci, Joe et Clint étaient levés et habillés, et prêts à avaler leur café avant de partir travailler. Mais ce matin n'était pas un matin ordinaire. C'était un lendemain de fête et ses frères avaient passé la soirée, et sans doute la nuit aussi, avec ses copines de fac. La vie était décidément pleine de surprises. Ses amies étaient venues de l'autre bout du pays pour fêter ses fiançailles et, au final, elles avaient craqué chacune pour un de ses frères et elle, avait largué son fiancé.

Il y avait de quoi les envier, mais ce n'était pas dans le tempérament de Kate de regarder dans l'assiette des autres. Au contraire, elle était ravie pour ses amies et pour ses frères, qu'elle n'avait encore jamais vus aussi… épris ! Joe n'avait eu d'yeux que pour Lisa tout au long du week-end et Clint et Dory semblaient déjà liés par une complicité qu'elle-même n'avait jamais connue avec Dennis en deux ans de vie commune.

Si elle s'était écoutée, elle serait partie se terrer dans sa chambre pour oublier, mais au lieu de cela, elle prit une bonne douche et fit même l'effort de se maquiller, juste assez pour cacher ses cernes et sa mine fatiguée. Quant à ses cheveux, elle ne prit pas la peine de les lisser. Ils allaient être tout en bataille une fois secs, mais peu lui importait. De toute façon, pour ce qu'elle avait à faire… Dès qu'elle serait rentrée de l'aéroport, elle comptait se recoucher et ne plus mettre le nez dehors pendant au moins une semaine.

En descendant les escaliers, elle commença à réfléchir à ce qu'elle allait bien pouvoir raconter à ses amies pour expliquer sa désertion de la veille. Elles allaient lui demander où elle était passée, c'était sûr, mais elle ne voulait pas gâcher la fin du week-end. Cela aurait été trop bête.

— Kate ?

C'était la voix de Dory, qui venait de l'entrée et, à en juger par les chuchotements qui suivirent, elle devait être avec Lisa. Kate troqua illico sa mine déconfite contre un masque de bonne humeur, mais une fois face à elles, elle comprit que c'était peine perdue. Ses deux amies l'attendaient, l'œil inquiet et le sourcil en accent circonflexe.

— Salut les filles ! fit Kate de l'air le plus enjoué qu'elle put.

L'instant d'après, elle fondait en larmes.

Le ranch avait retrouvé sa quiétude. Tout avait déjà été démonté : les tentes, la scène, les stands. Ne restaient plus que quelques tables et bancs à remiser. Mitch avait prévu de venir aider à ranger, mais à l'évidence, il arrivait après la bataille. Il gara son pick-up le long de l'allée et remarqua le camion de Clint, garé près de l'étable. Cela tombait bien car il avait à lui parler, à lui et à son frère, Joe.

En descendant de son pick-up, il jeta un œil en direction de la maison. La voiture de Kate n'y était pas, mais cela ne voulait rien dire. Kate pouvait très bien l'avoir garée de l'autre côté de la maison. Il se demanda comment allait se passer leur premier face-à-face après cette nuit. Il aurait préféré avoir le temps d'en rediscuter avec elle ce matin, mais sans grande surprise, elle avait préféré s'éclipser en douce. Lui ne regrettait rien, mais peut-être qu'elle, si.

Le vieux Pete lui fit signe depuis l'étable. D'aussi loin qu'il s'en souvienne, il l'avait toujours vu au service des Manning.

— Bon sang, Mitch ! Ça fait plaisir de te revoir. Il me semblait bien t'avoir vu la nuit dernière.

— Oui, je suis arrivé tard. J'ai raté le rodéo.

— J'imagine que tu viens voir Joe et Clint, mais rentre plutôt, je viens de faire du café.

— Alors, là, ce n'est pas de refus !

Pete éclata de son bon vieux rire sonore et le précéda à l'intérieur. En le voyant se déplacer péniblement le dos voûté, Mitch prit la mesure du temps qui avait passé. Cela devait bien faire huit ans qu'il ne l'avait pas vu. Huit années pendant lesquelles son propre père avait dû faire tourner seul l'exploitation familiale, avec seulement deux aides pour l'assister dans les tâches quotidiennes. Certes, son père n'était pas aussi âgé que Pete, mais tout de même, il éprouvait un sentiment de culpabilité qui n'avait fait que grandir depuis son arrivée.

A l'intérieur de l'étable, rien n'avait changé ou presque. Tout était à la même place qu'autrefois : le coin café à gauche en entrant, le matériel et les outils un peu plus loin, les bottes de foin empilées entre les box, les rangées de selles, les brides, même l'odeur était la même. Seul élément nouveau, la grange qui donnait à présent dans l'étable.

Alors qu'il se remplissait un mug du breuvage corsé de Pete, il entendit Joe et Clint arriver vers eux. En les voyant tout endimanchés, il eut un mouvement de surprise. D'habitude, ils étaient toujours en jean et T-shirt.

— Ah, l'amour..., marmonna alors le vieil homme avant de s'en aller en rigolant.

Joe fut le premier à le voir.

— Mitch, mon ami ! On s'est ratés de peu hier, dit-il en lui tendant la main.

— Oui, je me suis retrouvé coincé dans les embouteillages en sortant de Dallas et je suis arrivé juste pour le final. Mais ne t'en fais pas, je compte rester ici quelque temps.

Il serra la main de Clint, qu'il avait vu la veille, et lança :

— Où vous allez comme ça ? Vous avez rendez-vous ?

— On revient de l'aéroport, répondit Joe en jetant un coup d'œil vers Clint. Les copines de Kate avaient un avion à prendre.

— Elles doivent être bien jolies, ses copines !

Clint eut un sourire triomphant et Joe se frotta la joue d'un air gêné. A l'évidence, le vieil homme ne s'était pas trompé. Ces deux-là avaient tout l'air d'être amoureux.

— Mais où est Kate ? Elle n'était pas avec vous ?

— Kate ? Non pourquoi ? fit Clint, étonné.

— Elle n'a pas raccompagné ses amies ? s'enquit Mitch, soudain inquiet.

— Euh... en fait, non. Elle avait la migraine et comme on voulait leur dire au revoir, c'est nous qui les avons accompagnées.

— Tu déjeunes avec nous ? proposa Joe.

— Merci, mais je dois faire un saut en ville, répondit Mitch, l'air absent.

De toute évidence, Kate n'avait encore rien dit à ses frères au sujet de Dennis et n'avait pas non plus parlé de la nuit qu'ils avaient passée ensemble. Le contraire l'aurait étonné, mais il fut tout de même soulagé de voir qu'ils n'étaient pas au courant.

— Avant d'y aller, j'avais une petite question à vous poser, dit Mitch. Vous en pensez quoi du nouveau shérif ?

— Nouveau ? Pas si nouveau que ça. Ça doit bien faire un an qu'il est en poste et tout le monde est plutôt satisfait de son travail, dit Clint en se servant du café.

— J'imagine que tu veux le voir au sujet des vols, dit Joe.

Il hocha la tête et les deux frères échangèrent un regard inquiet.

— Viens, on sera mieux à la maison pour en discuter, suggéra Joe.

Il préférait éviter de tomber sur Kate pendant qu'ils étaient avec ses frères.

— Oh, ça peut attendre. Je suis là pour quelque temps, tu sais.

— Oui, mais autant régler ça tout de suite. En plus, pour une fois, on a pris notre journée.

— Comme tu voudras, accepta-t-il pour ne pas le vexer.

Sauf que maintenant, il n'avait plus qu'à prier pour qu'il ne prenne pas l'envie à Kate de descendre juste à ce moment. Même si, il s'en doutait, elle devait elle aussi préférer l'éviter.

Une fois dans la cuisine, Clint sortit un pichet de thé glacé du réfrigérateur, Joe sortit les verres et Mitch s'assit à table comme il en avait l'habitude autrefois. C'était curieux, mais tout lui semblait si familier autour de lui qu'il avait presque l'impression de n'être parti qu'un week-end.

— Alors, tu comptes rester combien de temps ? demanda Joe en déboutonnant ses manches pour les retrousser.

— Le temps qu'il faudra pour mettre la main sur les voyous qui ont volé mes parents.

— Des voyous, oui, comme tu dis. Ces types-là sont sans scrupule. Ils se mettent au vert quelque temps, histoire qu'on les croie partis et ils remettent ça au moment où on s'y attend le moins. Et, ils choisissent bien leurs cibles.

— Vous n'avez pas été frappés, vous, au moins ? demanda Mitch.

— Non, tu penses. Ils préfèrent s'attaquer aux petits ranchs. Franck Reynolds y a eu droit deux fois. La deuxième, ils lui ont pris tellement de bêtes qu'il a été forcé de licencier la moitié de ses employés. L'autre soir, il m'a avoué qu'il allait être obligé de se séparer d'une partie de son terrain juste pour honorer la paie de ses employés et nourrir les quelques bêtes qui lui restent.

— Et ce week-end, il ne s'est rien passé ?

— Non, avec Joe, on a fait venir du renfort de Houston. On a posté des gardes devant chaque ranch, expliqua Clint.

— Avec l'agitation de la fête, on s'est dit que c'était plus sûr, ajouta Joe.

Depuis toujours, les Manning avaient veillé sur la communauté et Clint et Joe perpétuaient la tradition de la même façon qu'ils perpétuaient l'élevage que leur avaient légué leurs parents. Un respect de l'héritage dont Mitch ne pouvait pas se vanter.

— Le shérif ne pouvait pas s'en occuper ? s'étonna-t-il.

— Ce n'est pas avec ses deux adjoints qu'il va sécuriser tout le comté, déplora Joe avec un haussement d'épaules résigné. Tu sais, ils ne peuvent pas faire grand-chose.

Force était d'admettre que le territoire à couvrir était trop vaste pour trois hommes, mais tout de même, Mitch ne pouvait s'empêcher de trouver l'implication du shérif un peu légère.

— Vous vous êtes déjà rencontrés, le shérif et toi ? s'enquit Clint en voyant Mitch pensif.

— Non, on s'est juste parlé au téléphone, mais le moins qu'on puisse dire, c'est qu'il n'a pas été très coopératif.

— C'est bizarre, d'habitude, il est plutôt du genre serviable. D'ailleurs, je n'ai jamais entendu personne se plaindre de lui.

— Oui, enfin, s'il était si professionnel que ça, il devrait déjà avoir une piste, grommela Mitch. Et s'il n'en a pas, il pourrait au moins demander du renfort.

— Je suis d'accord avec toi, le rejoignit Joe.

— Cela dit, depuis la chute des prix du bœuf, il n'y a pas eu de vols à déplorer, tempéra Clint.

— Certes, mais ça ne répare pas le préjudice subi par ceux qui ont dû abandonner leur ranch, répliqua Mitch sans cacher son amertume. De toute façon, je n'ai pas du tout apprécié la façon dont il m'a reçu au téléphone. J'espère que le contact sera meilleur quand je le verrai en personne.

— Je t'accompagne, si tu veux, proposa Clint.

Mitch se leva et répondit avec un sourire :

— Ne t'en fais pas, je ne ferai pas d'esclandre.

Kate aurait préféré passer la journée au lit, mais en voyant Mitch arriver dans son pick-up, elle avait vite changé d'avis. Clint et Joe l'auraient sans doute appelée pour descendre déjeuner, mais elle ne se sentait pas prête à affronter Mitch, encore moins, en présence de ses frères. Elle aurait pu prétexter avoir encore mal à la tête, mais se rendre introuvable était encore la meilleure des parades.

Après avoir griffonné un mot disant qu'elle partait faire une course en ville, elle avait profité du fait que Mitch et ses frères étaient à l'étable pour filer en douce récupérer sa voiture, garée dans l'arrière-cour.

Une fois sur l'autoroute, elle se décida enfin à rallumer son téléphone portable sur lequel, elle le constata avec ennui, Dennis lui avait laissé une palanquée de messages. Ce n'était pas pour lui qu'elle l'avait rallumé, mais pour que ses frères puissent la joindre en cas de besoin. Lui pouvait bien aller au diable. Elle ne lui avait pas reparlé depuis la veille et n'avait aucune envie de le faire.

Elle n'avait pas non plus annoncé la nouvelle à ses frères. Lorsqu'elle leur dirait que le mariage était annulé, ils allaient vouloir savoir pourquoi et si elle leur avouait la vérité, il y avait fort à parier que le pauvre Dennis allait en prendre pour son grade. Pourtant, en dépit du fait que ce dernier aurait bien mérité une correction, elle préférait s'épargner l'humiliation de devoir admettre qu'il l'avait trompée.

Arrivée en ville, elle se gara devant chez Barney et resta là un moment derrière le volant. Elle avait la tête lourde après la nuit qu'elle avait passée et le confessionnal improvisé avec ses amies ce matin.

Elle s'apprêtait à ouvrir la portière quand son portable se mit à sonner. Persuadée que c'était Dennis, elle faillit ne pas répondre, mais se ravisa en se disant que c'était peut-être un de ses frères. Elle ouvrit le clapet et lut le nom affiché sur le petit écran : Lisa. Bizarre... Elle était censée être dans les airs à cette heure. Kate s'empressa d'appuyer sur le bouton vert avant le déclenchement de la messagerie.

— Tu es où ? demanda Kate sans cérémonie. Ton avion a eu du retard ?

— Non, je viens juste d'atterrir à Chicago.

Kate fixa sa montre, étonnée de l'allure à laquelle le temps était passé depuis son départ.

— Joe ne t'a pas raconté ? J'ai failli rater mon vol, j'ai embarqué *in extremis*.

— Non, je ne l'ai pas vu, ni Clint, d'ailleurs.

— Ah ! Voilà qui répond à la question que j'allais te poser. Tu ne leur as toujours rien dit, donc ?

— Non.

— Et Mitch, tu ne l'as pas vu, non plus ?

Kate lâcha un long soupir. Elle avait bien essayé de garder cette partie de l'histoire pour elle, mais elle avait tout balancé presque sans s'en rendre compte.

— Non. D'ailleurs, j'envisage de continuer à l'éviter... jusqu'à la fin de mes jours.

— Sacré plan, dis-moi ! ironisa Lisa avant de s'enquérir, plus bas : Et sinon, comment ça va ?

— On fait aller.

— Tu es où ?

— En ville. J'avais des courses à faire.

— Ça ne pouvait pas mieux tomber. J'ai justement un plan pour toi. Tu m'écoutes ?

Kate grommela un vague « oui ». Déjà à la fac, Lisa était championne pour se mêler de tout... Pas étonnant qu'elle soit devenue journaliste, avec un tel don pour fouiner dans les affaires des autres.

— Pour commencer, on ne ronchonne pas ! lui enjoignit-elle. Il y a bien un grand magasin là où tu es ?

— Si on veut.

— Ils ont des vêtements sexy ?

— Oh, non, fit Kate, comprenant où elle voulait en venir. Ne compte pas sur moi pour...

— Ça va, Kate. Pas la peine de monter sur tes grands chevaux. Je me suis mal exprimée. Est-ce qu'ils ont des vêtements que l'ancienne Kate n'aurait jamais osé porter ?

— Ma tentative de la nuit passée a plutôt mal tourné, tu as déjà oublié ?

— Euh, non, ce passage, tu as dû omettre de le mentionner... Bon, écoute, ça va bientôt couper, alors ouvre grandes tes oreilles. Ce dont je te parle, ça n'a rien à voir avec Mitch, c'est un défi pour toi-même. O.K. ?

— O.K.

— Non, c'est important ce que je te dis, Kate. Il est temps que tu existes pour toi en tant que femme et pas en tant que sœur ou future madame Machin Chose.

Kate soupira. Lisa n'avait pas sa langue dans sa poche, mais sa franchise était salutaire.

— Je ne dis pas ça pour remuer le couteau dans la plaie, tu sais. Tout ce que je veux, c'est t'aider, poursuivit Lisa.

Une série de bips l'interrompit et elle lâcha quelques jurons.

— Ecoute, ma chérie, je vais devoir raccrocher, mais je te rappelle. Surtout, ne te laisse pas abattre.

Kate eut à peine le temps de lui dire au revoir que la communication fut coupée, mais cette petite conversation lui avait redonné le moral et elle se sentait déjà beaucoup mieux. Ce n'était pas tant les conseils vestimentaires farfelus de Lisa qui l'avaient remise en selle que son incroyable et contagieuse confiance en soi.

Elle descendit de voiture pour aller rendre à Thelma, la gérante de la boutique de vêtements, la couverture qu'elle avait oubliée au ranch la veille. En traversant, elle ralentit le pas en voyant la robe rouge qui trônait dans la vitrine. Elle ne risquait rien à y faire un tour, même si cette robe n'était pas franchement son genre. Beaucoup trop courte. De quoi donner une attaque à Dennis.

Une idée qui méritait d'être creusée...

5

Mitch était en route pour le bureau du shérif. Il espérait que l'homme serait plus coopératif en personne qu'au téléphone, mais au fond de lui, il n'y croyait pas trop. Clint et Joe avaient bien essayé de le rassurer sur son compte, mais l'image de gentil shérif qu'ils lui avaient dépeinte ne cadrait pas avec l'accueil glacial que ce dernier lui avait réservé par téléphone.

Une fois arrivé au poste, il fut rassuré en voyant deux voitures de police garées juste devant. Avec un peu de chance, le shérif serait là et il pourrait enfin obtenir des réponses à ses interrogations. C'était bien la moindre des choses : n'avait-il pas fait le déplacement depuis la Floride dans ce seul but ?

En se garant, il parcourut du regard les enseignes qui longeaient la grande avenue. C'était incroyable comme rien n'avait changé. Même le vieux barbier était toujours là. A croire que le temps n'avait pas de prise sur cette petite bourgade sans histoire. Ou plutôt, jadis sans histoire.

Il traversa la rue sous les rayons encore brûlants du soleil et la bouffée d'air frais qui s'échappa du bureau lorsqu'il ouvrit la porte lui rafraîchit le corps et les idées. Un jeune homme à l'entrée leva les yeux de son écran d'ordinateur, le sourcil froncé :

— Je peux faire quelque chose pour vous ?

— Espérons-le, répondit Mitch en regardant en direction de la porte close au fond de la pièce. Le shérif est là ?

— C'est de la part de qui ?

— Mitch Colter. J'ai parlé au shérif Harding la semaine dernière. J'ai eu un de ses adjoints au téléphone. Peut-être que c'était vous.

Comme l'homme ne disait rien, Mitch demanda :

— Vous êtes monsieur ?

— Barns, répondit l'adjoint, d'un air ennuyé. Vous avez dû parler à Morton, pas à moi, ajouta-t-il en se levant dans son uniforme deux fois trop grand.

— Je vais voir si le shérif peut vous recevoir.

Pour patienter, il balaya le bureau du regard. Là non plus, rien n'avait changé ou presque. Il connaissait bien l'endroit pour y avoir passé quelques heures en garde à vue avec Clint à l'époque où ils étaient encore au lycée. Ils s'étaient fait pincer en possession d'alcool et s'en étaient tirés avec un sermon appuyé du shérif. Le fait qu'il soit un ami des Manning lui avait souvent sauvé la mise autrefois, mais aujourd'hui, la situation avait changé.

Des bruits de pas dans le bureau d'à côté le tirèrent de ses pensées. En se retournant, il vit un homme d'une quarantaine d'années apparaître dans l'embrasure de la porte, l'air las. Il était grand et bien bâti, mais boitillait d'une jambe.

— Que puis-je pour vous, monsieur Colter ? demanda-t-il en calant ses pouces sur la boucle de son ceinturon.

— Ravi de vous rencontrer, shérif Harding, répondit Mitch en lui tendant la main.

L'homme eut une légère hésitation, ce n'était pas bon signe, mais finit par accepter la main tendue de Mitch. Puis, il fit un signe de tête en direction de la machine à café.

— Café ?

— Non merci.

— Allons dans mon bureau.

Ils entrèrent ensemble, le shérif referma la porte derrière eux et pendant que Mitch s'installait, il déclara :

— J'ai bien compris pourquoi vous êtes là ; hélas, je crains de ne pas pouvoir vous aider.

— J'ai juste quelques renseignements à vous demander.

— Je vous ai dit tout ce que je pouvais au téléphone.

— Oui, autant dire, rien ! répliqua Mitch du tac au tac.

Le visage de l'homme, déjà pas très ouvert, se referma tout net.

— L'enquête est en cours. Il y a des éléments que je ne peux pas divulguer.

Mitch dut user de toute sa maîtrise pour garder son sang-froid. De toute évidence, le shérif cherchait encore à faire obstruction.

— Vous avez progressé un peu sur l'affaire ? Vous avez demandé du renfort ?

— Pourquoi ? D'après vous, je ne serais pas capable de résoudre cette affaire seul ?

— Ce n'est pas ce que je voulais dire, mais le comté est grand, shérif. Il y a beaucoup de territoire à couvrir. Et vous n'êtes que trois.

— J'envisage justement de recruter un autre adjoint, si ça peut vous rassurer.

Mitch serra les dents.

— Et vous pensez qu'un homme de plus fera la différence ?

— Ecoutez, Colter, je suis désolé de ce qui est arrivé à vos parents, mais le fait est que nous n'avons pas eu d'autres incidents à déplorer depuis, et ça fait trois mois. Les responsables doivent être loin à l'heure qu'il est. Qui plus est, je sais par le shérif de Lerner que des vols du même genre ont eu lieu dans son comté. Alors, il y a tout lieu de penser qu'ils ont migré au nord.

— Et donc, vous avez stoppé l'enquête ?

— Ce n'est pas ce que j'ai dit, répliqua le shérif sans cacher son agacement. J'essaie juste de vous faire comprendre que nous n'avons pas de nouveaux éléments. D'ailleurs, ce week-end, il ne s'est rien passé alors qu'avec la fiesta qu'il y a eu chez les Manning, c'était l'occasion idéale.

— Vous savez que Joe et Clint ont fait venir des vigiles ?

— Oui, je suis au courant, répondit-il d'un ton bourru. Si vous voulez mon avis, ils auraient mieux fait de s'abstenir. En faisant ça, ils ont saboté toutes nos chances de les prendre en flagrant délit.

— Mais vous venez de dire qu'ils avaient bougé au nord ?

Poussé dans ses retranchements, le shérif était au bord de l'implosion.

— Ecoutez-moi bien, Colter, je n'apprécie pas trop qu'un étranger vienne mettre en doute mes compétences dans mon bureau. Je vous prierai de sortir avant que l'envie me prenne de vous coffrer pour outrage.

— Vous avez raison, shérif, j'ai perdu assez de temps comme ça, répondit Mitch en se levant.

Et d'ajouter, une fois devant la porte :

— Finalement, je retire ce que j'ai dit. J'ai été tout sauf enchanté de vous connaître !

Mitch avait passé la porte avant que l'homme ait eu le temps de répliquer, mais ce dernier le rattrapa juste avant qu'il sorte.

— Laissez tomber, Colter, parce que si je vous trouve en travers de mon chemin, je serai contraint de vous arrêter.

La main sur la poignée, Mitch tourna la tête pour répliquer et vit l'adjoint le dévisager comme s'il avait commis un crime de lèse-majesté.

— Aucun risque, Harding. Comme vous l'avez dit, les voleurs sont loin, maintenant.

— Tiens, Kate, quelle surprise ! Après tout ce tintouin chez toi ces jours-ci, j'aurais pensé que tu dormirais pendant un mois, dit Marjorie Meeks en débarrassant son plateau.

— J'avais une course à faire en ville, alors, j'en profite pour ramener les affaires que les invités ont oubliées hier au pique-nique, dit Kate en ouvrant son cabas. C'est ton plat, ça, non ?

— Oui, c'est à moi.

Marjorie reprit son plat et le rangea sous le comptoir.

— Ça fait des lustres que je ne t'ai pas vue ici. Qu'est-ce qui te ferait plaisir ? Un thé glacé ? Un hamburger avec des oignons frits ?

Kate fit non de la tête. Il y avait du monde au comptoir et aux tables de billard.

— Allez, laisse-toi tenter, insista Marjorie en la voyant hésiter. Ces garçons ne vont pas te manger. Ils n'ont bu que quelques bières.

Kate eut un petit rire forcé. Comme si la présence des hommes l'avait jamais dérangée ! Elle avait grandi dans un ranch, alors ce n'était pas quelques garçons vachers qui allaient l'intimider, d'autant que, d'après ce qu'elle avait vu, la moitié étaient des employés du Sugarloaf.

— Alors, sers-moi un thé glacé, mais uniquement si tu n'es pas trop occupée.

— Tu penses, j'ai fait venir Ashley dès que j'ai vu que le bar se remplissait. C'est étonnant d'ailleurs tout ce monde, après la nouba de ce week-end.

— Clint et Joe avaient un peu de mal ce matin, ils ont dû donner congé aux employés pour le reste de la journée.

— Bouge pas, je reviens avec ton thé, dit Marjorie en voyant un client lui faire signe.

— Oui, prends ton temps, dit Kate en s'asseyant sur un tabouret.

Cela faisait des années qu'elle n'avait pas mis les pieds chez Barney. En même temps, elle ne venait pas souvent en ville, sauf pour faire une course quand Maria avait besoin de quelque chose. Et puis, elle savait ce bar très fréquenté par les employés du ranch et elle ne voulait pas interférer dans leur temps de loisir par sa présence. Justement, un type, plutôt pas mal, tournait souvent la tête dans sa direction, elle pouvait le voir du coin de l'œil.

De toute façon, ce thé glacé, elle l'avait accepté par pure politesse. Dès que Marjorie lui servirait son verre, elle en siroterait quelques gorgées et s'excuserait de ne pas pouvoir rester.

— Kate, tu es là ! fit Ashley, qui sortait de la cuisine un pichet de bière à la main. Super la fête, ce week-end ! Merci !

— Ashley ? Depuis quand tu as l'âge de servir de la bière, toi ?

Le rire d'Ashley retentit dans tout le bar.

— J'ai vingt-deux ans, tu sais ! Presque l'âge de piquer sa crème antirides à ma mère.

— A ce compte-là, je suis bonne pour un lifting, alors !

— Je reviens tout de suite, dit la jolie blonde, hilare.

Kate la regarda se diriger vers les tables de billard, son plateau à la main, si moulée dans son jean qu'elle se demanda comment les coutures tenaient encore.

Les joueurs s'écartèrent pour la laisser passer et lorgner son derrière au passage et, à en juger par leurs sifflements admiratifs et leurs regards complices, elle ne put s'empêcher de penser que cette fille avait un sacré sex-appeal.

Pour autant, rien d'aguicheur dans son attitude, elle était juste avenante... et sexy en diable. Le même genre de fille que Lisa, et tout le contraire du sien, même avec la stupide robe qu'elle venait de s'acheter. Dès qu'elle aurait fini son thé, elle retournerait à la boutique et l'échangerait contre une tenue plus dans son style. Si tant est qu'elle en ait eu un...

— Kate ! la héla Ashley en posant son plateau sur le comptoir. Les types au fond voudraient t'inviter à une partie de billard.

— Tu plaisantes ?

— Non, non, non. Brad, en tout cas, avait pas l'air de plaisanter. C'est le plus mignon, le beau brun là-bas qui est en train de te faire signe.

En sortant de chez le shérif, Mitch fut attiré par une alléchante odeur de steak grillé et d'oignons frits. Son estomac criait famine et il décida d'aller manger un bout chez Barney. Clint lui avait bien proposé de dîner au ranch avec eux ce soir, mais il n'était pas sûr que Kate apprécie.

En approchant de la taverne, il fut surpris de voir autant de véhicules garés devant un jour de semaine. Et une fois à l'intérieur, quelle ambiance ! Il ne se rappelait pas avoir jamais vu le coin billard aussi animé.

— Allez, Kate, te fais pas prier, dit une voix d'homme.

— D'accord, mais c'est la dernière.

Nom d'un petit bonhomme, cette voix, il la connaissait. Il tourna la tête et vit Kate en train d'avaler une rasade d'un liquide ambré avant de s'essuyer la bouche du revers de la manche et d'éclater de rire.

Une espèce de grand cow-boy se glissa ensuite derrière elle. Le sourire jusqu'aux oreilles, il lui tendit une queue de billard d'une main et posa l'autre sur sa hanche.

— Merci, Brad, répondit-elle, tout sourire, mais ce n'est pas ce petit verre de tequila qui va m'empêcher de te battre encore une fois.

— Sauf que cette fois-ci, je ne te laisserai pas gagner comme la dernière fois.

— Tu veux parier ?

Un sourire insolent éclaira le visage du cow-boy.

— Je n'ai rien contre le fait de mettre un peu de piment dans la partie.

Elle se laissait prendre à son jeu et ce n'était pas du goût de Mitch.

— Kate ?

Elle se tourna pour voir qui l'appelait.

— Mitch ? Ça va ? répondit-elle en s'efforçant de masquer sa surprise.

— Je ne savais pas que tu étais là, dit-il en se faufilant dans le petit groupe qui s'était formé autour d'elle. Tu comptes rester longtemps ?

— Je ne sais pas, répondit-elle d'un ton délibérément vague.

Elle n'avait pas l'air encore soûle, mais il n'aurait pas fallu qu'elle boive un verre de plus.

— Non parce que, si tu restes, on pourrait dîner ensemble.

Le dénommé Brad se mit à marmonner dans sa barbe.

— Je vais sans doute rentrer après cette partie.

Mitch comprit à son regard qu'il valait mieux ne pas insister.

— Très bien. Je serai au bar si tu changes d'avis.

Il alla s'installer au comptoir à un endroit stratégique pour surveiller Kate sans en avoir l'air.

— Qu'est-ce que je vous sers ?

Il reconnut la voix de Marjorie Meeks qui mit un certain temps avant de le remettre.

— Mitch Colter ? Ça par exemple !

— Comment ça va, Marjorie ? répondit Mitch en souriant.

— La dernière fois que je t'ai vu, tu m'appelais encore madame ! dit-elle en s'empressant de passer de l'autre côté du comptoir. Viens me faire un bisou, jeune homme !

Il la laissa le prendre dans ses bras.

— Comme tu es grand et beau ! dit-elle en le détaillant des pieds à la tête. Et drôlement musclé avec ça ! ajouta-t-elle en tâtant ses biceps.

Il rit de bon cœur.

— Un beau gaillard comme toi, tu dois avoir une petite femme à présent ?

— Désolé de te décevoir, mais toujours pas.

— Si c'est pas malheureux d'entendre ça. Marjorie Meeks va s'occuper de toi, t'en fais pas.

— Te tracasse pas pour moi, va !

— C'est vrai que tu fréquentes du beau monde, maintenant, susurra-t-elle.

— Ça m'arrive, mais... que pour le travail !

La voix de Barney retentit depuis la cuisine.

— Le devoir m'appelle, répondit-elle en soupirant avant de s'excuser. Je vais dire à mon cher et tendre que tu es là.

Sur ce, elle tourna les talons et fit signe à Ashley de la remplacer au bar.

— Ashley, sers une bière à Mitch. C'est offert par la maison.

— Bouteille ou pression ? enchaîna aussitôt la blondinette.

— Pression, répondit Mitch en jetant un coup d'œil rapide en direction de Kate.

Elle était penchée sur la table, en position pour tirer. Brad était accoudé au rebord de la fenêtre, juste derrière elle, les yeux braqués sur son postérieur. Il sentit la moutarde lui monter au nez.

— Mitch Colter, c'est ça, n'est-ce pas ? poursuivit Ashley en même temps qu'elle lui servait sa bière. Vous jouiez au foot ensemble avec mon frère, Jerry.

Il mit un certain temps avant de réagir, obnubilé qu'il était par la scène qui se déroulait sous ses yeux.

— Ah oui, Jerry ! Il habite toujours dans le coin ?

— Non. Il est parti s'installer à Dallas avec sa femme et leurs deux enfants.

Il hocha la tête, n'écoutant qu'à moitié ce que la serveuse lui racontait, trop exaspéré par l'attitude de Kate pour se concentrer sur quoi que ce soit d'autre. D'accord, elle avait besoin de reprendre confiance en elle, mais là, elle donnait plutôt l'impression d'avoir perdu les pédales. D'autant que cette espèce de cow-boy du dimanche ne lui disait rien qui vaille.

— Dis-moi, Ashley, les types à la table de billard, tu les connais tous ?

La jeune fille se pencha au-dessus du comptoir pour mieux les observer et l'un d'eux, la voyant les regarder, lui adressa un clin d'œil.

— Oui. Tu dois d'ailleurs en connaître quelques-uns. Ils travaillent tous dans les ranchs du coin. Il n'y a que Brad et Seth qui sont là depuis un mois, dit-elle en les désignant du menton.

En tournant la tête, Mitch surprit le dénommé Brad en train de les observer, comme s'il avait compris qu'ils étaient en train de parler de lui. L'homme s'avança alors vers eux en tapotant ses poches.

— Ashley, tu veux bien nous resservir une tournée ?

— Tout de suite.

— Je vais chercher mes cigarettes dans la voiture et je reviens régler la note, dit-il en faisant un signe de tête à Mitch au passage.

— Hum, ça sent le rencard, cancana Ashley en remplissant un nouveau pichet de bière.

Tant que le rencard n'était pas Kate, ne put-il s'empêcher de songer en finissant son verre d'un seul long trait. C'était bizarre, ce signe de tête qu'il lui avait fait en sortant, un peu comme un joueur qui cède sa place. Il ne voyait pas le rapport, mais une chose était sûre. Il ne lâcherait plus Kate d'une semelle.

Une fois dehors, Brad fit un discret tour sur lui-même pour s'assurer qu'il n'y avait personne autour, appuya sur la touche de déverrouillage automatique de sa clé de voiture et pénétra à l'intérieur ni vu ni connu. Caché derrière les vitres fumées, il sortit son téléphone portable de sa poche et appuya sur la touche de rappel. Pendant que le numéro se composait tout seul, il fouilla dans la boîte à gants à la recherche de son paquet de cigarettes, qu'il conservait là comme prétexte au cas où il aurait besoin de se faire discret.

— C'est moi, dit-il les yeux braqués vers l'entrée du bar. On a comme qui dirait un problème.

Une série de jurons se succédèrent dans le haut-parleur, puis il confirma :

— Colter.

6

En voyant Mitch regarder dans sa direction, Kate tourna la tête en se demandant si ce n'était pas Clint et Joe qui l'avaient envoyé l'espionner. Mais c'était peu plausible vu que, n'étant pas encore au courant de sa rupture avec Dennis, ils n'avaient aucune raison de s'inquiéter pour elle. Donc, si Mitch la surveillait, c'était de sa propre initiative et elle avait bien envie de le prendre à son propre jeu.

Pas question pour autant de faire du rentre-dedans à Brad. Elle n'avait pas envie de faire jaser. Mais la petite robe qu'elle s'était mis en tête de rapporter au magasin, elle allait plutôt la garder.

Elle fit semblant d'être concentrée sur la partie, mais la vérité, c'était que ses moindres gestes étaient calculés pour attiser la jalousie de Mitch. Elle voulait être sûre qu'il la voie quand elle allait avaler son verre de tequila cul sec. En même temps, il ne risquait pas de la rater, vu qu'il ne l'avait pas quittée des yeux depuis le retour de Brad.

— Hé ho, Kate, c'est à toi ! fit Brad en faisant de grands gestes.

Elle se remit dans la partie, agacée par son propre manque de concentration puis, tout en enduisant le procédé de craie, annonça :

— La huit, en haut à gauche.

D'un geste précis, elle frappa la boule blanche, laquelle vint heurter la noire, dirigeant celle-ci droit dans la poche annoncée.

— Alors, là, chapeau, je suis bluffé ! s'exclama Brad.

— Merci, articula-t-elle en reposant le petit verre de tequila qu'elle venait de vider d'un trait, la gorge en feu, mais le sourire aux lèvres.

— Bon, fit Brad en ramassant son Stetson. Je crois que le moment est venu pour moi d'abdiquer. J'ai eu ma dose de défaites pour la journée.

Brad était bon perdant et les autres en profitèrent pour le charrier sans ménagement. L'ambiance était bon enfant et elle avait passé un après-midi bien agréable en leur compagnie.

— Tu vois, ce genre de moqueries, dit Brad, je vais y avoir droit tous les jours maintenant à cause de toi, alors, c'est quand tu veux pour la belle.

— On verra, dit-elle en ramassant son sac avant d'ajouter, la bouche en cœur : Ça me plaît bien à moi l'idée de rester invaincue.

Sur ce, il déposa un bref baiser sur sa joue et lui dit en s'en allant :

— Au plaisir, Kate !

Brad était parti sans qu'elle ait eu le temps, ou plutôt la présence d'esprit, de lui dire au revoir, accaparée qu'elle était par le regard de Mitch posé sur elle.

Elle prit congé des autres joueurs en les remerciant pour la partie, puis se dirigea droit vers la sortie sans leur laisser le temps de lui rendre la politesse. Et sans donner l'occasion à Mitch de la rattraper. Du moins le croyait-elle.

— Kate ? entendit-elle au moment même où elle s'apprêtait à pousser la porte.

Elle aurait bien prétendu n'avoir rien entendu, mais Marjorie les observait du coin de l'œil.

Kate se tourna vers Mitch en se retenant de soupirer.

— Tu ne veux toujours pas dîner ? demanda-t-il.

— Non, merci, c'est gentil.

— Alors, je te raccompagne.

— J'ai ma voiture, tu sais.

Il s'approcha d'elle et, à voix basse, lui fit remarquer :

— Tu es sûre que tu es en état de conduire ?

— Tout à fait, répondit-elle en hoquetant à moitié. Je n'ai presque pas bu si c'est ce que tu sous-entends.

— Un verre suffit quand on n'a pas l'habitude de boire.

— Qu'est-ce qui te fait croire ça ? Je suis cap' de boire un pack de six en une soirée, figure-toi !

Elle remarqua les efforts qu'il faisait pour ne pas rigoler et n'en fut que plus agacée.

— Qu'est-ce qu'il y a, Kate ? Ce matin, tu files à l'anglaise et là, tu cherches encore à me fuir.

— Tu devrais parler encore plus fort, ironisa Kate, soucieuse des regards tournés dans leur direction.

— Détends-toi. Personne n'a rien entendu, sauf peut-être le passage sur le pack de six, ironisa-t-il.

Elle serra les dents, cherchant quelque chose d'intelligent à dire, lorsque la porte s'ouvrit derrière elle. En voyant l'air surpris de Mitch, elle se retourna. C'était le shérif Harding, accompagné de son adjoint.

— Mademoiselle Manning, la salua le shérif, bien vite imité par son adjoint.

— Shérif, Andy !

— Toujours en ville, Colter ? lança le shérif à l'adresse de Mitch.

Il avait dit ça d'un ton si glacial que Kate se demanda si elle avait bien entendu. Elle n'avait pas eu souvent affaire à lui mais jusqu'ici, l'homme lui avait semblé plutôt affable. Qui plus est, d'où connaissait-il Mitch ?

— Je ne savais pas qu'il y avait un couvre-feu, répondit ce dernier du tac au tac.

— J'espère juste que vous n'êtes pas encore en train de fourrer votre nez là où vous ne devriez pas.

Les bavardages cessèrent dans le bar et, même s'il y avait peu de chances que les autres clients aient entendu, l'atmosphère de la salle s'était soudain tendue.

— Aux dernières nouvelles, nous sommes encore dans un pays libre, shérif.

Voyant que l'intimidation ne le mènerait à rien, le shérif choisit bon gré, mal gré de faire amende honorable.

— On est partis du mauvais pied, on dirait. C'est ma faute. Si on s'asseyait pour discuter ?

Le changement de ton du shérif les laissa perplexes, surtout Andy qui semblait scandalisé par sa volte-face.

— Ici ? finit par demander Mitch en désignant du regard l'assemblée.

— Allons plutôt là-bas, dans le coin.

— Comme vous voudrez, répondit Mitch.

Kate les suivit et répondit au regard courroucé du shérif :

— Nous allions dîner.

Le prétexte fit sourire Mitch qui se garda bien de la contredire.

Au contraire de l'adjoint, qui ne se gêna pas pour manifester sa désapprobation, à grand renfort de soupirs et de raclements de chaise. Tous firent semblant de l'ignorer, sauf Marjorie qui le fusilla du regard au moment de prendre la commande.

Kate prit un thé glacé, par politesse, et les autres firent de même. Elle n'était pas là pour étancher sa soif, elle avait assez bu comme ça. Tout ce qui l'intéressait, c'était de savoir ce qui pouvait bien pousser le shérif à se comporter de la sorte avec Mitch, sans parler de son adjoint qui, à en juger par ses gestes furieux, avait l'air de prendre l'affaire très à cœur.

Une fois Marjorie repartie, le shérif Harding lâcha un long soupir et leva vers Mitch le même type de regard que celui qu'elle avait l'habitude d'adresser à ses élèves récalcitrants.

— J'admets que j'ai un peu surréagi tout à l'heure, commença le shérif, mais à ma décharge, nous avons vécu une période plutôt tendue ces derniers temps et le comté commence tout juste à retrouver sa tranquillité. Je suis sûr que vous comprenez.

Mitch acquiesça, sans desserrer la mâchoire pour autant. Il était sur la défensive et Kate n'eut aucun mal à comprendre à quoi le shérif faisait référence.

— Vu le contexte, vous comprenez que vos questions risquent d'être mal perçues dans la communauté. Vous voyez où je veux en venir ?

— Vous savez, shérif, je suis né et j'ai grandi ici, alors je ne pense pas que ça offense qui que ce soit si j'essaie de venir en aide à mes parents.

— Ça suffit maintenant le bavardage, s'exclama soudain l'adjoint en tapant du poing sur la table. On sait tout sur toi, Colter !

— Arrête ça, Andy, articula le shérif pour calmer le jeu.

— Tiens donc, fit Mitch d'un ton provocateur.

— Monsieur se croit supérieur parce qu'il pilote un avion et fréquente les starlettes d'Hollywood.

— Et alors, Andy, ce n'est un secret pour personne, tu es jaloux ou quoi ? railla Marjorie qui venait servir la commande.

L'adjoint lui adressa un regard vindicatif avant de lâcher :

— Certes, mais qui est au courant qu'il a été marié ? Et que ça n'a duré que deux mois ? Qu'est-ce qui s'est passé, Mitch ? La princesse n'a pas supporté la cohabitation avec un valet ?

Kate tourna les yeux vers Mitch, incrédule. Mitch, marié ? Ses parents ne lui en avaient jamais parlé.

Mitch n'avait pas bronché, mais il accusait le coup. Kate le connaissait trop bien pour ne pas voir la colère dans ses yeux.

— Ça suffit Barns, n'en faites pas une affaire personnelle, arbitra le shérif avant d'ajouter : Ce qui se passe, Colter, c'est qu'il s'agit d'un problème local et qu'on n'aime pas trop que des étrangers viennent mettre leur nez dans nos affaires...

Cette fois-ci, Kate sortit de sa réserve. Elle se devait d'intervenir.

— Shérif, je me permets de vous interrompre. Je ne sais pas si vous vous rendez bien compte, mais les Colter sont ici depuis des générations, au moins aussi longtemps que les Manning. La seule chose qui nous différencie, c'est que nous ne nous sommes pas fait voler nos bêtes et n'avons pas été forcés de quitter nos terres. Alors, j'ose espérer que vous ne considérez pas Mitch comme un étranger.

Piqué au vif, le shérif s'en tira par une pirouette :

— Il y a des éléments dans cette affaire qui vous dépassent, mademoiselle Manning.

— Dans ce cas, je ne vois qu'une solution. Si cela vous ennuie que Mitch pose des questions, mes frères et moi-même nous en chargerons. Je vous garantis que personne n'y verra aucune arrière-pensée de notre part.

Voilà. Elle lui avait bien cloué le bec. Le shérif allait sans doute lui en vouloir pendant un bout de temps, mais elle s'en moquait. Elle savait qu'il n'oserait rien contre elle. En tout cas, pas ouvertement. Quant à Mitch, il riait dans sa barbe, elle le voyait à ses yeux pétillants.

— Maintenant, si vous voulez bien nous excuser, conclut-elle, mon estomac crie famine. Sauf si vous voyez autre chose à ajouter ? ajouta-t-elle à l'adresse du shérif.

Pour toute réponse, le shérif et son adjoint baissèrent les yeux.

— Et toi, Mitch ?

Il secoua la tête, puis fouilla dans sa poche pour en sortir un billet de vingt qu'il déposa sur la table.

— Messieurs, les salua-t-elle en se levant, avant d'ajouter, à l'adresse de Barns : Oh, j'allais oublier. Andy, vous n'êtes qu'un demeuré !

Mitch la suivit dehors, impressionné par cette facette de sa personnalité. Enfant, elle avait toujours été très hardie, mais plutôt du genre introverti. C'était d'ailleurs la raison pour laquelle il n'avait pas cherché à l'arrêter car, dans l'absolu, il aurait très bien pu s'en sortir sans son aide. D'ailleurs, de la part de quelqu'un d'autre, il l'aurait sans doute mal pris.

— Tu me raccompagnes jusqu'à ma voiture, demanda-t-elle en s'agrippant à son bras pour ne pas tituber. Désolée, j'aurais pas dû m'en mêler.

— Tu n'as pas à t'excuser, j'ai beaucoup apprécié le spectacle.

— Ce shérif ne tourne pas rond, on dirait, commenta-t-elle en soupirant. Quant à son adjoint, je ne comprends pas comment il a pu être recruté. Mais dis-moi, qu'est-ce que tu leur as fait au juste pour les mettre dans un tel état ?

— J'ai téléphoné au shérif la semaine dernière pour savoir où en était l'enquête sur les vols de bétail et il n'a pas arrêté de tourner autour du pot. C'est pour ça que j'ai décidé de venir. Pour en avoir le cœur net. Mais lorsque je suis allé le voir tout à l'heure à son bureau, il a eu la même réaction : il a refusé de me renseigner.

Elle s'arrêta devant un petit 4x4 métallisé et il demanda :

— C'est à toi ?

Elle fit oui de la tête.

— Un hybride. Très peu gourmand en carburant, précisa-t-elle.

— Bravo ! Quel sens des responsabilités, railla Mitch.

— Oh, arrête, j'ai l'impression d'entendre Dennis, dit-elle en sortant ses clés de son sac. Je ramène ce fichu engin demain et je l'échange contre une voiture de sport, ça te va ?

— Kate.

— Je ne plaisante pas.

— Je n'en doute pas, dit-il en prenant ses mains dans les siennes. Mais tu ne conduiras pas.

— Je suis tout à fait en état de conduire. Je ne prendrais pas le volant sinon.

Il lui attrapa les clés des mains et dit :

— Allez, laisse-moi te déposer, on récupérera ta voiture demain.

Comme elle semblait vexée, il ajouta :

— Je ne dis pas que tu n'es pas en état, mais c'est plus raisonnable.

Elle rit jaune.

— Si tu savais comme j'en ai ma claque d'être raisonnable... Pour ce que ça m'a apporté jusqu'ici.

— Oui, sauf que je te rappelle que tu viens de traiter Barns de demeuré et qu'il serait ravi d'avoir un motif pour te coffrer.

— Tu as raison, finit-elle par concéder.

Il sourit.

— Allez, mon vieux pick-up ne roule pas aussi écolo que ton 4x4, mais au moins, on est sûr d'arriver en un seul morceau, dit-il en se dirigeant là où il l'avait garé. On n'aura qu'à demander à tes frères de récupérer ta voiture.

— Je préférerais qu'ils ne soient pas au courant, répondit-elle en le suivant.

— Très bien, dans ce cas, on viendra la chercher ensemble demain matin si tu veux.

— Si ça ne te fait rien...

— Mais pourquoi tu ne veux rien dire à tes frères ?

— Pour qu'ils sachent que j'étais trop bourrée pour prendre le volant ?

— Vu sous cet angle.

— Ils vont se demander quelle mouche m'a piquée et forcément, ils vont s'inquiéter.

— Tu es sûre que c'est la seule raison ?

— Ben, je risquerais d'être amenée à me justifier et dans ma tête, c'était prévu que je leur annonce la nouvelle que demain. Non pas que j'y voie une excuse...

— Une excuse à quoi ?

— Au fait d'avoir trop bu.

Oups, elle venait de se trahir.

— Enfin, d'avoir bu tout court...

— Voilà, on y est, dit Mitch, comme si de rien n'était.

Elle observa le vieux pick-up.

— Ce n'est tout de même pas celui que tu avais à la fac ?

— Absolument ! Papa a continué de l'entretenir pour moi, dit-il en ouvrant la portière côté passager pour l'aider à monter.

Pendant qu'il faisait le tour pour monter à bord à son tour, elle eut le temps de constater l'état de délabrement des sièges.

— Il était déjà vieux à l'époque, remarqua-t-elle lorsqu'il se fut installé.

— Pas vieux. Classique ! rectifia-t-il en mettant le contact.

— Répare ce satané ressort qui me transperce le postérieur et on en reparlera.

Il éclata de rire.

— Rapproche-toi un peu de moi et je te dis un secret.

— Comme si j'avais le choix ! dit-elle en glissant du côté gauche de la banquette. Alors ?

— Eh bien, figure-toi que ce ressort, c'est ton frère qui a eu l'idée de le casser. Je venais d'avoir mon permis et mon père m'a offert ce pick-up qu'il tenait de mon grand-père.

— Et il l'a cassé exprès ?

— Oui.

— Pourquoi ?

— Pour que mes petites copines soient obligées de venir s'asseoir à côté de moi.

Elle éclata de rire.

— Sacré Clint, il n'y a que lui pour avoir des idées pareilles.

— Sauf qu'en l'occurrence, c'est une idée de Joe.

— Pas possible !

— Ça remonte à loin, on avait tout juste seize ans. Qu'est-ce qu'on a pu rigoler tous les deux avec cette histoire.

Au ton nostalgique de sa voix, Kate se remémora ses souvenirs de l'époque. Comment Joe, son frère aîné, avait pris la tête de la famille à la mort de leurs parents, à tel point qu'aujourd'hui, elle ne se souvenait pas de lui autrement que dans son rôle de soutien de famille.

— C'est bizarre, je n'ai pas de souvenir de lui enfant.

— Il a tout fait pour vous garder au ranch, toi et Clint, tu sais.

— Je sais, oui. Il a abandonné ses études, sacrifié sa jeunesse.

— Ne sois pas triste, dit-il en passant son bras autour de son cou. Si ça avait été Clint ou toi à sa place, vous auriez fait pareil.

— Le sens du sacrifice, la marque de fabrique des Manning ! ironisa-t-elle en pressant sa cuisse contre la sienne. Mais je dois dire, c'était bien vu le coup du ressort.

— Une idée de génie, tu veux dire, dit-il en se serrant un peu plus contre elle.

Elle sentait bon et son parfum lui rappelait la nuit de supplice qu'il avait passée avec elle, avivant le désir qu'il avait eu tant de mal à ignorer la veille. Calée tout contre lui, elle poussa un petit gémissement auquel son sexe répondit aussitôt en se redressant.

Craignant de se laisser emporter, Mitch retira son bras et se décala. Kate tourna la tête et il sentit son souffle chaud sur son visage.

— Mitch ?

— Oui, répondit-il en s'efforçant de regarder droit devant lui.

— C'est vrai cette histoire de mariage ?

7

C'était sans doute la question de trop, car à peine eut-elle prononcé le mot *mariage* que Mitch se figea et resserra les poings sur le volant. Elle le savait, elle aurait dû attendre qu'il aborde lui-même le sujet, mais la révélation de l'adjoint l'avait choquée et comme Mitch n'avait pas démenti, c'était sans doute que c'était vrai.

— Désolée, cela ne me regarde pas.

— Ce n'est pas ça, mais c'est une histoire stupide qui remonte à plusieurs années et, en toute franchise, il n'y a pas grand-chose à en dire.

Elle se mordilla la lèvre pour s'empêcher de le bombarder de questions, mais son explication l'avait laissée sur sa faim.

— Tes parents sont au courant ?

— Je leur en ai parlé après l'annulation.

Une annulation, pas un divorce ? Non pas que cela fasse une grande différence. C'était surtout l'idée que Mitch ait été marié, ne serait-ce que l'espace d'une journée, qui était déconcertante. Et pourquoi tant de mystère ? Elle se souvint qu'à une époque, Mitch avait été le garde du corps d'une célèbre actrice de télé.

— C'était Mandy Pearl, c'est ça ?

— Qu'est-ce que ça change ?

— Simple curiosité.

— Pour ton information, c'est une affaire privée.

— Bien entendu, répondit-elle un brin vexée, avant de demander : Vous aviez publié les bans ? Je ne lis pas la presse people, mais en général, tout ce qui concerne Mandy fait la une des tabloïds.

— Non, rien n'a filtré, on a eu de la chance. En plus, vu que j'étais son garde du corps, ça n'a étonné personne de nous voir ensemble à Las Vegas, ce week-end-là.

— Ne me dis pas que tu t'es marié dans une de ces stupides chapelles ?

— Quoi ? Ça ne te suffit pas de savoir qui c'était, maintenant il te faut les détails !

— Mais...

Le regard qu'il lui lança était sans appel. Elle se tut, s'en voulant d'avoir été si curieuse, mais c'était plus fort qu'elle : cela l'intriguait de savoir que son Mitch ait pu être marié. Qui plus est, à une célébrité !

— Bon, juste une petite question et après, promis, je me tais.

Mitch tourna le volant d'un coup sec pour s'arrêter sur le bas-côté. Kate glissa à l'autre bout de la banquette et maudit son frère en sentant le ressort s'enfoncer dans sa fesse.

— Aïe !

— J'en ai une, moi, de question !

A voir comme il était remonté, ce n'était pas une tactique pour changer de sujet.

— Pourquoi le shérif Harding s'est senti obligé d'aller fouiller dans mon passé ? Tu ne trouves pas ça bizarre, toi ?

— Moi, ce que je trouve bizarre, c'est plutôt l'attitude d'Andy.

— Celui-là ne me fait pas l'effet de quelqu'un de très futé. C'est Harding qui tire les ficelles, c'est sûr.

— Comment ça ? Tu ne le soupçonnes tout de même pas d'être impliqué dans les vols ?

— Ça m'a effleuré l'esprit, oui, et le fait qu'il cherche à tout prix à m'empêcher de mener ma propre enquête ne plaide pas en sa faveur.

— En tout cas, chapeau. A ta place, je n'aurais pas réussi à garder mon calme.

— En parlant de ça, tu m'as scotché, avoua-t-il en passant son bras derrière le dossier de la banquette.

— Moi ?

— Oui, toi et ta façon de lui rabattre son caquet, dit-il en faisant rouler une boucle de ses cheveux entre ses doigts avant de demander : Pourquoi tu les as coupés ?

— Trop bouclés, trop difficiles à coiffer.

— C'est dommage, j'aimais bien.

— Ah bon ?

— Oui, après ta période nattes.

Il sourit en la voyant faire la grimace.

— Je me souviens t'avoir vue une fois monter Shiloh le long de la rivière, cheveux au vent.

— C'était quand ?

— Ça devait être pendant les vacances de printemps. J'étais passé voir mes parents.

— Je devais être à la fac, en première année. Je me souviens qu'à l'époque, quand je rentrais au ranch pour les vacances, j'aimais bien aller galoper le long de la rivière pour décompresser.

Elle se tut un instant, avant d'ajouter :

— Et pourquoi tu ne m'as pas fait signe ?

— Tu avais l'air tellement bien, je n'ai pas osé te déranger.

Une douce sensation de chaleur envahit sa poitrine. Elle ne savait pas si c'était la douceur de ses paroles, la tendresse dans ses yeux ou sa façon de lui entortiller les cheveux, mais une chose était sûre, elle n'avait pas ressenti une telle osmose avec quelqu'un depuis fort longtemps. Et peut-être bien jamais.

— Tu es reparti si vite ce week-end-là, je n'ai presque pas eu le temps de te voir.

— J'aurais fait un effort si j'avais su.

— Tu dis ça juste pour être gentil parce que je suis déprimée, avoue !

— Pas du tout, je savais par mes parents que vivre loin du ranch t'était difficile, alors quand je t'ai aperçue au loin sur ton cheval, je me suis dit que tu avais mieux à faire que de tailler une bavette avec le vieux copain de tes frères.

Et de lui murmurer, à l'oreille :

— Et puis, à l'époque, tu n'étais déjà plus amoureuse de moi.

— Oh, ça va ! dit-elle en s'écartant.

Le ressort cassé la rappela aussitôt à l'ordre.

— Ouille !

Elle se cambra sur son siège, faisant bomber ses seins.

— Encore ce fichu ressort, dit Mitch, à deux doigts de craquer.

— Joe va entendre parler de moi.

Le coup du ressort n'avait en effet jamais aussi bien fonctionné. Hélas pour Mitch, c'était la petite sœur de son inventeur sur le siège passager. Il relâcha la boucle de cheveux qu'il tenait entre ses doigts et mit le contact.

— Viens par là. Je te raccompagne avant que ton postérieur soit couvert d'hématomes.

En s'approchant, Kate frôla son bras et il eut un mouvement de recul. Son brusque changement d'attitude l'étonna et elle demanda :

— J'ai fait quelque chose ?

— Non, ce n'est pas toi, dit-il en évitant son regard, c'est moi.

— Ah, je ne te plais plus, c'est ça ? plaisanta-t-elle.

— Pardon ? fit Mitch qui n'avait pas saisi son trait d'humour.

— Je blaguais. C'est le boniment type du gars qui veut rompre, c'est pour ça !

A en croire la gêne qui se lisait dans son regard, sa remarque avait fait mouche. Il avait sans doute lui aussi usé de ce baratin, mais quel homme ne l'avait pas fait ?

— Sauf qu'en l'occurrence, il ne s'agit pas d'un boniment.

— Ah oui ? Et toutes ces sautes d'humeur, tu voudrais me faire croire que ce n'est pas à cause de moi, peut-être ? Tu sais, Mitch, j'ai peut-être un peu bu, mais je te connais par cœur. En même temps, je ne t'en veux pas, j'ai tendance à poser trop de questions.

Il serra la mâchoire et secoua la tête avant de laisser tomber sa main d'un geste las sur le pommeau du levier de vitesse.

— Voilà, ce que je voulais dire, c'est que j'ai failli t'embrasser tout à l'heure, dit-il en voulant enclencher la première.

Il avait dû oublier les bases de la conduite parce qu'en voulant passer la première, il fit craquer la boîte de vitesses.

— Je t'interdis de prendre la route maintenant, s'époumona-t-elle. Pas après avoir admis ça.

— J'ai de plus en plus de mal à me contrôler, dit-il en serrant les dents.

— Tu veux dire, vis-à-vis de Dennis ?

— Oui, ça aussi.

Elle se repassa la conversation qu'ils venaient d'avoir dans sa tête. Elle avait parlé de Joe, puis il s'était renfermé sur lui-même et, pour finir, il l'avait appelée Katie. Pas la peine de chercher bien loin ce qui l'avait refroidi.

— Mitch, tu n'es qu'un idiot !

— Tu as raison, j'aurais déjà dû te ramener chez toi.

— Pendant combien de temps est-ce que tu comptes encore faire l'autruche ?

— C'est plus compliqué que ça. Tu sais bien que nos deux familles sont liées depuis des générations, sans compter que tes frères et moi sommes amis depuis toujours. Mais au-delà de ça, je ne suis pas à la recherche d'une relation.

— Juste d'un peu de sexe ?

— Bon sang, Katie, dit-il en se frottant le visage. Il ne s'agit pas de ça.

— Et qu'est-ce qui te fait croire que ce n'est pas ce que je recherche aussi ?

Il secoua la tête et un sourire triste s'esquissa sur sa bouche.

— Je n'ai pas envie de discuter de ça avec toi.

— O.K., très bien, dit-elle en croisant ses bras sur sa poitrine. Eh bien, qu'est-ce que tu attends pour me raccompagner ?

— Voilà, maintenant, tu es furieuse.

— Pas du tout.

Elle était triste et vexée, ça oui, mais furieuse, non.

Il hésita un moment, puis relâcha la pédale d'embrayage et s'élança sur l'autoroute. Après un ou deux kilomètres d'un silence pesant, il finit par lâcher :

— Tu boudes comme une petite fille et tu voudrais que je ne te prenne pas pour une enfant.

— J'en ai marre d'être manipulée, répliqua-t-elle en regardant le paysage défiler à travers la vitre.

— Et en quoi est-ce que je te manipule ?

— Si tu ne veux pas de moi, dis-le-moi une fois pour toutes plutôt que de te retrancher derrière de faux prétextes par peur de me blesser. De toute façon, le mal est fait, alors...

Mitch resta bouche bée.

— Je te parle de respect et toi, tu cries à la manipulation ?

— Respecter une personne, ça commence par savoir se montrer franc avec elle et ne pas décider pour elle ce qu'elle est capable ou non d'entendre. Je ne suis plus une petite fille, Mitch. En voulant à tout prix me protéger, tu m'empêches de faire mes choix.

Le pick-up fit un écart et Mitch redressa le volant d'un coup sec.

— Donc, tu veux que je t'embrasse, c'est ça ?
— Ce que je veux, c'est que tu fasses ce qu'il te plaît, ensuite à moi de décider ce qui me plaît ou pas.
Le soupir qu'il lâcha en disait long sur sa confusion.
— J'ai besoin de réfléchir.
— A quoi ?
— A tout ça !
Elle se pressa les mains sur les cuisses en s'efforçant de se mettre un peu à sa place. Il venait de lui faire un énorme aveu : il avait eu envie de l'embrasser. C'était en soi incroyable. Celui qu'elle avait aimé en secret toute son enfance, et même une partie de son adolescence, avait failli bafouer tous ses principes pour un baiser d'elle. Et elle, pour le remercier de lui avoir avoué le dilemme qui le tiraillait, n'avait rien trouvé de mieux que de jouer une fois encore les victimes. Au fond, il avait autant de mal à ne plus voir en elle la petite Katie, qu'elle à ne plus voir en lui son inaccessible amour d'enfance. Il avait sans doute raison, il était temps de réfléchir un peu à la situation.

Lorsque Mitch arriva au Sugarloaf le lendemain matin, Clint était en train d'empiler des bottes de foin à l'arrière d'un vieux pick-up. Joe était dans son bureau et Kate, quelque part, à l'intérieur de la maison. Elle devait aller récupérer sa voiture en ville et ils étaient convenus qu'il l'accompagnerait.
Il s'empara d'une paire de gants de travail posés sur le rebord d'une des fenêtres de l'étable et se mit au travail avec Clint tout en lui relatant sa visite chez le shérif de la veille et la façon dont ce dernier avait une fois de plus éludé ses questions. Il lui parla aussi de la petite enquête que le shérif avait menée sur lui et de son mariage éphémère avec Mandy Pearl. Il préférait que Clint l'apprenne de sa bouche plutôt que de celle d'un voisin, car il le savait, son vieux secret allait faire le tour de la ville en moins de temps qu'il ne fallait pour le dire. L'histoire, même vieille de six ans, était bien trop croustillante pour rester confidentielle.
Clint s'essuya le front du revers de la main.
— Tu as été marié à Mandy Pearl ? J'y crois pas !

— Oui, enfin, ça a été plutôt express, dit Mitch en même temps qu'il balançait une botte dans la benne. Mais, pour en revenir au shérif, il y a quelque chose qui cloche chez lui. Il est sur la défensive et je ne suis pas le seul à le penser. Kate aussi a la même impression.

— Kate ? s'étonna Clint.

— Oui, elle est passée chez Barney pour rendre quelque chose à Marjorie, s'empressa de répondre Mitch.

— Ah, c'est pour ça ! Justement, hier, je me demandais où elle était passée, dit-il avant d'ajouter d'un air pensif : C'est vrai que c'est suspect, cette enquête que le shérif a menée sur toi. Il faut croire qu'il se sent menacé.

— Je ne vois pas en quoi je pourrais représenter une menace pour lui.

— Il brigue un nouveau mandat et, même si les vols ont cessé, les voleurs, eux, courent toujours. J'imagine qu'il n'a pas très envie qu'on vienne remuer cette affaire juste au moment où les esprits commencent à s'apaiser.

— S'il se sent sur la sellette, pourquoi s'obstine-t-il à vouloir mener cette enquête tout seul ?

— Vous êtes en train de parler du shérif, c'est ça ? demanda Kate en s'approchant dans son petit short blanc et son haut moulant.

— Bonjour, Kate, la salua Mitch en s'efforçant de ne pas s'attarder sur ses jambes.

— Bonjour Mitch, lui répondit-elle en souriant avant d'ajouter, à l'adresse de Clint : J'étais là hier quand le shérif s'est pointé chez Barney. Andy était avec lui et il cherchait la petite bête.

— Je ne comprends pas, c'est Andy ou le shérif qui te cherche des crosses ? demanda Clint en se tournant vers Mitch.

— Disons que le petit blanc-bec a eu plus de mal à se contenir.

— Tu parles, il est jaloux comme un pou, lança Kate en gratifiant Mitch d'un coup de coude dans les côtes. Entre Clint et toi, le pauvre n'a plus aucune chance avec les filles.

Clint fusilla sa sœur du regard. Il n'aimait pas qu'elle le taquine sur le sujet.

— Tu as eu le temps de déjeuner ce matin ? s'enquit-elle.

— Je me suis levé tard, j'ai juste eu le temps d'avaler un muffin avec mon café.

— Il me reste de la pâte à crêpes si vous voulez, proposa-t-elle en se tournant vers Mitch. Il y a aussi des saucisses que Joe a laissées au chaud, tu en veux ?

— Non merci, Kate, répondit Mitch étonné par son aplomb.

Elle s'était adressée à lui comme s'il ne s'était jamais rien passé entre eux, ce qui semblait normal en présence de son frère. Pourtant, quelque chose dans le ton de sa voix avait changé, une sorte de détachement qui suggérait que leur petite conversation de la veille l'avait fait réfléchir. Sans doute était-elle arrivée à la même conclusion que lui : il valait mieux pour tout le monde qu'ils gardent leurs distances.

— Tu comptes faire quoi maintenant ? poursuivit-elle, la poitrine bombée dans son débardeur.

— Finir d'aider ton frère à charger le camion.

— Je voulais dire, au sujet des vols.

— Vu la situation, je n'ai pas trente-six solutions, dit-il en ramassant une autre botte pour ne pas avoir à croiser son regard… et sa paire de seins.

— Tu repars quand ? s'empressa-t-elle de demander, soulagée de le voir résigné.

— Partir ? Je n'ai encore rien trouvé !

— Et tu comptes t'y prendre comment sans l'aide du shérif ?

— Tiens, on dirait qu'on a de la visite, les interrompit Clint en désignant du menton la grosse berline noire qui s'engageait dans le chemin de terre menant à la propriété. Tu sais à qui appartient cette voiture, Kate ?

Elle fit un tour sur elle-même et protégea ses yeux des rayons du soleil.

— Il me semble l'avoir déjà vue en ville, mais je ne sais pas à qui elle appartient.

Profitant de ce qu'elle lui tournait le dos, Mitch s'attarda sur ses longues jambes musclées. C'était curieux, mais les taches de rousseur qu'elle avait enfant semblaient avoir disparu. Il n'avait pas eu le temps de bien voir l'autre nuit, il faisait trop noir et il était trop tendu pour remarquer ce genre de détails. Mais là, sous les rayons du soleil, plus rien ne lui échappait, surtout pas les courbes rebondies de son joli petit postérieur.

— Je crois que je sais qui c'est, finit par dire Clint. Ça doit être ce vautour d'agent immobilier qui a vendu la propriété des Baxter.

En entendant Clint parler d'agent immobilier, Mitch reprit ses esprits. Ses parents avaient eux aussi été démarchés par une agence quelques jours après qu'ils avaient déménagé. Même s'il avait du mal à se l'avouer, la crainte de voir le ranch familial cédé à des étrangers avait compté pour beaucoup dans sa décision de venir sur place pour enquêter. Au moins autant que l'accueil déplorable que lui avait réservé le shérif au téléphone.

L'homme se gara à côté de l'étable et descendit de son auto flambant neuve. La trentaine, il luisait dans son costume bleu pâle, son Stetson et ses bottes cirées. A en juger par son style, il devait venir de Houston ou de Dallas. Encore un de ses cow-boys du dimanche, ne put s'empêcher de songer Mitch.

— M'dame, fit-il en ôtant son chapeau en voyant Kate approcher. Levi Dodd, se présenta-t-il en tendant la main à Clint tandis que Mitch ôtait ses gants. J'espère que vous ne m'en voulez pas de passer à l'improviste.

— Pas de souci, répondit Clint. Que puis-je pour vous ? s'enquit-il une fois les présentations faites.

— J'ai entendu dire que monsieur Colter était un de vos bons amis, dit-il en se tournant vers l'intéressé. Je suis passé chez vos parents tout à l'heure, mais comme vous n'y étiez pas, j'ai pensé que je vous trouverais peut-être ici.

Mitch se raidit. Si cet homme était bien agent immobilier comme le pensait Clint, il n'avait rien à lui dire, en tout cas, rien qui lui fasse plaisir à entendre.

— Me voici, répondit-il d'un ton sec.

L'homme n'était pas déplaisant en soi, avec son air bonhomme et son sourire de pub pour dentifrice, mais lorsqu'il lui tendit sa carte, Mitch n'eut qu'un seul mot à lire pour se sentir agressé.

— Je ne vois pas bien ce que je peux faire pour vous, monsieur Dodd, dit-il en lui rendant sa carte.

— Appelez-moi Levi, répondit-il en lui faisant signe de la garder. J'imagine que vos parents ont dû vous parler de moi.

— Si c'est le cas, je ne m'en souviens pas, répliqua Mitch en glissant la carte dans la poche arrière de son jean.

— J'ai du thé glacé ou de la citronnade, si quelqu'un en veut, proposa Kate pour détendre l'atmosphère.

— Pas pour moi, merci, répondit aussitôt Mitch en renfilant ses gants pour retourner travailler.

— Non merci, m'dame, dit Levi avant d'ajouter à l'adresse de Mitch : Monsieur Colter, vous permettez que je vous touche deux mots en privé ?

Comme Mitch ne répondait pas, Clint brisa le silence :

— A la réflexion, je prendrais bien un verre de citronnade, dit-il en faisant signe à Kate de le suivre.

— Attendez, tous les deux, j'en ai pour une minute, les arrêta Mitch. Monsieur Dodd, si j'ai bien compris vous travaillez dans la transaction de biens, c'est ça ?

L'homme opina du bonnet.

— Ma famille n'ayant rien à vendre ni à acheter, je ne vois pas bien de quoi vous voulez me parler.

A l'évidence embêté, l'homme esquissa un sourire forcé avant de répondre, de sa voix mielleuse :

— J'ai eu l'occasion de discuter avec votre père il y a de cela quelques semaines et il songeait sérieusement à mettre la maison et le terrain en vente.

— Peut-être, mais pour l'instant, la décision n'est pas arrêtée.

Dodd eut un mouvement de recul.

— Vous ne seriez pas en contact avec une autre agence, des fois ? Parce que, si c'est le cas, je peux vous assurer...

— Non, non, vous n'y êtes pas du tout.

— Si c'est au sujet du prix, les Baxter pourront vous confirmer que leur bien n'a pas été bradé.

— Ecoutez, monsieur Dodd, n'y voyez rien de personnel, mais je doute que nous ayons besoin de vos services.

C'était on ne peut plus personnel au contraire. C'était de la terre des Colter qu'il s'agissait. Une terre que ses aïeux s'étaient transmise de génération en génération pendant plus d'un siècle. La simple idée que quelqu'un d'autre qu'un Colter puisse habiter la maison de ses parents lui retournait l'estomac.

L'homme, qui était resté coi un moment, insista :

— Mais les lieux sont vides...

— J'y suis, moi.
— Mais, vous ne comptez pas rester, n'est-ce pas ?
Mitch sourit.
— Qu'est-ce qui vous fait croire ça ?

8

Kate n'en revenait pas de ce que Mitch venait de dire. Etait-il sérieux ou était-ce juste une stratégie pour se débarrasser une fois pour toutes de l'agent immobilier ? Elle ne pouvait le dire. Elle observa en coin la réaction de son frère, mais celui-ci avait toujours été très doué pour masquer ses émotions.

Elle prit une longue inspiration pour mieux rassembler ses idées. Si Mitch était revenu, c'était d'abord et surtout pour essayer d'en savoir plus sur ces mystérieux vols, pas pour s'installer. Et donc, en dépit de ce qu'il avait laissé entendre à Dodd, son retour ne pouvait pas être définitif. Certes, il n'avait pas dit quand il comptait repartir, mais sa vie, son travail étaient en Floride et il ne pouvait pas avoir l'intention de revenir vivre ici.

Vu son aveu de la veille, il valait mieux pour elle qu'elle s'accroche à cette idée, en tout cas. Toute la nuit, elle n'avait cessé de se torturer l'esprit en se demandant ce qu'il adviendrait si jamais l'un ou l'autre venait à céder. Elle avait fini par se rassurer en se disant que la question se résoudrait d'elle-même quand Mitch repartirait chez lui mais, après ce qu'il venait de dire, elle n'était plus sûre de rien.

— J'ai fait beaucoup de route pour venir jusqu'ici, se plaignit Dodd, et si je l'ai fait, c'est parce que votre père m'avait donné l'impression de vouloir vendre.

— La prochaine fois, téléphonez, répliqua Mitch.

— Enfin, maintenant que je suis là..., dit-il en jaugeant la propriété d'un air avisé. Joli terrain que vous avez là. Vous ne compteriez pas en vendre une partie, par hasard ? demanda-t-il à l'adresse de Clint.

Le jeune Manning le fusilla du regard et sa sœur manqua de s'étouffer devant un tel sans-gêne.

— C'était juste une question, je ne fais que mon travail, se défendit Dodd en tirant un mouchoir de sa poche pour s'éponger le front avant d'ajouter : Vous avez ma carte si vous changez d'avis. Je devrais repasser dans le coin la semaine prochaine, alors si vous avez besoin de moi, n'hésitez pas.

Au bord de l'implosion, Mitch accepta sa main tendue, mais il la lui serra avec une telle poigne que l'homme dut comprendre, s'il ne s'en était pas encore rendu compte, qu'il valait mieux pour lui qu'il ne remette jamais les pieds ici. En tournant la tête, Mitch croisa le regard de Kate et s'en voulut un instant de s'être laissé submerger par ses sentiments, mais à son petit signe de tête, il comprit qu'il avait son plein assentiment. Elle devait ressentir la même indignation que lui face à cet étranger qui lorgnait sur les terres tel un vautour en repérage.

Ils étaient là, debout tous les trois, à regarder l'agent immobilier rebrousser chemin, quand Clint demanda :

— Tu savais que ton père avait fait appel à lui ?

— Il m'en a touché deux mots, oui, admit Mitch, les yeux rivés sur la voiture noire qui quittait la propriété. C'est aussi cela qui m'a décidé à revenir.

— Tu sais, si tes parents ont envisagé la possibilité de vendre leurs terres, c'est sans doute que c'est devenu trop dur pour eux. Je comprends que ça te fende le cœur, mais tu dois respecter leur décision.

— S'ils sont partis, c'est parce qu'ils n'ont pas eu le choix. En leur volant leur bétail, c'est toute leur vie ici qu'on a volée.

Clint et Kate échangèrent un bref regard.

— Tu sais que tu peux compter sur nous, dit Clint. Tu n'as qu'un mot à dire.

— Il y a bien quelque chose que tu peux faire, mon ami, mais, je préfère te prévenir, ce n'est pas un petit service. Il faudra que vous preniez la décision ensemble avec Joe.

— Joe fera tout pour t'aider, c'est sûr.

— Bon, voilà ce que je propose. Je t'explique mon plan et ce soir, on en parle tous les deux à Joe. Si, au final, vous me dites que c'est non, pas de souci, je ne vous en voudrai pas.

— Toi, tu nous aiderais, hein, si nous étions à ta place ? l'interrogea Kate le sourcil levé. Eh bien, nous, c'est pareil. Alors, dis-nous, comment est-ce qu'on peut t'aider ?

— Ta sœur est devenue bien autoritaire en grandissant, plaisanta Mitch en échangeant un regard complice avec Clint.

— Un vrai dragon, renchérit ce dernier.

Elle aurait voulu répliquer et ce n'était pas la repartie qui lui manquait, mais voyant comme son frère les observait tous les deux avec curiosité, elle préféra faire profil bas.

— Alors, ce plan ?

— Je voudrais vous emprunter deux douzaines de bêtes. L'idée ce serait de les mettre à paître sur le pré nord et de faire courir le bruit que j'ai repris l'exploitation.

— Tu veux te servir des bêtes comme d'appât au cas où les voleurs seraient toujours dans le coin, pensa Clint tout haut.

— Ils me croiront seul au ranch et me prendront pour une cible facile, d'autant qu'ils connaissent l'endroit et qu'ils ont l'habitude de revenir à la charge. De mon côté, je compte installer l'équipement vidéo nécessaire pour surveiller la propriété et en plus, je te garantis ton bétail. Si mon plan échoue et que les voleurs réussissent leur coup, je te rembourserai jusqu'au dernier centime. Tu as ma parole.

Kate laissa Mitch leur dévoiler son plan sans mot dire. De son côté, ce n'était pas le fait que le bétail risque d'être volé qui la tracassait, mais plutôt le temps qu'allait durer l'opération. Une fois le piège en place, cela pouvait prendre des semaines avant que les voleurs mordent à l'hameçon. Autrement dit, Mitch allait être son voisin encore pendant un bon bout de temps.

— Bon sang, Mitch, qu'est-ce qui te prend de parler de garanties ? Le bétail est à toi, sans contrepartie, et je te le dis en notre nom à tous. Pas vrai, Kate ?

Perdue dans ses pensées, elle hocha la tête avant de se tourner vers Mitch.

— Tu vas avoir besoin d'aide pour la surveillance.

— Ils ne frappent que la nuit. Je pourrais dormir le jour et commencer la surveillance à la tombée de la nuit.

— Mince, ça tombe mal, dit Clint. Je ne vais pas pouvoir être là pour t'aider, je vais sans doute m'absenter pendant une ou deux semaines... Par contre, si tu as besoin d'aide avec les bêtes, tu peux demander à Pete ou Silas.

— Oui, je pense que j'aurai besoin d'eux, mais je ne veux pas non plus que trop de monde soit au courant.

Kate avait reporté son attention sur Clint. Elle trouvait curieux qu'il doive s'absenter si longtemps, lui qui d'ordinaire n'allait jamais plus loin que Dallas ou Houston.

— Tu vas où ? demanda-t-elle en se doutant déjà de ce qu'il allait lui répondre.

— Dory a des vacances, répondit-il, le sourire jusqu'aux oreilles. Elle veut me faire visiter Hawaii.

En voyant Clint tout guilleret, Mitch adressa un petit sourire en coin à Kate et demanda :

— Et qui est donc cette Dory ?

Comme Clint ne répondait pas, Kate le fit à sa place :

— C'était ma colocataire à la fac. Elle était là ce week-end à la fête.

— Tu vois, si tu étais arrivé plus tôt, le taquina Clint. A force de rater le coche, tu vas finir vieux garçon, renchérit-il en le gratifiant d'une tape amicale sur l'épaule. Regarde, même ma petite sœur s'apprête à faire le grand plongeon !

Kate blêmit. Mitch la regardait, elle pouvait le voir du coin de l'œil, mais elle ne pipa pas mot.

— De toute façon, je n'aurai pas besoin d'aide, dit Mitch pour la tirer d'embarras. Je vais aller chercher le matériel à Houston, puis j'installerai les caméras et j'attirerai ensuite l'attention en déplaçant le bétail. Et, si tu n'y vois pas d'inconvénient, j'aimerais bien coller des puces à quelques bêtes.

— Non, au contraire, répondit Clint. Depuis le temps que je bassine Joe pour qu'on se modernise. On doit être le seul ranch de notre envergure à travailler encore sans informatique.

Soulagée de voir que la conversation venait de s'engager sur un autre thème, elle se sentit redevable envers Mitch de l'avoir tirée d'affaire, mais aussi d'avoir abordé un sujet qui lui tenait à cœur. Car, tout comme Clint, elle considérait qu'il était grand temps d'adopter des méthodes de travail plus en phase avec leur époque.

Hélas, leur frère Joe avait tendance à se montrer rétif à toute forme de modernité.

— Ça se pose comment ces puces ? s'enquit-elle.

— Ça s'implante sous la peau. La puce contient toutes les informations sur l'animal, son âge, son sexe, sa race, le nom de son propriétaire. Pour les lire, il suffit d'avoir le scanner adéquat. Et puis, dès qu'un animal est pucé, ses données sont enregistrées dans le fichier des forces de police. C'est plutôt dissuasif.

— Je comprends mieux maintenant pourquoi seuls les petits ranchs traditionnels ont été touchés, dit Kate. On peut s'estimer heureux d'avoir été épargnés.

Un peu secouée, Kate croisa ses bras sur sa poitrine. Jamais jusqu'ici, elle n'avait imaginé que le Sugarloaf puisse être une proie aussi facile.

— C'est quand même dommage que tout tombe en même temps, se désola Clint. Si ça n'avait tenu qu'à moi, j'aurais reporté mes vacances, mais je doute que le patron de Dory accepte qu'elle annule ses congés au dernier moment. Je vais en parler à Joe, il pourra sans doute vous donner un coup de main.

— Je ne crois pas qu'on puisse compter sur lui, non plus, dit Kate.

— Vous en faites pas, je saurai me débrouiller, dit Mitch.

— Qu'est-ce qui te fait penser ça, Kate ? s'enquit tout de même Clint.

— Il part rejoindre Lisa à Tulsa pour passer quelques jours avec elle.

— Quand est-ce qu'il t'a parlé de ça ?

— Ce n'est pas lui, c'est Lisa.

— Ah, je comprends mieux pourquoi il a déjà commencé à faire les fiches de paie.

— C'était un week-end spécial rencontres ou quoi ? s'exclama Mitch.

— Fallait pas être en retard ! répéta Clint.

— Je peux t'aider, moi, proposa Kate. Après tout, il suffit de surveiller un écran, non ?

Mitch perdit d'un seul coup son sourire.

— Et si les voleurs mordent à l'hameçon ?

— Tu seras bien content que je sois là pour t'aider à les mettre en joue.

Mitch fit non de la tête.

— Pas question.

— Je suis bonne tireuse, tu sais.

— Allons, Katie, dit Mitch en prenant Clint à témoin, s'entraîner sur une cible, c'est pas la même chose que de tirer sur quelqu'un.

— Alors, *primo*, arrête de m'appeler Katie et *secundo*, il n'est pas question de tirer sur qui que ce soit. Un coup de feu au-dessus de leurs têtes devrait suffire à les faire déguerpir.

— Je ne sais pas, Kate, s'interposa Clint. Pour ce qui est de la surveillance, je n'y vois pas d'inconvénient, mais par contre, il faut que tu me promettes que…

— N'y pense même pas, rétorqua-t-elle sans même lui laisser le temps de terminer sa phrase.

Mitch croisa les bras sur sa poitrine, faisant gonfler ses biceps sous les manches de son T-shirt.

— Inutile d'insister. C'est un non catégorique.

— On n'est pas en train de voter, là, se défendit Kate.

— Et Dennis, il a son mot à dire, lui aussi, ajouta Clint.

— Dennis ? Ce petit…

Elle s'interrompit, prit une longue inspiration et, le menton redressé, déclara :

— Ça tombe bien que tu me parles de lui parce que j'avais justement l'intention de vous annoncer quelque chose à Joe et à toi.

Et d'ajouter, en prenant soin de ne pas croiser le regard de Mitch :

— Au fait, j'aurais besoin de récupérer ma voiture en ville.

— Ta voiture ? Pourquoi, elle est en panne ?

— Non, mais hier après-midi, j'ai joué au billard chez Barney et il se trouve que j'ai un peu trop bu, répondit-elle sans se démonter. Alors, j'ai laissé ma voiture en ville et Mitch m'a raccompagnée.

Et d'ajouter, sans perdre son aplomb :

— Je serai à l'intérieur si vous avez besoin de moi.

Sur ce, elle tourna les talons et se dirigea vers la maison d'un pas déterminé. A vingt-sept ans, elle n'avait plus à se justifier.

Mitch la regarda s'en aller avec admiration, fier de l'immense pas en avant que la petite Katie venait d'effectuer. Elle qui, la veille encore, semblait redouter le regard de ses frères, venait de s'émanciper de Clint sous ses yeux. Et ce faisant, l'avait mis dans un beau pétrin.

— Qu'est-ce qui lui a pris de boire comme ça ? Chez Barney en plus ? se demanda-t-il avant de se tourner vers Mitch. Et pourquoi tu ne m'as rien dit ?

— L'occasion ne s'est pas présentée.

— C'est avec toi qu'elle a joué au billard ?

— Non.

— Et Dennis, il était là ?

De plus en plus mal à l'aise, Mitch se contenta d'un petit non de la tête, puis il regarda sa montre en faisant mine d'être pressé.

— Ecoute, j'ai juste le temps d'aller chercher le matériel à Houston, mais je veux être sûr que Joe est partant.

— Aucun problème, répondit Clint d'un air distrait avant de demander : Alors, si ce n'était ni toi, ni Dennis, avec qui est-ce qu'elle a joué au billard ?

Mitch hésita. Il ne voulait pas risquer de mettre les pieds dans le plat. Cependant, il était bien placé pour savoir ce que son ami pouvait ressentir.

— Il y avait pas mal d'employés du ranch aux tables de billard, répondit-il, mais elle a surtout joué avec les deux nouvelles recrues du Double R.

— Ne me dis pas qu'elle a joué avec Brad Jackson.

— L'un d'eux s'appelait Brad, oui.

— Qu'est-ce qu'elle fichait avec ce type ?

— Tu le connais ?

— Suffisamment pour savoir que je ne l'aime pas. Il était à la fête ce week-end, il n'a pas arrêté de faire le beau.

— Tu ne trouves pas ça bizarre, toi, qu'il ait atterri là ? Les Reynolds ne doivent pas proposer des salaires mirobolants, après les pertes qu'ils ont subies.

— C'est vrai que sa tête ne me revient pas, mais de là à penser qu'il soit dans le coup. Surtout qu'il n'y a pas eu d'incidents depuis qu'il a été engagé.

— Tu vois d'autres nouvelles têtes dont il faudrait se méfier ?

— Non, aucune, soupira Clint avant de se donner un grand coup de chapeau sur la cuisse. Je n'aime pas du tout l'idée que Kate sympathise avec ce type mais, tu as vu comme elle est, si je lui dis quelque chose, elle va me sauter à la gorge.

— Tu ne vas pas lui reprocher de vouloir mener sa propre vie. Elle est adulte maintenant.

— Adulte, oui, mais avec la naïveté d'une enfant. Je ne sais pas si tu as eu l'occasion de voir son fiancé…

Mitch secoua la tête et Clint poursuivit :

— Je sais que sa vie sentimentale ne me regarde pas, mais…

Il s'interrompit, voyant que Mitch semblait gêné, et ajouta :

— Laissons tomber le cas Dennis. On en reparlera quand tu le connaîtras.

Ouf, se dit Mitch, soulagé de ne pas avoir à parler avec Clint de celui qu'il avait surpris en train de tromper sa sœur. Hélas pour lui, le répit allait être de courte durée, car son ami enchaîna :

— A ce propos, j'ai un service à te demander. Tu pourrais garder un œil sur Kate pendant mon absence ?

Mitch sentit tous ses voyants internes s'allumer. Il ne pouvait pas refuser un service à son ami, surtout après celui qu'il venait d'accepter de lui rendre, mais là, c'était peut-être un peu trop lui demander. Car, même si la veille encore, il s'était promis de ne plus lâcher Kate d'une semelle, il se rendait compte qu'être à ses côtés n'était pas une sinécure.

— Je ferai ce que je peux, mais je ne vais pas être très disponible. Je vais devoir faire le guet au ranch toutes les nuits et la journée, il faudra que je dorme.

— C'est pour ça que je me dis qu'en fin de compte, ce ne serait pas une si mauvaise idée.

— Quoi donc ? fit Mitch avec le curieux pressentiment qu'il n'allait pas aimer la réponse.

— Elle t'a proposé de t'aider, non ? Eh bien, laisse-la faire.

— Tu es devenu dingue ?

— Je ne te dis pas de lui confier une arme, mais, au moins, en cas de besoin, elle sera là pour appeler les renforts.

— Sauf que la majeure partie de la surveillance se fera la nuit et j'imagine qu'elle a mieux à faire.

— Fais-moi confiance, non ! Elle et Dennis ne se voient pratiquement pas de la semaine. C'est bizarre, leur relation, dit-il avant de s'interrompre, conscient que le sujet embarrassait son ami. Tout ça pour dire que si elle a du temps à perdre chez Barney, autant qu'elle le passe à t'aider.

— O.K., je vais voir comment on peut s'organiser, concéda Mitch.

— Merci. Tu pars pour Houston, là ?

— Je préfère avoir l'aval de Joe d'abord.

— Tu es aussi têtu que Kate, ma parole ! Voilà ce qu'on va faire : moi, je vais parler à Joe et toi, tu emmènes Kate avec toi à Houston, comme ça, au retour, elle récupère sa voiture.

Mitch fit un rapide calcul dans sa tête. Même en partant tout de suite, ils ne pourraient jamais être de retour avant la nuit tombée, ce qui signifiait que ce ne serait pas encore aujourd'hui que Kate annoncerait la nouvelle à ses frères.

— Après réflexion, finit par répondre Mitch, je vais me débrouiller autrement pour le matériel. Ce n'est peut-être pas la peine que je me déplace aussi loin. Et puis, pour la voiture de Kate, t'en fais pas, je m'en occupe.

— Viens, rentrons, dit Clint en se dirigeant vers la maison, j'ai peut-être une idée pour ton installation. Si tu veux, je peux me rencarder auprès du T&H. Ils ont investi dans une méga-installation de télésurveillance. Les écuries, les étables, l'intérieur et l'extérieur de la maison, chez eux, tout est surveillé vingt-quatre heures sur vingt-quatre.

— Depuis les vols ?

— Non, Clyde s'était déjà décidé à tout moderniser à la mort du vieux Thompson. Ils ont même des hélicos pour rassembler les troupeaux. Je n'arrête pas de dire à Joe qu'il faut qu'on s'adapte, nous aussi, mais il n'y a rien à faire, chaque fois que je lui en parle, il se braque.

Mitch savait Joe entêté, mais pas borné. Sans doute le fait qu'il ait dû endosser très jeune des responsabilités auxquelles il n'était pas préparé expliquait-il sa réticence au changement.

— Il finira par y venir, tu verras. Moi aussi, j'ai dans l'idée d'investir pour moderniser le ranch.

— Tu parles comme si tu comptais rester.

— Disons que mon père va avoir besoin d'un bon coup de main

pour remettre le ranch en route. Il faudra bien que je reste au moins jusque-là.

Sa réponse sonnait comme un prétexte, même Mitch s'en rendait compte. En fait, il avait pensé tout haut et le plus curieux, c'était qu'il n'avait même jamais auparavant formulé l'idée de revenir s'installer au ranch.

— Laisse tomber, j'ai parlé sans réfléchir.

— En tout cas, si tu reviens t'installer ici, je ne vais plus te lâcher, mon vieux. Et, avant que j'oublie, au sujet de la petite virée de Kate chez Barney, mieux vaut éviter le sujet devant Joe.

— Ah bon, pourquoi ? Il va la priver de sortie ?

— Dis-le pour rire...

Mitch laissa Clint le précéder à l'intérieur. Les paroles de son ami résonnaient encore dans sa tête. Kate avait sans doute dû prendre sur elle pour arriver à s'imposer face à ces deux fortes têtes. Et lui, qu'avait-il fait jusqu'ici sinon se comporter avec elle comme un frère de plus ? Comme si elle n'en avait déjà pas assez avec les siens !

9

Le lendemain, en revenant de Houston, Mitch fit un crochet par le Sugarloaf. En toquant à la porte, il se dit qu'il aurait peut-être mieux fait de repasser chez lui pour prendre une douche et se changer, mais c'était trop tard. Il toqua de nouveau.

Kate ouvrit la porte. Elle portait un T-shirt bleu deux fois trop grand et elle avait ramassé ses cheveux en queue-de-cheval à la hâte. Elle fit de grands yeux ronds en le voyant.

— Je tombe mal peut-être ?

— Non. Entre, dit-elle en ouvrant grande la porte.

— Tes frères sont là ?

— Joe est sorti, il ne devrait pas tarder, et Clint est en haut, au téléphone avec Dory.

Elle se pencha vers lui pour chuchoter :

— Si tu l'entendais roucouler dans le combiné !

Mitch sourit.

— Je n'arrête pas de l'asticoter avec ça, lui confia-t-elle en le conduisant dans le salon. Par contre, Joe, j'évite de le taquiner, c'est tout nouveau pour lui et ça me réjouit de le voir si heureux. On dirait qu'il est sur un petit nuage.

Elle s'installa sur le canapé et lui fit signe de s'asseoir à côté d'elle. Quel lourdaud il faisait ! Il s'en voulait d'être passé à l'improviste. Maintenant, elle allait se sentir obligée de lui faire la conversation jusqu'à l'arrivée de Clint.

— Tu sais, je peux repasser plus tard.

Elle lui adressa un sourire las.

— Rassure-toi, je vais bien. J'ai fini par leur dire hier soir. Sans entrer dans les détails. Je leur ai juste dit que Dennis et moi, on était revenus sur notre décision.

Mitch jeta un œil en haut de l'escalier pour s'assurer qu'ils étaient seuls.

— Ils savent que j'étais au courant.

— Non. Je ne leur ai pas dit, ils se seraient posé des questions. On n'a qu'à faire comme si je venais de t'annoncer la nouvelle.

Elle soupira avant de lui avouer :

— Tu sais, jusqu'ici, je n'avais jamais rien caché à mes frères, mais là, c'était trop. Ce qui s'est passé l'autre soir, il n'y a que mes amies et toi qui soyez au courant.

Il passa un bras autour d'elle, piégé dans ce rôle de grand frère confident derrière lequel il s'était lui-même retranché.

— Tu sais, rien ne t'oblige à leur raconter. Tu leur as dit ce qu'ils devaient savoir, le reste t'appartient. Et puis, ne sois pas triste, tu mérites beaucoup mieux.

— Je sais bien, dit-elle en se dégageant. C'est juste qu'aujourd'hui, je ne suis pas dans mon assiette. Je ne sais pas, c'est peut-être le fait de voir mes frères amoureux.

Comme il la regardait d'un œil interrogateur, elle poursuivit :

— Ça me fait m'interroger sur ma vie et sur la leur. En fait, je crois que quelque part, ça me pèse de savoir que Joe a tout sacrifié pour Clint et moi. Il n'a pas eu une vie facile depuis la mort de nos parents.

— C'est le moins qu'on puisse dire, renchérit Mitch.

— Clint aussi a eu son lot de sacrifices. Il avait de belles perspectives après ses études, mais il a préféré revenir aider au ranch. Je suis sûre qu'il culpabilisait vis-à-vis de Joe.

— Tu te fais du mal en ressassant le passé. Pense plutôt à la famille unie que vous êtes devenus. Et puis, crois-moi, s'ils avaient vraiment voulu vivre une autre vie, ils ne seraient pas là aujourd'hui.

— Peut-être, mais...

Il posa un doigt sur ses lèvres. Elles étaient douces et humides.

— Mitch, tu es un ange, dit-elle en se penchant vers lui pour l'embrasser sur la joue.

Le contact de ses lèvres sur sa peau le fit frémir d'anticipation et il fut presque déçu que rien d'autre ne se passe.

— Tu as pu récupérer le matériel que tu voulais ? s'enquit-elle en croisant ses jambes en tailleur.

— Une partie, seulement. Je me fais livrer et installer le reste de l'équipement demain matin.

— Tu penses pouvoir être prêt à temps ?

— Ça devrait aller. Il ne me restera plus qu'à déplacer le bétail le lendemain.

— Je crois que Clint a déjà demandé à Pete de se tenir prêt pour t'aider.

Elle ouvrit la bouche, comme si elle venait de se rendre compte qu'elle avait oublié quelque chose.

— J'y pense, je ne t'ai même pas proposé à boire. Tu veux quelque chose ?

— Volontiers, j'ai la gorge desséchée.

— Fais comme chez toi, tu connais la maison.

— Je te sers quelque chose ? demanda Mitch en se levant.

— Oui, mais pas d'alcool, répondit Kate en faisant la grimace.

Mitch sourit à son air de dégoût, puis alla se chercher une bière et prépara à Kate un thé glacé, moitié thé, moitié glace pilée, qu'il agrémenta de deux rondelles de citron et de quelques feuilles de menthe. C'était comme ça qu'elle l'aimait et il fut lui-même étonné de s'en souvenir aussi bien.

— Il est chouette le guéridon, repeint comme ça, dit-il en revenant avec les boissons.

— Merci.

Elle sourit en voyant les rondelles de citron et la branche de menthe.

— J'ai fait ça l'été dernier en même temps que d'autres petits meubles qui étaient abîmés.

— A l'occasion, tu me montreras comment tu fais, comme ça, je pourrais faire une surprise à mes parents quand ils reviendront.

— Pourquoi ? Tu penses qu'ils vont revenir pour de bon ?

— Je ne sais pas.

— Et l'entreprise qui va installer les caméras, elle vient de Houston ?

— Oui, d'ailleurs le livreur va devoir traverser la ville. Donc, pour que ce soit plus discret, il conduira une camionnette de marchand de meubles.

Kate laissa échapper un petit rire.

— Comme ça, tout le monde va se demander qui est-ce qui se fait livrer des meubles !

— C'est clair... Au moins une chose que je ne regrette pas dans la vie à la campagne, dit-il avant d'avaler une gorgée de bière.

— Parce qu'il y en a que tu regrettes ?

— Bien sûr.

— Comme quoi ?

— Je ne sais pas... Une certaine demoiselle aux cheveux auburn et aux magnifiques yeux verts, par exemple.

Un aveu qui n'eut pas l'effet escompté car Kate se figea.

— Kate ?

— Il ne faut pas te sentir obligé.

— De quoi ?

Les marches de l'escalier grincèrent derrière eux. Ce devait être Clint. On pouvait dire qu'il tombait à pic. Mitch prit un air surpris en regardant par-dessus l'épaule de Kate et elle changea aussitôt d'expression.

— Il me semblait bien que j'avais entendu ta voix, dit Clint en voyant son ami. Tu as réussi à faire tout ce que tu voulais à Houston ?

— Oui. D'ici à demain soir, je devrais être prêt.

Mitch regarda Kate se lever du canapé pendant que Clint se dirigeait vers la cuisine.

— Je vais me chercher une bière, dit Clint.

Kate rajusta sa queue-de-cheval.

— Bon, je vous laisse discuter entre hommes.

— Attends, dit Mitch en la rattrapant par le bras.

Il aurait voulu savoir ce qui l'avait contrariée, mais elle n'avait pas l'air disposée à poursuivre la conversation. Et puis, Clint allait réapparaître d'un instant à l'autre.

— Toujours d'accord pour demain soir ?

Elle le regarda d'un air étonné.

— Pour la surveillance. Il faut que je te montre comment fonctionnent les appareils et qu'on se mette d'accord sur la marche à suivre une fois que le bétail sera en place.

Comme elle le regardait d'un œil circonspect, il ajouta :

— Je compte sur toi, Kate. Ne me laisse pas tomber.

Kate se gara à l'arrière de la maison comme Mitch le lui avait demandé. Cette nuit, il allait lui montrer comment fonctionnait l'équipement et demain, Pete et Silas l'aideraient à transporter le bétail d'un ranch à l'autre. Après quoi, le bruit ne tarderait pas à se répandre que le ranch des Colter était de nouveau opérationnel et d'ici à quelques jours, tout le comté serait au courant.

Postée devant la porte d'entrée, Kate ressentit une petite appréhension au moment de frapper, mais elle se raisonna en se disant que tout ce qu'elle avait à faire, c'était de s'en tenir à son plan : traiter Mitch ni plus ni moins que comme un de ses frères. C'était le seul moyen pour eux de traverser l'épreuve des longues nuits de surveillance en tête à tête qui les attendait. Avec un peu de bonne volonté, elle devrait bien arriver à passer cette première nuit sans se demander quel goût pouvaient avoir les baisers de Mitch.

Difficile d'y croire quand le simple fait d'imaginer la bouche de Mitch posée sur la sienne lui faisait tourner la tête. Il fallait dire qu'embrasser Mitch avait pendant longtemps constitué pour elle un rêve inaccessible. Le problème c'était qu'aujourd'hui, l'embrasser n'était plus une fin en soi, juste le moyen d'espérer l'avoir tout entier. D'où la nécessité pour elle de garder la tête froide et de ne surtout pas laisser transparaître son attirance pour lui.

Car Mitch avait raison, sa blessure était encore fraîche et se lancer dans une nouvelle relation juste après une rupture était tout sauf recommandé. Et ce même si, comme elle essayait de s'en persuader, l'attirance qu'elle éprouvait pour lui était purement physique. Car s'il était vrai qu'elle préférait garder son cœur à l'abri des tourments, elle ne voulait pas non plus se réveiller un matin avec le sentiment coupable de s'être servie de Mitch comme d'un moyen d'assouvir ses appétits.

En résumé, elle devait garder la tête froide et les idées claires. Elle en était arrivée à cette conclusion lorsque la porte s'ouvrit sur elle sans qu'elle ait eu besoin de toquer.

— Hé, fit Mitch en reculant.

Il avait les cheveux mouillés et était rasé de près. Il sentait bon le propre… et l'homme. Les bonnes résolutions de Kate s'évanouirent aussitôt, comme neutralisées par les effluves de phéromones.

— Entre.

— Je me suis garée derrière, comme tu me l'avais dit, dit-elle, soudain nerveuse.

Elle avait rassemblé ses cheveux en queue-de-cheval — c'était comme ça qu'elle se coiffait quand elle restait traîner à la maison — et s'était maquillée au minimum.

— Parfait, dit-il en refermant la porte. Tu veux boire quelque chose avant de monter ?

— Non, pas pour l'instant, répondit-elle avant de demander : Tu as installé les moniteurs au premier ?

— Oui, c'est plus sûr, si quelqu'un vient à passer.

Il la regarda un moment avant de s'engager dans l'escalier. Elle lui laissa assez d'avance pour pouvoir lorgner son postérieur et ne fut pas déçue du spectacle. Il était sexy en diable avec ses fesses musclées moulées dans son vieux jean usé.

— J'ai tout installé dans la chambre de Susie. Elle donne directement sur le pâturage. J'ai déplacé la grosse armoire dans une autre pièce et poussé le reste des meubles contre le mur du fond, mais c'est quand même encombré.

Kate s'efforça de rester concentrée tandis qu'elle le suivait dans le couloir.

— C'était devenu la chambre de mes neveux quand ils venaient passer les vacances.

— Ça fait un bail que je ne les ai pas vus. Ça leur fait quel âge, maintenant ?

— Leur âge exact, je ne sais pas, mais ce que je sais, c'est qu'ils sont au lycée tous les deux.

— Au lycée ? Déjà ? s'étonna Kate. Mais Susie n'a que quatre ans de plus que toi...

— Merci de me le rappeler.

— Oups, désolée, dit Kate en se retenant de rire. J'imagine que tes parents ne doivent pas arrêter de te tanner pour que tu leur fasses ta part de petits-enfants !

— Me tanner, c'est le mot ! dit-il en lui ouvrant la porte. Mais bon, vu qu'ils s'attendent à ce que je me marie avant, il y a comme un problème.

En entrant dans la pièce, ses fesses frôlèrent Mitch en son endroit le plus stratégique et Kate sentit son pouls s'emballer. Elle espérait qu'il n'allait pas croire qu'elle l'avait fait exprès, mais aussi, il aurait pu lui laisser un peu plus de place.

— Tu ne penses jamais à fonder une famille ? lança-t-elle pour ne pas laisser le silence s'installer.

— Oh, je sens que la nuit va être longue.

— Excuse-moi de vouloir faire la conversation.

Elle croisa les bras et s'installa en face d'un des moniteurs. Ils étaient alignés près de la fenêtre. Les rideaux étaient ouverts et elle pouvait voir au loin le pâturage désert où le troupeau des Colter passait autrefois.

— Tu sembles oublier que j'ai été marié une fois.

Elle se retourna, surprise qu'il aborde le sujet.

— Je croyais que ce n'était pas un vrai mariage ?

— Oui, mais il n'empêche, ça refroidit.

Il fit rouler une chaise de bureau jusqu'au moniteur du milieu.

— Assieds-toi et dis-moi si tu es bien installée.

Elle s'exécuta, mais ne parvint pas à trouver sa position. Elle se pencha sur le côté pour essayer de trouver le levier de réglage.

— Qu'est-ce que tu fais ?

— Je voudrais baisser le siège, je suis trop haut.

Il s'agenouilla derrière elle et bricola quelque chose sous le siège. Le siège descendit d'un coup et elle dut se cramponner pour ne pas tomber.

— C'est mieux comme ça ? demanda-t-il en levant les yeux vers elle.

Comment n'avait-elle jamais remarqué à quel point ses cils étaient longs et bien implantés, en haut comme en bas. Et tout ça, sans mascara. Il y avait de quoi être jalouse.

— Regarde plutôt vers l'écran et dis-moi s'il est à la bonne hauteur.

— J'étais en train de regarder tes cils, marmonna-t-elle avant de porter son regard en direction du moniteur. C'est parfait.

— Qu'est-ce qu'ils ont, mes cils ?

Elle aurait préféré qu'il se relève. Accroupi comme il était, il était beaucoup trop près d'elle. Elle se racla la gorge.

— Je crois que je vais aller me chercher quelque chose à boire avant qu'on commence.

— C'était une mauvaise idée, hein ? demanda-t-il en la regardant droit dans les yeux.

— Quoi donc ?

— Allons, Kate, dit-il en s'agrippant aux bras du fauteuil.

Elle sentit le souffle chaud et mentholé de son haleine contre son menton et se redressa dans son siège, dans l'expectative. Il n'allait tout de même pas l'embrasser ? C'est alors qu'elle le vit se redresser et lui tendre la main pour l'aider à se relever. Elle fit contre mauvaise fortune bon cœur et accepta son aide en disant :

— J'aurais dû apporter du thé. J'imagine que tu n'en as pas.

— Si. J'ai même du citron et de la menthe.

— Tu y as pensé ? Merci, dit-elle tandis qu'elle se frayait un chemin jusqu'à la porte en prenant bien soin d'éviter tout contact malencontreux.

Pourquoi lui avait-il dit ça ? Est-ce qu'il pensait qu'elle avait des vues sur lui ? L'idée l'agaça.

D'accord, elle lui avait fait un peu de rentre-dedans la nuit où elle avait surpris Dennis en train de la tromper, mais depuis l'épisode chez Barney, elle s'était efforcée de maintenir avec lui une relation sans ambiguïté. Il fallait qu'ils tirent tout ça au clair et vite, sans quoi elle n'était pas sûre de passer la semaine… ni même la nuit.

Arrivée au pas de la porte, n'y tenant plus, elle se retourna. Il se tenait debout, juste derrière elle et lorsqu'elle leva les yeux vers les siens, ce fut comme si le sol s'effondrait sous ses pieds. Elle était censée dire quelque chose. Oui, mais quoi ?

10

La tension entre eux était trop forte et, Mitch le savait, les choses n'allaient pas aller en s'arrangeant. A compter du jour suivant, lorsque le bétail serait en place, l'enjeu serait trop grand. Il fallait désamorcer la situation et il ne voyait qu'une solution.

Il posa la main sur sa joue et de son pouce, lui caressa les lèvres, se laissant enivrer par la douce chaleur qui irradiait de sa peau. Des mèches de cheveux rebelles entouraient son visage et, l'espace d'un instant, il crut revoir la petite Katie de son enfance. Mais la sensation fut éphémère tant le regard qu'il portait sur elle avait changé. C'était Kate à présent et cette femme magnifique qu'elle était devenue, il la désirait plus qu'il n'avait jamais désiré aucune autre femme avant elle.

Voyant que ses yeux brillaient de la même flamme que celle qui le consumait, il pencha la tête de côté pour l'embrasser, mais au même moment, elle posa ses mains sur son torse et murmura :

— Serre-moi dans tes bras.

Quel crétin il faisait ! Il avait cru voir dans ses yeux la flamme du désir quand elle ne réclamait qu'un peu de réconfort. Il la prit dans ses bras et la serra contre lui en posant son menton sur le sommet de son crâne. Elle se recroquevilla telle une petite fille et il s'en voulut d'avoir pensé ne serait-ce qu'une seule seconde à l'embrasser.

— Merci, dit-elle, toujours collée contre lui.

— De quoi ?

— De m'avoir empêchée de faire quelque chose que j'aurais pu regretter l'autre nuit.

Mitch ferma les yeux. Dire que deux nuits durant, il n'avait pas pu trouver le sommeil, obsédé qu'il était par l'image de Kate allongée dans son lit. Il n'était pas en manque de sexe, pourtant !

— Mitch ? dit-elle en remuant entre ses bras pour se dégager. Je sais que j'ai mis le bazar dans notre relation en m'invitant chez toi l'autre soir, mais je te jure que cette fois, si je suis ici, c'est sans arrière-pensée. Tout ce que je veux, c'est t'aider à pincer les voleurs.

Elle fit un pas en arrière avant d'ajouter :

— Et puis, qui sait, si ça se trouve, ils ont peut-être décampé comme tout le monde semble le penser et tu n'auras plus à t'inquiéter.

— Moi ce que je veux, c'est les attraper.

— C'est vrai que ce serait mieux de les mettre hors d'état de nuire, mais le plus important, c'est que tout le monde ici retrouve sa tranquillité.

— Non, le plus important, c'est de les coincer en flagrant délit et de les faire coffrer, mais avant, je me ferai un plaisir de leur toucher deux mots en tête à tête.

— Tu me laisseras leur botter les fesses ? plaisanta Kate.

— Mieux que ça, je les tiendrai pour toi.

— Comme si j'avais besoin de ton aide, répliqua-t-elle en bombant la poitrine.

Il essaya de ne pas s'attarder sur ses seins, mais cambrée comme elle l'était, ils semblaient l'appeler à travers son T-shirt.

— Tu veux descendre avec moi dans la cuisine ou est-ce que je remonte le thé ici ?

— Je descends avec toi.

— Bien.

— Quel enthousiasme ! ironisa-t-il. C'est la poussière qui te rebute ? J'ai fait un peu de ménage l'autre jour, mais ça fait un moment que la maison n'est plus habitée.

— T'en fais pas, je vais t'aider.

— J'aurais bien cherché quelqu'un en ville pour m'aider à tout nettoyer, mais maintenant que le matériel est installé, mieux vaut rester discret.

— On peut s'en occuper, tu sais. On n'aura pas grand-chose à faire la journée.

C'était bien ce qui inquiétait Mitch.

Le lendemain soir, Kate arriva tôt avec un panier garni de victuailles pour leur dîner : des biscuits, du poulet rôti et de quoi faire une salade composée. Elle avait aussi prévu des affaires de rechange et un nécessaire de toilette qu'elle avait laissé dans le coffre de sa voiture au cas où. Mitch ne lui avait pas proposé de rester dormir chez lui, mais comme Clint lui avait plusieurs fois fait remarquer, ce serait plus pratique qu'elle reste dormir chez lui plutôt que d'être chaque fois obligée de rentrer en pleine nuit.

D'ailleurs, plus elle y réfléchissait, plus elle soupçonnait Clint de chercher à lui faire oublier Dennis. S'il avait su ! Quelle ironie de penser que ce n'était pas son ex-fiancé le danger, mais celui-là même vers qui son frère s'obstinait à la pousser.

— Kate, tu es un ange, s'exclama Mitch à la vue du panier garni.

— J'en avais un peu marre du beurre de cacahouètes, avoua-t-elle en posant le panier sur la table de la cuisine. J'ai prévu large pour qu'il en reste pour nous faire des sandwichs demain.

— Euh, je serais toi, je ne compterais pas trop sur les restes... Je meurs de faim ! s'exclama-t-il en s'empressant de vider le contenu du panier.

Kate constata avec une amère déception qu'elle venait de se faire éclipser par son panier garni ! Il n'avait même pas remarqué qu'elle s'était faite belle pour lui.

— C'est le pain de Maria ? dit-il en regardant sous l'emballage en papier.

— C'est sa recette. Elle est en congé cette semaine.

Mitch leva vers elle des yeux admiratifs et un sourire s'esquissa sur ses lèvres.

— Tu es belle... et tu cuisines. Je suis impressionné.

— Tu es bête, répondit-elle en secouant la tête d'un air gêné.

— Et si on passait à table ?

— Attends, il faut préparer la salade.

— Je m'occupe de tailler les crudités.

Il n'avait pas rechigné à l'idée de manger de la salade et Kate en fut ravie. Ses frères, eux, auraient fait la grimace tandis que lui avait même pris l'initiative d'ajouter des carottes et un poivron qu'il avait dans son réfrigérateur.

— Tu te débrouilles comme un chef, dit-elle en le voyant manier le couteau avec dextérité. Mes frères détestent les légumes.

Mitch éclata de rire.

— J'étais comme eux avant, mais la pratique des arts martiaux m'a fait changer mes habitudes. Aujourd'hui, j'essaie de manger sain. Tu sais, ce n'est pas dans mes habitudes non plus de me nourrir exclusivement de beurre de cacahouètes.

— C'est vrai que tu es aussi prof de karaté, dit-elle en jetant un coup d'œil envieux à son ventre plat.

— Oui, mais je ne donne plus de cours.

— Tu m'apprendras à moi ?

— Tu es sérieuse ?

— Oui, j'aimerais bien connaître au moins quelques prises.

— Bien sûr, dit-il en laissant courir ses yeux de son décolleté jusqu'à ses hanches, puis le long de ses jambes nues. On peut commencer par quelques exercices de respiration si tu veux. Pour les mouvements, on verra ça un autre jour, quand tu auras une tenue plus confortable.

— Super, dit-elle en reprenant la découpe de son poulet pour mieux se convaincre que son regard ne signifiait rien.

Tout ce qu'il avait fait, c'était évaluer l'adéquation de sa tenue vestimentaire avec un cours de self-defence. Ce qu'elle avait cru voir d'autre dans ses yeux n'était que pur fantasme.

— Au fait, je ne t'ai pas dit, mais Clint est allé en ville aujourd'hui et on peut dire que les nouvelles vont vite parce qu'il y a déjà des gens qui lui ont parlé du bétail qu'il t'avait ramené.

— Tant mieux s'ils savent d'où viennent les bêtes.

— Clint a laissé entendre que Joe et lui t'avaient vendu un petit troupeau et que tu comptais faire venir un taureau de Houston.

Mitch regarda par la fenêtre de la cuisine le pâturage.

— Tu as une idée de combien ça peut coûter, toi, un Brahman en ce moment ?

— Pourquoi ? s'enquit Kate. Tu ne comptes pas...

— Tiens, l'interrompit Mitch en s'approchant de la fenêtre, on dirait qu'on a de la visite. Un 4x4 bleu foncé dernier modèle, tu vois à qui il peut appartenir ?

— Non, dit-elle en le rejoignant juste à temps pour voir le gros véhicule s'arrêter un instant devant le pâturage avant de reprendre son chemin en direction de la maison.

— J'espère que ce n'est pas encore ce maudit agent immobilier.

— Il conduisait une berline.

— Oui, je sais. Je monte voir ça de plus près sur les écrans de contrôle.

— O.K., dit Kate. Je t'attends là.

En y regardant de plus près, cette voiture lui semblait familière. C'était sans doute fortuit, mais tout de même, elle ne pouvait s'empêcher de trouver louche que le conducteur se soit arrêté à côté du pâturage.

Elle se lava et se sécha les mains, tout en continuant d'épier le visiteur par la fenêtre. Le 4x4 s'arrêta juste avant le chemin dallé qui menait à la maison. Elle reconnut Brad dès qu'il en descendit. Que pouvait-il bien venir faire ici ? Peut-être avait-il entendu parler du bétail que Mitch avait ramené et venait-il voir s'il n'avait pas besoin de main-d'œuvre supplémentaire ?

Kate se dépêcha de prévenir Mitch, mais celui-ci était déjà en train de descendre l'escalier quatre à quatre.

— C'est Brad du Double R, le prévint-elle aussitôt.

— Oui, j'ai vu. Je me demande ce qu'il peut bien vouloir.

— Du boulot, peut-être.

— J'ai plutôt l'impression qu'il vient en repérage.

L'idée avait bien effleuré l'esprit de Kate, mais pour elle, Brad ne pouvait pas être suspect, aucun vol n'ayant été commis depuis son arrivée.

On toqua à la porte. Avant d'aller ouvrir, Mitch lui demanda :

— Ça t'embête s'il te voit là ?

Elle haussa les épaules.

— Ça n'a pas d'importance.

Mitch ouvrit la porte.

Brad était là, avec sa nonchalance de cow-boy, la main posée sur la boucle de son ceinturon. Dès qu'il vit Kate, il lui sourit et ôta son chapeau — il n'avait pas le moins du monde l'air surpris — puis il fit un signe de tête à Mitch.

— Désolé de passer à l'improviste.

— Que puis-je faire pour vous? demanda Mitch d'un ton peu amène.

Brad se mit à tripoter le tour de son chapeau.

— Sacré beau terrain que vous avez là, finit-il par déclarer. J'ai entendu dire à la poste ce matin que vous aviez acheté un peu des bêtes du Sugarloaf. Belle opération.

— Ravi de savoir que vous approuvez.

Kate dévisagea Mitch, choquée par le ton sarcastique de sa réponse. Brad fit la grimace, mais enchaîna sans se laisser désarçonner :

— En tout cas, c'est un beau petit cheptel pour commencer.

— Je n'embauche personne pour l'instant si c'est pour ça que vous êtes là, répliqua Mitch. Désolé que vous vous soyez déplacé pour rien.

Brad répondit par un sourire. Avec ses yeux bleus comme le ciel et ses cheveux noirs de jais, il était très séduisant.

— Non, je ne suis pas venu pour me faire débaucher, je suis très bien au Double R, répondit-il avec calme avant d'ajouter, en se tournant vers Kate : En fait, c'est la jeune demoiselle que je suis venu voir.

— Moi ? Pourquoi ? demanda-t-elle, surprise. Comment tu savais que j'étais ici ?

— Je suis passé au Sugarloaf et Silas m'a dit que tu étais allée apporter à dîner à Colter, répondit-il tout sourire.

— Je vois, répondit-elle aussi sobrement qu'elle put, sentant la tension qui émanait de Mitch.

— Je t'ai téléphoné avant plusieurs fois sur ton portable, mais impossible de te joindre. En plus, ta boîte est pleine.

— Oui, je sais, il faut que je pense à la vider.

A force de lui laisser des messages auxquels elle ne répondait jamais et qu'elle n'avait même jamais pris la peine de lire, cet idiot de Dennis avait réussi à saturer sa messagerie. Elle se dit qu'il finirait bien par se lasser. De toute façon, elle pouvait avoir l'esprit tranquille : il était bien trop couard pour oser venir la voir en personne.

— Alors, qu'est-ce qui t'amène ? finit-elle par demander.

— Ça t'ennuie si on va faire un tour dehors ? la pria Brad. J'ai quelque chose à te demander.

Elle s'apprêtait à répondre qu'il pouvait parler en toute liberté devant Mitch quand, voyant l'expression renfrognée de celui-ci, elle se ravisa.

— Je sors deux minutes, dit-elle à son adresse. Je reviens.

Brad la suivit et elle s'empressa de refermer la porte sur eux avant que Mitch ne dise quelque chose qu'elle ne voulait pas entendre.

— Tu sais, ce n'est pas dans mes habitudes de m'imposer comme ça, lui confia-t-il une fois qu'ils furent seuls dehors, mais je ne pensais pas que ça allait le déranger, surtout après ce que Silas m'a dit, que Colter faisait comme qui dirait partie de la famille.

— C'est vrai, répondit Kate en retenant un soupir. Mitch et mes frères se connaissent depuis la maternelle. Moi, j'étais la petite sœur chiante.

— Tant mieux, dit-il en souriant. Non parce que, l'autre fois chez Barney, j'ai eu l'impression qu'il était jaloux de nous voir jouer au billard ensemble.

— Tu penses ! dit-elle en secouant la tête d'un air qui se voulait convaincu. Il était juste un peu inquiet pour moi, je venais de lui annoncer que j'avais rompu mes fiançailles et il a été surpris de me voir chez Barney. Ce n'est pas mon genre de traîner dans les bars, tu sais.

— Je te crois.

Ils avancèrent sans mot dire le long de l'allée gravillonnée qui menait au pré où paissaient les bêtes.

— Cela dit, reprit Brad, son regard l'autre fois était plus agacé que protecteur.

Kate ne laissa rien paraître, mais à l'idée que Mitch puisse être jaloux de Brad, son cœur s'était emballé.

— Fais-moi confiance. Tu te trompes, il n'a aucunes vues sur moi.

— Eh bien, tant pis pour lui et tant mieux pour moi, dit Brad en lui effleurant le bras sans faire exprès.

C'était curieux. Ce garçon avait beau avoir tout pour plaire, elle n'avait rien ressenti à son contact.

— Tu comptais rentrer bientôt ? s'enquit-il.

— Euh, non, répondit-elle le temps de réfléchir à une excuse. J'ai promis à Mitch de l'aider à faire un peu de ménage.

— C'est dommage. J'espérais pouvoir prendre ma revanche. Je me sens en veine ce soir.

Kate déglutit. C'était un rendez-vous ou bien ?

— C'est moi qui ai eu de la chance l'autre soir. En vérité, je ne suis pas si bonne que ça.

— Je te rappelle que tu m'as mis la déculottée l'autre fois.

Elle rit en le voyant faire semblant d'avoir encore mal.

— Je n'avais pas vu les choses sous cet angle.

Il sourit et, en baissant la tête, remarqua ses ongles vernis dans ses sandalettes blanches.

— Oh, mais j'y pense, tu préfères sans doute marcher dans l'herbe. Je ne voudrais pas faire souffrir tes jolis petits pieds.

Kate pinça les lèvres. Mitch était sans doute en train de les épier par la fenêtre de la cuisine et elle ne voulait pas lui donner de grain à moudre. Ni à lui, ni à Brad, d'ailleurs.

— Il est temps que je rentre. On s'apprêtait à passer à table.

— Bien sûr, répondit Brad qui avait soudain perdu son sourire.

Et de reprendre après une courte pause :

— Ça te dirait qu'on dîne ensemble un de ces soirs ?

Elle hésita, ne sachant quoi répondre. Elle ne voulait pas le vexer, mais...

Comme elle tardait à répondre, il haussa les épaules.

— Laisse tomber, je ne voulais pas t'embarrasser et puis, j'imagine que tes frères n'auraient pas apprécié. Après tout, je ne suis qu'un garçon vacher.

— Quoi ? Pas du tout ! Ils ne sont pas comme ça.

— Bon, bah, dans ce cas, on n'a qu'à se retrouver un soir chez Barney, ou un ailleurs à Willowville.

Voilà, elle avait ouvert une brèche et il s'était engouffré dedans.

— Pour tout te dire, Brad, je sors tout juste d'une rupture et je ne me sens pas encore prête pour un rendez-vous.

Loin de se démonter, il lui décocha un sourire de pub pour dentifrice et répondit :

— Pas de problème, j'ai tout mon temps. Je serai dans les parages quand tu seras disposée.

— Bien, je m'en souviendrai, répondit-elle avec un sourire, stupéfiée par son arrogance, mais soulagée de voir qu'il semblait avoir compris le message.

— Est-ce que je t'ai déjà dit comme tu es belle quand tu souris ?

Elle sentit le rouge lui monter aux joues.

— Non, mais merci, c'est gentil, réussit-elle à articuler en jetant un regard coupable en direction de la fenêtre de la maison. Il faut que je rentre, à présent. Mitch m'attend pour dîner.

— Désolé, s'excusa-t-il en lui faisant signe de passer devant. Je ne sais pas pourquoi, mais quand je suis avec toi, je perds la notion du temps.

Ce Brad était un beau parleur. Pourtant — elle en était la première surprise — son baratin ne lui faisait aucun effet.

— Sacré défi que s'est lancé Colter, tout de même, lança-t-il après un bref moment de silence. Il n'envisage pas de gérer le ranch tout seul, tout de même ?

Ses paroles ressemblaient plus à une question qu'à une simple observation.

— Je ne sais pas quels sont ses projets, mais son père ne devrait pas tarder à revenir.

— Il compte acheter plus de bêtes ? s'enquit-il en désignant de la tête le petit troupeau qui passait dans le pré juste à côté, avant d'ajouter, sans même lui laisser le temps de répondre : Parce que si c'est le cas, il va devoir investir dans un quad.

Ses remarques semblaient anodines, mais le tour que prenait la discussion mettait Kate de plus en plus mal à l'aise.

— Clint et Joe sont là pour l'aider, se contenta-t-elle de répondre en accélérant le pas.

Si elle l'avait laissé faire, Brad l'aurait sans doute suivie jusqu'au pas de la porte, alors elle s'arrêta exprès devant sa voiture.

— Bon eh bien, merci pour la balade. Je t'appelle, dit-il lorsqu'il comprit que la petite balade était finie. Ou qui sait, peut-être qu'on se croisera avant en ville.

— Qui sait, oui, répéta-t-elle, pressée de le voir partir.

Il fallait qu'elle pense à vider sa messagerie sans quoi il risquait de se repointer sans prévenir.

— Au cas où tu n'arrives pas à me joindre sur le portable, essaie sur le fixe, lui suggéra-t-elle. Ou alors, donne-moi ton numéro.

Elle n'allait pas être souvent chez elle les jours prochains et mieux valait prévenir que guérir. Pourtant, en voyant le sourire réjoui qui fendit son visage, elle en regretta presque sa prudence.

— Ne bouge pas, je vais chercher de quoi écrire dans ma boîte à gants.

Elle attendit qu'il revienne et dut faire un effort surhumain pour ne pas tourner la tête en direction de la maison. En même temps, une question venait de lui traverser l'esprit.

Brad revint et lui tendit un bout de papier qu'elle plia en quatre avant de demander :

— Au fait, comment tu as obtenu mon numéro de portable ?

Il lui lança un regard insaisissable avant de hausser une épaule et de répondre :

— Par quelqu'un, mais je ne voudrais pas lui causer d'ennuis. Bon, allez, j'y vais, s'empressa-t-il d'ajouter. Rentre dîner et excuse-moi auprès de Mitch de t'avoir retenue si longtemps.

Sur ce, il remonta dans son 4x4, lui fit un signe de tête et s'en retourna comme il était venu. Il avait l'air bien pressé et Kate se demanda qui pouvait bien être ce « quelqu'un » qu'il ne voulait pas nommer. Hormis Dennis et ses frères, personne ne connaissait son numéro de portable dans le coin. Ceux qui voulaient la joindre utilisaient la ligne fixe.

En rentrant, Kate vit Mitch dans la cuisine, occupé à couper des tomates. S'il comptait lui faire croire qu'il ne les avait pas épiés, elle et Brad, c'était raté car la salade n'avait guère avancé.

— Désolée, tu dois être mort de faim, s'excusa-t-elle avant de reprendre la découpe du poulet. Le poulet, tu le veux chaud ou à température ?

— Ce que je veux, c'est savoir ce que Brad fichait ici.

— Ça n'arrivera plus, répondit-elle en se rappelant avec délectation que Brad avait cru Mitch jaloux. Je lui ai dit de m'appeler à la maison s'il n'arrive pas à me joindre sur mon portable. Et puis, maintenant au moins, j'ai son numéro.

Mitch croisa les bras sur son torse et s'adossa au comptoir, des éclairs dans les yeux.

— Ça ne me dit pas ce qu'il est venu faire ici.

— Rien qui te concerne. C'était personnel.

Il marmonna dans sa barbe en la suivant jusqu'à la table.

— Il se pointe chez moi comme par hasard juste après que j'ai ramené les bêtes et tout ce que tu trouves à dire c'est que sa visite n'avait rien à voir avec moi ?

Elle resta là à le regarder fulminer en se demandant s'il était inquiet pour son plan ou juste jaloux. Il fallait qu'elle en ait le cœur net et elle finit par lâcher :

— Il voulait qu'on sorte ensemble ce soir. Voilà, tu es content ?

La bombe qu'elle venait de lâcher avait eu l'effet escompté. Il était jaloux, à n'en pas douter.

— Et qu'est-ce que tu lui as répondu ?

— Je lui ai dit que ce soir j'étais occupée, mais qu'un autre jour, oui, peut-être.

11

Mitch ravala sa salive. Il était sous le choc. Il se dirigea vers le vieux buffet pour y prendre des serviettes, mais en ouvrant le tiroir, il constata que celui-ci était vide. L'espace d'un instant, il avait oublié que la maison avait été vidée de tous ses objets. Les quelques ustensiles dont il disposait, il les avait empruntés aux Manning ou achetés en ville.

— Pourquoi ? finit-il par demander lorsqu'il fut un peu calmé.

— Pourquoi sortir avec quelqu'un ? demanda Kate en roulant les yeux. Assieds-toi, je reviens avec le pain et les serviettes.

Il la suivit dans la cuisine, agacé qu'elle ait éludé sa question par une autre question. Il se dirigea vers le réfrigérateur et prit une bière.

— Qu'est-ce que tu veux boire ? demanda-t-il, d'une voix qui sonna plus sec qu'il ne l'aurait voulu.

— Hum, fit-elle en voyant la bouteille dans ses mains. Je vais prendre comme toi, tiens.

— Je croyais que tu n'aimais pas la bière.

— Je voudrais m'habituer au goût.

Il prit une bouteille de plus, mais ne lui proposa pas de verre. Il avait l'impression de savoir où elle voulait en venir et son petit manège ne lui plaisait pas du tout. Il la suivit jusque dans le salon et son regard se posa sans qu'il le veuille sur son postérieur. Elle était sexy en diable ce soir dans sa petite jupe courte. Il n'était pas question qu'elle sorte avec ce Brad. Il ferait tout pour l'en empêcher. Quitte à prévenir ses frères et à se liguer tous les trois contre elle.

— Voilà ta bière, dit-il en posant la bouteille devant son assiette.

Après tout, si elle ambitionnait de se convertir à la bière, elle n'avait qu'à apprendre à ouvrir elle-même sa bouteille.

— Merci, dit-elle en se glissant sur sa chaise et en décapsulant sa bouteille à l'aide d'une simple serviette.

Irrité de voir qu'elle semblait aussi douée pour ouvrir les bouteilles que pour jouer au billard, il lui passa cependant la salade sans rien laisser paraître. Du moins le pensait-il. Une fois servie, elle lui repassa le saladier et il prit quelques crudités avant d'attraper une cuisse de poulet.

— Elle est bonne, dit-elle en même temps qu'elle étudiait l'étiquette. Il faut que je mémorise cette marque.

Il s'abstint de tout commentaire et enfourna une fourchetée de salade dans sa bouche.

— Tu peux me passer le pain, s'il te plaît ?

Elle posa la miche entre leurs deux assiettes et il en prit une tranche.

— Pourquoi Brad ? reprit-il tout en beurrant sa tartine.

— Il est drôle et plutôt joli garçon. Alors, j'ai plutôt envie de dire : pourquoi pas ?

— Tu n'as pas l'impression d'aller un peu vite en besogne ?

— Comment ça ?

— Tu viens de rompre avec Dennis, je te rappelle.

— Il est juste question de faire un billard et de dîner, pas de faire un enfant ensemble.

Elle posa sa fourchette avant de reprendre :

— Tu réagis comme mes machos de frères qui, soit dit en passant, n'ont pas besoin d'être au courant de cette petite invitation.

Elle lui jeta un regard sévère.

— Ça ne les regarde pas. On est d'accord ?

— Si Brad envisage de leur voler leurs bêtes, je crois que ça les regarde, au contraire.

— Bon sang, Mitch ! Il n'y a eu aucun vol depuis l'arrivée de Brad. Je ne vois pas en quoi il est suspect.

— Alors, comment tu expliques qu'il soit venu fureter au ranch ? Tu ne trouves pas ça louche, toi, cette visite ?

Kate sentit le rouge lui monter aux joues.

— Pourquoi, c'est si inconcevable pour toi qu'un homme puisse s'intéresser à moi ?

Mitch baissa les yeux sur son assiette. Une fois encore, il avait manqué de diplomatie.

Le lendemain soir, Kate prit son sac à dos avec elle à l'intérieur de la maison. Elle voulait avoir le choix de rester dormir ou de rentrer chez elle au petit matin, mais plus que tout, elle voulait tourmenter Mitch. Et elle savait exactement comment s'y prendre pour parvenir à ses fins.

— Ce n'était pas la peine de frapper à la porte, je laisse toujours ouvert, tu sais bien, dit-il en ouvrant la porte et en remarquant aussitôt le sac à dos.

— Je sais, c'était juste pour prévenir, dit-elle en lui tendant un sac en papier. Maria a repris le travail plus tôt que prévu. Elle a préparé des tortillas et de la *carne asada*.

— Cette femme est une bénédiction, dit Mitch en respirant les effluves qui émanaient du sac. Donc, si je comprends bien, ce soir, c'est tacos !

— Pas pour moi, j'ai déjeuné tard, mais je vais te tenir compagnie pendant que tu manges. Il faut juste que j'aille poser mon sac là-haut.

— Donc tu dors ici cette nuit, c'est décidé, s'enquit-il en fixant le petit sac à dos d'un air inquiet.

— Ça ne te dérange pas au moins ? C'est vrai que j'aurais pu te demander.

— Non, non, tu as bien fait… Du moment que Clint et Joe sont d'accord.

Elle lui lança un regard de tueuse.

— Et ta grande sœur, tu es sûr qu'elle est d'accord, elle aussi ?

En pouffant de rire, Mitch ne fit qu'accentuer l'agacement de Kate.

— La chambre d'amis est prête. Je te monte le sac si tu veux, proposa-t-il pour calmer le jeu.

Bien mal lui en avait pris car elle lui répondit, furieuse :

— Je devrais pouvoir y arriver, merci.

Elle porta son sac jusqu'à la chambre d'amis, puis ferma la porte avant de déballer les deux robes qu'elle venait de s'acheter à Willowville, ainsi que la robe rouge de chez Porter. Depuis la stupide remarque de Mitch la veille, elle n'avait cessé de se passer et repasser leur conversation dans sa tête et avait fini par en conclure que celle-ci n'avait sans doute rien de personnel. Mitch était obnubilé par l'affaire des vols. C'était normal qu'il ait pété les plombs en voyant Brad débarquer comme ça chez lui. Pourtant, au-delà de ce fait, quelque chose lui disait que Mitch était jaloux. Et, s'il ne voulait pas l'admettre de lui-même, elle allait l'y obliger.

Après avoir étendu ses trois robes sur le lit et les avoir classées de la plus minuscule à la plus sexy, elle choisit la bleue, la plus moderne des trois et peut-être aussi la plus osée. Quitte à lui sortir le grand jeu, autant jouer à fond la carte de la séduction. D'ici quelques instants, Mitch allait être bien surpris de voir la nouvelle Kate débarquer.

Elle se déshabilla à la hâte, mais dut réfléchir un bon moment à la façon dont les lacets devaient se nouer dans le dos. Cela lui avait pourtant semblé simple au magasin avec la vendeuse à disposition pour l'aider, mais maintenant qu'elle se retrouvait seule, elle se rendait compte qu'être sexy n'allait pas sans difficulté.

La robe pêche s'avéra moins technique à enfiler, mais elle avait un défaut majeur : la respiration était en option ! Elle s'installa devant le petit miroir et se mit à étudier la façon dont la robe moulait ses courbes et plongeait entre ses seins. Il fallait se rendre à l'évidence, cette robe ne lui ressemblait pas du tout.

A sa place, son amie Lisa n'y aurait pas réfléchi à deux fois. Elle aurait porté la robe et fait tourner les têtes sans le moindre complexe. Kate, elle, était moins extravertie et c'était peu dire. Rien que pour s'acheter ces robes, elle avait fait la route jusqu'à Willowville pour pouvoir faire ses achats incognito. Mais tout de même, c'était dommage qu'elle n'ait pas plus de cran car cette robe lui allait comme un gant. Ce n'était pas facile à admettre, mais si elle avait eu l'audace de porter ce genre de tenues quand elle était encore avec Dennis, peut-être que…

Elle s'arrêta tout net. Ce genre de considérations ne la mènerait nulle part. Après tout, si Dennis n'avait pas su l'apprécier à sa juste valeur, ce n'était pas sa faute. Elle n'allait pas en plus se sentir responsable de son manque de jugeote.

Ce que pouvait bien faire ou penser Dennis n'était plus son problème. Son seul souci à présent, c'était de trouver comment tirer le meilleur parti de cette robe. Elle jeta un œil au creux entre ses seins. Elle pouvait mieux faire, c'était sûr. Elle se pencha en avant pour mieux rehausser sa poitrine et profita de ce qu'elle était tête en bas pour donner du volume à ses cheveux.

Elle jeta sa tête en arrière en se redressant et admira le résultat dans la glace. Voilà, c'était mieux. Même pas besoin de push-up. Après avoir retouché son gloss et effectué une série de petits ajustements, elle lissa le tissu de soie sur son abdomen. Si elle voulait qu'il reste lisse, non seulement elle allait devoir se retenir de respirer, mais elle ne pourrait pas non plus se permettre d'avaler la moindre bouchée. Pas de quoi pourtant la décourager.

Mitch avait préparé des tacos en plus, au cas où Kate changerait d'avis et cette fois-ci, comme boisson, il avait opté pour du thé. Cependant, en posant le broc sur la table, il ne put s'empêcher de se dire qu'elle n'avait pas besoin d'un baby-sitter qui veut donner le bon exemple.

D'ailleurs, si elle l'entendait ne serait-ce que prononcer ce mot, elle était capable de lui trancher la tête. Il ne lui jetait pas la pierre, non. Elle n'était pas dans son état normal. Pour envisager de sortir avec un type comme Brad, elle ne devait pas avoir tous ses esprits. A croire que Dennis ne lui en avait pas déjà assez fait baver comme ça.

La sauce. Il avait oublié la sauce. Il retourna la chercher dans la cuisine. Au moment où il revenait, Kate descendait l'escalier. S'il ne l'avait pas lui-même fait entrer chez lui, il aurait douté que ce soit elle.

— J'espère que tu n'étais pas en train de m'attendre, dit-elle en voyant la table mise, parce que je ne vais rien pouvoir avaler.

Pas étonnant vu comment sa robe était ajustée, ne put-il s'empêcher de songer.

— Tu sors ? s'enquit Mitch en s'efforçant de ne pas s'appesantir sur ses seins qui débordaient de son décolleté — si tant est qu'à ce stade, on puisse encore parler de décolleté.

— Pas dans l'immédiat, non.

— Alors, pourquoi tu t'es pomponnée comme ça ?

— Je voulais avoir ton avis.

Il tira une chaise à lui en essayant de se concentrer sur une seule et unique chose : s'asseoir. Elle voulait le faire réagir ? C'était réussi, mais il ne lui donnerait pas la satisfaction de le lui montrer.

— Mon avis sur quoi ?

— La robe.

Elle fit un demi-tour sur elle-même et lui jeta un regard interrogatif par-dessus l'épaule.

— Alors ?

Le devant était court et le derrière… inexistant ! La robe formait un V jusqu'à ses reins, laissant nue une large partie de son dos, et s'arrêtait à mi-cuisse.

— C'est un peu court.

Elle se retourna face à lui et baissa les yeux sur ses jambes.

— C'est l'été, les tenues sont courtes, dit-elle de façon très désinvolte. J'ai pris de la crème pour bronzer au magasin aujourd'hui. Ma peau est plus belle quand elle est dorée.

Il la trouvait parfaite telle quelle, mais se garda bien de faire le moindre commentaire. Il leur versa un verre de thé à chacun et se servit un taco.

— Tu ne m'as toujours pas dit ce que tu en pensais.

Il leva les yeux au moment où elle tirait sa robe vers le bas pour l'ajuster, exposant davantage ses seins. Un millimètre de plus et il ne jurait plus de rien.

— Pas mal, finit-il par répondre le nez dans son assiette.

— Bonjour l'enthousiasme !

Mitch leva les yeux. Erreur fatale. Elle le regardait avec la bouche entrouverte et les tétons qui pointaient.

— Tu n'as pas froid ? s'enquit-il.

— Froid ? Il fait quarante degrés.

— Dehors peut-être, mais pas à l'intérieur.

Elle lâcha un long et bruyant soupir.

— Bon, n'insistons pas. Je vois bien que celle-ci ne te plaît pas. Peut-être que tu aimeras mieux la prochaine.

— La prochaine ?

— Oui, fit Kate, pas peu fière de son effet. J'en ai acheté trois. Je suis en train de décider laquelle je vais porter en premier.

— Pour aller où ? l'interrogea Mitch en délaissant tout d'un coup son dîner.

— Pour sortir avec Brad, pardi ! Je me suis dit qu'en tant qu'homme, c'était toi le mieux placé pour juger laquelle me va le mieux.

Etait-elle naïve à ce point ou cherchait-elle juste à le rendre fou ?

— Je croyais qu'il ne s'agissait que d'une petite partie de billard ?

Elle planta sa main sur sa hanche, provoquant une secousse qu'il préféra ignorer.

— Si tu me disais plutôt où tu veux en venir ?

— Porte ce truc et dans neuf mois, tu risques de passer pire qu'un sale quart d'heure.

Elle s'esclaffa.

— Nous sommes censés dîner avant. J'aimerais juste être jolie.

— Parce que tu comptes jouer au billard avec ce bout de tissu sur le dos ?

— Oui, papa ! répliqua-t-elle en tournant les talons, le laissant seul face à ses tourments. Tu n'as qu'à finir de manger pendant que j'essaie la deuxième.

Il faillit lui dire que ce n'était pas la peine qu'elle s'embête, qu'il en avait assez vu pour ce soir, mais en la voyant remonter l'escalier en roulant des hanches, il sentit son sexe se redresser sous son pantalon.

Elle voulait son avis. Très bien. Il allait lui donner, une fois son petit numéro terminé, mais elle risquait de ne pas apprécier. Et lui, de ne pas tenir le coup jusque-là...

— Celle-là, c'est ma préférée, dit-elle en virevoltant sur elle-même. Mais en même temps, le rouge est ma couleur préférée. Et toi, qu'est-ce que tu en penses ?

Il en disait que si elle continuait à s'exhiber ainsi, sa braguette allait exploser avant même la nuit tombée. Il la détailla des pieds à la tête, s'attardant sur la découpe en forme de triangle qui allait de son nombril au creux de ses seins.

Ce nouveau modèle semblait fait d'encore moins de tissu que le précédent. Non seulement la robe était courte et le décolleté on ne peut plus plongeant, mais le dos présentait là encore une large découpe qui laissait entrevoir la courbe délicate de sa colonne jusqu'au creux de ses reins.

— La tendance est au minimalisme cette année, à ce que je vois, ne put-il s'abstenir de remarquer.

Kate laissa échapper un petit rire amusé.

— Tu n'imagines pas à quel point c'est agréable à porter. Pour un peu, j'aurais presque l'impression de ne rien avoir sur le dos.

Il faillit s'étouffer en avalant sa viande et dut prendre un long trait de thé pour la faire passer. Il regarda son assiette vide. Curieux, il n'avait même pas conscience d'avoir mangé.

— Je ne sais pas, j'hésite, dit-elle en regardant ses jambes. Tu ne trouves pas qu'elle est plus courte que l'autre ?

Elle tourna sur elle-même et une fois de dos, tourna la tête pour le regarder.

— Dis-moi la vérité. Tu ne trouves pas que j'ai trop de taches de rousseur pour porter ça ?

Il laissa courir ses yeux le long de ses cuisses. Là où il habitait en Floride, les femmes étaient toutes bronzées, souvent trop même. Il ne se souvenait pas de la dernière fois qu'il avait vu une peau d'une telle blancheur.

— Non, tu es très...

— Très quoi ?

Son honnêteté ne ferait que l'encourager.

— Si j'étais toi, j'y réfléchirais à deux fois avant de sortir habillée comme ça.

— Et pourquoi ça ? fit-elle, piquée au vif. Je fais grosse, c'est ça ?

Il se retint d'éclater de rire.

— Pas du tout, mais tu m'as demandé mon avis, non ?

— Tout à fait.

Elle tira une chaise pour s'asseoir devant lui et ce faisant, fit de nouveau rebondir sa poitrine sous ses yeux. Elle le faisait exprès, ce n'était pas possible, songea Mitch en sentant son sexe se durcir de nouveau.

— Bon, alors, je vais te dire ma façon de voir les choses, reprit-il en cherchant ses mots pour essayer de rester à la fois le plus clair et le plus diplomate possible. Si tu portes cette robe pour aller jouer au billard, tu vas te retrouver face à tout un tas de types qui vont te rôder autour pour essayer de te payer un coup à boire.

— Pas si je suis avec Brad.

Bon sang. S'il entendait encore ne serait-ce qu'une seule fois le prénom de Brad, il allait faire un malheur.

— Juste une question, dit Mitch qui sentait ses nerfs sur le point de lâcher. A ton avis, quel genre d'homme faut-il être pour venir se pointer chez moi pour te voir toi ?

Elle lui lança un regard perplexe.

— Tout le monde sait que tu es comme un frère pour moi.

Mince. Elle l'avait pris à son propre jeu. Il se passa la main sur le visage avant de rétorquer :

— Les gens d'ici peut-être, mais Brad n'en sait rien, lui.

— Il s'est renseigné, voilà tout.

Cette fois-ci, c'en était trop. Il n'avait vraiment pas besoin de ça juste avant la nuit de surveillance qui l'attendait.

— Oh et puis après tout, fais ce que tu veux, mais je t'aurai prévenue.

— C'est ta façon de me dire que je ne devrais pas sortir avec lui, dit-elle en enlevant la feuille de menthe de son verre pour prendre une gorgée de thé.

— A ton avis ?

Elle haussa les épaules d'un air indifférent.

— Ce serait juste histoire de me changer les idées. Rien de plus.

Et d'ajouter, en se levant :

— Il me reste une dernière robe à te montrer.

Il serra les dents en la regardant remonter les marches, aussi tentante que le péché. Après tout, c'était peut-être sa façon à elle de revendiquer son indépendance.

Et si c'était là l'explication à son curieux comportement, force était d'admettre qu'il méritait la leçon. Mais il n'empêchait, l'attaque était disproportionnée. Aucun homme normalement constitué ne pouvait endurer un tel supplice. D'autant que le pseudo-rôle de confident qu'il avait endossé avec elle jusqu'ici devenait de plus en plus intenable. Pourtant, force était de constater qu'il ne pouvait s'empêcher de la *paterner*. Pourquoi ? Il ne le savait pas au juste. A se demander s'il ne la traitait pas comme une sœur simplement pour s'empêcher de la voir comme la femme indépendante et sexy qu'elle était devenue. Car alors, plus rien ne lui interdirait de lui ôter son ridicule attirail de séduction.

Il fallait qu'il mette de la distance entre eux, d'autant plus qu'elle allait maintenant dormir sous son toit. Car, au-delà du fait qu'elle était la sœur de ses amis, Kate méritait mieux qu'un homme comme lui. Certes, n'importe qui, à l'exception de Brad, aurait été préférable à son ex-fiancé, mais Mitch était bien conscient de ne pas être celui qu'il lui fallait.

En débarrassant les couverts, Mitch se cogna la cuisse contre l'angle de la table et trébucha dans la cuisine. Il en avait assez de son petit manège et il comptait bien le lui faire savoir quand elle redescendrait. Et lui dire aussi qu'elle pouvait bien choisir la robe qu'elle voulait, qu'elle était super-sexy dans toutes et que Brad ne manquerait pas de le remarquer.

Et si c'était ça, le cœur du problème ? A bien y réfléchir, si elle le torturait ainsi ce soir, c'était sans doute en représailles de sa désobligeante remarque de la veille. Il fallait dire qu'il avait été en dessous de tout en sous-entendant que Brad ne cherchait qu'à se servir d'elle. Et maintenant, elle avait besoin d'être rassurée sur son sex-appeal. C'était bien normal, mais pas question pour autant de lui avouer qu'il la désirait. Il fallait qu'il trouve le moyen de flatter son ego sans pour cela tomber le masque.

Si seulement il arrivait à la convaincre de ne pas sortir avec Brad, il pourrait retrouver un semblant de sang-froid, ce qui n'était pas facile quand son sexe semblait mener sa propre existence à chacune de ses apparitions. Pour garder l'air naturel, il entreprit de faire la vaisselle. Il fit couler l'eau dans l'évier et le remplit avec tout ce qu'il trouva à portée de main, y compris deux verres à pied qu'ils n'avaient même pas utilisés. Puis il se mit au travail en sifflotant pour mieux se préparer à sa prochaine — et il l'espérait, dernière — exhibition.

Quelques instants plus tard, il entendit un bruit de talons hauts derrière lui. Par réflexe, il se retourna et là, son regard fut attiré malgré lui vers son interminable paire de jambes. Les talons aiguilles qu'elle portait aux pieds donnaient à ses jambes déjà magnifiques une allure incroyable. Il déglutit. Sa bouche était sèche. Il se retourna pour se remettre au travail, mais dans la précipitation, éclaboussa le devant de son pantalon. Il marmonna un juron et jeta un œil effaré sur la bosse qui continuait de grossir sous le jean.

— Qu'est-ce qui s'est passé ?

— Rien, je faisais la vaisselle, s'empressa-t-il de répondre en collant ses hanches contre le plan de travail.

— Je vois ça, dit Kate en lui tendant un rouleau d'essuie-tout.

Le mouvement de son bras fit glisser une bretelle de sa robe sur son épaule. Elle la rattrapa *in extremis*, mais en la remettant en place, ce fut toute sa robe qui descendit de plusieurs millimètres. Par chance, elle la fit remonter juste à temps avec un réflexe digne d'une championne de ping-pong.

— J'ai besoin de ton aide pour la fermeture Eclair, expliqua-t-elle en lui montrant son dos.

La robe était grande ouverte tout le long de sa colonne jusqu'à sa petite culotte de soie rouge.

— Aïe !

Mitch sortit sa main de l'eau savonneuse. Des gouttes de sang perlaient de son pouce.

— Oh, Mitch ! Ça va ? demanda-t-elle en s'armant d'une feuille d'essuie-tout qu'elle enroula aussitôt autour de son doigt. Tu as mis un couteau là-dedans, ou quoi ?

— Non, des verres ! dit Mitch en soulevant le pansement pour voir l'étendue de la plaie. Je me suis déjà fait plus mal avec une feuille de papier !

— Bien sûr, monsieur Macho. N'empêche qu'il faut quand même panser tout ça.

Elle fit le tour de la pièce des yeux tout en maintenant en place le haut de sa robe, puis elle croisa son regard et soupira :

— Il te faut tes deux mains pour m'attacher ma robe et il me faut mes deux mains pour te soigner.

— Tu n'as qu'à tout laisser tomber !

Il avait dit ça sans réfléchir, juste pour faire un bon mot et c'est en voyant les yeux de Kate se mettre à briller d'une flamme qu'il n'osait même pas analyser qu'il comprit qu'il aurait mieux fait de se taire.

12

Kate retint son souffle. Ses efforts pour faire sortir Mitch de sa réserve n'avaient pas été vains, elle pouvait le voir à la flamme qui illuminait à présent son regard. Et maintenant qu'elle l'avait percé à jour, il pouvait bien se retrancher derrière tous les mauvais prétextes possibles et imaginables, elle savait qu'il avait envie d'elle au moins autant qu'elle avait envie de lui.

— Chiche ? fit-elle en desserrant sa main sur sa robe.

— Arrête ça, Katie. Je disais ça pour plaisanter.

Piégé à son propre jeu, il baissa un instant les yeux sur sa plaie et lorsqu'il les releva vers elle, elle s'exclama :

— Pas la peine de me regarder avec ces yeux-là, je sais que tu mens.

Il la fixa, incrédule, puis fit mine de s'occuper de son doigt.

— Tu veux savoir comment je le sais ? poursuivit-elle.

— Je suis tout ouïe.

— Tu m'as appelée Katie. En général, tu fais ça pour toucher la corde sensible ou pour me rappeler que je reste la petite sœur de Clint et Joe à tes yeux. Enfin, disons plutôt pour te le rappeler à toi-même, n'est-ce pas ?

— Je n'ai pas besoin d'aide-mémoire.

— Hum... Tu as presque l'air sincère.

Elle sourit et s'approcha de lui. Assez près pour voir la peur dans ses yeux et le faire reculer d'un pas.

— Détends-toi, je ne vais pas te manger !

— Tu comptes rester là debout longtemps à jouer les psychanalystes pendant que je perds mon sang ?

Elle se retint de rire puis, par acquit de conscience, souleva le tissu en papier pour vérifier la plaie, mais la coupure n'était pas bien méchante.

— Tu sais quoi, je vais monter me changer et après, je m'occupe de te faire un pansement.

Elle hésita un moment, mais trop contente de pouvoir le faire enrager de nouveau, laissa exprès glisser le haut de sa robe sur sa poitrine.

— Garde le mouchoir appuyé jusqu'à ce que je revienne.

En relevant les yeux, elle constata avec ravissement que le regard de Mitch était tourné dans la direction qu'elle avait prévue. Dorénavant, il pourrait bien lui raconter ce qu'il voulait, elle savait qu'il l'avait dans la peau. Le seul problème, c'était qu'à force de jouer à ce petit jeu, elle se trouvait elle-même dans un dangereux état d'excitation.

Elle se demanda ce qui se passerait si elle décidait de laisser tomber sa robe. Certes, il l'avait déjà vue en body transparent, mais c'était la nuit. Quelle serait sa réaction en plein jour. Lui tourner le dos ? Lui enjoindre de se couvrir ? La prendre dans ses bras pour l'embrasser jusqu'à plus soif ?

De toute façon, rien ne servait de se torturer, elle n'aurait jamais le cran de faire une chose pareille. Elle n'était pas Lisa, même si elle avait joué à l'être depuis tout à l'heure. Qui plus est, si elle franchissait cette limite, sa relation avec Mitch prendrait définitivement un nouveau virage.

Elle s'éclaircit la gorge et fit un pas en arrière pour rajuster sa robe.

— Je reviens.

Elle avait dû oublier qu'elle portait des talons car elle faillit perdre l'équilibre en voulant tourner trop vite.

— Attends.

Stoppée dans son élan, elle vacilla, dans son corps comme dans sa tête, se demandant où avait bien pu passer sa confiance en elle. Mitch la désirait, c'était une évidence et une réalité qu'elle allait devoir affronter sans se cacher derrière son pseudo-rôle de réplique de Lisa. Elle prit une longue inspiration et se retourna.

— Tu te trompes, Kate, dit aussitôt Mitch en s'avançant vers elle.

— A quel sujet ? réussit-elle à articuler.

— Même handicapé, je devrais pouvoir m'en sortir, dit-il en désignant sa robe du menton. Tourne-toi.

— Bien, fit-elle, soulagée.

Elle se retourna et, une fois hors de sa vue, ferma les yeux en priant pour ne pas perdre contenance.

— Dis-moi ? Avec ta main libre, tu pourrais tirer la fermeture vers le bas pendant que j'essaie de remonter la glissière ?

— Oui.

Elle passa sa main dans son dos et il la lui positionna. Elle sentit alors son souffle chaud sur son épaule tandis qu'il manipulait la glissière avec délicatesse.

Elle se mordilla la lèvre en sentant sa main remonter le long de son dos. Pourvu qu'elle n'ait pas la chair de poule. Elle s'efforça de rester droite pour abréger son supplice et le sien, tout en espérant dans son for intérieur qu'il prendrait tout son temps au contraire. La chaleur qui irradiait de son corps fit monter sa propre température de plusieurs degrés. Ses seins étaient tout tendus et ses tétons si durs que le simple frottement du tissu devenait difficile à supporter.

— Si c'est trop dur, je peux... Oh !

Elle retint son souffle. Mitch venait de lui effleurer les fesses. Avec quoi, elle ne savait pas. Son bras ? Sa hanche ? Son sexe ?

— Ne bouge plus. J'y suis presque.

Elle n'avait pas eu l'impression de bouger, mais se sentait de plus en plus à l'étroit.

— Non, laisse, dit-elle dans une ultime tentative. De toute façon je vais monter me changer.

— Là, voilà ! fit-il en même temps qu'elle sentit la robe se refermer sur elle comme un étau.

Elle baissa les yeux sur sa poitrine. Le haut paraissait bien plus juste que lors de l'essai au magasin. Ses seins débordaient de partout et ses tétons transperçaient presque le tissu.

— Tourne-toi un peu que je voie ce que ça donne ?

Elle s'exécuta et resta debout devant lui, les mains sur les hanches, dans l'attente du verdict, qui tomba comme un couperet.

— Pas mal.

C'était tout juste s'il avait pris le temps de la regarder.

— L'armoire à pharmacie est vide, enchaîna-t-il aussitôt, mais j'ai une trousse de secours dans mon camion.

En le voyant s'éclipser par la porte de la cuisine, elle poussa un ouf de soulagement. Ce petit jeu l'avait mise à cran... et à bout de souffle. Elle n'était pas mécontente d'avoir un peu de répit.

Car maintenant qu'elle avait réussi à capter son attention, elle allait devoir passer à l'attaque. Si Lisa avait été là, elle lui aurait sans doute conseillé d'enclencher la vitesse supérieure, mais le problème, c'était qu'elle était loin d'avoir son audace. Elle se voyait plutôt battre en retraite et cesser illico ce petit jeu de tourments qui la torturait, elle autant que lui.

Elle allait essayer de rester naturelle et le laisser prendre l'initiative. Elle lui avait bien mâché le travail et il ne lui restait pas grand-chose à faire. De toute façon, elle ne voulait pas mettre en péril son plan de surveillance. Ni leur relation, d'ailleurs. Et puis, elle n'était pas dans son état normal. Son petit manège en était la preuve : la vraie Kate, elle, ne se serait jamais mis en tête de rendre un homme fou.

Elle tira sur le tissu de sa robe pour respirer un bon coup, puis profita de ce que Mitch n'était toujours pas revenu pour aller vérifier dans la salle de bains que tout était bien en place. Elle jeta un œil par la lucarne pour voir où il en était. Son camion était là, mais aucun signe de Mitch. Elle pencha la tête pour voir si, à tout hasard, il n'était pas assis à l'intérieur, mais non, toujours pas. Elle attendit un moment, s'attendant à le voir revenir par l'une des deux portes, mais cinq bonnes minutes plus tard, toujours aucune trace de lui.

Mitch rajusta son jean pour la troisième fois. La bosse avait réduit, mais pas encore assez pour passer inaperçue. Surtout qu'elle allait regonfler à la minute où il allait de nouveau poser les yeux sur Kate. Qu'est-ce qu'il lui arrivait ? Certes, elle était très sexy dans toutes ces robes, elle était même splendide, mais il était loin d'être novice en la matière. Depuis son départ du Texas, il n'avait cessé d'être entouré de femmes plus belles les unes que les autres.

Il devait se rendre à l'évidence. Elle l'attirait au-delà de ce qu'il aurait pu imaginer et s'il ne voulait pas craquer, il n'avait d'autre choix que de mettre de la distance entre eux. Ne serait-ce que par respect pour Clint et Joe.

Pour évacuer la frustration, il balança un grand coup de pied dans une meule de foin. La nuit commençait à tomber dehors et même s'il était encore tôt pour commencer la surveillance, il allait monter directement au premier et se poster devant les écrans de contrôle. Elle le suivrait, c'était sûr, mais dès qu'ils se mettraient au travail, elle ne pourrait plus le harceler.

Il s'étira le cou et le dos, puis entreprit une série d'exercices d'assouplissement. Il sentit son pouls palpiter au niveau de son doigt. Il jeta un œil à son bandage : il n'avait pas bougé. Il ouvrit la main et regarda le petit emballage carré au creux de sa paume.

La boîte de préservatifs se situait juste à côté de la trousse de secours dans la boîte à gants et il en avait pris un. Il ne savait pas pourquoi. D'ailleurs, il ne comptait pas s'en servir. Pas ici, pas avec Kate.

Il fit quelques mouvements de boxe et de karaté pour se défouler, puis sortit de l'étable et s'empressa de regagner la maison. Kate l'attendait sous le porche, toujours vêtue de sa robe et de ses hauts talons. L'image de sa petite culotte rouge lui revint en pleine face. L'espace d'un instant, il se dit qu'il ferait mieux de la renvoyer chez elle, mais elle risquait d'aller rejoindre Brad et cette idée, Mitch ne pouvait la supporter.

Sans compter qu'il avait promis à son frère Clint de veiller sur elle.

Kate le vit sortir de l'étable et se diriger vers la maison. Elle lui fit signe de la main, mais il avait baissé la tête. Il l'avait vue et préférait l'éviter. L'évidence lui fit mal, mais elle eut vite fait de se raisonner.

— Tu en as mis un temps ! protesta-t-elle. J'étais inquiète, dit-elle une fois qu'il fut à portée de voix.

Il lui montra le bandage sur son doigt.

— Je venais de terminer ce pansement quand j'ai cru voir quelqu'un rôder autour de l'étable.

— Non !

Si elle s'était attendue à ça.

— Rien de grave, s'empressa-t-il de la rassurer. J'ai vérifié. Sans doute un chat.

— On devrait peut-être installer des détecteurs de mouvement.

— Bonne idée. J'irai en acheter demain.

— Je ne suis pas montée vérifier les écrans, dit-elle en tournant la tête vers lui en même temps qu'elle passait le seuil.

Ses yeux étaient rivés sur ses fesses et elle oscilla entre gêne et excitation.

— Je me suis dit qu'on était en sécurité tant qu'il faisait jour.

— Tu as bien fait. Les vols ont toujours lieu après minuit. Mais bon, on ne sait jamais. Mieux vaut commencer à être vigilant.

Il ferma la porte vitrée, puis celle de bois derrière lui, prenant son temps avant l'inévitable face-à-face.

— Je vois que tu n'as pas eu besoin de mon aide, dit-elle en désignant son doigt bandé.

— Je ne saigne plus. Je crois que je survivrai.

— Tant mieux. C'est vrai que mourir en faisant la vaisselle, c'est ballot...

— A ce propos, je vais la terminer.

— Tout est lavé, séché et rangé.

— Ce n'était pas la peine, mais merci, dit-il en tirant les rideaux avant de se tourner vers elle. Inutile de nous exposer.

Elle frissonna à l'idée que quelqu'un puisse être tapi dehors à les regarder.

— Je me suis toujours sentie tellement en sécurité ici. Avant les vols, on ne fermait jamais la maison à clé.

— Je ne voulais pas t'effrayer. Ce n'est pas après nous qu'en ont les voleurs. Ce qui les intéresse, c'est le bétail, dit-il en tirant un à un tous les rideaux des fenêtres du rez-de-chaussée. Mais si quelqu'un nous surveille et nous voit là tous les soirs, ça risque d'éveiller les soupçons.

— Tu as raison.

Il lui lança un long regard si pénétrant qu'elle en eut des frissons.

— Viens par ici, dit-il.

— Quoi ?

Elle le suivit jusqu'à la fenêtre suivante et attendit qu'il en tire les rideaux, mais au lieu de cela, il lui prit la main pour l'attirer contre lui. Puis de sa main libre, il lui pencha la tête en arrière et lui adressa un large sourire avant de venir poser sa bouche sur la sienne dans un baiser à la fois délicat et persuasif.

Elle ne réalisa pas tout de suite ce qui était en train de se passer.

Après tout, elle était si désespérée que c'était peut-être un rêve, mais les lèvres de Mitch se firent plus insistantes et son sexe tendu contre son ventre lui fit comprendre que c'était bien la réalité.

Elle entrouvrit les lèvres et il glissa sa langue dans sa bouche. Il avait un goût épicé et mentholé à la fois et elle se prit à espérer que c'était l'abus de thé et non Mitch qui l'excitait et lui faisait tourner la tête.

Un baiser qui se termina comme il avait commencé, sans préavis.

— Comme ça, si quelqu'un nous regarde, dit Mitch, il ou elle ne se demandera plus ce que tu fais ici, dit Mitch avec un petit sourire.

— Je doute que ce soit assez convaincant, le taquina Kate.

— Ah oui ? fit Mitch tout excité.

— Trop chaste, répondit Kate avant d'ajouter d'un petit air machiavélique : Si quelqu'un est bien dehors en train de nous épier, il faut lui en donner plus à voir...

— Dans ce cas, je suis tout à toi.

Que n'avait-il dit là ! Il avait à peine terminé sa phrase que Kate l'agrippa par la boucle de son ceinturon et l'attira à lui avec une fougue à la mesure de l'attente qu'elle avait endurée.

— Qu'est-ce que tu fais ? demanda-t-il étonné.

— Laisse-toi faire, lui murmura-t-elle entre ses dents, ou tu vas tout faire capoter.

N'y tenant plus, il la serra contre lui, si fort qu'elle n'eut d'autre choix que de lâcher la boucle de sa ceinture. Ses tétons étaient tout durs et son sexe plus raide que jamais. Il prit le lobe de son oreille entre ses dents et le lui mordilla.

— On ne devrait pas, finit-il par lui glisser à l'oreille.

— Quoi ? S'exhiber comme ça ?

De ses lèvres, il pinça la peau sous son oreille avant de déposer un baiser au même endroit.

— Tu sais bien de quoi je veux parler, poursuivit-il sans parvenir à la lâcher.

Pour toute réponse, elle enroula ses bras autour de lui et entreprit de lui enlever sa chemise.

— On ne devrait pas faire ça devant la fenêtre, reprit-il.

— On ne devrait pas faire ça tout court, rétorqua-t-elle en enfonçant sa langue dans sa bouche.

Comme il semblait résister, elle s'arc-bouta contre lui, pressant ses seins contre son torse jusqu'à ce qu'un frisson de plaisir lui parcoure le corps. Puis, d'instinct, elle se mit à remuer les hanches pour mieux le sentir contre elle, si dur, si vigoureux. Il gémit dans sa bouche et prit ses deux fesses à pleines mains et lorsqu'il enfonça ses doigts dans sa chair, elle put sentir son cœur qui tambourinait dans sa poitrine contre la sienne.

Elle avait tant attendu ce moment qu'à présent elle ne pouvait plus souffrir de ne pas sentir sa peau nue contre la sienne, son torse musclé contre ses seins tendus de désir. Elle voulait qu'il l'embrasse de sa bouche humide, sur la bouche, sur les seins, partout, jusque dans les replis les plus intimes de sa chair. Qu'il laisse une empreinte si profonde sur sa peau qu'elle puisse en revivre les sensations à l'infini.

Il devait lire dans ses pensées, car l'instant d'après, il délaissa sa bouche pour se concentrer sur la peau si sensible de son cou. Il fit ensuite courir ses lèvres sur son épaule et continua ainsi jusqu'à son sein.

Elle l'aurait bien laissé poursuivre l'exploration de son corps, mais l'idée que quelqu'un puisse être en train de les regarder s'insinua dans son esprit et lui gâcha son plaisir.

— Tire les rideaux, finit-elle par lui murmurer.

Il marmonna quelque chose, mais ne cessa pas pour autant son exploration.

— Mitch, les rideaux !

Lorsqu'il releva la tête, Kate vit dans ses yeux qu'il venait de prendre conscience de la situation et elle dit, pour plaisanter :

— Je pense que les guetteurs sont convaincus maintenant.

Hélas, c'était trop tard, le charme était rompu et elle pouvait presque visualiser le mur qui se dressait de nouveau entre eux. Mitch n'avait pas seulement fermé les rideaux, il avait remis son masque.

— Désolé, dit-il en la fuyant du regard, je me suis laissé emporter.

— Je n'ai pas dit ça pour que tu arrêtes, dit-elle en ravalant sa déception. J'avais juste besoin d'un peu d'intimité.

— C'est mieux ainsi, Kate, crois-moi, dit-il en lui caressant la joue du bout des doigts.

— Non ! s'indigna-t-elle. Je sais que je te plais. Ton baiser m'a prouvé que ce n'était pas mon imagination. Donc, si tu réagis comme ça, c'est uniquement à cause de ce fichu respect pour mes frères.

Il eut un rire étranglé.

— Oui, c'est vrai que tu me plais. A tel point d'ailleurs que je n'ai pas réussi à te le cacher.

— Et donc ?

— Tu ne t'en rends peut-être pas bien compte, mais tu es fragile en ce moment. Fais-moi confiance, c'est mieux ainsi.

— Oui, tu as raison, dit-elle en faisant de grands gestes des mains. Pourquoi risquer de mettre en péril notre amitié, hein ?

— Tu es en colère ?

— J'admire ta loyauté, mais tu n'es qu'un hypocrite.

— Tu vois, tu mélanges tout.

— En fin de compte, je crois que tu as raison, dit-elle avec un sourire forcé, je suis un peu paumée et je vais aller me consoler dans d'autres bras.

Il lui lança un regard si noir qu'il la sentit près de vaciller. S'il ne voulait pas qu'elle sorte avec Brad, il fallait qu'il agisse, et vite !

13

Il s'était déjà passé quatre nuits depuis que Kate lui avait fait son défilé et qu'il avait bafoué tous les principes qui comptaient à ses yeux. Et pourtant, cette nuit encore, il était là, dans l'ancienne chambre de sa sœur, à la regarder dormir plutôt que de surveiller ses écrans. Recroquevillée en chien de fusil, elle serrait son oreiller contre elle, son tentant postérieur dirigé dans sa direction dans un pantalon kaki taille basse qui laissait entrevoir une culotte en dentelle rose.

Cela faisait une semaine jour pour jour qu'ils avaient débuté la surveillance et déjà, Mitch commençait à perdre patience. Non pas qu'il se soit attendu à ce que les voleurs mordent tout de suite à l'hameçon ni qu'il ait eu spécialement envie de rentrer à Palm Beach reprendre son travail, mais tout ce temps passé avec Kate mettait ses nerfs à rude épreuve.

Il se pinça le haut du nez pour retenir un bâillement. Encore deux longues heures à tenir avant le lever du jour et il sentait déjà ses yeux lui piquer. Cette nuit, c'était elle qui avait pris le premier tour avant de lui passer le relais vers une heure et demie. Une perte de temps, vu qu'il n'avait pas réussi à fermer l'œil jusque-là. Autant dire qu'il avait été mortifié lorsque Kate s'était endormie même pas dix minutes après qu'il avait pris sa relève. Elle s'était assise au bord du lit pour discuter un peu et s'était assoupie sans avoir le temps d'aller se coucher dans la chambre.

Il aurait dû la réveiller tout de suite et l'envoyer dans la chambre d'amis. Au lieu de ça, il s'était infligé le supplice de la regarder dormir en se demandant combien de temps il allait être capable de tenir sans devoir la ramener dans son lit. Il pensait avoir la force de tenir jusqu'au point du jour, mais qu'adviendrait-il après ? Ses nerfs étaient à bout et, il le savait, bientôt il ne répondrait plus de rien. Il n'était pas un saint et tôt ou tard, la discipline de fer qu'il s'était imposée à lui-même ne suffirait plus.

Kate roula sur elle-même et leva vers lui des yeux tout ensommeillés.

— Mitch, c'est toi ?

Il se redressa, soulagé de voir qu'elle était trop ensommeillée pour avoir remarqué qu'il la regardait.

— Tu t'es endormie.

— Je sais, mais... cette sonnerie ? C'est ton portable ?

Il était tellement absorbé qu'il n'avait même pas fait attention à la sonnerie, pourtant lancinante, de son téléphone portable. Il se mit à fourrager dans sa poche. Pour appeler si tard, c'était soit une erreur, soit une urgence. En voyant le nom affiché sur l'écran du téléphone, il fut soulagé. Ce n'était pas une urgence. En revanche, c'était une erreur d'avoir donné son numéro à la fille de son patron.

— Allô, répondit-il tout en jetant un œil aux écrans de contrôle, puis à Kate.

Elle avait l'air bien éveillée à présent et même un peu anxieuse. Elle devait craindre pour son frère qui avait pris l'avion pour Hawaii dans la nuit. Il s'empressa de lui faire signe que tout allait bien et sortit de la pièce pour ne pas la déranger.

— Oui, Bébé, je t'écoute.

— Mitch, tu me manques. Quand est-ce que tu reviens ?

A l'évidence, Savannah avait trop bu. Pas au point de ne plus pouvoir articuler, mais assez tout de même pour décevoir Mitch et lui faire se demander ce qui pouvait bien encore lui arriver pour le déranger à cette heure.

— Tu sais quelle heure il est ?

— Où ça ? A Palm Beach ou dans ton affreux trou perdu que tu ne veux plus quitter ?

— Tu es où, là ?

— Comme si ça t'intéressait...

Son surnom de « Bébé », qui lui collait à la peau depuis l'enfance, lui allait comme un gant. A vingt et un ans, elle se comportait encore comme une enfant gâtée.

— Tu sais bien que si...

— Alors, prouve-le-moi et rentre à la maison !

Il soupira avant de jeter un regard furtif dans la chambre. Il espérait que Kate s'était rendormie.

— J'ai encore à faire ici.

— Et personne d'autre ne peut s'en charger ? Tu sais que je déteste quand tu n'es pas là.

— Je sais, mais il va bien falloir t'y faire. Je ne serai pas toute ma vie là pour veiller sur toi. Dis-moi où tu es.

— Dans ma chambre, où je crève d'ennui... Content ?

— Tu devrais essayer de dormir.

— Dormir, c'est trop chiant, s'exclama-t-elle en bâillant. Et puis, je ne suis pas la seule à vouloir que tu reviennes. Papa aussi, il t'attend pour travailler.

— Allons, allons, Bébé. Tu sais tout comme moi qu'il est encore à l'étranger, dit-il avant de laisser un peu de silence passer.

Il espérait qu'elle s'endormirait à l'autre bout du fil comme c'était déjà arrivé. Il était désolé pour la petite. Il avait toujours fait en sorte de veiller sur elle, mais cette gosse était épuisante et qui plus est, il n'était pas son père.

— Mitch ?

— Oui, je t'écoute, Bébé, dit-il en fermant les yeux.

— Je déteste quand t'es pas là, répéta-t-elle d'une voix plus apaisée, le signe qu'elle n'allait pas tarder à tomber dans les bras de Morphée.

— Tu es dans ton lit ?

— Oui.

— Remonte les draps jusqu'à ton menton.

Elle lâcha un long soupir.

— O.K.

Il sourit d'un air triste au son enfantin de sa voix.

— Imagine-toi que je suis en train de te border.

— Tu m'appelleras demain, hein ? demanda-t-elle en bâillant.

— Promis, ma chérie, je t'appelle. Fais de beaux rêves.

Il attendit qu'elle raccroche, puis éteignit son portable et le glissa dans sa poche. Il soupira en songeant à toutes les fois où il l'avait ramassée à la petite cuillère. Elle allait accuser le coup quand il reviendrait vivre ici pour de bon.

L'idée le fit se raidir. Il n'avait pas encore envisagé de quitter sa vie à Palm Beach. En tout cas, pas pour de bon. Il aimait son travail, la liberté qu'il lui offrait, les voyages, l'argent… Il porta un regard circulaire vers le lambris et les poutres de bois qui avaient constitué son chez-lui jusqu'à ses dix-huit ans et qui lui semblaient à présent si loin de sa vie d'aujourd'hui.

Pourtant, c'était plus fort que lui, il ne pouvait supporter l'idée que le ranch soit vendu. Il fallait que cet endroit reste aux Colter comme un lieu de retraite lorsqu'il chercherait à fonder un foyer. S'il parvenait à résoudre l'affaire des vols, ses parents reviendraient y vivre et tout redeviendrait comme avant. Il fallait absolument que son plan fonctionne.

Encore sous le choc de ce qu'elle venait d'entendre, Kate ferma les paupières en entendant les pas de Mitch s'approcher. Une fois de plus, force était de constater qu'elle était le dindon de la farce. Il avait une femme qui l'attendait là-bas en Floride, c'était une évidence. Quand elle l'avait entendu l'appeler « Bébé », c'était comme si son cœur s'était décroché. Pourquoi ne lui avait-il rien dit ? S'il lui avait dit la vérité, elle ne se serait pas entêtée et se serait ainsi épargné une seconde humiliation.

Ne l'entendant plus, elle rouvrit les yeux et tomba sur les siens braqués sur elle.

— Désolé pour le téléphone.

Pas une once de culpabilité dans ses yeux. S'il ne s'était pas agi de Mitch, elle aurait pensé qu'il se payait sa tête.

— Tu devrais aller te reposer dans ta chambre.

Elle s'assit, perplexe. Sachant qu'elle était éveillée, il devait bien se douter qu'elle avait entendu ce qu'il disait. Pourtant, il n'avait pas l'air le moins du monde gêné.

— C'était qui ? demanda-t-elle de but en blanc.

— La fille de mon patron.

Elle tressaillit et vérifia l'heure sur sa montre.

— Et qu'est-ce qu'elle avait de si important à te dire à 3 heures du matin ?

— C'est exactement la question que je me suis posée. Cette fille n'a aucune limite ! déplora-t-il avant de reprendre son poste.

Elle hésita. Elle était tentée de le planter là sans cérémonie, mais sa curiosité fut plus forte.

— Tu aurais dû me le dire.

Il se tourna vers elle d'un air perplexe.

— Te dire quoi ?

— Que tu avais une petite amie.

— Si j'en avais une, je te l'aurais dit.

Cette fois-ci, c'en était trop. La couleuvre était trop dure à avaler. Elle bondit du lit et s'exclama :

— Bon, eh bien, maintenant que je suis réveillée, tu veux peut-être que je te remplace.

Il secoua la tête en la regardant essayer d'enfiler ses sandales.

— Je ne sais pas ce que tu as entendu, mais tu te fais des idées, je t'assure.

Il avait bien appelé cette fille « Bébé », elle n'avait pas rêvé. D'ailleurs, en y réfléchissant bien, il lui avait même dit « ma chérie ». Un mot affectueux, certes plus passe-partout, mais un mot affectueux quand même.

— Je serai dans la chambre d'amis, se contenta-t-elle de répondre en le quittant. Demain, je dois me lever tôt, j'ai des affaires à régler.

— Kate !

— Qu'est-ce que tu fais, Mitch ? Tu dois rester surveiller les écrans.

— Il y a autre chose que je dois faire.

Elle comprit à son regard ce qu'il avait en tête, mais pas question de le laisser s'en tirer à si bon compte. Il l'attira dans ses bras. Elle résista. Il plaqua alors ses lèvres contre les siennes et profita de ce qu'elle avait la bouche entrouverte pour y enfoncer sa langue. Si chaude et si entreprenante qu'elle n'eut d'autre choix que de se laisser aller à la tentation. S'ensuivit alors une danse enfiévrée de leurs deux corps enfin réunis jusqu'à ce que Mitch, sans doute à bout de nerfs, l'agrippe par les fesses et la plaque sans plus de cérémonie contre son sexe dressé pour elle.

Il la désirait et, pour elle, c'était tout ce qui importait. Alors, sans le moindre scrupule, elle se laissa envahir par le plaisir de l'instant : la langue de Mitch qui jouait avec la sienne, le subtil parfum de sa peau, la chaleur de son cœur pressé contre le sien. Elle pencha la tête en arrière pour mieux savourer la caresse de ses mains dans ses cheveux quand elle sursauta en s'écriant :

— Mitch ! Les écrans !

Il grommela et, l'attirant de nouveau à lui, murmura à son oreille :

— Que c'est bon d'être avec toi.

Avant d'ajouter, à regret :

— Mais, tu as raison, retournons dans la chambre.

Elle acquiesça, ravalant sa salive. Pourquoi avait-il fallu qu'elle vienne tout gâcher avec son fichu sens des responsabilités ? Et surtout, comment avait-elle pu penser à la surveillance en un moment pareil ?

— O.K., mais il faut qu'on parle.

— Pas de problème, répondit-il en lui prenant la main pour la conduire dans la chambre de sa sœur.

Le reflet des écrans peignait la chambre en gris. Les rideaux tirés assuraient leur intimité, mais les privaient du reflet de la lune. La lumière était toutefois suffisante pour qu'elle voie son visage même si, elle l'avait appris à ses dépens, il était passé maître dans l'art de masquer ses sentiments.

Une fois qu'ils eurent vérifié que tout était normal dehors, elle s'installa au pied du lit, un peu mal à l'aise et il vint s'asseoir sur une chaise juste en face, ses genoux frôlant les siens.

Ce n'était pas une bonne idée de rester, elle le savait. D'ailleurs, si elle l'avait rappelé à son devoir sans le vouloir, c'était peut-être son inconscient qui avait parlé. Pourtant, le contact avait beau avoir été rompu entre eux, c'était comme si elle sentait encore ses lèvres sur les siennes. Même la chaleur entre ses cuisses n'avait pas diminué. Et le fait de le regarder n'arrangeait pas les choses. Il lui décocha un sourire qui la fit fondre, mais quand il s'approcha pour lui prendre la main, elle eut la présence d'esprit de reculer.

— Non, on parle d'abord, dit-elle en croisant les bras sur sa poitrine. Tu ne peux pas m'embrasser comme ça et ne pas me dire qui est cette fille.

— Je te l'ai dit, c'est la fille de mon patron, répondit Mitch sans ciller. Ce n'est pas ma petite amie, si c'est ce que tu crois. Bébé a tout juste vingt et un ans.

— Bébé ?

— Elle s'appelle Savannah, mais tout le monde l'appelle « Bébé ». Et crois-moi, elle porte bien son nom.

Elle resta silencieuse un moment. Ce n'était d'ordinaire pas son genre de tirer des conclusions hâtives, mais avec lui, elle ne contrôlait plus rien.

— Excuse-moi. De toute évidence, je...

— Quand j'ai commencé à travailler pour son père, elle m'a fait un peu de rentre-dedans, mais elle était trop jeune et puis, c'était la fille du patron. J'ai très vite mis les points sur les *i*.

Il haussa les épaules.

— C'est le genre de fille belle et riche à millions à qui son père a toujours tout cédé, sans jamais prendre la peine de s'en occuper.

Elle soupira. Le monde dans lequel vivait Mitch était à mille lieues du sien, elle s'en rendait compte à présent. Un monde de strass et de paillettes, d'argent facile et de filles toutes plus riches et plus belles les unes que les autres. Sa vie à elle paraissait bien ordinaire à côté.

— Aujourd'hui, nous sommes amis, poursuivit-il. Enfin, disons plutôt que je suis là quand elle a besoin de moi... Autant dire, souvent ! Surtout depuis qu'elle s'est mise à boire. J'ai essayé de lui faire entendre raison, mais au stade où elle en est, elle ferait mieux d'entreprendre une thérapie. Je crois qu'en fin de compte, elle est contente qu'il n'y ait pas de sexe entre nous. Voilà, fin de l'histoire !

Le soulagement qu'elle ressentit à cet instant précis fut tel qu'elle se laissa tomber de tout son long sur le lit. Il n'avait personne d'autre, son baiser était donc sincère. Quel bonheur de se savoir désirée par lui.

Mais... pas question pour autant de baisser sa garde. Elle devait réfléchir à la suite, faire preuve de bon sens. Si tant est qu'elle en ait jamais eu.

— Bon, je crois que je t'ai assez distrait comme ça, dit-elle en se relevant, fuyant son regard. Je vais me reposer quelques heures et...

— Kate, dit-il en lui prenant la main, refusant de la lâcher quand elle se mit à résister. Tu ne m'as pas cru ?

— Non, ce n'est pas ça. C'est juste que toi, tu as à faire et moi, il faut que je dorme.

— Regarde-moi.

Elle prit une longue inspiration et se força à le regarder dans les yeux.

— Allez, dis-moi ce qui ne va pas, insista-t-il.

Au pied du mur, elle finit par lâcher :

— C'est juste que je me sens ridicule de t'avoir aguiché comme ça. Voilà je l'ai dit. Tu es satisfait ?

— Disons plutôt soulagé… J'avais peur que tu sois fâchée que je t'aie embrassée.

Elle le scruta intensément. Ce n'était pas du baratin : elle pouvait lire le soulagement dans son regard.

— Quelle drôle d'idée !

Comment pouvait-il penser une chose pareille ? A croire qu'il avait oublié l'épisode de la première nuit chez lui. Un souvenir pénible qu'elle aurait bien voulu elle aussi effacer de sa mémoire. Quoique, en repensant à son torse chaud sous sa joue, elle frissonnait d'excitation.

— Alors, pourquoi est-ce que tu fuis ?

Elle le laissa l'attirer à lui et posa ses mains sur ses épaules lorsqu'il passa ses bras autour de sa taille. Son regard était si plein de tendresse qu'elle sentit ses jambes flageoler. Elle lui passa la main dans les cheveux et se délecta de le voir s'abandonner à ses caresses.

Pour la première fois depuis bien longtemps, elle se sentait sereine. Une sérénité qui faillit l'abandonner lorsqu'il se décala pour lui faire une place sur ses genoux. Elle était loin d'être un poids plume. Aussi musclé soit-il, elle devait lui faire mal aux cuisses.

— Si tu préfères, je t'apporte une autre chaise, proposa Mitch. Mais j'aime t'avoir blottie contre moi.

— Je peux m'asseoir sur le lit.

— C'est ce que tu veux ?

Elle faillit répondre que oui, mais elle aurait menti. Est-ce que, pour une fois, elle pouvait juste cesser de cogiter et se laisser aller ?

Elle fit non de la tête.

— Bien.

Il fit un mouvement sur lui-même de sorte qu'ils se retrouvèrent tous les deux face aux écrans de contrôle. Mais avec sa main qui lui chatouillait le dos, il se berçait d'illusions s'il pensait qu'elle allait pouvoir rester concentrée sur les petits carrés de lumière en face d'eux.

— Bien installée ?

— Oui, mais je sens que je t'écrase.

— C'est vrai.

Il ôta sa main et elle la regretta aussitôt, mais celle-ci revint, sous son T-shirt cette fois. Elle sentit ses tétons se durcir sous son soutien-gorge et son T-shirt en coton. En le regardant de biais, elle vit qu'il avait les yeux rivés sur l'écran, mais ses mains n'étaient pas inactives pour autant. Décidément, cet homme-là était plein de ressources ! En moins de temps qu'il n'en fallait pour le dire, il avait réussi à libérer ses seins tendus d'excitation sans quitter l'écran des yeux et sa bouche entreprenait déjà un excitant périple le long de son cou.

Bien qu'un peu nerveuse à l'idée de ce qui risquait de se passer ensuite, elle essaya de se détendre. C'est alors qu'elle sentit ses doigts se glisser sous le tissu de son soutien-gorge, puis de sa large paume, il se mit à soupeser son sein gauche.

Ses doigts se firent plus hardis et elle se retint de gémir lorsqu'ils se posèrent sur son téton boursouflé d'excitation. Elle jeta la tête en arrière et sentit une bosse gonfler sous ses fesses. Elle sursauta, mais il la maintint du bout du téton. Elle gémit de plaisir sous le délicieux pincement.

— Laisse-moi te goûter, lui chuchota-t-il à l'oreille.

— Mais, les...

Elle s'interrompit pour reprendre ses esprits. Ils étaient assis juste devant les écrans. Ils ne pouvaient pas mieux faire. Et puis, rien n'allait arriver de toute façon, pas cette nuit, elle le sentait. Rien dehors en tout cas, car à l'intérieur, elle n'allait bientôt plus répondre de rien.

Il entreprit de lui ôter son T-shirt et elle termina le travail. Elle l'entendit respirer plus fort tandis qu'il semblait s'enivrer de la vue de ses seins nus. Puis, il s'humecta les lèvres et laissa échapper un juron qui aurait pu sembler déplacé en d'autres circonstances, mais qui en cet instant flatta son ego et enflamma son entrecuisse.

Elle le regarda poser sa main délicate sur l'aréole de son sein, puis sur l'autre, avec un imperceptible tremblement qui la toucha droit au cœur. La chaleur de son souffle sur sa peau était plus qu'elle n'en pouvait supporter et elle ferma les yeux dans l'espoir que sa bouche vienne apaiser son tourment.

— Ah, Kate, tu es magnifique, dit-il avant d'enfouir son nez au creux de son cou, caressant sa gorge de la pointe de sa langue.

Elle se cambra, comme pour lui faire comprendre sans mot dire ce qu'elle attendait de lui, son corps tout entier tendu vers ce plaisir tant attendu qu'il allait enfin lui donner.

Il emprisonna ses seins dans la paume de ses mains et plongea ses yeux dans les siens.

— Dis-moi ce que tu veux, murmura-t-il en lui titillant le bout des seins.

Son audace la fit frémir et elle répondit, dans un souffle :

— Toi.

14

Jusqu'à présent, Mitch n'avait jamais mesuré avec quelle force il la désirait. Maintenant, il le savait. Il avait besoin d'elle, de la sentir entre ses bras, d'entendre le battement de son cœur contre sa poitrine. Sa douceur, sa moiteur, il aurait voulu plonger tout entier dedans et s'en repaître à l'infini. Ce qu'il ressentait pour elle était bien plus qu'une simple attirance physique. Il l'aimait. Son naturel, sa spontanéité, sa fraîcheur, tout en elle trouvait une résonance particulière chez lui. Jusqu'à sa façon de rire en reniflant. C'était dire son amour sans compromission.

Savourant la moindre seconde, il goûtait et regoûtait à ses seins, insatiable quand de sa langue, il excitait ses petits tétons durcis au rythme de ses gémissements étouffés. Il aimait sa poitrine, la couleur de ses tétons, leur douceur ferme. D'ailleurs, il ne pouvait en imaginer de plus parfaits. A croire qu'ils avaient été faits exprès pour lui.

— J'espère que tu gardes un œil sur les écrans parce que moi, je suis trop occupé, murmura-t-il en traçant des cercles concentriques autour de l'aréole de son sein.

— Mitch ! Tu es le diable en personne.

— Tu veux peut-être que j'arrête ? dit-il en cessant sur-le-champ ses caresses.

Elle le défia du regard et il sourit avant de partir à l'assaut de son autre sein, pas certain toutefois de pouvoir encore endurer longtemps le supplice qu'il s'infligeait à lui-même.

Sous ses fesses, elle le sentait si dur qu'elle le voyait mal faire marche arrière. Pire, il se mit à accélérer la cadence de ses caresses, échauffant ses sens comme jamais, jusqu'à lui arracher un cri rauque semblant venu du tréfonds de sa gorge.

— Mitch, dit-elle alors en lui entourant le visage des mains pour l'obliger à relever la tête. Attends!

Il leva les yeux, incapable de dire s'il l'avait entendue parler ou si c'était l'afflux du sang vers sa tête qui lui faisait bourdonner les oreilles.

— Il faut que je te dise, hoqueta-t-elle. Les écrans, j'arrive pas à les voir quand tu...

Elle déglutit avant de terminer :

— Quand tu me fais ces choses-là...

— Quelles choses?

Il sourit. Elle sentait l'amour.

— Arrête!

— Arrêter quoi?

— Ta respiration, ça me chatouille.

— Tu veux que je m'arrête de respirer.

Elle lui donna un coup de coude auquel il répondit par un grognement avant de glisser ses bras autour d'elle pour pétrir ses seins nus.

— Tu es parfaite. Tourne-toi que je te regarde, mais sans te lever.

— Il va bien falloir. Si ça se trouve il n'y a plus aucune bête dans le pré... Oh! fit-elle en se cambrant, pressant ses seins contre la paume de ses mains, le corps parcouru de secousses.

Des secousses qui se répercutèrent jusqu'à son sexe tendu. Elle avait raison, mieux valait calmer le jeu. Le soleil n'allait pas tarder à se lever et ensuite, ils auraient tout loisir de poursuivre ce qu'ils venaient de commencer. Il la sentait pourtant prête à l'accueillir. Il pouvait presque sentir la moiteur entre ses cuisses.

— Viens par ici. Ne t'occupe plus des écrans, j'en fais mon affaire, dit-il en la faisant reculer sur ses cuisses.

La pression de son postérieur sur son sexe lui fit serrer les dents.

— Mais je...

Elle s'interrompit, voyant qu'il s'activait sur la fermeture Eclair de son short.

— Qu'est-ce que tu fais?

— Détends-toi. Allonge-toi sur moi, lui murmura-t-il à l'oreille en l'embrassant le long du cou. Ferme les yeux si tu veux. Je surveille.

Il glissa la main sous la ceinture de son short, trouva l'élastique de sa culotte et la sentit trembler.

— T'en fais pas, je te tiens.

Mais ce n'était pas la peur de tomber qui l'avait fait trembler. Juste un réflexe.

Il ôta sa main de sa culotte, pour la rassurer, mais c'était reculer pour mieux sauter. D'une main, il se mit à caresser la peau soyeuse entre ses cuisses et de l'autre, s'en prit à son téton déjà rudement mis à l'épreuve. Mais ce n'était qu'un tour de passe-passe car l'instant d'après, il plongeait ses doigts experts entre ses lèvres humides.

Kate se sentait assaillie de toutes parts. Entre ses baisers sur son cou, sa main qui pétrissait son sein et ses doigts qui sondaient son intimité, elle ne savait plus où donner de la tête. Elle se raidit comme pour échapper à l'un ou l'autre de ces supplices, mais il n'arrêta pas. Bien au contraire. Elle était à sa merci et il le savait. Et lorsqu'il s'enfonça un peu plus en elle, elle se cambra pour l'accueillir plus loin encore.

Bientôt le frottement de sa main sur son clitoris devint intenable et elle se recula contre lui pour y échapper. Un mouvement qui, loin de la tirer d'affaire, ne fit qu'aider Mitch dans son entreprise, ses doigts allant et venant toujours plus loin et toujours plus vite, tandis que, du pouce, il lui prodiguait d'affolantes caresses.

— Oh, Mitch, gémit-elle, sentant qu'elle allait jouir.

Sans lui. Ce n'était pas ce qui devait arriver.

— Chut, laisse-toi aller.

Elle résista. C'était déloyal. Elle aurait voulu voir son visage. Elle aurait voulu l'embrasser. Le toucher. Lui donner elle aussi sa part de plaisir.

— Tu n'imagines pas l'effet que ça me fait de te sentir aussi chaude et humide, lui murmura-t-il à l'oreille. Allez, vas-y, jouis pour moi.

Les caresses de Mitch s'intensifièrent, avec la même persévérance et le même savoir-faire jusqu'à ce que cèdent ses dernières résistances.

— Oh, non, gémit-elle, se sentant près de défaillir.

Elle enfonça ses ongles dans la peau de son bras comme pour se raccrocher à la réalité.

— Oh, Mitch !

— Oui, Kate, vas-y.

Sa voix était si rauque qu'on aurait dit qu'il allait jouir lui aussi. Tous les scrupules de Kate s'envolèrent en un instant et elle s'abandonna avec délices au plaisir solitaire qu'il lui offrait volontiers. Une bouffée de chaleur l'envahit, puis elle fut secouée par une série de spasmes jusqu'à ce que le besoin de délivrance soit si fort qu'un cri inouï surgit du fond de sa gorge, brisant le silence nocturne.

Son corps tout entier était saisi de soubresauts, mais Mitch ne cessa pas pour autant. Tant et si bien qu'au moment où elle pensait avoir assouvi sa faim, une nouvelle vague de plaisir déferla sur elle, la laissant en proie à un tourbillon de sensations encore plus intense que le précédent. Elle se figea avant de se laisser tomber entre ses bras.

Elle entendit Mitch marmonner quelque chose. Un juron sans doute, mais elle n'était pas assez consciente pour en être sûre. Il la mit debout, repoussa le siège d'un coup de pied, puis la souleva pour la laisser tomber sur le lit. Encore toute pantelante, elle resta là, immobile à le regarder se déshabiller. La vue de son torse et de ses épaules musclés raviva le feu à peine éteint dans son ventre. Et lorsqu'il déboutonna son jean et le fit descendre sur sa taille, elle se mordit la lèvre et ferma les yeux. Quand elle les rouvrit, il était nu, tout en muscles et son membre tendu vers elle.

A l'état de douce torpeur dans lequel elle avait été plongée jusqu'ici succéda une bouffée d'excitation si vive, qu'elle put sentir son sang tambouriner dans ses veines. Il se pencha sur elle pour lui ôter son short et elle souleva les fesses pour l'aider à le faire glisser à ses pieds. Sa culotte avait suivi et il se recula pour l'admirer dans toute sa nudité. Dans son expression, plus une once d'ambiguïté, ses yeux brillaient de désir.

Elle se décala pour lui faire de la place dans le petit lit.

— Tu as un préservatif?

Cette fois, le juron que prononça Mitch était on ne peut plus audible. Il se tourna pour ramasser son jean sur le plancher, lui offrant une vue imprenable sur ses fesses musclées tandis qu'il fouillait dans ses poches.

Elle vit quelque chose scintiller sur un des écrans, mais après vérification, ce n'était rien. De toute façon, à ce stade, même si elle avait vu quelque chose, elle aurait fait semblant de n'avoir rien vu.

— Je n'en peux plus d'attendre, lui chuchota-t-il à l'oreille en se rallongeant à côté d'elle.

Sa franchise lui fit l'effet d'une bombe.

— De toute façon, ça ne risque rien, il fait presque jour.

En dépit de tout ce qu'il y avait en jeu, il ne voulait qu'une chose : elle. Rien que d'y penser, elle en frissonnait. Elle chercha son sexe à tâtons et trouva son gland sur lequel elle fit courir son index avant de descendre le long de son membre qui se redressait toujours plus triomphant. Elle aurait volontiers poursuivi son exploration, mais avec la rapidité d'un éclair, il avait écarté sa main pour enfiler la protection de latex. L'instant d'après, il s'installait entre ses cuisses.

— Je te promets qu'on prendra plus notre temps la prochaine fois, promit-il en fermant les yeux au moment où il s'insinuait en elle.

En le sentant entrer en elle, elle ne put réprimer un sursaut. Il était plus… *massif* qu'elle ne l'aurait imaginé et elle lui fut reconnaissante de lui laisser le temps de s'habituer à sa morphologie.

— Ça va, je te fais pas mal ? s'enquit-il en repoussant une mèche de ses cheveux.

Elle fit non de la tête et posa ses mains sur son torse, appréciant le travail de ses muscles sous ses paumes.

— Hum, que c'est bon.

— Oh, ma chérie, tu n'imagines pas à quel point.

Il glissa en elle et elle releva d'instinct les hanches, mais avec ses jambes déjà accrochées à ses épaules, elle ne pouvait aller bien loin. Il la pénétra aussi loin qu'il put jusqu'à ce qu'elle manque de tomber du matelas.

— Non, ça va, le rassura-t-elle en voyant qu'il se retirait.

Ce ne fut qu'ensuite qu'elle comprit qu'il avait autre chose en tête. Elle le laissa écarter ses lèvres et frémit lorsqu'il posa son doigt sur son point le plus sensible.

— C'est ça, bébé, murmura-t-il. Jouis encore pour moi.

— Non, toi, hoqueta-t-elle. C'est ton tour.

— Oh, oui, je vais jouir aussi, ne t'en fais pas. Avec toi.

Sans relâcher la pression, il lui mordilla le téton tout en replongeant en elle. Dans une symbiose parfaite, elle l'accompagna dans son va-et-vient jusqu'à ce qu'ensemble ils se convulsent de plaisir.

Il jouit juste après elle et, dans un râle de satiété, vint s'effondrer à côté d'elle.

— Ouah !

Elle pinça les lèvres. Avait-elle dit ça tout haut ?

— Pareil, murmura-t-il, réchauffant de son souffle la peau qu'il s'apprêtait à baiser. Tu es incroyable.

Elle rit doucement.

— Non, c'est toi qui es incroyable.

— Hum, fit Mitch en lui mordillant le lobe de l'oreille. Tu veux perdre ton temps à polémiquer ?

— Sauf si tu as mieux à proposer.

Elle le laissa continuer de la couvrir de baisers et ferma les yeux. Son corps en émoi se cambra, comme prêt à l'accueillir de nouveau. Elle le sentit sourire contre sa peau et frissonna lorsqu'il posa sa large main sur son ventre.

— Je n'en reviens pas, s'extasia-t-elle, se tendant comme un arc lorsqu'il posa ses doigts à la jonction de ses cuisses. C'est dingue.

— Quoi ?

— Toi, moi, ici. Dans ce lit.

Il rit de son étonnement.

— Si tu veux, j'arrête, dit-il tout en glissant ses mains habiles entre ses cuisses.

— Non, dit-elle en courant pour échapper à son regard. Je t'interdis de me regarder !

Goguenard, Mitch la suivait pendant qu'elle marchait en enfilant son T-shirt, en slip et pieds nus, tout comme lui. Il était déjà dix heures et demie du matin et ni l'un ni l'autre n'avait encore déjeuné.

— Alors, de combien de temps tu as besoin ? demanda-t-il.

— Il va me falloir au moins une semaine.

— Une semaine ? Tu rêves !

— O.K., alors vingt-quatre heures ? fit-elle en le suppliant du regard.

— Je te donne jusqu'à 7 heures ce soir, dit-il. Et c'est mon dernier mot !

Il sourit de la voir se retourner et descendre l'escalier en maugréant :

— Quelle générosité ! Comme si un après-midi allait me suffire à récupérer.

Il resta en haut à la regarder pester dans l'escalier. La vérité, c'était qu'il n'avait pas récupéré lui-même de leur marathon sexuel de la nuit, mais loin d'être épuisé, il se sentait en pleine forme pour commencer la journée. Il retourna dans la chambre finir de se préparer pendant qu'elle faisait le café et en profita pour jeter un œil dehors en direction du pré. Par bonheur, les bêtes étaient toujours là.

Faire l'amour avec Kate avait été une expérience extraordinaire. Kate était extraordinaire. Et ce n'était pas que sexuel. Quelque chose d'autre s'était produit. Il avait changé, comme si une fêlure en lui avait été réparée. Sauf qu'il avait beau chercher, il ne voyait pas ce qui avait pu provoquer une telle fêlure. Il avait un métier passionnant, une vie pleine d'agréments à Palm Beach… Il espérait juste que les choses restent ainsi. Avec Kate. S'il percevait une seule once de regret dans ses yeux, cela le tuerait.

Il avait déjà assez à faire avec sa propre conscience. Il s'était juré de ne pas profiter d'elle et le lui avait juré, mais n'avait pas tenu parole. Certes, elle l'avait cherché, poussé dans ses retranchements, même, en lui brandissant la menace de Brad, sans parler de son numéro d'exhibitionnisme qui l'avait rendu fou. Pourtant toutes ces circonstances n'atténuaient en rien une réalité difficile à admettre : il avait été d'une monstrueuse hypocrisie.

Enfin, cela ne servait à rien de ressasser. Ce qui lui était arrivé était bien mérité et ce n'était pas la culpabilité qui allait lui gâcher cette magnifique matinée.

Il ouvrit grands les rideaux pour voir derrière les écuries, là où les chevaux avaient l'habitude de brouter autrefois. L'herbe y était encore bien verte, mais on n'était qu'au début de l'été et les pousses n'avaient pas encore été brûlées par les rayons du soleil estival.

Il pouvait déjà distinguer des taches jaunes çà et là, signe d'un manque d'eau. D'ici à un mois, le paysage ressemblerait à un champ de paille. Sauf s'il retroussait ses manches pour réparer le système d'irrigation. C'était curieux, mais il se sentait encore chez lui ici. Pourtant, il n'avait pas travaillé au ranch depuis dix ans et n'avait aucune idée de ce qui pouvait fonctionner encore ou pas. Certains équipements avaient été revendus, mais le tracteur était toujours là, de même que deux quads et la plupart des outils. Il se souvint du jour où, trois ans plus tôt, il avait persuadé son père d'acheter un quad pour rassembler le troupeau. Son père lui avait ri au nez, mais avait fini par admettre qu'il était trop vieux pour couvrir l'étendue à cheval.

Un aveu que le vieil homme avait fait sans l'ombre d'un reproche. Ne l'avait-il pas d'ailleurs toujours encouragé à vivre sa propre vie ? Pourtant, ce jour-là, pour la première fois, Mitch s'était senti coupable. A l'époque, il y avait encore des employés au ranch — trois vachers qui avaient toujours travaillé pour les Colter. Pourtant le fait de savoir son père entouré n'avait pas suffi à apaiser son sentiment de culpabilité, lequel n'avait pas suffi non plus à le faire revenir au ranch.

La vérité c'était que, pour ne plus se sentir coupable, il avait espacé les visites.

— Hé ho !

C'était la voix de Kate qui l'appelait du rez-de-chaussée. Il prit ses bottes à la main. Elle l'attendait en bas, une main sur la hanche et l'autre tenant une tasse de café.

— Si tu veux ton café, je te conseille de descendre parce que je n'ai pas l'intention de remonter là-haut.

— J'attendais que tu viennes me servir au lit.

Elle sourit.

— T'as jamais essayé d'arrêter la caféine.

— Tu es drôlement bougonne quand tu n'as pas assez dormi, dis donc, dit-il en l'attrapant par la taille une fois en bas des marches.

Elle retint son souffle, écartant la tasse de café pour ne pas se brûler.

— Tu veux renverser la tasse ou quoi ?

Pour unique réponse, il lui colla ses lèvres contre les siennes et l'embrassa de sa bouche goulue.

— Bonjour, madame, lui murmura-t-il dans la bouche.

Elle soupira.

— Si tu espères m'amadouer...

Le bruit d'une portière qui claque les surprit et les fit se séparer. Ils restèrent là un instant à se regarder, puis elle le suivit jusqu'à la fenêtre de la cuisine. Il n'ouvrit pas les rideaux, mais les écarta juste assez pour voir sans être vu.

Il lâcha un soupir agacé en identifiant le visiteur.

— Qu'est-ce qu'il peut bien vouloir encore ?

— C'est qui ?

— L'agent immobilier.

Kate baissa les yeux sur ses pieds en chaussettes.

— Tu ferais mieux d'enfiler tes bottes, dit-elle en chaussant les sandales qu'elle avait laissées à côté de la porte.

— De toute façon, je ne réponds pas, dit-il en voyant l'homme s'approcher.

— Ton camion est juste là.

— Eh bien, comme ça, il finira peut-être par comprendre qu'il n'est pas le bienvenu ici.

— Si tu n'ouvres pas, il reviendra.

Mitch savait qu'elle avait raison. Il savait aussi que sa haine envers cet homme était disproportionnée, mais cela ne l'empêchait pas d'avoir envie de le mettre dehors à coups de pied dans les fesses.

Il enfila ses bottes, puis alla ouvrir la porte lorsqu'il entendit frapper pour la seconde fois. L'homme était en train de regarder vers le pré, mais tourna la tête en entendant la porte s'ouvrir.

— Vous vous souvenez de moi ? Levi Dodd ! dit-il à Mitch avant d'enlever son chapeau en voyant Kate arriver. Quelle chaleur ! s'exclama-t-il en s'essuyant le front avec un mouchoir qu'il venait de sortir de sa poche.

— Que me voulez-vous ? demanda Mitch en croisant ses bras sur sa poitrine.

Kate lui donna un discret coup de coude, sans doute pour l'inciter à le faire entrer, mais il n'était pas question de laisser ce rapace mettre un pied chez lui.

Comme il s'entêtait à le laisser dehors, elle s'approcha de lui et colla sa poitrine contre son bras pour lui pincer la peau du dos.

— Entrez, Dodd, finit par proposer Mitch avec une mauvaise grâce manifeste.

— Nous étions justement en train de boire le café. Je vous en sers une tasse ? proposa Kate pour rattraper le coup.

— Non merci, m'dame, mais c'est gentil de proposer.

En bon professionnel, l'homme balaya des yeux les murs jaune clair et le plancher en chêne avant de poser son regard sur la rampe d'escalier sculptée à la main.

— Bel endroit ! Vos parents ont bien entretenu la maison. De quand elle date ?

Mitch aurait voulu que Kate les laisse seuls pour ne pas avoir à essuyer son regard désapprobateur lorsqu'il le mettrait une fois pour toutes dehors.

— Elle n'est toujours pas à vendre, monsieur Dodd. D'ailleurs, j'espère que vous avez une autre raison pour venir m'importuner ici.

Le visage de Dodd prit une teinte cramoisie et Mitch eut le sentiment que ce n'était pas à cause de la chaleur.

— Je comprends votre réticence, Mitch. Croyez-moi, je comprends tout à fait.

Il s'interrompit pour le regarder en secouant la tête d'un air de regret.

— Toutefois, j'espère que vous comprendrez à votre tour que je doive téléphoner à votre père. Après tout, c'est lui le propriétaire. Et puis, si l'endroit reste ainsi à l'abandon, il va perdre de sa valeur. Et ce ne sont pas les quelques bêtes que vous avez ramenées qui vont y changer quelque chose.

Mitch sentit la moutarde lui monter au nez.

— Faites ce que vous avez à faire, Dodd, mais en attendant, sortez d'ici, s'exclama-t-il en évitant de croiser le regard de Kate.

L'homme parut surpris et un éclair rageur assombrit son visage. Il fourra son mouchoir dans sa poche et reposa son chapeau sur sa tête avec sa lenteur habituelle. Ses lèvres esquissaient un sourire narquois en complet décalage avec sa bonhomie apparente.

— Bonne journée.

Mitch attendit que l'homme soit sur le seuil pour claquer la porte.

— Fils de p…

— Je sais que c'est pas facile à entendre, dit Kate en passant son bras autour de sa taille. Moi aussi, j'ai eu envie de l'étrangler la semaine dernière quand il a demandé si le Sugarloaf était à vendre. Mais si c'est trop pour tes parents, il faudra bien que tu acceptes l'idée que l'argent qu'ils pourront tirer du ranch est peut-être plus important pour eux.

— J'ai de l'argent, moi, s'ils en ont besoin. J'ai fait de bons placements.

— D'accord, mais il n'empêche que le ranch ne va pas tourner tout seul.

Le cœur de Mitch se mit à tambouriner dans sa poitrine.

— Je suis là, moi.

Elle fit un pas en arrière et lui fit de gros yeux étonnés.

— Qu'est-ce que tu veux dire ?

Il ne savait pas ce qu'il voulait dire. Il ne savait même pas ce qu'il disait, alors ! Il détourna les yeux et se passa une main dans les cheveux.

— Mitch, qu'est-ce que tu veux dire ?

S'il avait seulement su lui-même...

15

Une semaine après qu'ils avaient fait l'amour pour la première fois, Kate s'était rendue à l'évidence : s'il y avait une leçon à tirer de sa relation naissante avec Mitch, c'était qu'il fallait qu'elle apprenne à être patiente. De toute façon, elle n'avait guère le choix. C'était soit ça, soit elle devait le harceler pour qu'il réponde à ses questions. Et encore, sans garantie de résultat. Pourtant des questions, elle n'en avait pas tant que ça. Il y en avait surtout une qui la taraudait : quand est-ce qu'il envisageait de retourner chez lui, en Floride ? Si elle avait été sûre d'obtenir une réponse franche et directe, elle lui aurait posé la question sans hésiter, mais de toute évidence, il n'était pas prêt à lui répondre et elle n'était pas sûre d'être prête à entendre sa réponse non plus.

Au fond d'elle, elle savait que les chances que Mitch revienne vivre au ranch pour de bon étaient minces. Et alors, quid de leur relation ? Car, il avait beau sembler déterminé à remettre l'exploitation sur pied, elle doutait qu'à long terme il se plaise ici. Il avait idéalisé son retour, sans doute en réaction à la perspective de voir la propriété familiale cédée à des étrangers, mais la dure réalité de la vie quotidienne au ranch allait vite le rattraper.

Elle imaginait déjà le choc qu'il allait vivre en passant d'une vie citadine, avec son confort, son argent facile et ses artifices, à une vie rurale de labeur quotidien. A croire qu'il avait oublié les raisons qui l'avaient poussé à se choisir une autre vie. Peu importait qu'il ait grandi dans un ranch, il n'avait pas l'âme d'un cow-boy et ne l'avait même jamais eue.

Un constat qui arrivait hélas un peu tard maintenant qu'elle en était amoureuse. En revenant au ranch, il avait mis une sacrée pagaille dans sa vie, transformant son amourette d'enfance en une histoire bien compliquée.

Elle lâcha un long soupir et poursuivit le rangement des assiettes dans le buffet, en faisant attention à l'étagère du milieu qui tenait mal. Il avait été trop occupé à l'extérieur pour terminer les réparations qui restaient à faire à l'intérieur. Elle avait fait ce qu'elle avait pu, mais n'étant pas très bricoleuse, elle s'était cantonnée à ranger et nettoyer la maison et acheter en ville les choses de première nécessité. La routine dans laquelle ils s'étaient installés était devenue si confortable qu'elle en était presque effrayante. Le matin, c'était courses et travaux, l'après-midi, sieste puis, au soleil couchant, ils faisaient l'amour avant de se relayer toute la nuit devant les moniteurs. Ils avaient fini par prendre cela comme un jeu, bavardant et rigolant comme deux adolescents jusqu'à l'aube, où ils se glissaient sous les draps et refaisaient l'amour. Ce petit train-train allait lui manquer.

A force de réfléchir à l'avenir de Mitch, elle avait aussi beaucoup réfléchi au sien. Elle n'avait toujours pas reparlé à Dennis, même s'il continuait de l'appeler tous les jours. Elle ne savait pas non plus si elle allait retourner enseigner au collège à la rentrée. Elle n'en avait pas très envie, en tout cas. Une partie d'elle-même aurait voulu laisser le Texas loin derrière elle, libre enfin qu'elle était de découvrir d'autres horizons. Oui, mais… si Mitch décidait de rester.

Elle avait déjà du mal à y réfléchir, alors quant à prendre une décision ! En attendant, il y avait une chose qu'elle pouvait faire : rappeler Dennis et lui dire ses quatre vérités. Elle sortit son téléphone de son sac et l'alluma. Quand on parle du loup, songea-t-elle en voyant qu'il venait de lui laisser un message.

Elle sélectionna son nom dans son répertoire en se disant qu'elle effacerait tous ses messages d'un coup dès qu'elle aurait raccroché.

— Kate ? C'est toi ?

Rien qu'au son de sa voix, elle sentit ses poils se hérisser.

— Oui.

— J'ai tout essayé pour te joindre. Pour t'expliquer.

— Tout sauf venir me voir en face, répondit-elle d'un ton glacial. Quant à tes explications, pas la peine de te fatiguer.

— Mais…

— Dennis, je n'en ai plus rien à faire de toi. En fait, je vais te dire, tu m'as même rendu service en me trompant. Alors, laisse-moi te rendre la pareille. Ne m'appelle plus. Plus jamais, tu entends ? C'est terminé entre nous et je n'ai plus rien à te dire. J'ai été assez claire ?

Dennis ne pipa mot. Du moins pendant les vingt secondes qui suivirent.

— Je voulais juste...

Alors, sans lui laisser le temps de terminer, Kate lui raccrocha au nez avant d'effacer son numéro et ses messages dans la foulée. Si elle avait imaginé le plaisir qu'elle éprouverait à lui dire ses quatre vérités, elle n'aurait pas attendu si longtemps. Et dire qu'elle s'était crue amoureuse de ce crétin. Même si Mitch partait le lendemain, elle lui serait à jamais reconnaissante de lui avoir montré ce que signifiait désirer un homme. Et être désirée par lui.

Elle entendit un bruit de moteur et vérifia l'heure sur l'horloge avant de se précipiter à la fenêtre. C'était Mitch. En partant, il lui avait dit qu'il reviendrait avec une surprise. Elle sortit en trombe de la maison et le rejoignit au moment où il descendait de son camion. Pas de son pick-up, non, mais du vieux Ford que ses parents utilisaient pour distribuer le foin.

— Et alors, ma surprise ? s'étonna-t-elle en le voyant les mains vides.

Il sourit.

— Monte. Je vais te montrer.

Méfiante, elle jeta un œil dans la vieille benne rouillée en montant sur le siège passager.

— Je croyais que tu allais revenir avec.

— C'est ce que j'ai fait, dit-il en enclenchant la marche arrière pour faire demi-tour.

— Mais où est ton pick-up ?

— Tu poses trop de questions.

— A ce stade, ce n'est plus une surprise, c'est un supplice, grommela-t-elle en balayant le paysage du regard.

Plus tôt, elle avait pensé à un cheval, mais elle n'avait vu aucune remorque. Quelle pouvait donc être cette surprise qui lui avait pris tout ce temps ?

— Tu étais où ?

— Tu verras. Sois patiente, dit-il en posant sa main sur sa nuque pour qu'elle se rapproche de lui.

C'est alors que quelque chose de brillant qui scintillait au loin du côté du ranch des McGregor attira son attention. Elle plissa les yeux, éblouie par le reflet du soleil sur ce qui devait être un objet en métal, mais celui-ci était trop loin pour qu'elle puisse deviner de quoi il s'agissait.

— Tu as vu ? demanda-t-elle, tout excitée.

— Quoi ?

Elle n'était pas dupe. Elle savait bien qu'il faisait l'innocent et le lui fit savoir par un froncement de sourcils.

— Allez, insista-t-elle, juste avant de voir qu'ils s'engageaient dans un petit chemin de terre qui semblait mener droit vers l'objet en question.

Elle se concentra sur le point à l'horizon et, au bout de quelques secondes, distingua une sorte de bande rouge. Il devait s'agir d'un petit engin...

— C'est un avion ou je rêve ?

— Non, non. Tu ne rêves pas, répondit Mitch en riant.

— Où est-ce que tu l'as eu ?

— Je l'ai loué.

— A qui ?

Il haussa les épaules.

— A quelqu'un.

— Non, sans rire, d'où il vient ?

— Ah toi, alors ! Quand tu as quelque chose dans la tête. Je suis allé en voiture jusqu'à Houston et je suis revenu en avion. Un ami m'a remorqué avec un avion de fret. C'est un vieux modèle, alors je l'ai loué pas cher pour deux jours.

Il gara le camion à distance respectable et Kate sauta à pieds joints dans l'herbe. Elle n'avait jamais volé dans un avion aussi petit et ressentait un mélange de peur et d'excitation.

— C'est un vieux modèle, c'est ce que tu as dit, n'est-ce pas ?

La sentant inquiète, il s'approcha d'elle par-derrière et l'attira contre son torse avant de déposer un baiser sur sa tête.

— Tu ne me fais pas confiance ?

Elle fit un tour sur elle-même entre ses bras et effleura ses lèvres de sa bouche.

— Quand est-ce qu'on décolle ?

— Maintenant. Sauf si tu as une meilleure idée, dit-il en collant son sexe dur entre ses fesses.

Elle lui donna un coup de coude.

— Mitch, tu es incorrigible.

Elle ne s'était jamais sentie aussi désirable que depuis qu'elle était avec Mitch. Dès qu'il était près d'elle, c'était comme s'il ne pouvait s'empêcher de la couvrir de caresses et de baisers. En même temps, leur relation était toute jeune et pour l'instant, secrète. S'il décidait de rester, son désir pour elle n'allait-il pas s'émousser ?

— Bon, on y va ?

— Je te suis, répondit-elle en s'efforçant de mettre de côté les doutes qui l'assaillaient.

— On va faire un premier vol et en profiter pour chercher un endroit pour pique-niquer demain. Ah oui, j'allais oublier...

Il sortit un sac à dos de son camion et le rangea dans un petit casier à l'arrière de l'avion.

— C'est quoi ?

— Ce que tu es curieuse, dit-il en l'aidant à monter à bord.

Une fois installée sur le siège en cuir bordeaux, elle attacha sa ceinture et parcourut le cockpit des yeux pendant que Mitch faisait le tour de l'appareil. L'intérieur était impeccable, tout en cuir et boiseries et à l'arrière, une banquette avec deux dossiers permettait d'accueillir deux autres passagers. Une fois installé au poste de pilotage, il boucla sa ceinture et enfila ses oreillettes, puis lui fit signe de mettre les siennes.

— C'est plus facile de parler avec ça sur les oreilles, expliqua-t-il tandis qu'il enclenchait des boutons sur le tableau de bord.

Il alluma le moteur, mais celui-ci tardant à démarrer, il fronça les sourcils.

— Tout va bien ? s'enquit-elle, un tantinet nerveuse.

— Comme sur des roulettes, finit-il par dire une fois que le moteur eut enfin démarré. J'ai juste oublié quelque chose.

— Ah oui ? Quoi ? fit Kate soudain alarmée.

— Des lunettes de soleil pour toi, dit-il en abaissant le pare-soleil qui se trouvait juste au-dessus de sa tête. Mais bon, le soleil est dans notre dos, alors, ça devrait aller.

L'hélice à l'avant de l'appareil se mit à tourner sur elle-même de plus en plus vite jusqu'à ce que ses branches deviennent invisibles.

— Parée ?

Elle fit oui de la tête et ce ne fut que lorsqu'il lui tapota la main pour la rassurer qu'elle se rendit compte qu'elle s'était agrippée à l'accoudoir comme si elle s'apprêtait à descendre les montagnes russes. Il lui sourit et chaussa ses lunettes d'aviateur avant de se concentrer sur le décollage, puis sans qu'elle ait eu le temps de réaliser, ils étaient dans les airs et elle put enfin souffler.

Elle n'avait jamais eu peur en avion et même, elle aimait bien ça. C'était juste qu'elle n'avait jamais eu l'occasion de voler dans un si petit appareil, mais l'assurance de Mitch l'aida à prendre confiance et à apprécier l'expérience. A tel point même que lorsqu'ils passèrent au-dessus de la rivière où elle avait autrefois l'habitude de promener son cheval, elle ne put s'empêcher de crier de joie, pour le plus grand plaisir de Mitch.

— Regarde un peu par là !

Entendant la voix de Mitch dans ses oreillettes, Kate tourna la tête dans la direction qu'il pointait du doigt.

— Ça fait partie de vos terres, ça, non ?

Kate se pencha pour regarder, puis acquiesça. Grâce à une source d'eau souterraine, l'écrin de verdure avec ses arbres et son petit point d'eau ressemblait à une véritable oasis au milieu d'un désert de champs.

— Ça fait bien longtemps que je n'y suis pas allée. Trop loin quand il fait chaud.

— Bel endroit pour pique-niquer.

Elle s'apprêtait à lui rappeler que le Sugarloaf abritait deux autres petits coins de paradis comme celui-ci, plus près du ranch, mais elle se ravisa, trop excitée à l'idée de l'intimité qu'ils pourraient avoir ici pour le faire changer d'avis.

Il lui prit la main et la porta à ses lèvres pour l'embrasser.

— On n'est pas obligés d'attendre demain.

— Mais... on n'a pas de pique-nique.

Un sourire malicieux éclaira son visage.

— Je pourrai te rassasier si tu as faim.

Elle rougit en repensant à leurs ébats du matin.

— Je préfère que tu gardes tes forces pour piloter.

Le rire de Mitch résonna dans ses oreillettes.

— C'est pas génial d'être en l'air comme ça ?

— C'est vrai que c'est sympa.

Ils passèrent ainsi près d'une heure à survoler les terres des McGregor, le Double R et le Sugarloaf, redécouvrant du ciel ce territoire où ils avaient grandi tous les deux. Il lui raconta ses anecdotes de pilote et ses souvenirs de vol au-dessus des Caraïbes.

Son enthousiasme faisait plaisir à voir. A n'en pas douter il était dans son élément. Il y avait même une espèce d'excitation sur son visage et dans le ton de sa voix qui rappelait à Kate le petit garçon qu'il était autrefois. Elle n'avait jamais vu Mitch aussi heureux et quelque part, cela la rendait triste car plus elle le voyait s'épanouir aux commandes de son avion, moins elle l'imaginait troquer son passionnant métier contre celui d'éleveur de bétail.

C'était une réalité difficile à accepter, même si, au fond, elle l'avait toujours su. Elle avait été stupide de croire ne serait-ce qu'un seul instant que Mitch reviendrait. Sa vie était ailleurs et elle allait devoir s'habituer à cette idée pour ne pas s'effondrer lorsqu'il repartirait.

Elle sentit l'avion virer et se cramponna aux accoudoirs.

— Quelque chose ne va pas ?

— Non. On rebrousse chemin.

— On rentre ?

Il secoua la tête et lui décocha son sourire le plus énigmatique.

Mitch était tout excité et pas seulement à cause de la nouvelle surprise qu'il réservait à Kate… mais par les perspectives que lui offraient ces vastes étendues de terres inutilisées. Il connaissait bien les McGregor et les Reynolds. Il était allé à l'école avec leurs enfants. C'étaient d'honnêtes gens qui n'avaient sans doute pas plus envie que lui d'abandonner leurs terres à un étranger, mais qui ne refuseraient pas de lui céder quelques parcelles s'il leur demandait. Car il voyait grand. S'il choisissait de rester et de reprendre le ranch en main, il voulait pouvoir le faire évoluer.

Il manœuvra pour poser l'avion aussi près que possible du coin arboré qu'il avait repéré. La descente avait rendu Kate nerveuse, mais il n'avait pas dit un mot. Après tout, c'était son premier vol dans ce genre d'appareils et après quelques autres, elle aurait l'habitude.

Une fois au sol, il récupéra son sac à dos dans le casier et lorsqu'ils eurent trouvé où s'installer, en sortit une couverture et une bouteille d'eau.

En le voyant faire, Kate, hilare, ne put s'empêcher de lui faire remarquer :

— Tu es démoniaque.

— Quoi, elle n'est pas bonne, mon idée ?

Elle s'assit au bord de la couverture et croisa les bras sur sa poitrine.

— Ce n'était pas demain qu'on était censés pique-niquer ?

Pour toute réponse, Mitch la saisit par les poignets et, ignorant son cri de surprise, la plaqua sur la couverture avant de murmurer, entre deux baisers :

— Aujourd'hui, c'est mission repérage.

Il la releva pour lui ôter son haut qu'il jeta dans l'herbe un peu plus loin. Elle portait un soutien-gorge qui s'ouvrait par le devant et il libéra ses seins en un rien de temps.

— Ce que tu es belle, murmura-t-il avant de baisser la tête sur son sein droit pour en aspirer le petit téton déjà dur pendant qu'elle cherchait à le débarrasser de son T-shirt.

Elle avait l'air impatiente et il prit d'autant plus de plaisir à lui résister tout en finissant de lui enlever son soutien-gorge.

— Et si quelqu'un nous voyait ? s'inquiéta-t-elle soudain, sans pour autant résister à l'envie de lui ôter son maillot.

— Il n'y a personne à des kilomètres. J'ai vérifié avant d'atterrir, la rassura-t-il en caressant sa joue de la pulpe de son pouce tout en espérant pouvoir tenir assez longtemps pour quelques préliminaires.

Car, malgré les apparences, il n'avait pas prémédité cette petite pause champêtre. Son intention première avait bel et bien été de trouver un endroit pour leur pique-nique du lendemain, mais la voyant si belle à ses côtés, sa magnifique crinière rousse sublimée par les rayons du soleil, il n'avait pas pu résister.

— Allonge-toi, lui dit-il.

Au lieu de s'exécuter, elle pencha la tête et lui mordilla un téton.

Il se débattit et elle recommença, déclenchant chez lui une irrépressible envie de la posséder sur-le-champ.

— Tu joues avec le feu, murmura-t-il en s'agrippant à ses avant-bras comme pour l'implorer d'arrêter.

Elle leva la tête juste assez pour lui donner à voir son petit sourire vainqueur.

— Des menaces, rien que des menaces !

— Ah oui ? fit-il de plus en plus excité.

— Eh bien alors, qu'est-ce que tu attends ? le défia-t-elle, tout émoustillée.

C'en était trop pour Mitch. Il plaqua sa bouche contre la sienne et la fit s'allonger sur la couverture, puis d'une main, il se mit à pétrir ses seins tandis que de l'autre, il la débarrassait de son short et de sa petite culotte en même temps. Une fois qu'elle fut nue, il recula pour mieux l'admirer. Elle était si attirante que c'était un miracle qu'il ait réussi à tenir jusqu'ici.

— Enlève ton jean, dit Kate.

Il ignora sa demande et lui écarta les cuisses. Surprise, elle eut un mouvement de recul, mais le laissa rouler sa langue sur le bout de ses seins. Il préférait ne pas ôter son pantalon tout de suite, mais avec elle, il n'arrivait pas toujours à garder le contrôle de la situation.

Il suça ses seins l'un après l'autre, puis fit courir sa langue jusqu'à son nombril avant d'enfouir sa tête entre ses cuisses et de poursuivre son chemin jusqu'à ses lèvres déjà humides. Sous la caresse de sa bouche, elle s'arc-bouta, levant ses hanches haut au-dessus de la couverture, et il passa sa main sous ses fesses pour mieux aplatir sa langue contre son sexe. Ainsi calée entre sa bouche et sa main, elle était à sa merci et il ne tarda pas à trouver son clitoris qu'il titilla avec malice, savourant sa douceur moite qui commençait à l'exciter plus que de raison.

— J'espère que tu as ce qu'il faut, dit-elle entre deux gémissements de plaisir.

Mince. Il avait pensé à l'eau et à la couverture, mais avait oublié l'indispensable : les préservatifs. Peut-être lui en restait-il dans son jean ? Quoique... Il n'allait pas l'abandonner maintenant, elle était près de jouir et il préférait encore sacrifier son plaisir au sien.

— Mitch, j'en peux plus.

Il n'en fallut pas plus à Mitch pour redoubler d'ardeur, jouant de sa langue avec juste ce qu'il fallait de pression pour faire monter son désir. Puis, la sentant au bord du gouffre, il se servit de son index pour la pénétrer. Ses gémissements s'intensifièrent et elle se cambra contre sa bouche. Quel dommage qu'il n'ait pu venir en elle.

Il resta là à l'accompagner, même lorsqu'elle fut prise de soubresauts et l'agrippa par les cheveux. Lorsqu'il la sentit satisfaite, il se retira d'elle et vint s'allonger à son côté. Elle avait encore le souffle court, mais entre deux spasmes, elle réussit à articuler :

— Tu veux me tuer ?

— Te faire mourir de plaisir, rectifia-t-il en posant sa main sur son sein.

— Tu as encore ton jean ?

— J'ai oublié les préservatifs.

Elle se tourna vers lui et posa sa main sur son sexe encore raide, puis s'humecta les lèvres avec un sourire gêné. Mitch sourit et sans lui laisser le temps de parler, l'embrassa d'un long et tendre baiser. Il n'avait jamais été égoïste en amour, mais il n'était pas un saint non plus, mais pour Kate, il était prêt à tous les sacrifices.

— Bon, on rentre ?

— Déjà ?

Mitch hocha la tête.

— Je sais que tu ne vas pas me croire, mais je n'avais pas prévu tout ça. La seule chose que j'avais prévue, c'était de t'emmener en pique-nique demain et de te prendre en dessert.

Elle lui pinça le bras.

— Aïe !

Ils rirent à l'unisson.

— Tu oses te plaindre ?

De nouveau, le même sourire embarrassé s'esquissa sur ses lèvres.

— C'est juste que...

— Allez, viens, dit-il en l'aidant à se relever avant qu'elle le persuade de changer d'avis.

Ils avaient volé du nord au nord-ouest et il restait un peu de territoire qu'il voulait survoler avant de rentrer au ranch. Il enfila sa chemise et l'aida à ramasser ses affaires tout en évitant du regard son corps nu. Tandis qu'elle se rhabillait, il replia la couverture, puis fit le tour de l'avion pour une vérification rapide des pneus et de l'hélice.

Quelques instants plus tard, ils étaient dans l'appareil et Mitch s'apprêtait à décoller.

— Je me sens déjà moins mal que tout à l'heure, dit-elle une fois que les roues eurent quitté le sol et qu'ils commençaient à s'élever dans les airs.

— Il faut dire que tu étais très nerveuse tout à l'heure.

— C'était la première fois que je volais dans un engin aussi petit.

— C'est sensationnel, non ?

— Incroyable.

— Passer mon brevet de pilote, c'est ce que j'ai fait de mieux dans ma vie.

Il tendit la main pour lui presser la cuisse.

— Ça te dit de continuer encore une heure ou deux ?

— Bien sûr ? Tu veux aller où ?

— A l'est, en direction du ranch des Kingston.

— Je crois pas qu'il se passe grand-chose par là-bas. Le vieux Kingston est décédé il y a deux ans.

— Oui, je sais. C'est pas mon premier choix, mais j'envisageais de proposer à Ida de lui racheter quelques parcelles.

Elle se figea et du coin de l'œil, le vit se tourner vers elle. Après un long silence, elle posa la question fatidique :

— Pour quoi faire ?

Sans doute avait-il été maladroit, mais c'était le seul moyen qu'il avait trouvé pour voir sa réaction en apprenant qu'il pouvait revenir pour de bon. Non pas que sa décision ait été prise. Loin de là. Et c'était d'ailleurs là où le bât blessait. Il choisit de rester factuel.

— Pour pouvoir être concurrentiel sur le marché, il faudrait que je m'étende. Il faudrait au minimum que je triple le cheptel, ce qui signifie embaucher du personnel et moderniser les équipements.

Il s'interrompit avant d'ajouter :

— C'est dire comme je suis prêt à sauter le pas.

— Tu l'es ? demanda-t-elle à demi-voix.

— C'est un sujet dont j'aimerais qu'on discute tous les deux si tu veux bien, dit-il avant de tourner enfin les yeux vers elle.

Au même moment, au sol, du mouvement attira son attention. Il se concentra sur l'homme qu'il venait de voir sortir d'une jeep vert olive arrêtée au milieu de nulle part.

— Qu'est-ce que ce type peut bien faire ici ?

Kate suivit son regard.

— On dirait le shérif, répondit-elle en même temps qu'elle remarquait un nuage de poussière plus loin, provoqué par un quad qui semblait se diriger dans la même direction.

Deux autres hommes approchaient à cheval. Le pilote du quad leur fit signe de la main. Mitch entama une légère descente mais, voyant que les cavaliers tournaient la tête en direction de l'avion, remonta le nez de l'appareil pour préserver son identité et celle de Kate. C'était moins une, mais au moins avait-il eu le temps de reconnaître le pilote du quad. C'était Brad et Mitch se demanda quel type de liens ce douteux cow-boy pouvait bien entretenir avec le shérif.

16

Si Mitch voulait l'embrouiller, il y avait réussi. D'abord, il lui avait fait comprendre qu'il n'aimait rien de plus au monde que piloter un avion, puis il lui avait laissé entendre qu'il avait dans l'idée de reprendre le ranch. Ou alors, il avait dit ça juste parce qu'il croyait que c'était ce qu'elle voulait entendre, auquel cas il devait la croire bien fragile pour penser que faire l'amour avec lui avait de quelque manière que ce soit pu changer ses attentes.

Et le pire, c'était qu'il avait raison. Car elle le voulait tout à elle, maintenant plus que jamais. Pour autant, elle n'avait eu aucune espèce d'exigence à son égard et s'était bien gardée de lui dévoiler ses sentiments profonds. Aucun besoin, donc, pour lui d'aller lui raconter des mensonges et encore moins de lui donner de faux espoirs... Parce que, oui, elle voulait qu'il revienne, mais plutôt mourir que de le lui avouer.

Ils rentrèrent au ranch, presque sans échanger un mot. Mitch était de toute évidence préoccupé par ce mystérieux rendez-vous entre le shérif et Brad et même si Kate n'avait pas eu vraiment l'intention de sortir avec lui, l'idée qu'il puisse être mêlé de près ou de loin à cette affaire de vols lui répugnait. Encore plus que celle que le shérif en personne soit impliqué. Toutefois, en dépit des apparences, Mitch et elle en étaient arrivés à la conclusion que cette rencontre secrète collait mal avec leurs hypothèses.

— Je devrais sortir avec Brad, suggéra-t-elle dès qu'ils furent montés dans le camion. Voir ce que je peux découvrir.

Il fronça les sourcils avant de se tourner vers elle d'un air stupéfait.

— Attention ! s'écria-t-elle en se cramponnant au siège en le voyant foncer tout droit sur un énorme cactus.

Il redressa le volant *in extremis*.

— J'espère que tu n'es pas sérieuse, car la réponse est non !

— *Primo*, c'est une bonne idée et *deuxio*, je ne suis pas en train de te demander la permission.

— Allons, un peu de bon sens, Kate, rétorqua-t-il agacé. Brad ne va rien te révéler. S'il est impliqué, c'est lui qui va chercher à te soutirer des informations.

Elle leva le menton, cherchant quelque chose à répliquer, mais aucun argument ne lui vint à l'esprit. Sa remarque l'avait blessée. Certes, elle n'était pas une bombe, mais était-il si difficile pour lui de penser que Brad ait pu l'inviter juste parce qu'elle lui plaisait ?

— Hé, je ne voulais pas dire ça, dit Mitch, voyant qu'elle était vexée.

— Et que voulais-tu dire ?

— Kate, je suis désolé. Je sais que ce n'est pas une excuse, mais je suis sur les nerfs.

Il tendit sa main vers la sienne et elle le laissa la lui prendre et la porter à ses lèvres pour y déposer un baiser. Ils roulèrent ensuite en silence, tout le temps du trajet jusque chez Mitch. Lui était plongé dans ses pensées et elle, n'arrêtait pas de repenser à cet air épanoui qu'il avait lorsqu'il pilotait un avion. C'était ça, son monde. Cela crevait les yeux.

A l'intérieur du camion, elle manquait d'air et à peine furent-ils arrivés qu'elle en descendit pour prendre une bonne bouffée d'oxygène. Mitch était ailleurs et n'avait pas remarqué son changement d'humeur. Il s'était excusé et devait penser que l'incident était oublié. Elle le lui avait laissé croire en tout cas.

— Je vais faire ce que j'aurais dû faire il y a quinze jours quand je suis arrivé, dit-il en sortant son téléphone de sa poche. Me renseigner sur ce shérif.

— Bonne idée. Je t'aiderai, si tu veux... à mon retour.

Ils avancèrent jusqu'au porche et elle évita son regard lorsqu'il lui ouvrit la porte.

— Ça fait des jours que je ne suis pas rentrée à la maison et j'ai deux ou trois trucs à récupérer là-bas.

En réalité, ce qu'elle aurait voulu, c'était passer une nuit seule sans lui pour prendre le temps de réfléchir, mais il avait besoin d'elle cette nuit pour la surveillance.

— Pas de problème, dit-il en la sondant du regard. Prends ton temps.

— Je peux ramener à dîner si tu veux, mais je ne compte pas revenir avant la nuit tombée.

Il devait avoir senti que quelque chose n'allait pas car il demanda :

— Tout va bien ?

Elle fit oui de la tête.

— Je suis juste fatiguée.

— Pourquoi tu ne restes pas dormir chez toi cette nuit ? suggéra-t-il en écartant la mèche de cheveux qui lui barrait la joue. Je préférerais t'avoir avec moi, mais au moins, tu pourrais te reposer.

— Et comment tu vas faire cette nuit ?

— Ne t'inquiète pas. Je commence à avoir l'habitude des nuits sans sommeil, la rassura-t-il avec un sourire complice.

— C'est vrai, acquiesça-t-elle.

Il avait l'air de ne pas avoir envie qu'elle parte. Pourtant, il lui donna un rapide baiser avant de la tourner vers sa voiture, comme pour se débarrasser d'elle. Les réactions de Mitch n'étaient pas toujours faciles à interpréter, mais elle se rassura en se disant que les siennes aussi devaient parfois lui paraître obscures.

Au volant de sa voiture, Kate sentait le soleil lui cuire le bras à travers la vitre. Elle avait mal choisi le moment pour rentrer chez elle. Non seulement le soleil brûlait, mais il était assez bas pour l'éblouir même avec ses lunettes de soleil. La climatisation était à fond et elle était en train de monter le volume de la musique, lorsqu'elle aperçut un gros nuage de poussière un peu plus loin devant elle.

Elle ralentit et vit le nuage prendre la direction de la maison des Barker. Une ruine perdue au milieu de nulle part et inhabitée depuis plus de trois ans. Elle éteignit aussitôt la musique et la climatisation et crut entendre un bruit de moteur venant de la même direction. Bizarre. Qui pouvait bien s'aventurer sur cette route de terre ? Ce devait être un 4x4 ou un quad. Ou alors, c'étaient des jeunes qui s'amusaient. Elle espérait que non. Car l'endroit n'était pas sûr, avec tout ce barbelé qui jonchait le sol de la propriété. Elle le savait parce que les Barker avaient demandé à Clint et Joe de surveiller l'endroit après que des jeunes s'étaient blessés en venant chahuter dans le coin.

Par curiosité, elle s'arrêta sur le bas-côté pour essayer d'identifier le véhicule au moment où il tournerait. Le soleil était à sa gauche et l'espace de quelques secondes, elle crut apercevoir un quad rouge. De la même couleur que celui que conduisait Brad plus tôt. Cela ne voulait pas dire que c'était encore lui dessus. Des quads comme celui-là, chaque ranch en avait au moins un, à commencer par le Sugarloaf. C'était dire si le modèle était répandu. Cependant, cela ne suffit pas à dissiper le sentiment de malaise qui commençait à l'envahir et qui atteignit son apogée lorsque, dans son rétroviseur, elle vit une berline bleue ralentir derrière elle pour prendre un chemin qui menait comme par hasard juste chez les Barker.

Cette voiture, elle l'avait reconnue, c'était celle de Levi Dodd, l'agent immobilier. Pas le genre de voiture adaptée à ce type de route. Fallait-il en conclure qu'il suivait le quad ? Ou peut-être allait-il juste le rejoindre ?

Prenant soudain conscience de l'état de tension dans lequel elle se trouvait, elle prit un moment pour souffler et reprendre ses esprits. Elle ne pouvait pas se permettre de les suivre sans risque de se faire voir. Qui plus est, elle n'était pas certaine qu'il s'agisse bien de Brad et de Dodd. Et si elle appelait Mitch ? Non, il était occupé à se renseigner sur le shérif. Et puis, quand bien même il partageait les mêmes soupçons, cela ne l'avancerait pas beaucoup. Ce qu'elle savait, c'était que les Barker avaient décidé de vendre eux aussi et que Brad avait semblé intéressé. Quant à Dodd, il avait forcément reconnu sa voiture avant de tourner et s'il avait quelque chose à cacher, il aurait sans doute été plus prudent.

Elle se frotta le menton, s'efforçant d'organiser ses pensées et de définir la meilleure marche à suivre. En quoi Brad pouvait-il être lié en même temps au shérif et à Levi Dodd ? Mitch était en train d'enquêter sur le shérif et donc, si Brad et le shérif se connaissaient, il allait sans doute le découvrir. C'était plus la relation entre l'agent et les deux hommes qui l'intriguait et, pour éclaircir ce mystère, elle avait déjà sa petite idée. Tout ce dont elle avait besoin, c'était d'un ordinateur.

Elle jeta un œil en direction de la propriété des Barker où la poussière était retombée et vérifia dans son rétroviseur avant de quitter le bas-côté. Ce Levi Dodd, était-il de Houston ou de Dallas ? Elle ne s'en souvenait plus, mais elle n'allait pas tarder à le savoir. De toute façon, dans un cas comme dans l'autre, c'était bien la première fois qu'elle voyait un agent venir de si loin. Et même venir tout court. Car dans la région, les gens avaient toujours été attachés à leurs terres. Toujours, jusqu'à cette histoire de vols.

Elle sentit son cœur s'emballer face à l'évidence. Etait-il possible que les vols n'aient été qu'un moyen pour pousser les propriétaires au bord de la ruine à abandonner leurs terres ? Elle appuya sur l'accélérateur, pressée d'en savoir plus sur ce Levi Dodd qui, elle en avait le pressentiment, était la clé du mystère.

Mitch se frotta les yeux, vérifia les écrans, puis scruta la nuit noire par la fenêtre. Il aurait dû tirer les rideaux il y avait plus d'une heure déjà, mais il avait oublié, obnubilé qu'il était par Kate. Quelques heures qu'ils s'étaient quittés et elle lui manquait déjà. Il aurait aimé pouvoir partager avec elle les informations qu'il avait trouvées... ou plutôt l'absence d'informations. Car, il fallait bien l'admettre, il avait fait chou blanc. De même que son contact au FBI, une femme qui lui devait un service. Et pourtant, ils étaient remontés dans le passé du shérif jusqu'au jour de son baccalauréat, mais à l'évidence, l'homme était blanc comme neige. Dans toute sa carrière, il n'avait travaillé que dans un seul autre comté et son supérieur d'alors, qui n'avait pas tari d'éloges sur lui, avait été désolé de le voir partir. Quant à sa mutation, elle avait été, semble-t-il, motivée par le fait que sa femme était malade et qu'il avait décidé, pour plus de commodité, de se rapprocher de sa belle-famille qui habitait Houston.

Bref, l'homme avait tout du citoyen modèle. Du moins sur le papier. Quant à Brad, l'enquête n'avait rien donné non plus. Il était né au Texas et y avait toujours vécu, enchaînant les petits boulots depuis sa majorité.

Autrement dit, pas de quoi fouetter un chat, bien au contraire, mais Mitch n'était pas rasséréné pour autant. Et cela n'avait rien à voir avec son antipathie pour le shérif ni même avec le fait que Brad ait tourné autour de Kate. Non, c'était plutôt ce rendez-vous mystérieux entre les deux hommes en rase campagne qui lui semblait louche.

Il posa les yeux sur son portable. Il était placé sur la table à côté du moniteur et donc, si quelqu'un avait appelé, il ne pouvait pas l'avoir manqué. Il saisit tout de même le téléphone, des fois que le bip d'un texto aurait échappé à sa vigilance. Hélas, sans surprise, il n'y avait pas de messages, ni de Kate, ni de personne d'autre d'ailleurs, mais le simple fait d'en avoir la confirmation le déprima. L'espace d'un instant, il faillit l'appeler, mais il se ravisa. Il s'était promis de ne pas la déranger.

Car il l'avait bien compris, il était pour quelque chose dans sa décision subite de rentrer chez elle. Il l'avait une fois de plus blessée en voulant lui imposer son point de vue et en insinuant que Brad ne pouvait vouloir autre chose que se servir d'elle. Or, que ce dernier ait été impliqué ou non dans les vols, Mitch était bien placé pour savoir qu'il y avait des tas de raisons pour lesquelles un homme pouvait rechercher la compagnie d'une femme aussi extraordinaire que Kate. Et elle aurait dû le savoir elle aussi. Sauf qu'à l'évidence, son ego ne s'était pas encore remis de la blessure que lui avait infligée la tromperie de Dennis.

Pourtant, même si Mitch s'en voulait d'avoir été aussi maladroit avec elle, il était surtout inquiet. Préoccupé même que la soudaine distance de Kate puisse avoir quelque chose à voir avec son projet de reprendre le ranch de ses parents. Peut-être se sentait-elle étouffée ou alors craignait-elle qu'il s'attende à ce qu'elle abandonne sa carrière, ses projets d'avenir pour lui ?

Difficile de se mettre à la place de Kate quand lui-même ne savait pas toujours où il en était. C'était d'ailleurs symptomatique de constater que quelques heures sans elle avaient suffi à ce qu'il y voie plus clair. Il voulait son bonheur et il la voulait aussi à ses côtés. Ce fut sur ce constat qu'il entendit qu'on frappait à la porte. Il regarda en direction des écrans de télésurveillance. Rien à signaler. Il se leva pour jeter un œil par la fenêtre qui donnait sur l'allée. Pas de voiture. Pourtant quelqu'un était là. Oui, mais qui ? S'il avait fait un tant soit peu son boulot, il le saurait. Génial ! Pour quelqu'un qui disait avoir l'habitude de veiller, il commençait bien sa nuit de surveillance. Il se précipita dans l'escalier pour aller ouvrir la porte.

— Kate !

— J'ai une piste, dit-elle en lui passant sous le nez, son ordinateur portable dans les bras.

Il était si heureux de la voir qu'il n'avait même pas entendu ce qu'elle venait de lui dire.

— Kate, je te dois des excuses.

— Je crois que je sais qui se cache derrière tous ces vols, poursuivit-elle en se dirigeant droit vers l'escalier sans prendre le temps de l'écouter. Il ne faut surtout pas relâcher la surveillance.

Il la suivit jusqu'en haut et jeta un œil aux écrans, puis il tira les rideaux et vint s'asseoir à côté d'elle sur le bord du lit pendant qu'elle tapotait sur le clavier de son ordinateur.

— Alors, tu me racontes ? demanda Mitch, impatient de savoir ce qu'elle avait découvert.

— Ce que j'ai trouvé n'a rien à voir avec les vols. En fait, si, mais les vols ne sont qu'un moyen, pas une fin. L'enjeu, ce sont les terres.

Elle leva les yeux de son écran d'ordinateur et poursuivit :

— Dodd rachète des ranchs abandonnés pour une entreprise du nom de West End Minerals, ou du moins, selon la version officielle, il est en charge des achats.

— Est-ce que le shérif et Brad sont impliqués ?

— Je ne sais pas. Peut-être qu'ils travaillent pour Dodd à repérer les ranchs les plus vulnérables ou à organiser les cambriolages. En tout cas, ce que je sais, c'est que la West End a tout racheté dans le coin et qu'elle a fait un malheur sur le charbon et le cuivre récemment.

Elle fit une pause puis, après deux ou trois clics :

— Regarde, dit-elle en affichant un graphique qui étayait ses dires avant de basculer sur une liste de titres de propriété.

La West End Minerals avait sacrément investi dans la région, songea Mitch à qui Kate présentait maintenant une carte de la région indiquant des zones riches en minerai au nord et à l'ouest.

Mitch haussa les épaules.

— Ça ne colle pas. Nous sommes trop au sud pour le charbon et trop au nord pour le cuivre.

— Des gisements ont aussi été trouvés dans cette zone, expliqua-t-elle en pointant un endroit sur la carte. Je crois qu'ils spéculent. Et si ce que t'a dit le shérif est vrai, les voleurs ont bougé au nord.

Elle déplaça son doigt sur la carte pour lui montrer des gisements de charbon.

— Ça se tient, non?

— Oui, mais si ça se trouve le shérif a dit ça juste pour me balader. Enfin, ça ferait quand même beaucoup de coïncidences, songea Mitch tout haut avant de lui demander : Mais dis-moi, qu'est-ce qui t'a mise sur cette piste?

— J'ai vu Dodd rejoindre Brad en rentrant chez moi tantôt. Enfin, je crois avoir reconnu Brad et je suis presque sûre que c'était Dodd. Toujours est-il qu'ils se dirigeaient tous les deux vers la maison des Barker.

— Bon sang, Kate, tu aurais pu...

— Ne t'avise pas de continuer, dit-elle en le fusillant du regard.

C'était la première fois qu'il la voyait aussi pâle.

— Tu as raison, dit-il pour ne pas la froisser. Je suis désolé.

Il s'était excusé, mais au fond, il avait trouvé sa réaction un peu exagérée. Pour le coup, il n'était pas en train de jouer les grands frères, il était juste inquiet à l'idée des risques qu'elle avait pris.

— Quoi? fit-il en la voyant regarder par-dessus son épaule.

— Il y a quelqu'un.

Mitch se retourna aussitôt. Elles n'étaient pas faciles à distinguer dans la nuit noire, mais il y avait bien deux silhouettes d'hommes à côté des bêtes.

— Appelle Joe, dit-il en attrapant la carabine qu'il avait posée à côté de la porte au cas où. Dis-lui de venir avec du renfort, mais sans le shérif.

Il fut surpris de la voir sortir de la chambre avec lui. Il espérait qu'elle l'avait bien entendu mais comme, arrivé à la moitié de l'escalier, elle était toujours derrière lui, il jeta un œil par-dessus son épaule et vit qu'elle tenait une carabine.

— Qu'est-ce que tu fais? demanda-t-il en s'arrêtant pour lui bloquer le passage. Laisse tomber, tu n'iras pas plus loin.

— On va voir ça, dit-elle en essayant de forcer le passage. Je suis bonne tireuse et tu as besoin de moi.

— Ce dont j'ai surtout besoin, c'est de te savoir en sécurité, s'exclama-t-il en lui agrippant le bras. S'il te plaît, Kate.

— Et moi j'ai besoin d'être là pour te soutenir, rétorqua-t-elle en soutenant son regard.

Il ravala sa salive. Elle choisissait bien mal son moment pour revendiquer son indépendance.

— O.K., on perd du temps.

Ils prirent la voiture de location de Mitch, plus discrète que son vieux camion. Il en abaissa les vitres pour mieux entendre les bruits alentour et roula les phares éteints, ce qui compliquait quelque peu la navigation. Tandis qu'ils roulaient en direction des enclos, elle appela Joe en renfort en lui demandant de ne pas prévenir le shérif.

Le silence tendu qui régnait dans l'habitacle fut bientôt rompu par le bruit du bétail qu'on déplace. Comme ils approchaient, Mitch vit les hommes chargeant le bétail dans un gros fourgon à bestiaux. Ils travaillaient vite et en silence. Il coupa aussitôt le moteur, laissant la voiture rouler quelques mètres pour l'arrêter juste devant le fourgon. Au moment où il faisait signe à Kate qu'il allait descendre, il remarqua un autre homme, posté à côté du camion. A deux contre trois, la situation devenait compliquée.

Il ne voulait pas que Kate sorte de la voiture. Si ces types étaient armés, ils allaient tirer dans le tas, peu importait qu'elle soit une femme. Pourtant, il savait qu'à ses yeux à elle, il y avait beaucoup plus en jeu que sa sécurité. Un sentiment d'impuissance l'envahit. Il fallait qu'il se reconcentre. Ils avaient encore quelques minutes devant eux, le temps que dure le chargement des bêtes. Restait à espérer que Joe arriverait au bon moment.

Il resta immobile et fit signe à Kate de ne pas bouger. Elle acquiesça. Après cinq bonnes minutes, il entendit un des hommes demander :

— C'est le dernier ?

Un autre répondit que oui et Mitch reconnut sa voix. Il fallait passer à l'action, sans plus tarder. Il donna le signal à Kate et ils ouvrirent chacun leur portière en veillant à être le plus discrets possible. Il sentait des gouttes perler sur ses tempes et dut se retenir de tourner les yeux vers Kate. La voir avec une arme à la main était au-dessus de ses forces. De toute façon, il n'avait d'autre choix que de la laisser faire, car elle était si déterminée que s'il s'interposait, c'était lui qui risquait de se prendre une balle dans le ventre.

Il lui fit signe de longer le fourgon par-derrière. Ils devaient les prendre par surprise, à commencer par celui qui avait monté la garde car lui tenait son arme à la main, mais au moment où Mitch s'apprêtait à le mettre en joue, il entendit la voix de Kate de l'autre côté du fourgon :

— Laisse tomber !

Surpris, l'homme qui tenait le pistolet se retourna vers elle et Mitch en profita pour le désarmer d'un coup de pied dans la main. Le plus grand des trois hommes surgit à son tour et elle pointa sa carabine vers lui. C'était Brad.

— Pas un geste ! le menaça-t-elle avec une fermeté au moins équivalente à celle avec laquelle elle tenait son fusil braqué sur lui.

Mitch vit le troisième larron prendre la poudre d'escampette, et celui qu'il venait de désarmer profita de son inattention pour essayer de récupérer son arme. Le sang de Mitch ne fit qu'un tour et il lui décocha un coup de pied dans le ventre qui envoya le malappris au tapis, sans connaissance.

— Et le troisième ? dit Kate qui tenait toujours Brad en joue.

— Il est déjà loin, répondit ce dernier, dépité.

Mitch ramassa son pistolet et le fourra sous la ceinture de son jean, prêt à se lancer à sa poursuite, au moment même où Joe arrivait à la rescousse, accompagné de trois hommes du Sugarloaf et suivi de près par le shérif et son adjoint.

— Putain, Joe ! fit Mitch en braquant son arme sur le shérif.

— Mitch, ce n'est pas ce que tu crois, dit Joe en baissant le canon de son arme. Kate, toi aussi, baisse ton arme !

Elle s'exécuta et le shérif s'avança vers Brad.

— Alors, c'est bon ?

— Pour confondre Dodd, oui, mais c'est tout. Il n'y a plus qu'à prier pour qu'il passe aux aveux.

— Je peux savoir ce qui se passe ? demanda Kate en se tournant vers son frère.

Brad lâcha un long soupir et se tourna vers Kate.

— Texas Ranger Jake Malone, m'dame.

Et d'ajouter, avec un clin d'œil :

— A votre service.

Lorsque Mitch et Kate se retrouvèrent enfin seuls, il faisait déjà presque jour. Après le départ du shérif et de son adjoint, remontés comme jamais contre Mitch d'avoir interféré dans leur plan, elle avait fait du café pour Joe et les employés du Sugarloaf. Jake et les deux autres Texas Rangers appelés en renfort n'étaient pas restés. Ils avaient d'autres arrestations à faire, à commencer par celle de Levi Dodd.

Cela faisait un moment que Malone et Harding le suspectaient, mais ils espéraient qu'avec l'infiltration de Jake, alias Brad, au sein de la bande des voleurs, ils pourraient rassembler les preuves suffisantes pour remonter à la source et incriminer les dirigeants de la West End qui avaient engagé Dodd pour acquérir des terrains. Par tous les moyens.

— Tu as vu la tête que faisait Harding, dit Mitch en rapportant les tasses vides. On aurait dit qu'il voulait me tuer. Jake m'a dit que quand ils ont vu l'avion, ils ont tout de suite su que c'était moi.

— Dans ce cas, ils auraient dû te prévenir, dit Kate en lâchant les tasses dans l'évier plein d'eau, de nouveau nerveuse maintenant qu'ils se retrouvaient seuls tous les deux.

Elle avait quelque chose à lui dire, mais elle n'était pas sûre qu'il ait envie de l'entendre.

— Et c'est reparti ! dit Mitch en l'enserrant dans ses bras musclés.

— Hé, j'ai les mains toutes mouillées, répondit-elle en enroulant ses bras autour de son cou. Qu'est-ce que tu voulais dire quand tu as dit que c'était reparti ?

— C'est vrai que tu as les mains bien mouillées, dit-il en lui embrassant le bout du nez. Tu prends ma défense, tu ne peux pas t'en empêcher.

— Ah bon ? fit-elle en baissant les yeux. Et, ça pose un problème ?

— Non, c'est normal quand on s'aime.

Elle sentit son cœur s'emballer. Il avait bien dit « quand on s'aime ».

— Oui, finit-elle par acquiescer, les jambes en coton. Je suppose que tu as raison.

— Ça veut dire que, moi aussi, je peux avoir envie de te défendre et de te protéger…

Oh ! Il valait mieux qu'il ne décide pas d'un seul coup de la lâcher car elle risquerait de s'effondrer comme un crêpe.

— Sans que cela signifie que je me prenne pour ton frère.

Elle rit en sentant ses joues s'empourprer.

— J'espère, en effet.

Le visage de Mitch redevint tout à coup sérieux.

— Tu veux savoir la chose la plus difficile que j'ai faite dans ma vie ? Te laisser sortir d'ici avec un fusil à la main.

Comme il la regardait droit dans les yeux, elle sentit une boule monter dans sa gorge et elle murmura :

— Je sais, Mitch et je t'en remercie.

— Je veux te savoir en sécurité, Kate, et heureuse.

Il s'interrompit avant d'ajouter :

— Et je veux aussi revenir m'installer ici, mais je ne voudrais surtout pas que ça te perturbe dans ta vie.

Elle s'éclaircit la gorge, craignant que les mots qu'elle s'apprêtait à prononcer ne soient étouffés par son émotion.

— Moi aussi, je veux te savoir heureux, mais le fait est que je doute que tu le sois en revenant vivre ici.

Il allait protester, mais elle secoua la tête.

— Quand je t'ai vu hier aux commandes de cet avion, que j'ai vu l'excitation dans tes yeux et dans ta voix lorsque tu m'as parlé de tous ces endroits magnifiques que tu as survolés, je…

— Attends, Kate, je n'ai jamais dit qu'en m'installant ici, j'allais abandonner tout ce que j'aime dans la vie. C'est même tout le contraire… Et puis, ma décision n'a rien d'un coup de tête, ça fait un moment que j'y réfléchis. Je me sens bien ici, mieux que jamais même, et je compte bien continuer à voler, mais juste pour le plaisir.

— Et tu ne vas pas regretter ton ancienne vie ?

— A certains égards, si, peut-être, mais je préfère cent fois ma nouvelle vie parce que dans celle-là, je t'ai, toi.

— Oh, Mitch si tu savais, s'exclama Kate, au bord des larmes. Et dire qu'hier encore, je croyais dur comme fer que ça ne pourrait jamais marcher entre nous. Tu m'as prouvé le contraire cette nuit en me faisant confiance.

— Content d’avoir passé le test. J’espère juste que ce sera le dernier.

Kate sourit.

— Je t’aime, Mitch. Et je ne parle pas d’une petite amourette, mais de l’amour, du vrai. Celui avec un grand A.

Il ferma les paupières et sourit à son tour.

— Je t’aime aussi, Kate Manning, même si j’avoue que j’ai un peu peur du sort que vont me réserver tes frères. Ils vont sans doute me renvoyer *manu militari* en Floride...

— Pas grave, dit Kate en riant, je viendrai te retrouver.

Épilogue

Kate accrocha la dernière boule au sapin, puis recula pour mieux contempler le résultat. Le mélange hétéroclite de vieilles boules de verre et de petites poupées peintes à la main la fit sourire. Mais bon, au moins avait-elle réussi l'exploit d'accrocher toutes les décorations qui ornaient le sapin de Noël des Colter depuis trois générations sans que le sapin s'écroule sous leur poids.

Il ne restait plus que l'étoile à accrocher. Dès que Mitch rentrerait avec la guirlande, elle lui laisserait l'honneur de la fixer au sommet de l'arbre, lui qui n'avait pas besoin pour y arriver de grimper sur un escabeau. Il lui tardait de voir arriver ses beaux-parents, ainsi que sa belle-sœur, Susie, et ses enfants. Elle avait hâte de voir leur réaction lorsqu'ils verraient ce que Mitch avait fait du ranch. Il avait travaillé sans relâche depuis le début de l'été pour remettre les lieux et les équipements en état. Kate l'avait aidé dans la mesure de ses possibilités, mais elle s'était plutôt cantonnée aux menus travaux dans la maison. Parfois, son métier lui manquait, mais il lui suffisait de repenser à son ex-fiancé pour se dire que son travail de bénévole à la bibliothèque de Willowville était somme toute très agréable.

La porte de la cuisine s'ouvrit et elle se tourna pour voir Mitch enlever ses bottes avant de passer le seuil de l'entrée.

— On a de la visite, ma chérie, dit-il avec un geste de la tête.

— Ah oui ? Qui ?

Elle s'empressa de le débarrasser des guirlandes qu'il tenait dans ses bras.

— Jake Malone. Il vient d'arriver et je lui ai proposé d'entrer.

Tous deux n'avaient pas revu le ranger depuis au moins trois mois, lorsqu'ils avaient témoigné devant le juge.

— Ton rival ? plaisanta Kate. Si j'étais toi, mon chéri, je ferais gaffe, on n'est pas encore mariés.

Il sourit, passa son bras autour de ses épaules et lui donna un rapide baiser.

— Non, tu ne me ferais quand même pas ça, quinze jours avant le mariage ?

— Bien, je vois que l'affaire est dans le sac, dit Jake qui se tenait debout à la porte, son chapeau posé sur sa poitrine.

— Quelle affaire ? demanda Kate en lui faisant signe d'entrer.

— Je venais t'inviter à dîner, mais je vois que Colter a fini par prendre les devants, fit Jake en secouant la tête d'un air déçu. Je me doutais bien que vous maniganciez quelque chose tous les deux.

Kate sentit le rouge lui monter aux joues et elle glissa un regard à Mitch. La lueur possessive dans ses yeux la fit frissonner des pieds à la tête.

— C'est que j'ai dû batailler dur pour en arriver là. Je te sers quelque chose ?

— Non, merci, répondit Jake en fixant le sapin des yeux. C'est vrai que Noël est dans une semaine.

— Qu'est-ce que tu as prévu pour le réveillon ? lui demanda Kate.

Jake haussa les épaules.

— Je suis d'astreinte.

— La famille de Mitch sera là, ainsi que mes frères et quelques gars du Sugarloaf.

Jake secoua la tête.

— On risque de m'appeler.

— En tout cas, Malone, tu es le bienvenu, dit Mitch en passant sa main dans le dos de Kate. On se marie la semaine d'après et pour l'occasion, on organise une petite fête au Sugarloaf. L'invitation tient aussi.

— Je suis content pour vous, dit Jake en déposant un baiser sur la joue de Kate. Vous faites un joli couple. Peut-être bien que j'aurai une bonne nouvelle à vous annoncer le jour de la noce.

Mitch se raidit.

— Tu as trouvé des gens prêts à témoigner contre Wellsley ?

— Pas encore, mais ça ne devrait pas tarder.

Tout excitée, Kate serra le bras de Mitch. Si Jake arrivait à apporter la preuve que le patron de la société minière tirait les ficelles, toutes les victimes seraient indemnisées. Elle et Mitch n'avaient pas à se plaindre côté financier, mais nombre d'éleveurs du coin avaient beaucoup perdu dans cette affaire.

— Je vous tiens au courant, dit Jake en remettant son chapeau sur sa tête. Sur ce, je vous laisse, je vais rendre visite au shérif, mais motus sur ce que je viens de vous dire ! C'est entre vous et moi.

— Nous sommes d'accord, dit Mitch en lui serrant la main. Merci pour tout.

— Pas de problème. Passez un joyeux Noël.

Ils se dirent au revoir et dès que Jake eut fermé la porte, Kate prit Mitch dans ses bras.

— Tu imagines si tout le monde était dédommagé ?

— Ce serait un magnifique cadeau de Noël, dit Mitch en lui embrassant le bout du nez. J'aime bien ce type. Il n'abandonne jamais.

— Et il est très séduisant.

— Hé !

Kate sourit.

— Il ne t'arrive pas à la cheville, dit-elle en l'embrassant. Dans quinze jours, je serai mariée au plus bel homme de tout le Texas.

— Pourquoi attendre ?

— Parce que ta famille veut être là pour la cérémonie.

Elle se sentit fondre en voyant le désir qui brillait dans ses yeux.

— Deux semaines, ça passe vite.

— Pas quand on a passé sa vie à attendre, murmura-t-il en l'embrassant.

Elle était au paradis.